FLORET
READING

小花阅读

我们只写有爱的故事

青春阅读　幸得相见

大鱼

有爱的青春陪伴者

“我活在阴暗里，可我发现
我还是喜欢明亮的东西。
你头上晃动的珠翠，冰丝手绢透过来的碎阳，
你眼睛里波光粼粼的池面，
活在人间的你。”

十万
月光
著
《弄巧成「婚」》又名
《每天都想和反派成亲怎么办》
弄巧成“婚”
NONG QIAO
CHENG HUN
江苏凤凰文艺出版社
JIANGSU PHOENIX LITERATURE AND
ART PUBLISHING

十万月光

小 花 阅 读 签 约 作 者

一个九七年撸铁少女。

喜欢拳击也喜欢跳舞，喜欢鲜艳的颜色和轰烈的生活。

梦想一猫一狗一支笔，永远走在寻找疯狂事情的路上。

已上市：《她住在七月的洪流上》

《你见过龙吗？会说话的那种》《初恋的化学反应》

Z U O Z H E J I A N J I E

目录 CONTENTS

目 录 CONTENTS

「 第一话 」

投生投岔了

1

九重天巍峨肃穆，是个万年难得出一次纰漏的地方，所以此次一出纰漏便立刻传遍了整个天界。

且还是个有关凡人命数的大纰漏。

惊动整个天界的纰漏主角叫魏登年，是个一生过得十分跌宕起伏的……魔头。

将军之子沦落成被发卖的奴隶。他从云端跌落泥沼，被人欺凌，又遇贵人搭救，勤王救驾翻身。他征战沙场，除佞臣，隐忍多年，一朝弑君屠城，暴戾无道，名字能止小儿夜啼，令敌军丧胆。

经历诸多波折，终成万尊之首。

然而就在他登基的那一天，被从天而降的一颗蟠桃核给砸死了。

那颗蟠桃核不是一般的蟠桃核，乃是被九重天蟠桃果林的一方仙泽孕养，仙力浑厚，当场就把登基台砸出个坑。

魏登年虽非良善之辈，但阳寿未尽，气数未绝。死后他被带上九重天，才知道这核乃是天后座下施云布雨的小仙子贪吃，随手丢的垃圾。

既然说这是个惊动天界的纰漏，所以天界也十分慈悲地给了他重活一次的机会。

爱做手工的即墨神君最近新做了个穿越命盘，可以回到凡间一百年内的任意时间点，这种东西大多是神仙们无聊，用来逛逛街看看历史风俗，现在正好可以给魏登年一用。

由于怕他再祸乱人间，天帝还派了座下的神君下凡，指引其踏上正途。

不过眼下正逢神魔大战这种争功劳的时候，神君不屑处理凡人的这等小事，大手一挥，把这烂摊子又丢给了自己的狗腿子再华。

天界的八卦小分队最近因为这事活跃得很。

魏登年这个名字凭借着独一无二的机缘，暴躁病娇的性子，可怜又可恨的跌宕命数，压过了近期所有戏本子的风头，人气和一万年一度最受女仙天婢喜爱的司白神君不相上下。

李颐听最近也不能免俗地掉进了魏登年的戏本子里。

正派男主看腻了，突然见到这么一个暴虐却深情的反派，她立刻就被迷得五迷三道。

尤其是戏文里那一段：他欲强迫心上人，那张狷狂桀骜的脸上闪过犹疑、不忍、心痛、嫉恨，最终看着心上人惊恐挣扎的模样，黯然放弃。

李颐听捂住嘴眼泪汹涌，啊，魏登年，我可以！

月老正在审批九重天新出的魏登年戏本子，见到那丫头捧着书一副脸红上头的傻模样，慢悠悠地指了条明路。

于是李颐听便成了狗腿子的小狗腿子，成天围着再华一口一个仙君地叫，帮他端茶送水、扫地捏腿，最后终于靠着狗腿，从看上去十分不愿百般不舍，实际上千般庆幸万分欣喜的再华仙君那里，接手了下凡指引魏登年的这个烂摊子。

九重天上的神仙横竖不过三种。第一种生而便是仙胎，例如司白神君；第二种是有大功德的凡人飞升成神；第三种便是被神仙点上来当神仙的，例如被历劫回来的司白神君点上九重天、指名要其做他贴身天婢的李颐听。

当今天帝有两个儿子，大的那个是大统的继承人选，奈何性子荒唐了些——十年前因为身边的天婢喜欢吃生姜，结果摘光了天界所有的生姜送小天婢，连天后用来泡脚种的那块生姜地都没能幸免。

天帝被天后骂了一夜，第二日大殿下就被天帝罚去四明山思过，直到这阵子天魔两界大战才被召了回来。

小的那个便是司白，前些年下凡历劫，刚刚飞升神君。

作为九重天上最受女仙天婢喜爱神君榜单的榜首，大家都挤破了脑袋想跟这位霁月光风的二殿下沾上点风月关系,更不要说是当他的贴身天婢，在房里伺候的那种。

可就在众人艳羡李颐听的时候，她……拒绝了，转头就给搞姻缘批戏本子的月老打下手去了。

女仙们一个个抽气惋惜，眉毛之皱语气之厉，仿佛拒绝去做司白神君贴身天婢的是她们。

所以大家对这个新来不久的女仙，唯一的印象便是——胸无大志。

李颐听对此不置可否。

也就月老问她时，她才思忖片刻，丢出了个解释：“我飞升之前活得太认真了,把自已的小命都搭了进去。现在我只想做个贪图男色的富婆散仙，蹭蹭您老人家的香火，看看您批阅出来的新鲜戏本子。”

月老这个称呼虽然听着旧旧的，其仙实则是个年轻力壮的男子，因为仗着活得久倚老卖老，大家便这么叫着了。

他万万年与红绳为伍，看红色已经看倦了，是以一身行头皆是绿色。平日里穿绿衣、绿鞋，连发带都是翠绿飘飘，走在九重天上，就像一簇移动的草丛。

此刻月老躺在他的翡色长椅上摇着他的大绿扇子，抓着一串果粒饱满的青提，阖着眼慢慢吃着：“少拍马屁。你既然想贪图美色，那为何拒绝咱们九重天上最有仙气最貌美的二殿下？”

李颐听从他那串青提里揪下两颗丢进嘴里，含混不清道：“司白不行。他每天活在天界权力中枢，我去伺候这样的主子，太伤仙脑了。”

她眼珠子转了两下，笑嘻嘻地绕到月老后面开始给他捏肩捶背，嘴里嘘寒问暖，问着力度如何。

月老阖着的眼皮撑开条缝，悠悠瞧了她一眼：“你想干什么就直说吧。”

李颐听的笑容越发狗腿：“小仙第一次接到天帝指派的任务，心中忐忑不安，想请教您老人家，指引凡人魏登年应当从哪里下手比较妥当？”

她用力眨巴了几下眼睛。

月老见到她的样子，心下了然，哼哼着吃了口青提，挑眉道：“尘世间的男女都难过情劫，你此去凡间度他向善，若是生拉硬拽反而适得其反，依老夫的意思呢，不如先与他亲近，若是成了他的枕边人，想必你说一句便能抵得过万字忠言。”

李颐听不住点头，眼缝弯弯，腮帮子笑得跟要炸开了似的。

若是打着干公事的幌子下凡去见小美男，免不了要被其他仙背后议论，此刻有了月老名正言顺的指点，想必其他的仙君神君知道了也不会多说什么。

李颐听的算盘打得噼啪响，嘴里大彻大悟道：“小仙明白，小仙遵命。”

在凡人命簿上，魏登年前世的结局并不完满，做皇帝是他送命的关键。若他没被蟠桃核砸死，顺顺利利当上皇帝，那么登基以后不到两年就会被最爱的女人背叛，继而下属篡位，接着被挑断手脚筋骨，囚禁孤苦而死。

那颗砸死他的蟠桃核反而是给了他一个痛快，让他的人生在最为苦难的日子到来前戛然而止。

粗粗了解了一遍魏登年的生平，李颐听在心里感叹了两声蓝颜薄命，并且更加坚定了救他于水火、改变他这悲惨一生的念头。

下凡前，李颐听特意又去找了一趟月老，拜托月老一定要给她和魏登年绑一根结结实实的红线，用刀子割都要割一炷香的那种，再给魏登年那方扎紧点。

上面为了方便她度人，已经给她安排了魏登年前世最心爱的女子的命格，但李颐听做凡人做出阴影了，觉得还是给自己添一份保障比较保险。

月老收了李颐听用仙法编造的蒲柳发带，答应得十分爽快，拿给李颐听验收成果时，果然给她备了一条麻绳粗的红线，那宽度，得有两根食指，等同于红绳界的老大。

一连几日，李颐听做梦都梦到自己从天而降，大杀四方，从仇家手里救下势单力薄、身娇体弱、绝色貌美的反派魏登年。

被救后的魏登年用那张谪仙般的脸冲她浅笑，被水吻过的温润嗓子说要以身相许，再不作恶。

李颐听在梦里甜蜜地笑出了声。

一切准备就绪，就等命盘启动。

下凡那日，天魔两界交战再次爆发，甚是激烈，九重天上能打架的都出动了，不能打架的也去凑热闹了。

李颐听跑到即墨神君府里找了一圈，才在后殿找到慢仙一步正要出门看热闹的他。

即墨神君说着看热闹要迟了，嚷着回来再给李颐听投生。李颐听一听，这还了得，怎么投生这事还能往后推的？

拉扯了半天，即墨神君才不甘不愿地把她带到了命盘处。

李颐听脚踩祥云，瞧着面前金光闪闪的大盘子，脸上洋溢着跃跃欲试的兴奋微笑：“即墨神君，我第一次投生，有什么要注意的地方您给指点指点？”

即墨神君脸拉得老长：“又不是给神仙下凡历劫的命盘，这东西我也是第一次做，不知道有什么要注意的。反正是一次性的，有什么不足，下次再重做调整就好了。”

李颐听：“？”

新的命盘？第一次做？重做调整？

李颐听心中忽然涌起不妙的预感，步子小小地退了一步，正要细细询问，即墨神君忽然伸手推了她一把：“再磨叽，那边架都要打完了！”

李颐听脚下一空，仙身骤然失重，天旋地转中涌上来一阵强烈的吐意。

2

夜幕低垂，万籁俱寂。

锃亮平滑的冰湖像一面巨大镜子，映着朦胧的月色和树影，以及冰面上抱坐在一团的两个身影。

两人皆是浑身湿透，旁边的湖面被洞穿了一个窟窿，小小一方水面泛着粼粼波光。

湿冷的黑发贴着年轻男子沉稳阴郁的面容，他紧盯着怀里双目紧闭、脸色苍白的女子，一只手不断掐按着她的人中，连唤了好几声“郡主”。

怀中的女子并无半点醒来的迹象，身子反而一点点凉了下去，呼吸渐弱，终于，脉搏在某个瞬间彻底停止。

任是男子再冷静沉稳，这一刻眉宇间也浮现出一丝焦虑慌张。

探取脉搏的手在她脖子上停了片刻，他闭了闭眼，一脸被迫似的俯身下去，堵上了她已经泛紫的嘴唇给她换气。

李颐听“哇”地吐出一大口水。

强烈的失重感和吐意从胸腔消散的那一刻，五感逐渐清明，骤然穿透身体的冷意让她狠狠打了个寒战。

眼前放大到模糊的脸后退了一些，这距离恰到好处，让她看清了面前的小美男。

长的眉，厉的眼，挺的鼻，浅的唇，五官乍看之下不过尚佳，可是组合到一块儿，却皎如玉树临风前。

尤其是他于左眼眼尾处坠了一颗浅色的痣，平白给这张稍显稚嫩冷峻的白玉面庞添了一份妖异美感。

李颐听只一眼便被这张脸惊艳到，恍惚想着什么时候九重天上竟然多了一位匹敌司白的仙友，而她还不知道。

但马上，她便在心里否认了这个想法。

他不是神仙。

她从未见过哪位神仙的眼神这般深沉森冷。

仿佛蛰伏等待得太久，已经变得晦暗而陈旧；可若是贴近了瞧，漆黑的眸子里仍留有一丝野心的光亮，好似一丛枯草静静等待可以燎原的某颗火星。

这个人，尚且稚嫩的美貌和给人的复杂感觉，跟他的年纪形成强烈的违和感。

鬼使神差地，李颐听试探着叫了一句："魏登年？"

残留的水珠顺着他的发丝滴答下落，少年没有否认。

李颐听心下蹿出大大的美意，月老审批的戏本子诚不欺她，魏登年果然是个绝世美男，还是个跟别的美男气质完全不同的绝世美男！

正嘚瑟着，李颐听心里忽然又咯噔一下，悬了起来。

她原本应是直接投生到苏家的——投生到魏登年前世唯一喜欢过的女人苏觅身上，为了更早更亲密地找到并且接触魏登年。

但现在显然已经乱套了，因为此时魏登年已经长成了少年。

李颐听暗骂了一句即墨神君，暗暗祈祷别再出其他岔子。

还没祈祷完，魏登年扯了扯嘴角，露出一丝礼貌笑意，语气却透着微微不耐："郡主，您现在可以从我的怀里起来了吧？"

李颐听听见这个称呼恍惚了一下，她愣愣站起来，借着月光才发现二人身处一大片冰湖上，脚边有两双冰嬉鞋，以及一个被砸穿了的窟窿，洞口周围的冰面下方已经出现蛛网状的裂纹。

魏登年见她醒来，如获大赦，脚步极轻且快速地远离了可能会被再次踩碎的湖面。银亮的湖面映出他颀长的身形，此刻李颐听才将他整个人完全看清。

或许是年纪还小的原因，他个子并不太高，也就高出李颐听半个脑袋；腰身也比女子宽不了多少，一身粗布的小厮衣料浸了水，紧紧贴着他的身形，隐约勾勒出嶙峋的蝴蝶骨，即使穿着单薄的冬衣，也依然形销骨立。

这样一个弱不禁风的少年，真的是杀人如麻的魔头魏登年吗？

她环顾湖面四周黑漆漆的树林，缩了缩脖子，跟了上去。

寒风刮在脸上，李颐听感觉像被柳条抽打过一般刺痛，她冻得上下牙咯咯作响，混沌的灵台逐渐有了原主的记忆。

当下胸口仿佛又受了一记重击。

投生晚了十几年就算了，还投生岔了，她投的这具身体的原主，压根就不是苏觅啊！

记忆像一锅煮开的沸水，咕噜噜冒着泡地钻进了李颐听的脑海。

李颐听顶替的这位叫宋炽，乃是晋朝濮阳王的独女，每年都要来她外祖母家避暑，也就是此刻她所在的郸城。

郸城偏北，夏季温暖如春，只是冬日也比南方更加寒冷。

宋炽现在本不该出现在这儿，只是她瞧上了这里一个小门小户家的公子郑易，是以刚过完年，便又从王府跑过来小住。

刺史郡守清楚她的身份，都爱巴结恭维她，稍微有钱有势点的人家更是想尽办法把自家小孩塞进来陪驾，说不定一不小心被她看上，一朝就飞上枝头了。这里面也包括买下魏登年的周家。

今日宋炽提出去湖面玩冰嬉，一堆少年小姐围着，等待她挑选陪驾的。大家都以为宋炽又会选郑易，结果这宋炽还在生气上一回郑易驳了她的红烧肉，在一圈少年里挑中了周家儿子周映带出来的魏登年。

想来那个宋炽也是个有眼光的。

然后她便掉进了冰窟窿。

再然后，李颐听就顶替了这个刚刚溺亡的郡主。

“又是郡主。”李颐听倒吸一口凉气，跟着苦笑一声，随即用力甩甩脑袋，把那些糟心的前尘往事从脑子里甩了出去，在心里把即墨从头到脚狠狠唾骂了一遍。

魏登年在前面走得飞快，像是要甩开她似的；李颐听身娇体弱，在后面气喘吁吁地追着。

华贵娇俏的袄裙已经湿透，沉甸甸地坠着，在九重天上当了几年脚不沾地的神仙，好不容易习惯了，一朝又成了会冷会累的凡人，还真是不适应。

罢了罢了，一个尽职尽责的神仙就是不管环境多么艰苦困难，都是任务第一。

更何况……

李颐听盯着前方疾走的颀长身影，偷偷笑出了声，暗道，我们小年肯定也很冷，不过没关系，姐姐烤完火就来轻薄，呸，温暖你啊！

她把一边掌心背在身后催动法力，想让身体暖和一些。

口诀默念了几遍，李颐听却没感受到一丝暖意，一阵风扫过来，冷得甚至想干呕。

她略惊，一掌劈向身边的树干，立马惨叫出声。

那一掌并没有把树劈为两截，反而因为扇得太用力，导致她的手掌被刮出一片血丝。

仙术全失！

李颐听七窍生烟：“即墨，你以后一定单身亿亿年娶不到媳妇！”

前方脚步一顿，魏登年面无表情地转身：“郡主怎么还跟着我？您方才在说什么？”

好神仙不吃眼前亏。

李颐听略一思索，立刻把自己受伤的手伸了过去，矫揉造作地噘起嘴：“我刚刚摔到手了。”

魏登年扫了一眼她的手，动也没动，长身玉立，站在原地：“现在郡主和草民身上都湿透了，草民也没有干净的布料能给您包扎，快些回去才是。”

李颐听见他不吃娇滴滴这套，立刻换了语气，眼巴巴地看向他，柔弱无助地哼哼道：“小年，我冷。”

魏登年见鬼似的看着李颐听，好像在思考她是不是刚摔进河里把脑子摔坏了，正要开口，咳嗽声先从他嗓子里钻了出来。

起先还是正常的咳嗽，可是他逐渐站不稳当，需要扶着树干才能维持身形，咳得大声而激烈，苍白的脸颊都添了一丝病态的红润。

李颐听瘪瘪嘴，好吧，他才更冷更娇弱。

“你没事吧？”

李颐听走近去，魏登年捂着嘴的手放下来，唇瓣上沾了什么，立刻恢复了点气色。

他手攥成拳头，伸出一指指往反方向：“郡主回去的路在那边，穿过那片林子就是了。周府和老太师府不同路，郡主自便。”

说完这几句话，魏登年好似费了极大的力气，喘了两口气，重新往周府走去。

“你……你不送我回去啊？”李颐听跟上去扶了他一把，隔着几层湿冷的衣料，仍然摸到他柴瘦的肘骨。

“郡主自重。”下一刻她的手便被魏登年拂开，“您的路不是这条。”

“我……我有话要跟你说。”

李颐听话音刚落，反方向的小树林忽然亮起隐隐火光，照得那边人头攒动，唤着宋炽名字的声音传了过来。

“寻您的人来了，有什么事明日再说吧。”

魏登年慢声慢气地丢下这句话，独自进了密林。

李颐听看了看那头的火光，又看了看越走越远的魏登年，咬一咬牙，小跑着跟上他的脚步。

“你怎么还跟着我？”

他似乎丧失了最后的耐心，连称呼都省去了，微蹙起眉，连看也懒得看她一眼。

李颐听还没想好借口，沉默着装没听到。

火光逐渐被越发粗大茂密的枝叶遮挡，远处的呼唤渐渐弱了下去。冬夜的静谧覆盖了整片密林，行走其中，连两人的呼吸声都清晰可闻。

尤其是魏登年一步更比一步粗重的呼吸声，想不听见都难得很。

李颐听跟在他旁边，盯着他浮虚的脚步忧心。终于他腿脚一软，膝盖笔直跪了下去，她眼疾手快一把将他扶住，把他的手搭在自己的脖子上。

一股很浅的奶香味从李颐听鼻尖溜过，可当她把魏登年拖到旁边靠着树休息后，再仔细一闻，又什么都没闻到。

“喂，你怎么了？有没有事啊？”

李颐听皱着眉，轻轻拍他的脸，担忧之色呼之欲出。

这个小美男，身体很不好啊，要是被她弄到手了，会不会英年早逝啊？

魏登年再次猛烈地咳嗽起来，声音听上去有力无气：“只是半日未进食饿的，还死不了。你怎么还没走？”

李颐听道：“我有话跟你说。”

魏登年：“说。”

李颐听：“魏登年，你娶我吧。”

3

魏登年前世被后人诟病最多的事情有三。

其一，登上高位后，用极其残忍的逼供方式弄死了曾经养大他的周府满门。

其二，在赢了庙堂之争后，把政敌毕家一家全部烧死。

其三，也是让他彻底恶名远扬的一次事件——他受命攻打桦阴国，杀尽桦阴国所有皇室后，将皇城里四十万百姓全部活埋。

在见到他以前，李颐听从没想到这样一个恶名远扬、受万人唾骂的魔头，此刻竟然会瘦弱到这种地步，走两步就要喘咳，且他还阴郁古板，不爱说话。

李颐听对上他那双没什么情绪的眸子，笑得像只想抢烧鸡的狐狸：“魏登年，你娶我吧。”

原本魏登年还烦躁不耐，听到此话，神色陡然沉冷下来：“哦？理由呢？”

李颐听道：“你方才轻薄了我。”

她指的自然是掉入湖中被魏登年捞起来换气的事情。

李颐听有意无意地低下头，露出一截细白的脖颈和一点恰到好处的羞愤：“我们做女子的，都要守妇道，既然被你轻薄了，我便是你的人了！”

魏登年道：“若是我不娶呢？”

李颐听道：“那我便让陛下治你的罪，轻薄之罪。”

魏登年挑眉：“那分明是为了救你的权宜之举，且只有你我二人知道，我不说出去便无人知晓了。”

李颐听道：“可你还是亲了我，不能说不算数就不算数了。”

沉默半晌，魏登年道：“所以你是一定要我娶你了？”

李颐听：“是。”

结合宋炽的记忆，不难推断出他此刻正是被周府收养的第六年，人生转折的画卷即将拉开。

若是这个时候她嫁给了魏登年，还是以郡主的身份，或许能从源头改变和阻止什么。这样想来，此时遇见也不算太晚。

李颐听在心里已经打好了算盘，甚至暗暗觉得稳操胜券。

“哗啦”一声打断了她的思绪。

魏登年扶着树干缓缓起身，干脆麻利地撕下一角衣料，在掌心擦了擦，又拉直了布条，用力绷了绷，似乎在检查它的结实度，检查完后便拿在了手里，向李颐听挪了过去。

他冲她微微一笑，那笑容妖异绝艳，月光也随之失色：“非我不嫁？”

“是。”

李颐听被他这一笑晃了神，反应过来的时候已经被倾身过来的魏登年逼靠到树干，粗糙的树皮隔着衣服仍然硌背。

两人隔得极近，鼻尖几乎要碰着鼻尖。

他嘴角的笑容放大，声音低沉，像是玉石混着砂砾摩擦，蛊惑人心地钻进她的耳朵：“不会后悔？”

魏登年抬手撑在树上，手里攥着的布条钻出来一截，被风带起来，轻抚过她的耳畔。

场面一度十分缱绻。

但若是他的另一只手将布条扯出来，用力勒上她细嫩的脖颈，再绕到后方，手腕交叉，借着这粗树将她勒死……

李颐听被这设想惊出一身冷汗，干笑一声，立刻从魏登年手下钻了出去。

“若是我回答不后悔，会怎么样？”

魏登年很是轻慢地笑了。他看着她，压着眉，沉着嗓：“我或许，会杀了你。”

？？？

这不是戏本子的走向吧！

李颐听：“为……为何？”

“若你非要嫁我，先不管皇帝和濮阳王会不会对我起杀心弄死我，就说这附近的州郡县令都对你虎视眈眈，想把自己的儿子送到你身边做男宠做书侍，来攀高枝的人多了去了，若你要嫁我这事传到了周家人的耳朵里，我此行回去便见不到明天的太阳。”

他向李颐听走近一步。

“既然我会死，不如赌一把，在这里先杀了你。”

他说话很慢，似乎是精力不济的缘故，讲两句便要缓一会儿，声音也轻飘飘的，可李颐听的鸡皮疙瘩已经在手上炸开。

若换成其他的小姑娘，或许会以为他在开玩笑，但李颐听不敢把这当玩笑。

纵然她是个神仙，不会真的就此丧命，可那种无形的恐惧在魏登年一挑眉一扬唇间，紧紧地缠住了她。

她身无法术，当下就决定当个㞞包。

“其实也不一定非你不嫁。”

魏登年脚步未停，仍然向李颐听慢慢地走过去。

李颐听一边退后，一边大喝一声：“好！既然这事会害你身陷囹圄，那我以后不提就是！其实仔细一看……你也并没有郑易好看啊！”

鬼知道那个郑易长什么样子！

她下凡来见到的第一个人就是魏登年，而且据她前世活的那小半辈子加上在天界待着的这几年，怎么说也算见过了不少美男子，还真没有能轻易媲美魏登年的。

但宋炽生前的确时常纠缠郑易，这一句胡扯魏登年似乎有些相信了，停下了脚步。

察觉到他正认真地打量自己，像是在思考这话的可信度，李颐听立刻摆出不耐烦的模样：“而且，跟你小子比起来，郑易都算听话的了！你还跟本郡主开玩笑喊打喊杀的，哎，没意思没意思，我要回府了！”

魏登年冷冷盯着李颐听，就在她快装不下去的时候，他忽然露出个温和的笑容，朝她一拱手：“郡主请回。”

李颐听看着魏登年逐渐走远的背影，这才彻底松了口气，随即腿脚一软，扶住了旁边的树。

“果然梦境都是反的！”

她好好一个神仙，怎么说也死过一回了，居然被十几岁的魏登年吓到腿软！

荒唐至极！

李颐听暗骂自己丢脸，直起腰往反方向走去，直到走得十分远了，那股害怕的劲儿下去了，她的心跳声依然如擂鼓般密集剧烈。

果然是魏登年！如假包换的魏登年！

这狠厉的心机，这令人屏息的威慑力，令人丧胆的手腕，这样的反派，好想被他轻薄啊！

戏本子里欢喜的男子一朝成真。李颐听终于在心中缓缓地升起一种仰慕大佬多年、此刻终于得见大佬真人的兴奋感。

4

太师府派出来寻宋炽的府卫们在林子里久久找不到人，又加派了不少人手，扩大了范围去找，小树林里到处可见稀疏的火把。

李颐听刚走回湖边便被人看见，找到她的府卫拉大嗓门狂喊了几声，把那一片的人全部招呼了过来。

其中跑得最快最急的那人穿着件俏皮的短袄，梳着双挂髻，不像其他人一般绕路到左边过桥，直接从湖面滑溜着就冲过来了，两边的挂髻随着她的步子一跳一跳地蹦跶。

李颐听并没见过这人，可看到她的第一眼，这具身体便自动认出来，这是贴身伺候宋炽的丫鬟红豆。

红豆跑过来的时候脸上还挂着未干的泪痕，十五六岁的少女，比宋炽还小，见到李颐听一身狼狈、浑身哆嗦着打冷战的模样，“哇”地又大哭起来，边哭边喊：“小姐你急死我了！小姐你怎么弄成这样？小姐你肯定很冷吧？”

真是个忠心的小丫头，只可惜她真正的主子已经去了。

李颐听觉得有些对不住她，磕着牙安慰道：“还好……还好，也不是很冷，你……莫哭了。”

然后，她把方才掉进湖中被魏登年救上来的事情粗粗说了一遍，自然巧妙隐去他救她回来，又差点将她勒死那一段。

一行人呼啦啦拥着李颐听回了太师府。

已是亥时末，府中仍然灯火通明。门口的小厮见到李颐听平安归来，立即欢欢喜喜地去通禀还在等消息的老太师。

老太师是濮阳王妃的娘，宋炽的外祖母。

濮阳王妃娘家门第显赫，世代将门，其父戍守边关之前，还曾带出过一支忠于皇家的精锐军队，魏登年的父亲便是那支军队的将领。

老将军病逝后，配享太庙，其妻也被当朝太后加衔，尊称为老太师，以示皇家恩宠。

虽然宋炽的外祖母并无实职，却极其受人尊敬。唯一可惜的，或许就是这样显赫的门第子嗣凋零，只有濮阳王妃这一个女儿，濮阳王妃又只生了宋炽一个独女。虽然尊荣在外，却再难有实权。

不过从另一个角度来看，若是这位宋炽郡主的娘家有其他叔伯兄弟可以光耀门楣，接管老将军的兵权，攀上更高更富贵的位置，或许会落得和魏家一样被连诛三族的下场也未可知。

皇家无情，福祸相依，世事本来如此。

李颐听进门之后，披上一件下人送来的外衣，便匆匆赶去大堂面见外祖母。

她一边回忆宋炽往常犯错都是怎么做的，一进大堂便垂下脑袋，做出一副乖乖受训的样子。

老太师高坐主位，手撑一柄御赐的青倓拐杖，鬓边银发已生，或许是受做将军的夫家影响，不笑的时候一副威严的模样，怒时更让人心头一慌。

“这是怎么回事，你又到哪里野去了？连个下人也不带！”

红豆福一福身，立刻替自家小姐解释了一番，李颐听便在旁边偷偷瞄老太师的脸色。

在听到她掉进湖里的时候，老太师的脸更臭了，李颐听立刻开始疯狂咳嗽。

起先主位上的人还冷眼看她，她眼珠子一转，学着某人咳得脸颊通红都不带停下。

这夜深人静，漆黑的大堂里，回荡着她撕心裂肺的咳嗽声。

老太师是个庄重人，对谁都不假辞色，唯独拿她这个小孙女没一点辙。

她本来就担惊受怕了一晚上，此刻再也坐不住，从主位上快步走了下来，一边给李颐听拍背，一边叫人烧热水，也不再教训了，催着李颐听回去换衣。

这一章算是翻了篇，李颐听大大“哎”了声，迈着小碎步，快速出了门。

一出门，李颐听立刻恢复正常，背不弯了，喉咙也不痒了。

红豆赞道：“小姐真是目达耳通，反应迅速。”

李颐听嘿嘿一笑。红豆又压低声音：“小姐让我办的事情已经办好了，按照小姐的吩咐，我悄悄收买了几个府卫，让他们把你喜欢的人捆来了，如今正在房中等候，现在去吗？”

李颐听忽然想到了什么，暗道一声糟糕，小跑着冲回院子。

红豆一愣，追了过去：“小姐，你别跑啊，人都绑好送到你床上了，逃不掉的，你别心急啊。”

李颐听脚步未停，进了院子径直奔向厢房，突然身后的脚步声停下。李颐听回头一看，红豆远远站在院中，脸上挂着一丝了然的窃笑：“小姐，奴婢会在外面好好守着的，春宵苦短，您快些进去，别耽搁了！”

李颐听嘴角抽动了一下，推门进了房中。

卧房的床上拱起高高一团，还在蠕动挣扎。

李颐听伸手掀开了被子，眼睛亮了一瞬——竟也是个小美男。

小公子生得唇红齿白，斯斯文文的，穿一身儒生袍，看着像是个规矩的读书人，只是嘴巴被塞着布匹，手脚都被捆得结结实实，也不知道在这儿挣扎了多久，帽子早就被蹭掉了，鬓边的发丝也散乱了几缕，乱糟糟地垂了下来。

这个宋炽郡主眼光着实不错,只是这行为,也的确混账了不是一星半点。

李颐听告诫着自己已经是见过魏登年那种“大世面”的人了，迅速从男色中回神。不过，见到她后，郑易挣扎得更为剧烈，瞪圆眼拼了命地往墙边蠕动，被绑紧的脚用力蹬着揣着，像一尾离了水的鱼。

李颐听头痛了一下，一边想着要说点什么解除误会，一边摘了郑易嘴里塞着的白布。

哪知道郑易能张嘴后，并未说话，而是眼睛一闭，嘴巴一阖，脸上的肌肉忽然使劲。

“咬舌自尽？”李颐听大惊，飞扑上去，一把压在郑易身上，用力掐住他两颊。郑易吃痛，被迫松口，嘴角浸出一缕血丝。

李颐听道：“郑易你疯了？”

郑易被两团柔软撞上，身子一僵，白玉般的脸上浮出两朵红晕，未几又迅速回神，梗着脖子，满腔悲壮、誓死不屈地瞪着她：“我郑易虽然只是一介草民，不比郡主你一手遮天，但好歹家世清白，受不得这种侮辱！

只能一死保全自己！”

“误会！都是误会！”

李颐听哭笑不得，从榻上下来后，语调放缓安抚他：“你误会了。郑易，今天这事我的确对不住你，不过这只是下面的人擅自揣度我的意思做的，不是我的想法。你放轻松，放轻松。”

郑易将信将疑。

“真的！”

为了让他放心，李颐听一连退了好几步，跟郑易隔开半间房的距离。

她打了个大大的喷嚏，伸手往衣服上一摸，得，都快给焐干了。

李颐听正想说话，一抬头，就见郑易又在闭着眼睛咬舌头。

“喂！你别把血滴到我床上了！”李颐听奔过去一巴掌扇到郑易脸上，打得郑易眼冒金星，终于松了口。

她怒道：“你怎么又自杀？”

郑易晕了一会儿：“是你先脱衣服的！”

李颐听脑仁疼，怕他再搞事情，不等他说完，抓起白布再次塞进他嘴里，决定以他能听懂的方式跟他交流。

她搬起张凳子往床前一搁，一屁股坐上去，摆出一副恶霸流氓看腻小姑娘的模样：“听着，我以前的确觉得你有几分姿色，但我现在已经看上别的男人了，对你没有一点兴趣，所以不会把你怎么样。”

郑易：“……”

昨日她才逼着他吃她炖得锅子都烧黑了的红烧肉，这样拙劣的谎言，以为他会信？

“我现在就把你放了，让我的人带你出府，作为交换，今天的事情你不能告诉任何人。你要是同意就点头，我给你松绑，但你不能再咬舌头了。听明白了吗？”

房内陷入一阵静谧。

两人僵持了好一会儿，终于，郑易充满警惕地，缓缓地点了头。

李颐听松了口气，先帮他把白布扯掉，见他的确没有要再咬舌的意向，于是快速给他解绑，然后立即倒退三步，转头把红豆喊了进来，让她送人出去。

红豆一脸惊慌，不敢置信地看向郑易，再看回李颐听：“这就结束了？这么快？”

李颐听捏了一把她的脸：“你一个小女子脑袋里都想什么呢？我们什么事都没有，快把人送出去，不要被外祖母发现。”

郑易比红豆还要不敢置信，愣愣看了李颐听老半天。

宋炽转性了？真的就这么放他走？

李颐听：“再不走我就改主意了。”

郑易“嗖”地起身，“嗖”地抓过帽子，“嗖”地跟上红豆，惊魂未定地跑了。

比他咬舌自尽还快。

经过李颐听旁边的时候，他还将衣领往脖子上拢了拢。

李颐听：“呵呵。”

「 第二话 」

当他魏登年是什么

1

换衣洗澡折腾了一会儿，红豆又给她煮了碗姜汤喝下，在被子里塞了两个汤婆子，离开时已过子时。

李颐听打了个哈欠，灭了几盏烛灯，却衣冠整齐地坐在床上，没有要睡觉的意思。

没过多久，近处的烛光晃动了一下，一团绿色的仙气先至，慢慢凝成人形，走到了李颐听眼前。

李颐听斜眼：“您老人家还知道来看我啊。”

月老搓搓手：“你这不是现在才得空嘛。”

李颐听道：“我记得我接下这任务时，您还受了天帝之命，说要尽全力照拂和帮助我？”

“所以你看，老夫来得多快。”

月老已经知道了事情始末，笑得一脸没脾气。

李颐听嘴里哼哼唧唧，见好就收：“现在出了这么大的岔子，咱们该怎么办？”

“你都顶替宋炽活过来了，苏觅的身体你是别想了。”月老凑过来道，“不过别说老夫不管你啊，虽然你现在没法术，但老夫想尽办法给你讨了保命的法子，关键时候能救你一命。”

月老伸手，掌心微微冒出一道金光，越变越亮，陡然撞向李颐听的额头。

她脑袋一凉，月老手上的金光已消失不见。

李颐听将信将疑：“这东西能保命？”

月老：“天帝给的。”

李颐听：“我信。”

好你个狗腿。

月老哼了一声：“真到了危难时刻，你便念出咒语，这金光可替你挡下致命一击。记好了，咒语是……”

月老压低声音，在她耳边念了一遍。

李颐听：“为什么突然这么小声？”

月老：“这样有感觉点。”

李颐听：“听上去也太别扭了，换个短的吧。”

“不行，就算是咒语，也要保持老夫的文风。”月老假装没看到李颐听嫌弃的目光，“老夫还要提醒你，这咒语只能使用一次，用过就失效了。若你要将它用于救人，只需要把‘我’换成‘他’即可。”

李颐听：“就这么一次宝贵的机会，我怎会用来救别人。”

月老明显不信：“你不是对魏登年那小子喜欢得不行吗？他可是多灾多难。”

李颐听摆手，又拍拍自己胸膛，笑嘻嘻道：“喜欢归喜欢，还是我的小命更重要。”

月老一脸“你怎么是这种神仙”的表情，转头去拿了颗桌上的青果子，咬得咯吱咯吱响。

李颐听哈欠连天，赶他：“我要睡觉了。”

月来顿了一下，三两口咬完，在衣服上蹭蹭手，慢吞吞从袖子里掏出一条冰蓝色的腕带。

“你可别说老夫对你不好。喏，这东西给你，发生紧急情况时，拿袖子擦一擦它，可以召唤仙友下来帮你。”

李颐听困意减去一半：“可以多次使用？”

“嗯。”月老停顿了一下，“不过不一定每次来的都是我，你……你没事少擦它。”

李颐听看了眼今日格外大方，甚至大方得有些蹊跷的月老，权当他是为这接二连三的纰漏补偿自己，眉开眼笑地接过来：“多谢神君，神君真是九重天最好的神君！”

“行了，闭嘴。”月老打断她接下来熟门熟路的马屁，挥了挥短胖的胳膊，回九重天去了。

李颐听攥着手里花纹简单的冰蓝色腕带看了看，平平无奇，没看出什么端倪，于是小心折好保命的东西放在枕下，抱起一个汤婆子，脚边贴着另一个汤婆子，舒舒服服睡了过去。

太师府里折腾了半晚，逐渐恢复往日的平静。与此同时，周府却灯火通明。

魏登年前脚进府，周映后脚便呼啦啦带着一大批家仆将他拿下。

“就是这个混账东西，害郡主掉进护城河，让我们周家遭殃。来啊，给我把他丢进柴房！”

周映是周府的庶长子，也是周府唯一的儿子。

他只比魏登年早一炷香回府。

周家家主是地方县丞，平日只负责处理些文书，不过周家每年没有少供东西上去，所以与县令关系甚好；太师府的老太师是从天子脚下的都城搬到这偏远城池的，就图个清静，平日里压根不闻窗外事。

是以除了县令和太师府那尊佛，在这一块，他家也算是只手遮天。

周映这个人，简直是跟他娘一个模子刻出来的，绿豆眼，牛头鼻，就那一张嘴长得端正，但是端正了反倒衬得其他五官极丑，笑起来的时候，那肉厚的大鼻便跟嘴巴一样宽。

周映平日仗着他爹这个小官活得很是大摇大摆，但是再大摇大摆在郸城也十分局限，周映一直想当个比他爹更大的官。

宋炽的出现让他两眼放光。

可谁都知道这郡主就是个跋扈的草包，尤其今日宋炽挑人陪她一起去玩冰嬉，这可是个难得的与郡主亲近的机会。

周映嫌弃身边那些个粗笨丑陋的家仆，便把魏登年带在身边。让从前的将军之子当牛做马，多么威风。

而且他还早早做了其他准备。

见郡主喜欢郑易那种书呆子，周映便特意花了大价钱从别人那儿买来了一些酸儒诗句，笃定能一举拿下宋炽芳心，让她把郑易抛到脑后。

没想到，竟然让魏登年捡去了这个大便宜！

周映既嫉妒又不甘心，还有点怕魏登年一朝鸡犬升天回来报复，躲在暗处偷看，没料想看见宋炽掉进了湖里。

郡主受伤，那可是大事！

宋炽平日就对他们呼来喝去，刁蛮任性，郸城冬天的河水冰冷刺骨，她吃了这么大一个苦头，回头还不得上门找麻烦？

周映骂骂咧咧地冲回周府，周家家主、家主夫人还有姨娘陈氏全都被惊了出来，在大堂你一言我一语地商量该如何请罪、赔多少银子珠宝才能不牵连到周府。

但是考虑到郡主本就不缺银钱，又在气头上，怕是糊弄不过去，于是周府人想去请罪的心理逐渐转变成了推出魏登年，保全全府。

反正都是他惹出来的。

只要郡主一来找碴，他们就把魏登年交出去让人消气。

魏登年一回周府，两个小厮便把他架起来往柴房里拖，周映还对着他的后背狠狠踹了一脚。

魏登年早就昏昏沉沉，走到周府已费了极大精力，被踹得往前一栽，架着他的两个小厮都差点没搂住。

周映还不解气，又把侍候魏登年的老仆妇叫到面前痛骂了一通，责怪她没有好好管住人。

老仆妇下意识地顶嘴：“是公子您把他带出去的，怎么这会儿又怪我呢……”

周映剜了她一眼，老仆妇不作声了。

老仆妇姓赖，她之所以顶嘴，不是护着魏登年，而是因为她是在周家做了十几年的老人，一直跟着大夫人，也是家仆里跟周映一样嚣张的主。

之所以会让赖婆子去“侍候”魏登年，完全是因为当年周家买入魏登年这个远房亲戚时，在外面人看来是收了魏登年做干儿子，在府里当少爷养的。

只不过关起门来，在别人看不见的地方，就不是那么一回事了。

周映看着那人虚弱得几乎被小厮在地上拖行的背影，骂道：“你去，让他多吃点苦头，明日郡主兴师问罪，见他那副要死的样子也能消消气。”

“是。”

其实压根不用周映格外提醒，赖婆子被周映这么突然说了一通，也是要在魏登年身上找晦气的。

推开门，湿答答的少年蜷缩在一堆干柴边，瘦瘦小小一团，惨白着脸，双目紧闭。

赖婆子一边快步走过去把他拽起来，一边开始骂他：“全府上下都因为你这个丧门星让郡主落水担惊受怕，你倒好，还在这里睡觉，没脸没皮！”说着就伸手在魏登年胳膊上狠狠掐了一下，把人强行掐醒，又用力一巴掌拍在魏登年的后脑勺上。魏登年眼睛尚未完全睁开，就被她“吧唧”一下拍倒在地。

他除了早上吃的半个馒头，一日未进米水，腹中饥饿，再加上下水救人耗尽了力气，又没有换衣，天寒地冻，一身冷意往骨头里钻，此刻连爬起来把脑袋捂住的力气也没有。

魏登年浑身烧得滚烫，其实没有什么痛觉。对他来说，这些痛是不打紧的，反正每天都会发生。

可是屈辱感没法忽视。

他脸贴着的是布满灰尘蛛网的泥地，鼻子里闻到的是赖婆子脚底踩过的烂叶鸡蛋的腐臭味。

魏登年气若游丝地笑了一下，整个柴房的烛灯好似都亮了一瞬：“你最好今日将我打死在这里。”

“什么？”赖婆子停下手来，怀疑自己听错了。

魏登年一字一句地道：“你今日若不弄死我，我来日必然会弄死你。”

赖婆子觉得好笑，蹲下来一把抓着魏登年的头发想骂他不自量力，可是对上他的目光后，那即将溢出喉咙的一声嗤笑忽然就悄无声息地泄了。

他的眼睛太黑太凉，就像浸过郸城最厚的冰湖，下水后还充着红血丝，每一丝红里都浸润着无声的阴狠恨意。

怎么逆来顺受的小子，忽然就冲她目眦欲裂了？

她不知道这世上积土成山并非须臾之间就能办到，只是忽然就打了个寒战，没由来地松了手，但下一刻又觉得好笑，她在周府狐假虎威了这么多年，竟然被这辈子都翻不了身的罪人之子给唬住？

她讪讪冷哼一声，起身踢了他一脚，扯扯衣服就锁门出去了。

2

翌日，郡主果然上门了。

门口的小厮慌不择路地冲进来禀告时，周府一大家子还在用早膳。

“这么早！”太阳都还没出来呢，周映咋舌。

看来郡主果真气得不轻。

一大群人丢了碗筷，呼啦啦拥到门口跪迎。

舆轿停在府门外，轿夫有四，府卫有六，个个腰间佩有弯刀，不怒自威，光是这样的气派阵仗便让周府一众屏息。

轿边站着个柳眉飞扬的俏皮丫头，手里还捧着个雕花红漆盒子。等到周家人都行完了拜礼，她才撩开轿帘，朝里面伸出手：“小姐。”

李颐听早就迫不及待，无奈红豆这丫头非要弄什么气势，终于等到自己出场，她立刻搭上了红豆的手钻了出去。

舆轿外沿的华贵珠串随之晃动，李颐听一出来，往地上一众人扫了一圈，没见到想见的，立刻道：“都平身。魏登年呢？”

宋炽长得不差，不说倾国倾城，也算是清雅大方，担得起皇家贵女的名头。

只可惜她往常混账，喜欢作天作地，又爱穿金戴银，把自己整得庸俗不堪毫无气质，如今这身躯壳还在，但里子已经换了。

李颐听将柜子里那些大红大绿的衣服全都扔了，今日出门就让红豆给她梳了一个简单的追云髻，一头青丝全部用一根簪子绾住，再穿一件藕粉小袄，整个人显得清爽娇嫩。

周映偷偷瞥了一眼，有些春心萌动——郡主好像更好看了。

周县丞恭敬地上前两步，讨好一笑：“回郡主，我已将那害您落水的小子关进柴房了，就等郡主发话处置。”

李颐听皱眉：“什么？”

然而她还没继续，红豆已经大喝一声：“混账！那是把郡主救上来的恩人，郡主今日能踏足你们这里，就是特意来恩赏他的，你们竟敢糟蹋郡主的恩人！”

周县丞被一个丫鬟吼蒙了，又不好发作，脸上一阵红一阵白。

周府其余人面面相觑。

郡主这么知恩图报的吗？没听过这种传闻啊。

李颐听摆摆手：“先带我……本郡主去找他。”

周映心道大事不妙，一个箭步冲过去：“郡主稍等。柴房偏远又不干净，郡主不便踏足，不如移步去大厅等候如何？小的马上叫人去把他带来。”

李颐听刚要拒绝，红豆拉拉她的袖子。

李颐听瘪瘪嘴：“好吧。你们也忙你们的去吧，不必劳师动众地陪着。”

红豆：“听到了吗，郡主不想看见你们，除了去一个人带魏登年过来，再有个小厮给我们带路，其余人都麻溜滚蛋。”

李颐听：“……”

这个小丫头，真是有能把好话说成坏的的好本事。

宋炽从前如何跋扈的，从她贴身丫鬟的言行举止可见一斑。

周府的人被红豆一骂，迅速散去，只有一个小厮战战兢兢地将她们领去大厅，小心翼翼地侍候。

这边刚落座，周映那边忙不迭地忙碌起来。

头等大事就是把苟延残喘的魏登年提出来。

那货就剩一口气了，晕在地上动也不动。

两个小厮上前把他架起来，他垂着脑袋，眼皮都未掀一下，那下巴尖得令人心惊，乍一看比旁边的小厮还少一圈肉。

周家的主子此刻都聚集在柴房里。

周县丞急得拍手：“我就说了！我就说不能对他那么苛刻，现在他成了郡主的恩人，要是当着郡主的面攀咬我们可如何是好！”

周夫人柳眉倒竖，狠狠瞪了周映一眼：“都怪你的庶子！平日要打要骂就算了，那是个身子骨弱的，昨日还把他关进柴房，现下这副模样，可如何将人交给郡主？蠢货！”

姨娘陈氏“哎呀”一声，把周映拉到身后，娇声娇气地笑了一下：“姐姐，都这时候了，别自家人乱了阵脚，先把这病秧子弄醒吧。”

这话点醒了众人，周县丞立刻道：“快快快，郡主还等着！”

顾不上让魏登年自己换衣服，几个家仆拿热毛巾给魏登年擦醒来，然后遵着陈氏的吩咐给他擦干身子。

两个妇人出门回避。陈氏柔声细语地把县丞和大房先哄走了，她亲自去挑了件儿子拿来装门面的好衣服让人给魏登年换上。

周映起先还不让，说那是他花了数十两银子定做的，然后就被最心疼钱的陈氏一通臭骂："还不是你闯的祸，要是你不插手，现在哪能是你娘我来管。"

周府早就跟魏登年撕破脸了，现下讨好已是来不及。见魏登年悠悠转醒，陈氏半是提醒半是威胁地给他倒了一杯热茶道："郡主要见你，说是你昨日救了她，算是你小子好运气。等会儿该说什么不该说什么自己掂量着，就算郡主待你如恩人，你也别动什么歪念头，你的命终究还是握在我周家手里，知道吗？"

魏登年连喝三杯热茶，连带着茶叶一块儿嚼了吞下肚，勉强打起精神。

此刻他已经清楚了前因后果，一张谪仙般的脸上瞧不见半点反抗的端倪，平静地"嗯"了一声。

陈氏满意点头。

糟践他这么多年，锐气已经挫了个干净，再凶猛的虎都磨成了病猫。

她又盯着他的脸瞧了半晌，蹙眉道："太白了，没一点血气。"转头招呼旁边的小厮，"还不快去我房里拿一盒胭脂来给他扑点。"

大堂里，李颐听慢条斯理地吃了一碗玫瑰乳酪茶、两片茯苓夹饼、三块枣泥酥，还是没见魏登年的人影。

她歇嘴片刻，有些坐立难安，手指有一下没一下地敲着桌子。

红豆把李颐听的动作收进眼底，招手叫来小厮，劈头盖脸便骂："让你们去领人，怎么让郡主等这么久？你们少爷是不是比别人少一个膝盖！爬着走都该到了！"

李颐听咳了一声，从红豆嘴里救下可怜的小厮，将人打发走，幽幽道："我觉得你不应该叫红豆。"

红豆眨眨眼："这是小姐你给我取的名字呀，我不叫红豆那要叫什么？"

李颐听："喷豆。"

红豆："这个也好听，只要是小姐取的就好听！"

李颐听扶额一笑。

主仆俩正说着话，就见刚刚打发出去的小厮一脸捡回条命的高兴神色奔进来："来了来了，他们来了。"

李颐听立即抬头望去。

先进来的是脸上不大高兴的周映。

紧跟着的便是魏登年。

再然后，李颐听便不知道了。

那人一出现，便吸引了满室目光，叫她也好似再看不到别人了。

魏登年穿着件白鹭云绣祥云袍，肩线处似乎有些宽大，可就是这宽大，阴错阳差将他衬成九天碧落下凡尘的仙人。

浅金色的如意暗纹贴着衣襟和袖口，将他的眉眼衬得贵气逼人，而腰间大片大片的红色冬锦花又和他左眼眼尾的那颗浅痣一般火热惹眼。

这样招摇的富贵颜色其实不大适合男子，例如花了大价钱做这身衣服的周映，穿着就跟小厮偷了主人的衣服一般。

可这世间就是有这样好看的人，所有的衣袍穿在他身上，都像是量身裁制。

若是这姿色放在九重天，怕是司白也得往后排。

李颐听仔细瞧着他的脸，已经不像昨日那般憔悴苍白，便放下心来。

赔了衣服还不讨好的周映在旁边看着郡主和她的丫头望向魏登年的目光，妒忌得心肝痛："小白脸，呸。"

魏登年面上没有过多神情，径直走向李颐听："听说郡主找我？"

李颐听喜滋滋地敲敲桌子："赐座。"

魏登年拱一拱手："草民还有要事，便不坐了。郡主有事请吩咐，无事草民便退下了。"

"有事有事。"李颐听伸手，旁边没动静，又拽了人一把，愣神半天的红豆才如梦方醒地把手里的盒子递了过去。

雕花红漆的盒子打开，里面装满了各式珠宝。

别的宝石玉器倒也不稀奇，那四颗南珠就有些不一般了，两颗粉色两颗青白，玉润浑圆。

这原是太后在世时赏给濮阳王妃的，原本有五颗，濮阳王妃取了一颗，请巧匠镶嵌在了簪子上，剩下的全部给了她唯一的独女宋炽。

魏登年的命簿上，关于他成为权臣之前的经历只有寥寥几笔，看不出太多内情，李颐听只知道大抵过得不那么顺畅。盒子里还有些金叶子什么的，他拿去打点下人，再给些珠宝孝敬周家的夫人姨娘，日子或许会过得松快些。

她的狐狸眼浅浅弯着，小手捧着盒子递向他："这些是我喜欢的，都给你。”

魏登年愣了一下，没有伸手接，盯着她的脸，想看出点捉弄人的心思，然而只从她黑白分明的眼睛窥见澄澈的笑意。

李颐听道：“拿着呀。”

魏登年退了一步：“草民受之有愧。”

“有什么愧，你救了我一命，这是你应得的。”

你推我让，最后还是李颐听一把将盒子塞进他手里。

旁边的周映鼻子都要气歪了。

不光没罚，还赏赐了一堆东西。

周映觉得，魏登年这个不安分的东西肯定趁着他离开冰湖以后，勾引郡主了。

就当所有人的注意力都落在那红盒子上的时候，李颐听悄悄地给魏登年送了个秋波。

魏登年浅浅一笑，然后朝她两眼一翻，昏了过去。

3

魏登年这一昏，昏得十分及时，就像掐着点一般。

周府上下因为他这一昏心惊胆战，几乎以为事情瞒不住了。

李颐听让人出去请大夫的声音，大得外面院子都听得见。

最后还是陈氏进来稳住了她，说是府里常请的大夫就住在隔壁街，已经着人去唤，马上便到。

陈氏一边安抚着郡主，那双涂了艳红蔻丹的手一边背在后面拼命摇摆。周映得了吩咐，附和两句，立刻出门安排。

李颐听和陈氏跟着抬魏登年的小厮一起去了他的厢房。

这是周府专门给魏登年置办的院子。若是有客人上门，他就住在这里；没有客人的时候，他就跟做最低等粗活的下人们挤在一起。

陈氏把李颐听送到厢房就匆匆走了，说是要去找周映催一催大夫。

李颐听没空管她。魏登年浑身发烫，还往外冒着冷汗，她俯身用帕子擦了擦，竟然擦下一些淡粉的颜色来。

李颐听惊疑不定，把下人们都支开，只留下红豆在侧，又拿帕子沾了点茶水给他擦脸。两颊的浅色胭脂尽皆抹去，露出张惨白异常的脸。

她顿觉古怪，敛眉不语，起身走走停停，却想不明白，干脆打量起这厢房来。

房间装潢得古色古香，墙上挂着几幅字画，书房里的书偏门杂类，有勾搭小姑娘的酸诗烂本，还有不着边际的志怪异闻，若是李颐听不了解，定要以为此房的主人是个顽劣公子哥。

周家似乎对魏登年这个买来救下的远房亲戚甚是不错。

魏登年一个罪人之子的身份，住在这样宽敞的大院里，粗粗一看，好像比周家的亲儿子周映过得更好。

但可疑的是，卧室里的桌椅都落满灰尘，方才倒水时撑在桌上的手印清晰可见。

李颐听打开衣柜，里面空空如也，连条腰带也无，怎么看都不像是个有人长期居住的屋子。

正琢磨着，周映带着大夫上门了。

大夫一把年纪了，不知是老眼昏花还是怎的，说是长期替周府看病的，可见到她，却以为她是病人，把药箱往桌上一放就要来搭脉。

周映“哎哎”两声，赶紧拉着大夫到了内室的床前。

李颐听冷眼看着，不一会儿便等到大夫的答复。

“微感风寒，没有大碍，开几服药调养就是。”

就知道他会如此说。

李颐听心中疑窦丛生，又说不上来什么。偏偏大夫走后，周映还觍着脸在旁聒噪不休，打听她会在郸城留到何时，笑声颇大，像只傻鹅。

李颐听朝里面扫了一眼，床榻之上的人被吵到，翻了个身。

李颐听对周映道：“你先出去，本郡主要在这儿等他醒来。”

周映大惊：“这，这怎么使得？怎敢劳烦……”

红豆：“你是个什么丑东西，敢在郡主面前晃荡？再不走，小心我抽烂你的衰脸。”

周映：“……”

李颐听：“哈哈哈哈哈哈哈！”

对不起，没忍住。

落日熔金，暮色四沉。

魏登年一觉醒来，只觉得许久没睡得这样舒服，软枕锦被，他恍惚以为回到了小时候的将军府。

他正想伸个懒腰，却发现右手不能动弹，半起身一看，床前趴着一个人，瑰丽的霞光从窗户纸里透进来，将她的半束青丝染上薄薄的金色。

她睡得香甜，枕着自己的一只胳膊，脸颊有一小块被压到，鼓鼓囊囊，泛着粉色，另一只手紧紧地牵住他。

或许是等他醒来等得无聊，睡前还捧来一卷诗词。

被风吹乱的那一页写着：芙蓉不及美人妆，水殿风来珠翠香。

眼前此景，当配此诗。

但是，与他无关。

魏登年静了片刻，想抽回手，哪知道李颐听抓得太死，一动之下，李颐听惊醒过来。

四目相接，他等她开口，可是那人却光是顶着张压出睡痕的脸，笑意盈盈地瞧着他。

魏登年被她看得不自在，败下阵来：“郡主在我房里做什么？”

李颐听道：“等你醒来。”

魏登年道：“等我醒来做什么？”

“带你走。”

这个人，真是次次语出惊人。

明明知道李颐听在说笑，魏登年心口还是冷不丁地沉了一下。

“郡主真是好生奇怪，我在周府待得好好的，为何要跟你走？你又为何要带我走？”

李颐听道：“我觉得你在这里过得不好，要是你愿意……”

“我不愿意，而且郡主也看到了，我过得很好。”

魏登年径直打断了她。

她从前也是这么对郑易的吗？她也拉过他的手，同他说要带他走吗？

那郑易也看到了她仰着脸，满是憧憬和欢喜的样子？

没由来地，魏登年心里生出了一些烦躁来。

下一刻，他就把这烦躁归结到肚子饿上面。现下他已经是饿过了头，身体没有昨晚那么难受，只是人昏昏沉沉的没有力气。

李颐听急道：“我说的都是真的，你要怎么才肯信我呢？”

魏登年撑起身子，调整到一个不太吃力的坐姿，嘴角轻浮地勾了起来：“草民当然相信郡主，郡主一句话，自然能将草民带走，但然后呢？铸个金屋把我藏起来？或是塞个清闲的官职给我？等到郡主像看腻郑易一样看腻了我，再换一个？”

李颐听：“你！”

“哦，或者是草民高估了自己。郡主前日还闹腾着给郑易做红烧肉，转头便打上我的主意，这样快的转变速度，恐怕醉翁之意并不在我吧？”

他语气放软，明明带着笑意讲话，却跟带着刺似的扎人。

被他这么一激，李颐听反而冷静了下来。魏登年敏感多疑，不相信任何人，那人就像是一片汪洋，普通的河堤圈不住他。

沉默了半晌，她道：“是我着急了。你先好好休息，明日我再来看你。”

魏登年瞧着她远去的纤细背影，冷着脸撇开眼去，心里更加肯定了他方才的试探。

郑易弄不到手，便胡乱找个人来激郑易，让郑易吃味吗？

当他魏登年是什么？

乞丐吗？

郸城的雪连下了一个月，贯穿了一整个年节。

极目望去，连绵的灰瓦上覆盖厚厚白霜，若是偶尔有场雨落下来，片刻后屋檐下便要多出一排冰凌，晶莹透亮的，敲一敲仿佛能听见乐声。

李颐听走后没多久，魏登年便起身从她赏赐的雕花红漆盒子里，摸出了三片金叶子藏在贴身的亵衣里，瑰丽圆润的南珠随着他的动作在盒子里晃了晃。

那东西珍贵又只有四颗，李颐听打开的时候有数人看见。魏登年没动，原样将盒子放回了桌上。

魏登年揣着怀里的三片金叶子推开了门，冷风灌进屋内，魏登年虚弱的身子被吹得往后一仰，晃了晃才定住，随后深一脚浅一脚地踩进积雪里。

寒风侵肌，每一下都是风刀霜剑。他兜着手，想尽量快些走路，但其实依旧走得很慢，走上一段，还要停下来猛咳一阵。

魏登年好笑地想，不知道做神仙是不是就是这种感觉，手脚软绵绵的提不起劲，饿得他连路旁的枯树都想掰断一根，先在嘴里嚼着充饥才好。

他脚下跟踩着朵云似的，一路飘进了下人房。

訾朝等级制度森严，下人也是分三六九等的，比如他就是跟五个做粗活的共用一间房，再比如表面上伺候他的赖婆子有一个单独的房间。

魏登年径直推门进去。

赖婆子在吃花生烤火，屋里暖热的空气一瞬间将他包裹，他一路过来绷紧的身子终于微微舒展。

魏登年动了动通红僵硬的双手，从衣服里摸出一片金叶子伸过去，十分费力地说出句话：“我要喝肉粥，还要一壶热酒。”

膳房人多眼杂，要找个人贿赂拿到吃的不容易，不如就近。

赖婆子早就听说郡主给了他赏赐的事情，正想着怎么弄点来呢，人就自己上了门。

她一张老脸笑得褶子都堆了起来，忙不迭收了金叶子，扶着魏登年坐下来，然后喜滋滋地出门去弄吃的了。

这些人的势利劲儿，魏登年见怪不怪，捏了两颗花生进嘴，坐在炉子旁边慢慢地嚼着。

周府也不是说完全饿着他，只是每日两顿的让人来送，都是些残羹冷炙，保证他不会饿死罢了。

天寒地冻，饭菜虽然不至于馊掉，但到了他手里也是掺着冰碴子的。

为了保命，他都会吃下去，即使里面还混了别的什么。

赖婆子端了吃食回来的时候，魏登年已将身上烤得微微暖和了一点，至少手脚恢复了些知觉。

炖得软烂香咸的肉糜下肚，再喝下两口热酒，整个人才算是真正活了过来。

他把剩下的半壶酒揣进袖子里，没有多停留便回了。

刚把酒藏进床下，周映便来了，身后还有两个小厮搬着一盆炭炉进来。

“哎呀，你怎么就起身了，身体好些没有？天寒地冻的，这不是怕你冻着吗，我给你送好东西来了。”

魏登年道：“多谢周兄，的确是好东西。”不然怎么每年的冬天他都没用过呢。

周映招呼着人把炭炉放到卧房的正中间，好叫来这儿的人一进门就能看见。

忙活了一阵，他一拍脑门：“哎哟，你瞧我这记性，竟然带了炭炉忘记带炭火了，要不你今晚忍忍算了，反正也习惯了。这炭啊，我明日一早保准给你送来怎么样？”

魏登年静静看着他，也不说破，随他演戏，嘴角始终挂着浅浅的笑意。

周映在魏登年床前坐下来，说了一堆废话，最后终于提起郡主的那份赏赐。

魏登年面不改色，拿起红盒，甚至没有犹豫，交到了周映手里。

“魏某住在周家，吃在周家，一朝有所得，也理应回报周家。”他顿了顿，恢复了些血色的唇扬了扬，“就请周兄替我交给夫人了。”

周映“哎”了一声，马上笑开了，一边说着这怎么好意思，一边怕他反悔似的，马上就接了过去。

竟没想到要得这么顺畅。

周映得了东西，得意扬扬地离开了。

魏登年安静地等了一会儿，陈氏和大房就一前一后，直直奔着那盒子来了。

他温温柔柔地冲二位行了礼，说盒子已经交给周映，让对方转交给夫人了。

的确是让他转交给夫人，只是转交给哪一位夫人，便看她们自己狗咬狗了。

那两人对视了一瞬，假笑一下，不再跟魏登年虚与委蛇，生怕慢对方一步地推推搡搡出了门。

他嗤笑一声，脱了鞋袜，爬上了床。

「第三话」

学成文武艺，货与帝王家

1

魏登年一夜无梦，天刚刚亮的时候，有人推开了他的房门。

他睡眠极浅，察觉到什么，立刻便清醒过来。

来叫他的丫鬟叫郁金，是大房身边的管事之一，年纪轻轻做事干练，笑起来有一份让人浑身不舒服的好本事。

尤其她还摊上给这个罪人之子送饭的活，既讨不到好，天气又冷，是以没给过魏登年一次好脸色。

不过这本事对魏登年没有用，他好似什么都看不到，仍然保持他自己的节奏，慢条斯理地接过冰碴子拌剩饭剩菜，又慢条斯理地吃完。

郁金一直等到那饭碗见了底，才冷哼一声，收了东西离开。

魏登年等她走远了，猛地蹿到院子里，边扶着树干边用手去挖喉咙，一顿饭吐出了大半，才连咳带喘地慢慢走了回去。

“阿年！魏登年！”

响亮亢奋的声音在背后响起，魏登年步子一顿，踏进门槛的那只脚收了回来。

昨日李颐听说要来，他听过就忘，哪知道她还真的来了。

回眸望去，一团火红便闯进了他的视线。

她看起来圆滚滚的，短袄外面还披了件厚厚的红狐裘，细白的脖子被一大圈柔软的白毛圈住，衬得那张笑眯眯的脸又小又娇俏。

倒真像是只山涧里的小狐狸。

李颐听嗒嗒嗒朝他小跑过去，身后几个被上面派过来打探情形的小厮被红豆关在院门外头。

院子里还多出了四五个人，名为丫鬟，实则一个个都跟大爷似的站在一块儿。

为首的赖婆子见到她立刻起身，笑得就像迎接财神爷似的。

李颐听奔到魏登年面前，催促着他快点进屋，小手一挥，毫不留情地把想跟进来的一众人都关在了外面。

谁也没想到她会来得这样早，周映还没来得及叫人给屋里的炉子添炭。

李颐听掀开帘子钻进屋里，发现还是那样冷，粉唇抽着气，小脚在地上跺个不停。

魏登年道："不巧炭火刚好用完了，还没来得及叫人去拿，郡主可以移步别的院子，想必炭火充足。"

"烤火太闷了，我一点也不喜欢！"她龇牙一笑，两只手从鼓鼓囊囊的披风里伸出来，露出还带有余温的食盒。

第一层里足足有六只五香鸡腿，她抓出一只递给魏登年："我亲手做的，快吃。"他太瘦了，得吃肉补肉。

魏登年没动："我不饿。"

"怎么，怕有毒啊？"李颐听扬了扬眉，见他不说话默认，嗷呜就在上面咬了一口，然后放回盒子里，又抓起另一只咬了一口，接下来以迅雷不及掩耳之势把剩下四只全都咬了。

她推开下一层食盒，又抓起一块糕点要吃，送进嘴里之前，被魏登年截了过去。

"到底是你吃还是我吃？"

李颐听笑盈盈地说："你相信我啦？"

魏登年："我只是有幸见过郡主送给郑易焦煳的红烧肉，瞧着这些正正常常的，好奇是什么味道。"

"那你全部吃完，一点肉末一块碎糕都不能剩下，这才是对我手艺的尊重。"李颐听摆出郡主的架子，"这是命令。"

魏登年盯着她的眼睛，想要在里面找到点捉弄或者已经洞察一切的同情，但是失败了。

他低下头，吃掉手上那块糕点，又端起鸡腿的那层食盒。

每一只五香鸡腿都被咬了一口，留下两排小小的牙印。

魏登年缓缓地把鸡腿送到嘴边，在小牙印旁咬出一个大牙印。

卤香多汁的肉味在味蕾里散开，热腾腾的雾气遮住眼睛，他压下心底翻腾的东西，吃得又快又狠，三口吞下一大只鸡腿，又拿起一只，六只五香鸡腿没一会儿就全部下了肚。

自新年以来，魏登年吃到了他的第一顿饱饭。

李颐听心情愉悦地离开，走出院子的一瞬间却发现周围多了不少家仆，一见到她立刻回避了目光，手里的活忙得飞起，浇花的浇花，洒扫的洒扫，提着东西路过的看似目不斜视，余光却全部黏在她身上。

红豆愤愤道："这周府实在太混账了，对郡主如此不敬，奴婢去收拾他们！"

"恐怕他们盯的不是我，"李颐听伸手拦住她，"走，我要见一见周茹。"

周茹是大房嫡女，李颐听初来周府时见过她。周茹的母亲是个凶悍妒妇，她也被养得骄纵刁蛮。

日日来周府没有名头，恐怕会招惹许多是非，这样的女子是个很好的掩护。

李颐听带着礼物找过去时，周茹原本还诚惶诚恐，但终究是个小女儿家，经不得夸，渐渐暴露本性，扬扬得意起来，不出半日便不知尊卑地和李颐听打成一片，又是赏花又是约好一起染指甲。

之后，李颐听连着几日跑去周府，一次也未去看魏登年，直直就奔去找周茹玩。

一直牢牢关注着郡主动向的县丞和大房彻底松了一口气。之前总担心哪一日郡主兴致大发要了魏登年，现下终于像一块石头落地，就连安排在魏登年院子里盯梢的人都撤了两个回来。

李颐听觉得时机差不多了，某一日留得晚了，便顺势提出在府里留宿一晚。

周茹立即答应了。周府上下收拾出最好的客房，张灯结彩、大肆宣扬跟郡主的关系，恨不得在整个郸城走街串巷地通告一遍，他们攀上了皇亲贵胄。

暮色四沉，华灯初上。

游廊渐亮，李颐听所住的客房早早熄灯，整个周府一片宁静。

一夜过半，“吱呀”一声，客房的门开出一人的缝隙，猫着腰溜出个人，一路小心躲避府里巡视的家仆，摸进魏登年的院里。

窸窸窣窣的脚步声隐隐传进耳中，床上的人在一瞬间睁开狭长的眸子，眼中睡意全无。

门被轻轻推开，虽然来人已经小心翼翼，但周围太过安静，哪怕一点声响在寂夜里也清晰无比。

魏登年伸手摸出枕下的匕首藏进怀中，放缓呼吸，仍然一副熟睡的姿态。

那人却没有径直走向他，而是先点亮了昏黄的小灯。

觉察到光亮的一瞬，魏登年微不可察地皱了皱眉，下一刻，身上的被子就被人掀开。

他猛然睁眼，沉沉戾气在看清面前人的那一刻缓慢退散。

“郡主深夜来此，有何贵干？”

李颐听道：“我要来干的事情，只能深夜来。”

她假装没看见他藏进身侧的匕首，拉开领口的红结摘下披风，又麻利解开了短袄上的一排盘扣，把短袄脱了扔开，露出里面毛茸茸的马甲和素白的中衣。

“你干什么？你要干什么？”魏登年那张少有表情变化的面孔上出现了一丝波澜，好似面具崩开了裂纹。

李颐听：“你别愣着，你也脱啊。”说着，竟向他走过去，上下其手地开始剥他的衣服。

“你疯了？”魏登年阻止她的声音开始发颤，撑着手臂想下床，却被横空出现的一只手按上他的胸膛，一把给推了回去。

他日日饥一顿饱一顿，力气现下还没一个女子大，居然真的被她按在床上扒了外衣。

细白软嫩的手在魏登年身上游走，他整张脸憋得发红，羞急得身体发抖，咬着牙气急败坏挤出一句话：“你这种无耻的行为要是被人发现了，是要被浸猪笼的！”

若是方才死气沉沉的面具下只出现了一道裂纹，此刻便是被震得粉碎掉得干净，他的脸上终于露出一丁点儿十八岁少年的鲜活生气来。

魏登年手忙脚乱地压着自己仅剩的单薄衣物，却阻止不了李颐听脱自己的衣服。

听到压在身上的人窸窸窣窣的脱衣声响，他深恶痛绝地闭上眼。

“你一个女子怎么能强行逼人做这种事！”

“……”

“好，我便真的相信你是喜欢我的，但这种事要慢慢来，心急吃不了热豆腐！”

“……”

听到李颐听动作未停，他紧紧抱住自己：“郡主！郡主听我说，强扭的瓜不甜啊！”

话音刚落，手被人从胸口硬生生抓起来掰直了，人也被扯了起来，背上一暖，多出件柔软的马甲来。

压在他身上的娇软身躯也退了下去。

魏登年错愕地睁开眼，李颐听已经退到了床边开始穿衣服，她穿在中衣上的那件白绒绒的马甲已经到了自己的身上。

昏黄的小灯被钻进屋内的寒风吹得忽明忽暗，晃过她憋着笑的清丽容颜。

魏登年终于明白，脸从红转白，又从白转红：“我我……我方才……”

“前几日找人定做的，就是我自己粗略估算的，没找你量过，不知道合不合适。”她努力保持平静，但还是被他听出语气里的揶揄笑意。

魏登年深呼一口气，努力调整呼吸，想要恢复平日的冷静，然而却下意识咬了咬后牙槽。

马甲上还残留着她身上的余温，从他单薄的亵衣一点一点浸入肌肤。

整个身子被一团陌生的、柔软的气息包裹，魏登年不自在地动了动肩：“你为什么要给我这个？”

李颐听道：“当然是因为我喜欢你啊。”

喜欢他，所以才会给他做吃的、送衣服，而不是因为知道了别的什么。

虽然惊讶于她的直白，魏登年似乎眉目舒展了一点，又极快地调整情绪，恢复公事公办的语气道：“那就多谢郡主。”

2

好难接近啊。

李颐听皱皱眉，正要说话，院外周映的声音却传了进来。

“不就是个下贱丫头吗，算什么东西，还敢拦我！早晚有一天，我娶了你们家郡主，再把你收进房里慢慢折磨！”他恶狠狠地“呸”了一声，打了个酒嗝。

周映盯了李颐听几日了，她日日来周府，自己却日日搭不上话。

好不容易等到今日郡主要在周府留宿，周映被他娘撺掇去勾引郡主，用他娘的话来讲就是，这世上没有女子抵得住温柔缠绵、孜孜不倦的攻势。

不过陈氏忘记了一件顶重要的事，前提是脸好看。

总之，周映束了发喝了酒壮了胆，结果还没走到客房就被红豆给打了出去，白花花的衫子上印了一串脚印。

他骂骂咧咧逃了回来，像往常一样来找魏登年出气。

魏登年在听到声音的一瞬间神色就冷了下去，眼睛里漫过晦暗森冷的寒光，连一点敷衍的笑意都没有了：“你从窗户那边走，快。”

他快速穿上了外衣，好像方才李颐听捕捉到的那抹局促羞愤只是她晃了眼。

李颐听沉默一瞬，在屋子里扫视了一圈，跑到书房，抄起案桌上厚重的砚台递给魏登年：“去把他打跑。”

魏登年不解地看向她。

李颐听道：“去吧。我早就看这个纨绔小子不顺眼了，能打多重便打多重，我担得起。”

“这可是你说的。”魏登年接过了砚台。

周映喝得脚步虚浮，门都不知道要怎么开，一双手把在外面把门拍得啪啪作响。

魏登年打开房门的瞬间，李颐听吹熄了桌上的烛灯。

如水般笼罩上来的黑暗中传出一记闷响，好像有什么东西飞出去落了地，紧接着便是周映惨烈的骂声。

“魏登年你个王八羔子，睁大狗眼看清楚你爹！”

“啊！老子等会儿要打断你的手！”

“你个瘪犊子玩意儿！啊痛痛痛痛！”

魏登年并没有停手，一下又一下，狠厉地砸在周映的胳膊上、背上，专挑不致命的地方下手。

周映的大骂声逐渐变成了吱哇乱叫的求饶，还含混不清地喊着自己是周映。

差不多了。

李颐听点亮了五六盏灯，整间屋子顿时亮如白昼。

住在后院的赖婆子和两个丫鬟此时才磨磨唧唧地走过来，一个个都是被周映的鬼哭狼嚎给号醒的，满脸睡意和怒气，然而一看到面前的景象，都傻得忘记骂人了。

李颐听适时走了出来，满目惊慌，一出来便往赖婆子身后躲：“你们怎么才来啊！本郡主睡不着想出来转转，哪知道迷了路，就跟魏公子问了几句，结果闯进来个贼人，幸好魏公子在这儿，本郡主就让他狠狠地打，打完抓起来，明日扭送官府。”

周映哇地吐出一口血，费力地朝李颐听伸出一只手：“郡主，是我啊……”

李颐听走过去，扒拉开周映散乱的头发，一张满是血污的脸露了出来。她左右瞧了瞧，摇头：“你是谁？”

周映又吐出一口血来。

丫鬟和婆子终于回神，呼天喊地地扑了过去：“公子！公子你怎么被打成这样了？”

周映被两个丫鬟扶了起来，痛得抽气，手一边抖一边指着魏登年：“你竟敢打我，你竟敢打我！”

李颐听“哎呀”一声：“你是周公子？”

周映刚要说话，她又问：“你怎么半夜来找魏公子，还一身酒臭味？”

“我，我……”周映支吾了半晌，闭上了嘴。总不能说是习惯了来找魏登年麻烦吧？

李颐听嫌弃地捂了捂鼻子，瞧着他吃了个哑巴亏，学着红豆的腔调道：“今夜你惊吓到了本郡主，以下犯上，混账至极，明日自己去领三十大板吧！”

周映两眼一翻，彻底不省人事。

看来宋炽从前骄纵混账的名头果然十分好使。

“你，给我带路，送我回房。”她又指了指扶着周映的丫鬟。

那丫鬟瑟缩了一下，手一松便跟上她的脚步。

扶周映的人少了一个，另一个丫鬟撑不出，周映随即吧唧一下摔在地上，脑袋还重重磕了一下。

赖婆子小呼一声，又捂住自己的嘴，保持着恭送郡主的跪姿。

君是君臣是臣，哪怕跟周家再亲厚，郡主也还是郡主，生杀予夺就在她的一念之间。

李颐听趾高气扬地跟着领路的丫鬟，行到一半时，忍不住回头望了一眼。

魏登年站在原地静静注视着她，漆黑的眸子像郸城冰湖的水，看不出喜怒。

李颐听是第二日见着周映领完罚才离开周府的，她亲自下场盯着，家仆们都不敢掺水，加上周映平常没少苛待他们，于是一个个都发了狠，周映的屁股被打得都比平日翘了一半。

李颐听心满意足地带着红豆回了太师府，却在进府后被老太师的人押着关了禁闭。

用老太师的话来说，就是在外面玩疯了，放着偌大舒服的太师府不住，不分尊卑地留宿在不入流的县丞家里。

李颐听也没反抗，反正那周映屁股上的伤一时半会儿也好不了，没那么快作怪，索性就在外祖母家休息一段时日。

李颐听让红豆在炉子旁边搭了个卧榻，一边烤着火一边往嘴里丢果脯，手上没停地翻着周家大房二房偷偷塞给她的金银玉器。

二房看中她的身份，想让她写封推荐信给周映博一个好前程；大房则纯属是见不得二房巴结她，所以上来凑热闹。

虽然县丞官小，但没料想家底倒是丰厚。

两个妇人送来的东西都挺贵重，别的不提，大房送来的那根簪子着实不错，嵌在雕花下的老翡翠色泽纯正浓绿，以李颐听早就养刁的眼光来看，并不像是集市上流通的普通玉石。

她钻研了片刻，招手唤来红豆送与了对方。

不要白不要，李颐听权当给魏登年出气，能卖的还可以偷偷拿去变卖银子补贴魏登年。

收了簪子的红豆受宠若惊，连问了三声：“真的是给奴婢的吗？”

李颐听笑着给她簪上：“是啊，我又用不上这些。”

红豆站在镜子前感激涕零：“小姐，您有什么用得上的，奴来帮您！最近您那个新欢魏登年好不好？我帮您把他打晕带回来！”

李颐听：“你出去……”

红豆：“算了算了，那小子看着也经不住打，要不下药吧？”

李颐听：“你一个小姑娘怎么成天就是打骂下药的……要是实在想为我做点什么，有空就多去月老庙跑跑，帮我跟魏登年求个好姻缘。”

好歹她也是月老的人，供奉香火，还能得点分成。

在太师府被关禁闭的第二日。

窗外滴滴答答，李颐听趴在窗边听雪化。

这是老太师给她划的独院，但格调基本和府里一致。那些假山假水雅致归雅致，看久了却也觉得刻板无趣。

李颐听盯着院子里开得正艳的红梅发呆，严丝合缝的院门忽然开了。

刘掌事走了进来，身后还领着个翩翩斯文的白衣男子。

行走规矩，目不斜视，见到她拱一拱手，不卑不亢地唤了一声郡主，只是她伸手去扶他时默默往后退的那一步暴露了心底的恐惧。

李颐听哭笑不得，把目光转向刘掌事。

“这是太师给郡主请的先生。太师说了，郡主过得太舒坦了，在都城时怎样她不管，但若是想住在太师府里，须得每日跟先生学习三个时辰。”

“三个时辰？”刘掌事没得感情的声音刚落下，李颐听便跳脚了，“这也太久了！不行不行。”

她要是每日学习三个时辰，哪还有时间见小美男。

刘掌事：“老太师说，郡主若是答应，便不再关禁闭，除去学习时间仍可出府；若是不答应，便禁闭一月，再送回都城。”

李颐听：“学。”

刘掌事得了回复便独自回去复命了，屋子里又安静下来。

李颐听拿起手边的两卷书，翻了翻又合上了。

真是没意思，没想到过了上百年，人间学的还是那套繁文缛节，酸诗滥调。

她一下子就把注意力放在了太师给她请的先生身上。

小先生唇红齿白，对上她眼睛的时候，还下意识缩了缩脖子：“郡主，我们今日先来学……”

“郑易，你这样怕我，为何还来教我？”李颐听打断他，手肘撑着桌子好笑地问。

“草民，并没有怕郡主。”

“哦？是吗？”李颐听一点点凑了过去，每凑近一点，他就往后仰一点，直到退无可退，从椅子上跌了出去，又立刻从地上弹了起来。

李颐听喉咙里溢出笑声，郑易像只惊慌的兔子，犹犹豫豫，不敢看她的眼睛：“父亲是私塾的老师，有个学生天赋极好也同草民交好，只是年节过去后便未再来上过学，草民去他家中拜访，得知他父亲出行时摔坏了腿，为了救治，已经花光了家中积蓄，草民便想……”

李颐听道：“你便来教我，赚取银子给你的好友，让他继续上私塾？”

郑易：“是。”

之前见到她还要咬舌自尽，如今为了好友却自己上门，小书生还挺有义气。

“那不如这样，你每日来我房中待足三个时辰，不论我是吃饭睡觉还是看话本子，我们井水不犯河水，我不赶你走，你也不能向外祖母举报我。如何？”

郑易脸红红的，十分坚决地摇摇头：“食君之禄忠君之事，不可糊弄。”

倒是正直。

“可是你要教的这些我都会了，你还没学过的我也会，再学一遍岂不是虚度光阴？”李颐听喜欢看小美男，魏登年那样摸不透的喜欢，郑易这样软绵绵的也喜欢。此刻她捉弄人的兴致又上来了，笑眯眯地问，“不过若是你教我，公子在侧，添香磨墨，也不算虚度光阴了。”

郑易一张脸仿佛被烤红，看着李颐听不怀好意的笑脸，拼命忍住想要夺门而出的念头，道：“那郡主既然说草民要教的东西您都知道，不如让草民出卷考一考您，若是十之有五都答对，草民便每日只教您一个时辰！”

李颐听道：“若是我答对十之有九，你又当如何？”

郑易道：“那草民便引咎告退。”

“引咎不必，你一心为友，我也不愿意因为我断了他的前程。若是我答中十之有九，你照我之前所说即可。”

“君子一言，驷马难追。”

郑易微微一拱手，在书案前落座，用镇尺压住铺开的纸张，沾墨落笔。

李颐听在旁提醒：“不必因为我的身份而有所顾忌，既然是考试，你便按照考试要求出题吧。”

郑易颔首：“那是自然。草民虽未去过都城科考，但跟着家父学习，也做过几张类似的考卷，定尽全力。”

真是不客气。

3

法令、算术、书法、文才、政论都是科举考试的题目。

其中以八股文最为主要，也最难。测试的内容是经义，要求从《诗》《书》《礼》《易》《春秋》这五经中，选择一个主题来进行写作。

八股文中有四个段落，每个段落都要有排比句，有排比的段落叫四比，后来又叫八股，对文章的字数、句子长短，每一句的声调等等都有严格要求。

郑易不愧是书香门第，卷子出得很有水平，大部分科举考试考题几乎都有出现，但是占比不多，每类一两道，整份考卷下来就像减缩版的科举考试。

李颐听看他的眼神有了一丝欣赏。

答卷容易出卷难。他仅凭自己做过一些卷子，在私塾读过几年书，就能出一张这样规矩的试卷来，本身便说明对不同种类的题目他都了解不浅。

这样的男子纵然出身小门小户，但瑕不掩瑜，或许有一日能够踏进庙堂之中，成为晋朝的栋梁之一也未可知。

答卷之前，郑易收走她书案上所有书本，给李颐听发了白纸作为草稿，善意提醒道：“草民的卷子涉及经文繁多，难度不低，郡主可以选一本经文作为辅助答题。”

这是不客气完了又担心难度太高，给她一科开卷了。

但即使有一本经文在旁，恐怕也只有一两题涉及，还耽误时辰。

“不必了，我答成什么样子就是什么样子。”

李颐听摆手，跟郑易换了位置。

卷子上这些东西她全都不陌生，甚至其中一道策论题就出自她前世的老师黄遇呈给桦阴国皇帝的贺表。

她双亲早亡，被孝帝封为桦阴国郡主，冠以皇姓，自小养在宫中，特许她跟其他皇子一起去尚书房听课。她三岁能背三礼、三传，五岁能作七言诗，十岁在桑清辩论会上舌战群臣。除了桦阴国太子李昌师外，论学识口才，她在皇子中难有敌手。

孝帝曾夸她，安儿之才世间罕见，若是男儿身，当为国之砥柱。

李颐听深知寄人篱下的微妙处境，不以为夸奖反当激励，此后更是发奋努力，文也出众武也拔萃，一心把自己"最大利益化"来报效桦阴。

自她懂事起，便记住了一句话——

学成文武艺，货与帝王家。

后来她的确做到了，只是却是以完全相反的方式。

李颐听甩甩脑袋，深呼了一口气，把脑袋里妄图无限延长的思绪拉扯回来，放到面前的卷子上。

她提笔沾墨，狼毫游走纸上。

郑易原本还在书架前看杂书，既能一抬头就看到李颐听，又不至于离她太近；可是从她提笔开始，郑易便捧着手里的书卷忘了翻页。

李颐听下笔如有神助，手腕翻转，笔走龙蛇，几乎没有任何停顿。

半炷香过后，已作答五题，字迹不似女子的娟秀小楷，反而遒劲工整，力透纸背。

郑易走到李颐听身旁，扫了一遍她已经写完的答案，深深看了她一眼。

竟然全部答对。

谁不知道宋炽骄纵草包的名头？若不是他亲自现场出题，绝无可能提前得到答案，郑易几乎要怀疑郡主是在作弊。

可这房中再无第三人，无人可以给她提示，且他就在旁看着，白纸黑字皆出自她手，无法作弊。

他屏息凝神，盯着她笔下的考卷，神情从疑惑到错愕，再到讶然。

此刻李颐听在作答的这道题，乃是他出的墨义十道中的一题。

墨义乃是从经书中编出若干个问题，要求考生用经书原文回答、策论——这是科举考试中最重要的考法之一。

郑易出的题目乃是关于亡国之时体现民族气节、国家大义的。

这题好答，人人都能说上几句；也不好答，因为他没有标注出自哪一本经书。

郑易的打算是，不论郡主写哪一段，只要是默写出其中一段，都算过关。

然而李颐听几乎不假思索便落笔下去，洋洋洒洒，竟然将前后一千年出自名家之手的所有经书里关于国家大义的原文一字不落、一气呵成地默写了出来。

这就算是他，不，就算是他的父亲，也做不到如此。

答完这题已经是一个时辰之后。天色已经暗沉，老太师派来打探的人来了一波又一波，见郡主难得专心学习的模样，全笑着去回禀了。

老太师派郑易来授课这招实在太妙。

只有红豆暗搓搓地在窗户下面边往里瞄，边默默嘀咕：

"小姐果然又换人了，对着郑公子竟然能看得进书……"

宋炽这具身体许久没有规矩地坐这么久，此刻腰酸背痛，于是李颐听提出先吃晚饭，休息一会儿。

为了避免有作弊的嫌疑，她特意叫人把饭菜端进书房，和郑易同用。

后者不敢跟她同桌用膳，抱着碗筷蹲在旁边，吃得勉强。

饭后，李颐听马不停蹄地又开始作答。虽然这卷子不像真实的科举考试那样得做个一天一夜，但一天时间也是要的。

李颐听担心吓着郑易，还故意答错一道，空了一道。

最后写完时，已是子时。

熬到现在，已经超出了原定的三个时辰，李颐听肚腹空空身心疲累，打着哈欠，毫无形象地伸了个大大的懒腰，从位置上走开。

不等她开口，郑易便迫不及待坐下阅卷。

李颐听叫来红豆，一口气点了上十道糕点零嘴，东西端上来后就在旁边搭了张桌子，开始吃宵夜。

整个书房都弥漫着食物的香气，郑易却跟闻不到似的，把卷子翻得哗哗作响，时不时抬起头，难以言喻地看她一眼。

有些他都要翻书才能比对的答案，她竟然能轻松答出。

每阅一题，郑易的内心就受到一波冲击，他曾经嗤之以鼻的人，此刻不断将他的认知刷新重组，甚至让他感到惊艳。

直至此刻，郑易终于惊觉自己说的答对十之有五便每日给郡主授课一个时辰，竟是大大折辱了她。

眼前的白纸黑字让他不得不承认，光看她这份考卷的答案，他根本没有教她的资格。

他引起为傲的才气，自以为是的清高，每一次见到她都嫌恶地不肯正眼以待的心态，此时全数倒塌，皆化为不知所措。

直到批阅到后面，看见了李颐听的错处，他才微微收敛表情。

郑易把批好的卷子呈递给李颐听后，恭恭敬敬朝着她一拱手，久久不起。

只是这一次并非皇权等级的制约，而是彻底出于自身的敬佩尊重。

李颐听毫不在意分数，接过去随手放在了一旁，手里还抓着半块玫瑰酥饼，含混不清道："如何，郑公子可答应跟我合作了？"

"传言误人啊！"郑易脸上的羞愧之色溢于言表，"郑易这便去回禀老太师，郡主之学识，放眼去年庙堂科考考生前三，也不过如此，还请郡主与老太师另请高明。"

"哎，不要这么兴师动众，这件事就不要让外祖母知道了，其他人也不必知道……既然外祖母想让我学，我学给她看就是了。"李颐听摆摆手，"不过你方才答应我的事情可不能不作数，难道你不想帮你朋友了？"

郑易思忖良久，李颐听又抓起一块牛肉小卷开始啃，啃完后他终于点头。

李颐听大感宽慰，拉着他坐下一起吃东西，忘记自己爪子还油乎乎的，他白净的衣袖上立刻出现五个油指印。

她"嗖"地缩回手，下意识地看向郑易。那人怔怔盯着她，好像根本没有发现。

他语气真挚道："郡主，经此一事，郑易向你保证，此生再不信众口铄金。"

"我知道了。"李颐听赶紧把手上剩下的牛肉小卷全部塞进嘴里，腮帮子被撑得鼓鼓囊囊，就像两个白软的小包子，然后冲着他心虚地笑，"知道了。"

李颐听得了一个自由的时间段，还得了一个日后为她打掩护的人，也算是前世那些无用的学识为她尽的最后一份力吧。

她压住想去见魏登年的念头，乖乖爬上床睡觉，第二日起个大早，一起床就催红豆去请郑易来教书。

在房中磨了三个时辰后，最后连郑易都忘了送，头也不回地就奔去了周府。

李颐听跑起来没有一点规矩，跟发疯的野马似的，袅袅婷婷、婀娜多姿这样的好词，全都不适用。

若换作从前，郑易定要觉得此人粗鄙无脑，现在却从那些粗鄙里，看出点直率性情来。

郑易心绪不定地在她后面走着，脸上又重新浮现昨夜的茫然。

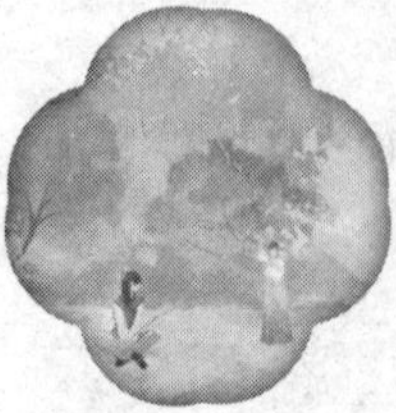

「第四话」

来日方长，你总有一天会喜欢我的

1

李颐听来到周府，出来迎接的人里果然没有周映——那人估计还在床上趴着，不知今夕何夕。

没有了缠人的牛皮糖，李颐听心情更加愉悦了。

她让红豆把赖婆子和院里的两个丫鬟撵了出去，直奔魏登年的房间。

小美男正捧着一卷书，安静地坐在房中，对她弄出来的动静充耳不闻。李颐听小跑到他面前，他才微微一笑，假得不能再假地口头上行了个礼。

李颐听不计较这些，她下凡来又不是看他行礼的。

她兀自搬来张凳子在他旁边坐下，没话找话。

“今日你房中添了炭火，倒是不太冷。”

“郡主觉得舒适就好。”

“你看上去气色好了些。”

“托郡主的福。”

他恭恭敬敬，虚伪且挑不出毛病。

偏偏这样的腔调，他做出来也不让人觉得讨厌。

李颐听无所谓地笑笑：“魏登年，外祖母给我请了个先生，我今日在他那里学了句诗，十分衬你，便想来告诉你。”

她粉唇微张，软软地念：“白玉谁家郎，回车渡天津，看花东陌上，惊动洛阳人。”

郑易并未教她什么诗，但她就是想夸他，往死里夸。

魏登年翻书的手一顿，转向她道：“郡主抬爱，草民没那个本事。”也没那个自由。

她笑得没脾气：“可你已经惊动我了。”

魏登年睫毛一颤，想说什么却先咳嗽起来，这一咳便牵动了胸前的伤口，脸上立刻浮现出一抹痛楚之色。

“你怎么了？哪里不舒服？”李颐听伸手去扶他，碰到他手臂的那刻，他却如同被蜇一般缩了回去。

李颐听蹙眉，抓住魏登年的手，想要卷起他的袖子来看。魏登年撑着桌子起身避开，还僵硬地往旁边挪了几步。

他的腿脚也不利索。

“魏登年，你从前见我总会跟我行礼的，方才坐着不动，是因为身上有伤？你若是不说，我便自己动手查看了。”

说着，李颐听真的走过去“检查”。

魏登年胸口微微起伏，一把抓住她乱摸的手，气急败坏：“腿、手、前胸、后背，就没了。”

“就没了？就？这不是全身都有伤吗？是谁做的？”

魏登年默不作声。

李颐听不停追问，他别开头她又凑过去，喋喋不休在他耳边重复：“谁做的谁做的谁做的谁做的……”

魏登年冷静的脸上崩裂出一丝无计可施：“周映在我的院子里受伤，二夫人心疼儿子，罚了几下。”

李颐听道：“可那明明是我打的，你完全可以推给我。”

魏登年道：“我当然推过了。”

李颐听：“那你今日为何还要瞒着我？”

“郡主你想多了，瞒你压根谈不上，只是我懒得提及罢了。”魏登年淡淡笑了一下，左眼角的泪痣跟他眼睛里淡淡的讥讽一般刺目，“草民每天都在被利用，从前在将军府被当今陛下利用，现在被周府、被你利用，草民习惯了，被谁利用都没区别。”

李颐听张了张嘴想要反驳，可瞥到他脖子那处没被衣领遮全的青紫伤痕，满腔话语忽然像被什么堵住，气焰“噗噗噗”小了一半。

“日后，日后我总会让你信我。”

魏登年提了提嘴角：“别费劲了郡主，我不会信任何人。”

“呸呸呸，日后的事，谁说得清楚呢，说不定以后我不喜欢你了，你还求着来找我呢！”李颐听歪了歪头，嬉皮笑脸道，“我会让红豆给你送些伤药来，你好好休养。”

她扔下话便跑了。

李颐听终于开始觉得登年小美男是个棘手的人物了，软硬不吃，和周府的关系也没有表面看上去那么好。

若是任其发展成为祸人间的魔头，他少活的阳寿补上后，天界就会派人把他收了。

要怎么样，才会让他对这世间少一些恨意呢？

这样好看的男子，光是活在世间，就是养眼的啊。

李颐听一夜未睡，走来走去，直至拂晓也未找到让他卸下防备的法子，最终决定暂时先去看看他私下真正的生活。她很疑惑，到底是什么样的生活，才能孕养出那样的眼神，和以后的魔头魏登年。

李颐听让红豆弄来了几套粗麻布衣，有男装也有女装。她挑了一身男装出来换上，又粘了假发，在唇上贴了一排白胡子，往脸上抹了些黑粉，乍一看，倒真像个六旬老人。

然后，六旬老人身姿敏捷地翻墙，溜进了周府。

此时正是积雪难融的时节，周府上上下下都在清扫。李颐听顺了把扫帚，驼着背，装模作样地加入进去，一边佯装扫地一边往魏登年的院子那边挪，没人的时候就小跑几步。

院门虚掩着，她推开条缝探头探脑，没见到赖婆子和丫鬟们，便钻了进去。

魏登年并不在房中，炭炉也已经撤走，整间屋子连件衣物都没有，只剩下一个华丽空壳。

李颐听心中奇怪，悄悄退了出去，沿路胡乱打扫着，正想抓个人来打听一下，就听见有人唤魏登年的名字。

粗生粗气的，像是个年纪不小的女人。

“魏登年！让你烧个水，你是去挖井了吗，磨磨蹭蹭这么久！”

李颐听佝着背埋着头，偷偷循声瞄了一眼。

赖婆子在园里颐指气使地叉着腰抬着下巴。顺着她的视线看过去，被她呼来喝去的，赫然是魏登年。

他捧着一个比他身体还宽大的木盆，一路听着咒骂，往周映的院子磕磕绊绊地走过去。

垂着头没有反驳，安静，温顺。

路过赖婆子身边时，她似乎是不满这速度，伸手推赶了他一把。滚烫的热水晃出来一片，拍在魏登年手背，原本冻得紫白的手立刻灼红一片。

他猛地咬牙，指尖用力地扣住了木盆边缘，忍住了想把东西丢出去的本能。

李颐听抓着扫帚下意识往前冲了两步，又生生顿住。赖婆子听到动静，回头扫了一眼，李颐听立刻把头埋下去，卖力地扫起雪来。

直到他们走远了，李颐听才遥遥跟上去，七拐八绕，一直跟到了周映的院前。

李颐听想进去看得更仔细点，却被门口的婆子拦住，质问是哪房的人。

李颐听假装耳背，支支吾吾走开了，绕到一旁丢了扫帚，翻墙进了院子。

前世那点功夫，没想到做了神仙之后还能用得这么勤。

“魏登年快点啊！我鞋袜踩在雪里都湿透了，冷死了！”周映坐在房门外边的台阶上，丫鬟们把炭盆搬到他左边，右手边的桌子上摆了满桌吃食。

他念：“魏登年魏登年魏登年魏登年！”

李颐听循着声音一路摸索进去，也亏得周映没进屋，她躲在院里的假山后头刚好瞧得分明。

周映院里的丫鬟比魏登年那儿足足多了三倍，处处都是人走动，瞧着都目不斜视，实际上都偷偷往房门前瞄。

魏登年被催得加快脚步，又要稳着不让热水晃出来，把木盆放到台阶下头便累得开始喘息咳嗽。

“你就这样放下面？”周映一看就不高兴了，“我的腿有那么长吗，一跨跨五级台阶洗脚？”

魏登年道：“木盆太大，没法放台阶上，不如周兄进房洗吧。”

“周兄是你叫的吗？郡主都走了装给谁看？别以为在好院子里住了几天，就忘了主仆之分！”周映指他，“你跪下，端着盆子让我洗脚。”

李颐听听到这话，紧张得把整个身子都贴上了假山，可看周围下人的眼神，显然习以为常。

这便是魏登年在周家的真实处境吗？

她心里焦急，担心魏登年做出什么难以挽回的举动，甚至已经把手放在了假头套上面，随时准备扯了这身装扮冲出去救魏登年。

然而她焦急记挂着的站在屋门前的人忽然一笑，说了句“是”，一撩衣袂，直挺挺跪了下去，俯身端起木盆高举过顶。

膝盖磕到冰凉雪水的那一刻，他微微一颤。

周映满意地“嗯”了一声，脱了鞋袜，一双大脚伸进了热水中。水位升了几寸，木盆重重往下一沉，魏登年手臂一震，险些没有端住，苍白尖瘦的脸憋得通红。

李颐听眉头微微皱紧，绷紧的身体终于忍不住动弹了一下，愤愤之际还想到了一句话——

周映完了。

屋门前的周映狠狠打了个喷嚏，皱眉叫旁边的丫鬟：“水不热了，你们，再打点热水来加在里面。”

旁人不敢耽搁，立刻动身，热水不断往木盆里倒，水位线从周映的小腿肚一直上涨，他还笑嘻嘻地欣赏魏登年的表情。

“魏登年，你个男人就这么点力气？”

“魏登年，手再抬高些。要是洒出来一滴，我让你舔干净。”

“魏登年。”周映缓缓地凑近魏登年，双脚因为他前倾的动作又将木盆踩低了几分，他恶毒地笑起来，“我有没有告诉过你，你这个名字很好听？”

魏登年抬了抬眼皮。

2

周家跟魏家曾是远亲，只是不在三族之内，所以将军府抄家之时他们得以幸免。

买下魏登年这一举动给他们攒了厚德的好名声，但实际上晋朝向来重武轻文，县丞只是文官，曾经风光的将军府和周家这门远亲根本没什么交集，早就被周家人记恨亲戚发迹却不带上他们。

在魏登年十岁的筵席上，周映只远远见过他这个小堂弟，根本都近不

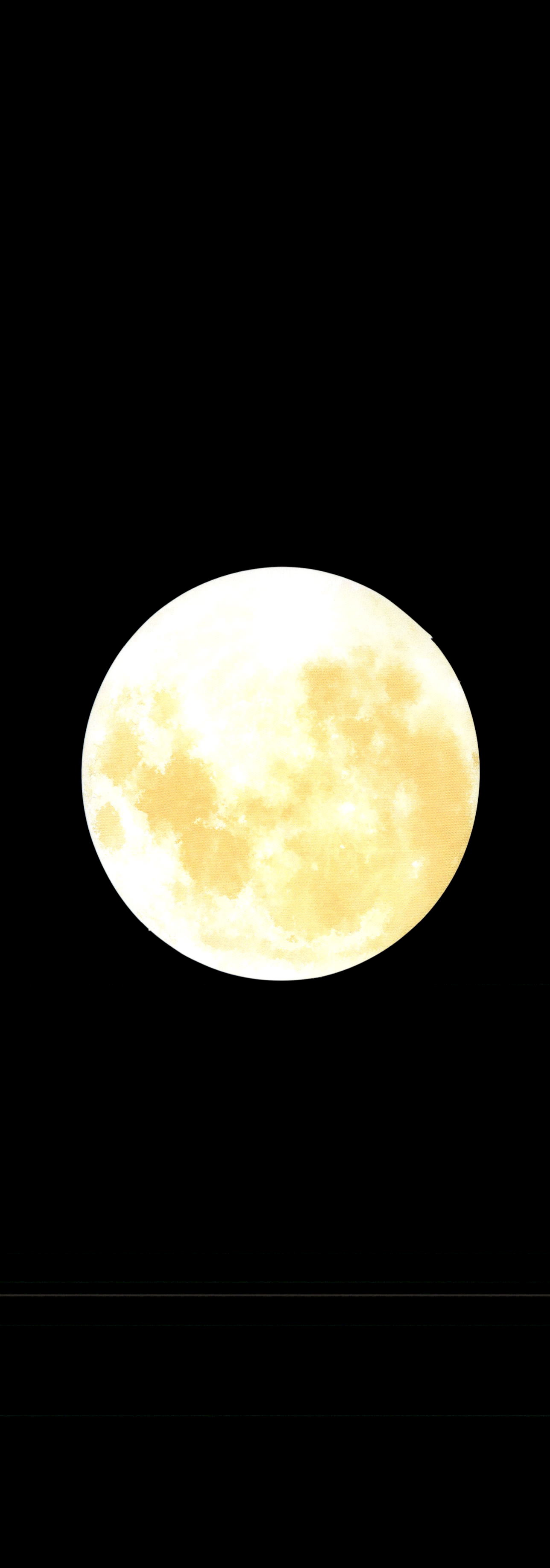

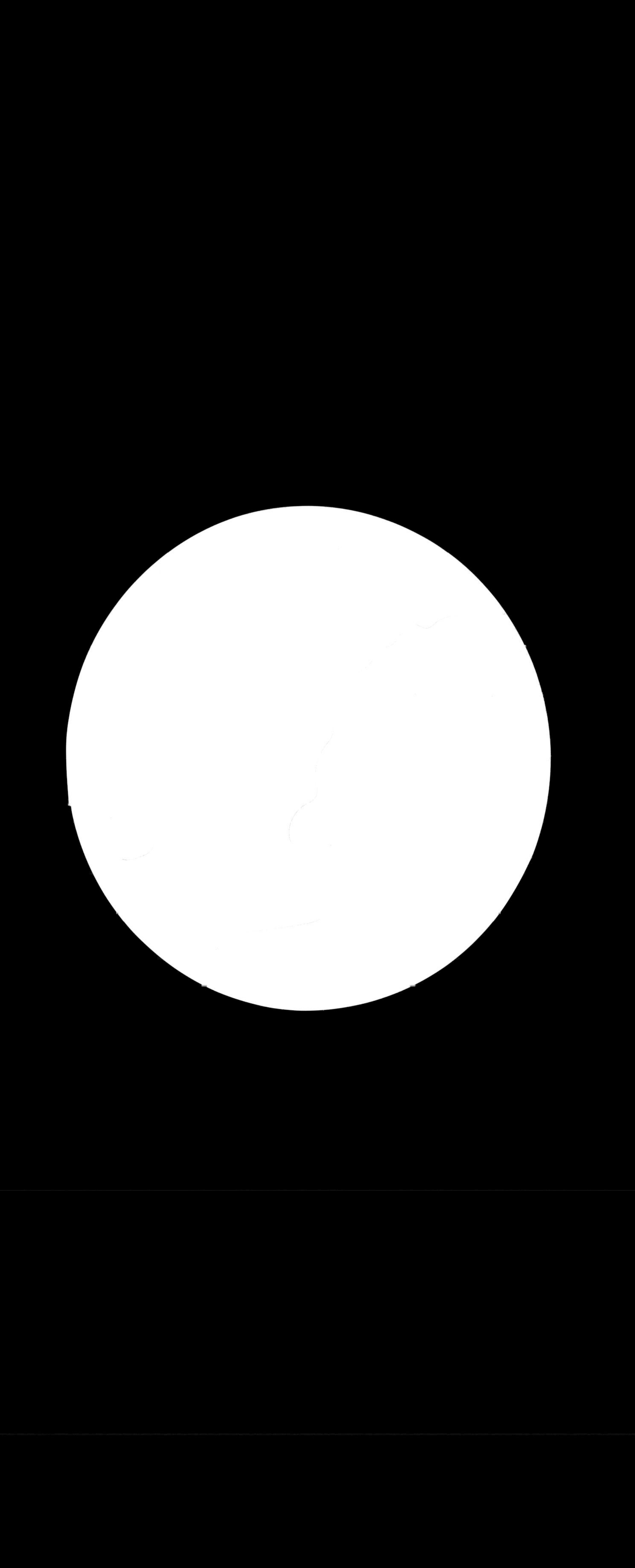

得身。这样天差地别的身份让他怀恨在心，所以周府买下魏登年后，他不肯让爹娘给魏登年取什么阿猫阿狗的名字，他就爱叫他魏登年。

魏登年，步步高登，多享年岁。

魏老将军给儿子取这个名字时，还含有对儿子能居高望远的厚望。

可就是这样的天之骄子，他从前连衣袖都够不到的人物，此刻被他踩在脚下，被周府的所有人看着。魏登年就是给他洗脚的狗！

周映每每瞧见魏登年低眉顺目的样子，逼他干尽脏活的时候，从头到脚都升起一种莫名的快感。

李颐听下凡前曾经特意查看过魏登年的命簿。魏登年生于晋朝最显赫的世家，其父魏迹是镇国将军，皇家靠着魏家才能稳坐江山，故而魏登年一出生便被封了爵位，京都所有的贵族公子都难望其项背。

然而在他十二岁那年，垂帘听政的太后驾崩，皇室权力开始新一轮更替。

魏家风光多年，早就被新皇暗暗忌惮，开始被一步步架空。

魏家满门忠烈，半点异心也无，三十万的兵权说交便交了出去，最后却落得个诛三族的下场。只有年岁尚小的魏登年逃过一劫，被充作奴仆发卖，又被一个远房到不能更远房的亲戚周家买下收养。

可所谓的收养就是被当作下人……如果不是亲眼所见，连着两世都出身富贵的李颐听不会知道，一个下人竟然能被苛待至此。

在这个穿多少都不暖和的冬天，干最多的活，吃最少的饭菜，府里任何一个丫鬟小厮都可以随意打骂，每天他的身上都会出现新的伤口。

她从前以为这个人本性恶劣，所以下凡时还带着将他引回正途的心思；此刻她只想问一句，他到底是怎么活到十八岁的？

李颐听找到魏登年的时候天刚刚擦黑，他坐在距离下人房二十米的梅树下。准确地说是累得走不动了——他干了一天活，连最后一小段进屋的路都走不过去了。

魏登年身上还映着天暮即将收走的最后一缕薄阳，李颐听却觉得他分明被什么黑乎乎的东西笼罩着。

明明是最鲜活的年纪，却像个行将就木的老人般没有生气，麻木地、有一下没一下地咳嗽着，偶尔有小厮路过，也像是没看到一般，唯一停下的那个只是为了踹他一脚，骂一句“挡路，晦气”。

李颐听抓着馒头的手有些发抖。

所有人都在为他的黑化出力。

这些凡人，为什么会在无冤无仇的人面前，生出这么多无端的恶意？

李颐听想不明白。

她现在只想冲到魏登年面前，狠狠地抱住他，甚至告诉他，你黑化吧，成为魔头也没有关系。

可李颐听舍不得他死。

她只能用一次又一次的深呼吸来抚平自己杂乱的心绪，然后在又一个小厮经过魏登年的时候快速地从树后走出去，把人撞个满怀，撞出自己怀里的馒头。

不等那个小厮说话，李颐听先粗生粗气地骂起来了："你这小子长没长眼睛，把我晚饭都撞掉了！晦气，呸！"

小厮被骂得一愣一愣的，平常他也只敢欺软怕硬地冲魏登年叫嚣，陡然被李颐听的气势唬住，只瞪了这边一眼便匆匆走了。

李颐听左右看了看，确定无人经过，立即蹲下。那一刻，她忽然闻到一缕淡淡的奶香，很浅，像红豆用牛乳红枣给她熬的热饮，十分好闻。

她猛吸了一下鼻子，肚子好像也饿了，却不知道这味道是从哪里来的，只好先做眼前的事情。

李颐听学着一个老人该有的语气说："你这孩子怎么在这里坐着？雪刚消融，地上又湿漉漉的，多冷啊。"

魏登年动也未动，甚至一个眼神都没给她。

李颐听把地上的馒头捡起来。馒头在地上滚了个圈，脏兮兮的，即使撕掉外面的柔软的面皮，里面还是湿湿的。

她把馒头掰成两半，狠狠心，一口咬在其中一半上，把另一半递给魏登年："虽然脏点，但好歹肚子里有点东西。"

魏登年终于抬了抬眼皮，眼珠子转向了她。

这人眼中从来没有万顷星河，那双狭长的眸子里常年盛着一汪雪水，李颐听却觉得自己好似被狠狠地烫了一下。

他看着她吞下嘴里的东西，终于艰难地撑起身子，缓缓从她手里接过另外一半馒头送进了嘴里。

"多谢。"

李颐听七上八下的心终于平复。

此后她常常乔装成各种模样溜进周府。扮老妇，扮很丑的下人，偷偷给他塞吃的喝的。

魏登年年纪虽小，却很是不好骗，疑心有毒，疑心来意，他的生存环境让他不得不对所有接近他的人都心存最坏的猜想，李颐听常常要费力地找各种借口，才能让他吃到喝到。

她一直担心魏登年被压制得太狠，以后就会变成更狠的人，于是一直努力装成别人对魏登年好，想让魏登年觉得这世间总还是有美好的东西。

即使带给他美好的人不是她也行。

魏登年也从一开始的冷漠怀疑，态度逐渐温和。

李颐听觉得她快要成功了，或许不用等到他入朝为官，她就能改变魏登年了。

直到这一日她又来给他带吃的。

李颐听扮作膳房的劈柴小厮，偷偷拎着一盒上好的糕点故意被魏登年撞见，然后再假装惋惜地分他一半来堵他的嘴。

给他之前，她熟练地将一整块糕点塞进自己嘴里表示没毒。魏登年嘴角挂着点和往常不同的笑意，问她："味道好吗？"

李颐听拼命点头："味道可好了，就是我中午偷吃了太多，吃不下了。"

她把剩下的几乎一整盒糕点都递过去，冲他龇牙笑了一下，露出牙齿缝里细碎的糕点残渣。

魏登年接过去，尝了一块："是很好吃，但我怎么没见过膳房里那群蠢货做出过这么精致的糕点？"

李颐听大惊失色，生怕被他发现端倪，支支吾吾地说："是，是吗……我要回去了，我还要劈柴呢。"说完，转头就要溜。

"喂。"魏登年叫了她一声。

李颐听假装没听到，步子迈得更大了。忽然，肩膀被人钳住。

一股大力把她拉着转了过去。

他道："为什么要给我送吃的？"

她："谁？谁给你送吃的？"

他："之前那些人，都是你？"

她："我不是我没有。"

李颐听心虚，说完下意识抬头看他。

魏登年脸上看不出喜怒："发现多久了，我这样。"

"你在说什么，我还要回膳房，你别耽误我。"

李颐听还想垂死挣扎，忽然听见他道："知道就知道了吧。"语气反而有些释然，还有些破罐子破摔的味道。

随后，凉凉的手拂上她的唇，她掉下一半的假胡子重新被按了回去。

"以后狐狸尾巴藏好点。"别被人发现。

李颐听是一路蹦回太师府的。

冷风像柳枝一般生猛地刮着她的耳朵，冲到炭炉前却开始发红发烫。

她盯着明明灭灭的炭块发呆，像根木头，却又忽然咧开嘴，笑出了声。

以后狐狸尾巴藏好点。

他说"以后"。

李颐听揩去眼角并不存在的感动泪水。

以后终于不用再绞尽脑汁去想怎么和他"偶遇"了！

她在太师府里表现得越来越乖，每日跟郑易上完课之后便主动去老太师那儿展示学习成果，然后钻回自己院子关门闭户。府里的人都啧啧称奇，觉得宋炽因为郑易转性了。

只有红豆知道，李颐听压根就没乖乖待在府里，她总是装扮成各种模样的下人，送了郑易出府，就偷偷拐去周府，再随暮色一起回归。

她跟魏登年相处时几乎没有说话的机会，他总有做不完的活。更多时候，李颐听只能在远处偷偷看他。

周府对魏登年来说就像一个泥潭，阴暗，湿滑，一旦想挣扎着往上几寸，又会被惯力下拉一分。

魏登年似乎一直刻意流露出谦卑乖顺的神情，这或许能麻痹周家人，可那低眉顺目的样子，更让李颐听觉得他野心勃勃。

就像一匹狼被愚蠢的凡人当作狗来驯化，可蛰伏的幼狼再温顺也会逐渐长大，终会在藏不住狼牙的时候一口咬断人的脖子。

当他问李颐听要兵书的时候，她就知道自己一点都没有判断错误。

魏登年，每一天，每一刻，都在为爬出去做准备。

他提出了多日来唯一的一个请求，李颐听自然应当答应下来，可是话到嘴边却拐了个弯。

"那我带兵书给你，你会喜欢我吗？"

魏登年道：“不会。”

“没关系，我会继续努力。”

她学着魏登年的样子从身后的柴堆里抽出根粗壮的干柴垫着，刚挨着他坐下，前面的膳房有人出来了，鞋子踩在积雪上发出噗噗的声响，直往杂院而来。

魏登年反应迅速，在来人靠近柴堆之前，猛地把李颐听按进了他怀里，自己也跟着把头埋低一些，让柴堆把两人挡住。

李颐听又闻到了那股很香甜的奶味。

这一次更浓，也更近。

李颐听耸耸鼻子，向魏登年贴近了一点，再近一点。

他肚子发出“咕噜”一声，随即李颐听鼻尖涌来更甜的奶味。

魏登年面皮有些红，却不能动弹，保持按着她脑袋的姿势。

“让他赶紧劈柴，这狗东西又在哪里偷懒！”赖婆子在柴堆前停住，眼睛在周围扫了一圈，没见到任何人，叉着腰骂骂咧咧。

真的是奶味。

李颐听已经确定是魏登年身上散发出来的，鼻子一吸一吸的，在他颈窝里窸窸窣窣地蹭着嗅。

痒痒的鼻息喷在他脖颈，魏登年的身体逐渐僵硬，咬牙道：“别乱动！”

传闻中杀人不眨眼的魔头，饿肚子的时候身上居然会散发出奶香！

月老的戏本子里没写过，所以天上地下只有她知道！

李颐听像发现了什么惊天秘密，闻够了就趴在魏登年的肩头偷笑。

“你闻起来好甜。”她极小声在他耳边说了一句。

魏登年羞恼无比，却不敢动作。

掌心是她柔软的黑发，胸膛前是她动个不停的小脑袋，还有她说话时的气声一波又一波扫过他的耳郭。

马甲上那股温暖柔软的气息似乎重新包裹住魏登年，他呼吸渐重，撑在粗柴上的手指微微蜷起。

这不自在的姿势没有维持很久，赖婆子确定杂院里没人后便凶神恶煞地走了。

听到脚步声远去，魏登年几乎立刻推开了她。

怀里温软的身体离开，冷冽的风便迫不及待撞了上来，冲散胸前的余温，让他陡然清明。

魏登年默默打开她递来的食盒，吃得飞快。

“你慢点。”

李颐听忍不住怀疑他是不是每日就吃自己送的这一餐。

“我还有很多活，不做完不能睡觉。”魏登年没抬头，吃得更快了。

可是依然很得体，不会吧唧嘴，也不会掉下连串的肉渣，糊得满嘴油光。

真正贵气的人即使穿着小厮的衣服仍然是贵气的。他蹲在后院的柴堆里，却让李颐听联想到皇家宴会上端坐她对面的皇子们。

奶味随着他吃下越来越多的食物渐渐消散。

她跟他并肩坐着，歪头看他，惋惜地吸着鼻子，无意识地说：“怎么就喂不胖呢？”

“你说什么？”魏登年睨了她一眼。

李颐听立刻道：“我是在想，你每日都要干活，有什么时间看书呢？”

“晚上。”

“可你每天都会忙到子时才回去啊。”

“嗯。”

李颐听沉默了一下，道：“不行，你还在长身体，又吃不饱又睡不好怎么行，以后跟我……以后怎么健康成长呢？我明日便以郡主的身份来周府让你伺候，你就有时间看书了。”

魏登年奇怪地看她一眼：“没有必要。”

李颐听坚决得很：“有必要，太有必要了。”

虽然觉得此刻提出来对他没有任何好处，可魏登年觉得很有必要说清楚：“我没有要求你这么做，所以我也不会感谢你。”

“我知道啊，我没有要你感谢我。”不知为何，李颐听好像更高兴了，“我对你好，只是想你喜欢我。”

魏登年狐疑地抬起头。

“我喜欢你，自然也希望你喜欢我。你以后会喜欢我吗，魏登年？”

她笑眯眯地望着他，目光坦诚又大方。

世间怎么会有这种女子，这样直白又孜孜不倦！

魏登年觉得自己的回绝一次比一次动摇，比如此刻他有点想说不知道。可是这动摇让他非常不快，于是他冰冷冷答：“我不会。”

“没关系，来日方长，你总有一天会喜欢我的。”

李颐听早就料到，立刻就接了话。

她提起食盒，冲他挥挥手：“明日见，魏登年。”

3

李颐听再去周府时带上了红豆，一身明黄色的披风乖俏鲜亮，大摇大摆地出了府。

红豆起先还十分高兴，突然不知怎么了，小嘴噘起来，一路哼哼，抱怨道：“这个魏登年可真是比郑易还厉害，小姐之前见郑易好歹还带着我，有了魏登年以后，我都半个月没和小姐同行了。到底谁才是您的贴身丫鬟！”

李颐听有些好笑，“哎呀”一声，哄小丫头：“他怎么能和你比？不过是一个好看点的男子罢了。世间多的是好看的人，但你和我可是有一起长大的情分呀。”

李颐听觉得自己就像是要娶小妾又忙着宽慰大房的混账老爷。

红豆很好哄，听了立刻又得意起来，对啊，她跟小姐可是有一起长大的情分。

她娇气地挽住李颐听的胳膊，身子缩过去，乖巧地靠着她：“那小姐你要答应我，除了未来的姑爷，那些个在你面前乱扑腾招摇的小蹄子，通通都不能比我重要。”

扑腾招摇的小蹄子？

李颐听抖了抖嘴皮，突然想到魏登年……不行，画面来了。

她捂着额头大笑，红豆不满地晃着她的手：“小姐，小姐我跟你说话呢。”

“听着呢听着呢。”

这直肠子爱吃醋的小脾气倒是跟阿凝有些相像。

想到阿凝，李颐听的目光一下子柔和起来，摸摸红豆的小辫子道：“我答应你。”

华车白马徐徐缓缓在周府门前停下。

红豆率先跳下去，站稳后再将李颐听小心地牵了下来。

主仆俩一前一后、趾高气扬地走到门口，往常一见到郡主便摆出殷勤笑脸的小厮们却忽然变得十分慌张，一个两个都战战兢兢四下张望。

还有一个偷偷后退要跑，被红豆一把揪住。

“你这厮见了小姐还不跪下行礼，做贼心虚的想干什么！”

被抓到的小厮匍匐在红豆脚边哆哆嗦嗦，李颐听眉头一皱，心中忽然不安，抬脚便要进府。

最前面的小厮胆子大些，伸手拦住了李颐听："郡主，抱歉，您先在外面稍等，容小的前去禀告。"

李颐听还在考虑，红豆呸了一声："你们这破府什么时候进去还有通禀了？你们主子也配让我们小姐在门外等候？说！是不是有什么鬼？还是里面在杀人啊？"

小厮："红豆姑娘可别这么说……"

一旁的李颐听面色越来越沉，忽然推开小厮就奔了进去，像一尾疾冲入河的鱼。

红豆在身后唤了她一声，也跟了上去。

门口几个小厮互相交换了个眼神，都是一副坏事了的忐忑模样，心想左右都是个罚，便一咬牙，也跟着往里跑。

于是周府的丫头婆子们都看见了不顾礼仪姿态、带头奔走的李颐听，以及她身后的一串尾巴。

那模样，那份急切，跟她们发饷领银子时一般无二。

等一下，郡主在周府领什么饷？

丫头婆子们都看呆了，等李颐听跑过去才回过神，想起来要去拦。

"郡主！你不能过去！郡主！"丫头婆子们跑到李颐听面前跪成一片。

本来李颐听还在犹豫该走去哪儿，见她们齐齐跪在通往祠堂的路口，她立刻从她们身边蹿了过去。

祠堂里已经闹开来，唾骂声、争执声一浪高过一浪，周家家主一脸头痛地坐在主位上。

左右两边，一边站着颐指气使的大房，一边站着愤愤不平的陈氏，正中散落着一箱白花花的银锭子，歪倒的银锭底端隐约可见官印。

周映垂着脑袋站在下边，旁边是被绑在板凳上的魏登年。

赖婆子和另外一个婆子轮流挥着板子，高高举起，重重落下，全部往最为脆弱易伤的腰上招呼。

丝丝缕缕的血迹从他单薄的衣衫透出来，魏登年冷汗津津，脸上却没有任何表情，麻木、无谓，像个事不关己的旁观者，只有偶尔颤动的睫翼透露出他确实是感受得到痛楚的。

这样的场景，每月都会在周府上演。

周映爱赌，投壶、斗鸡、牌九样样都沾，其中赌马最费银子；而周家的财政大权都攥在大房手里，每月也就支给他五两，完全不够他的开销。

周映只能把房里的东西偷偷拿去当了换银子花，当完自己的又去偷陈氏的，被发现了就推到魏登年身上。

陈氏一下就能猜透，一面气儿子混账，一面又不能在府里声张，多年来一直睁一只眼闭一只眼。

不过这一次，周映却是偷到了大房房中，还不忘留一锭银子，藏在魏登年的衣物里。

大房那边一搜，便跟捅了马蜂窝般。

周县丞严刑拷打，魏登年全部应下，可一逼问剩下的钱到底藏在哪里了，他就说不出所以然。

早就想惩治陈氏的大房向家主骂着要一个交代，认定背后有人指使；陈氏委委屈屈哭着辩解，咬死此事就是魏登年一人所为。

两边争执不休，火气都往魏登年身上发泄。

偏偏那人是个闷葫芦，一句话不说，好似一拳下去只打在软软的棉花上，叫打板子的人心中不快，下手更是狠辣。

"啪嚓"一声，赖婆子的板子竟是打在他腰上，硬生生断了。

魏登年猛地呛出口血来，大堂里微微的腥气立刻浓重了几倍，红艳艳的场面连大房见了也忍不住捂鼻偏过了头去。

明明已经两眼发黑、脑袋疼得埋进双臂之间抬也抬不起来，魏登年的喉咙里却发出低低的、只有自己能听见的嗤嗤笑声。

他一动不动地趴着，耳朵嗡嗡作响，胸口也闷闷沉沉的，许多人的脸在前面晃着，却看不分明。

魏登年恍若身处苦海地狱，万鬼应念而起。

他又一次听见了那个声音。

杀了他们，杀光他们才能逃出这个地方，除了你自己，这世上没人能够救赎你。

新的板子很快又换了来。

魏登年闭上眼，意料中的疼痛却没有到——有什么，轻柔地护住了他。

板子声响起，却是落在了那人身上。

红豆凄凄一声"小姐"把魏登年持续下沉的心拉回了尘世。

他猛地扭过头去。

结结实实挨了一下的李颐听从他身上滑下去，倒在地上，当即不省人事。

红豆一下子扑到她身边，大喊："行刺，你们这是行刺皇室！等着被陛下处死吧！"

周府人仰马翻。

李颐听一昏便是一下午，听说高烧不退。

周府家主携着一大家子人跪倒在太师府外请罪。

老太师去城外的寺庙上香了，太师府不停有大夫从他们身边进进出出，一个个神色紧绷讳莫如深，无人理会他们。

照理说赖婆子那一板子下手虽狠，却不至于严重至此，魏登年挨了那么多年都没死成呢。

但周家人见到这种势头，早已冷汗津津腿脚瘫软了，谁能去仔细琢磨？

周府空空荡荡，家仆婆子们觉得大祸临头，一个个无心做事，商量的商量，收拾东西逃跑的逃跑，一时无人去管魏登年。

魏登年撑着根粗树枝做拐杖，独自去药房里翻了药敷上去，然后一刻也未休息地赶去了太师府。

他受伤严重，走路都十分艰难，每走一步身上就像撕裂一般痛。等他徒步走到太师府时，周家的人已经跪了一个下午。

魏登年并未看地上那些人一眼，直接冲了进去。

门外的府卫也未阻拦，红豆甚至早就等在了里面，见到他，没好气地哼了一声："你还知道来啊。"

魏登年撑着拐杖，不太端正地拱了拱手："麻烦姑娘带路。"

"呵。"

红豆走得飞快，似乎知他伤重还有意为之。

魏登年跟在后面一声未吭，咬着牙紧跟她的步伐，一步也不曾落下。

南边的独院位置绝佳，揽尽天光。温柔的暮色浸润下来，小院里光秃秃的树干、白墙绿瓦都被烘得暖暖黄黄的。

好像只要走进去，他也可以拥住什么炽亮的东西。

"你就帮我把他赎出来吧，但别告诉他是我的主意。虽然他已经拒绝过我一次了，但我还想试试。

“我知道他现在死不了，但我看不得他活得太苦。”

李颐听狡诈一笑，语气笃定道：“若是你不答应，我便强抢你入赘。”

郑易原本还规规矩矩站在一旁认真听嘱，因她这突然一笑，晕乎起来，局促的手抓住两旁的衣服，脸上浮现一层羞恼之色。

“郡主不必如此说笑，草民答应就是了。”

他其实已经不太怕李颐听了，满腹才华却不自傲张狂的女子，又能混账粗鄙到哪里去呢？

在太师府“教她”的这些日子，郑易甚至对她敬佩更深。

李颐听躺在太师椅上抓着一串青提咬着吃，伸出一只手把他招得更近些，语重心长拍着他的肩膀：“这件事很重要，好好做，没做好一样抓你入赘。”

郑易微微弓起身子，侧着头红着脸答应她的吩咐。

“这一路假昏过来，脖子都给我掂酸了。外面的人就叫他们跪着，外祖母什么时候回府再什么时候赶他们走，等我想好要怎么惩治他们再算今日的账。哼，恶人就要有恶人磨！”

没有吃相的李颐听直爽率真，说起她的坏心眼一脸得意，甚至挑着眉，一副等夸奖的样子。

郑易温和地注视着她，嘴角不自觉地微微扬起：“哪个恶人会说自己是恶人的？”

“我跟他们不一样，我是大恶人，最不明事理的那种。”

她笑起来，眼角眉梢都跟着那得意劲一块儿招摇。

门口的魏登年冷眼看着。

“小姐。”红豆快步走过来，不情不愿地瘪瘪嘴，“人来了。”

李颐听眼睛亮了一下，立刻转过头去。下一刻，与他四目相对，却好似跌进阴冷潮湿的冰窖里。

魏登年没有进院，捡的临时拐杖被他藏在身后。他倚着门懒懒站着，脸上挂着拒人千里的讥笑。

“今日之事多谢郡主，既然郡主安然无恙，草民魏登年便先回去吃饭了。”

“魏登年！”李颐听翻下椅子想追，起身时太快，狠狠扯动背上的伤口。她龇牙咧嘴地“嘶”了一声，再抬头，他已经极快地离去了。

“什么玩意儿啊！白眼狼！小姐可是替他狠狠受了一板子呢，这么谢一声就完了？”红豆气呼呼地把李颐听扶回太师椅上。

李颐听也觉得莫名其妙，无奈地捏着眉心：“那不然你想怎么样？”

红豆给问住了：“嗯……嗯……来都来了，怎么着也得磕个头再走吧。”

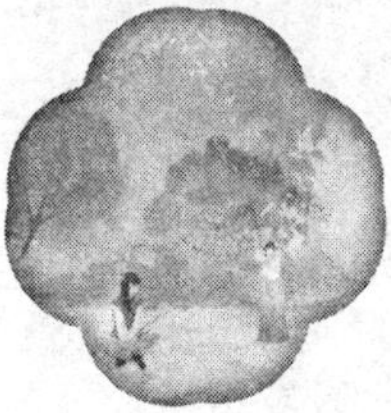

「第五话」

这是中毒

1

李颐听躺了两天，背上已经大好，只是宋炽这细皮嫩肉的，想要伤疤全消估计还要费些药。

她能活蹦乱跳之后的第一件事，就是去周府。

自上次事情发生后，周家家主便对外称病，县衙也不去了，整日里关门闭户的不见人，既是为了名正言顺藏着魏登年不让李颐听见着，也是怕再生端倪，躲着李颐听想拖到她走。

那日所有人都见到郡主扑上去替魏登年挡了一板子的模样，周家上下全都惴惴不安。

是夜，月明星稀。

周府大门拦不住李颐听，她轻车熟路摸了进去，袖子里还揣着什么，鼓鼓囊囊的，手腕上系着的冰蓝色丝绸随着她翻墙而过的利落动作，在空中划出道飘逸弧线。

李颐听兴冲冲地摸到下人房里，一排排找过去，却不见魏登年。

她心中奇怪，担心他又被为难了，拔腿就往祠堂跑，路过某一间院子时，却听到了奇怪的动静。

这种院子里只有五间房，住的都是贴身伺候主子的丫头婆子，比寻常的丫头要高贵些，但心气也高，平日里都是拿鼻子看人，碰到同样拿鼻子看人的也就更加不快，互相几乎不走动。

李颐听听见的奇怪动静就是从最西边那间房附近传来的。

“沙沙”“嚓嚓”，像是重物在地上被拖行，最后咚的一声，被抛进了深坑里。

动静不大，可在这暗夜里听起来尤为诡异。

李颐听想了想，还是悄悄潜了进去，一路循着窸窸窣窣的声音绕到了房间后面。

月光拂亮黑衣男子的一片衣角，映照出他颀长纤瘦的背影。

周府的下人房都是下人们自己打扫，不过也就是维持表面整洁，房屋后面的荒地向来没人管，任由杂草疯长。可此刻，魏登年旁边却堆着半人高的土，将杂草压得没了形，他挥动着铁铲，一下又一下地往面前填埋，时不时还停下来喘息一会儿。

低低的咳嗽声被风送进李颐听的耳朵。

“魏登年，你在这儿做什么？”

男子身体猛地一僵。

她缓缓走上前去。

前两日下了雨，后院的泥土有些湿软，一脚下去，鞋子两边立刻沾上了黏糊糊的黄土。

李颐听心中升起一阵不好的预感，她走到他身边，往他脚下的深坑伸出脑袋看去。

赖婆子一动不动躺在里面，看上去睡得格外安详——如果忽略捅穿她脖子的那把小刀的话。

她身上的血不多，只有右胸前的衣襟上有一小片细细密密的红点，足以看出出刀之快，劲道之狠，并非是只习武几年的人就能做到的。

李颐听瞳孔骤然放大，向后退了好大一步，死死咬着下唇才没让自己惊呼出声。

魏登年将她的恐惧尽收眼底，攥着铁铲的手指微微颤抖，半晌，又很轻地笑了一下。

呵，被发现了。

她满目惊慌，狐狸眼中噙着一汪泪，怎么看都像是怕极了他的样子。

她现在在想什么呢？

哦，应该在想他是个怪物，应该在警醒自己从此以后远远见到他就要转头逃跑。

她永远都不会再纠缠他了。

想到这里，魏登年似乎松了一口气，可是那一口气却怎么都松不到底，同时还有一点，就一点点，像针尖扎破手指的刺痛，阵阵传至四肢百骸。

他的胸口微微起伏，他在等她尖叫逃窜。

他闭了闭眼，再睁开时却看见李颐听已经在土堆边跪下来，两只手用力地扒着湿腻的泥土，往坑里抛。

她在……替他埋尸。

明明身子还在颤抖个不停，却佯装冷静地替他埋尸。

她甚至还在催他："你还干站着做什么，动作快一点，不要让人发现。"

被凌虐惯了的人再次遭到殴打，那不是伤害；但之后再得到善意的舔舐，那是伤害。

他本来是不觉得苦的，但尝到一丝甜头后，从前那些苦让他觉得苦不堪言。

李颐听还没有反应过来，就已经被魏登年掐着脖子，重重地撞上了树干。

她背部的伤口大概被撞裂了，已经开始疼，袖子里的东西哐啷掉了一地，全是上好的创伤药。

分明被掐着脖子威胁到生命的人是她，满脸狰狞和痛苦的人却是魏登年。

"为什么，为什么？"他嗓子里发出低沉的怒吼，手上力道不受控制地加重，就像一头惊惶的小兽，被人打惯了，忽然被温柔抚摸，却也只知道用挥动爪牙还击，"为什么会喜欢我这样的人……你到底喜欢我什么？我不信，我不信！"

这要怎么说呢？在九重天上看戏本子的时候，她就喜欢了呀。

喜欢他心狠手辣，喜欢他病娇善变。

还有后来下凡见他第一眼的时候，看到他顶着张谪仙般的脸却受尽苦难，就好喜欢了。

但她忍住了。

她只是轻声道："我是个庸俗的人，所以大概是，见色起意吧。"

魏登年脑子里已经想了数百种她的狡辩，唯独没有想到这样……这样，他形容不来的回答。

他只能愣住。

魏登年被李颐听直勾勾地瞧着，感觉心脏好像被人拿着鼓锤追着敲打，一下又一下，一下再一下。

她被都城的水土养得袅袅婷婷，眼睛也好澄澈，看得他无地自处，无处藏身，一直穿在袭衣外面的马甲好像又开始发烫……他猛然松手。

李颐听从溺水的状态里出来，扶着树干大口喘气。

魏登年不再看她，捡起地上的铁铲，用力地填土。

李颐听缓了一会儿，也帮着一起往下扒拉。

他的手顿了顿，却什么也没说，一时间，后院里只有“沙沙”的声响。

填到一半时，李颐听忽然“啊”了一声，魏登年眼皮一跳。

“周府里忽然少了个大活人，一定会被发现的，要是他们怀疑到你头上怎么办？”

他沉默了一瞬才道：“不会发现的。”

“嗯？”

“周府年事高的这些婆子每年都能回家省亲，前段时间年节繁忙走不开，所以一般是这个时候回去。”

他并非一腔冲动，而是蓄谋已久。

每次省亲都会放一批人回去，赖婆子平日里为虎作伥，压根没人愿意跟她同路。

再加上他特意从大房屋里偷走了部分银子，就是前两日被周映污蔑的那箱银子——既然已经被污蔑了，坐实也不算亏。

就算一月之后，周府的人发现赖婆子没有回来，他们也只会以为她是携款潜逃，不会有人知道，她永远留在了周府。

李颐听陷入了短暂的沉默。

魏登年并非没有手腕，相反，以他的算计、武功足够让他逃出周府，但他从不反抗，到底为什么……

隔天，郑易便带着答案来太师府了。

他奉命去周府赎魏登年。周府上下已经闭门谢客许多日了，他原是被拦了回去，却引来了院里的周茹。她也在私塾上课，算是郑易父亲的学生之一，跟他算是同窗，这才被请进去。

郑易被人请去大堂稍作等候的时候，有人来给他送茶，郑易道了声谢，打了个照面，两人皆是一愣。

魏登年不知想到了什么，目光在一瞬间晦暗下来，语气冰冷不善：“你来干什么？”

周县丞还没有来，这事情也是跟魏登年有关的，郑易索性便先跟他说了。

“所以他原话是怎么答的？”

李颐听拿手托着脸蛋，撑在桌上听得聚精会神。

郑易轻咳一声，微微别开脸，躲开了她的目光。

“他说，如果走了，这些年就妄过了。”郑易蹙起眉，“草民愚钝，并不知其意。但既然他一力反对，我也只能就此作罢，并没有向周县丞提及。”

他没懂，但李颐听听懂了。

如果一走了之，那之前所受之辱便白白受了，之前的种种努力便都付之东流。

魏登年仍然是野心勃勃的魏登年，他一直在等一个光明正大离开周府，然后反手将他们捏死的机会。

“我知道了，你做得很好。”

李颐听叹了口气，是她想得简单了。

小美男太多疑，又对自己过于狠心，若是就这么跟郑易走了，反倒不像他了。

郑易见她满面愁容，几次欲言又止，思忖良久，还是忍不住提醒道：“郡主，草民觉得这个魏登年……很是奇怪。他似乎并不甘心屈居人下，若是郡主想收他贴身伺候，或许掌控不住。”

其实他更想说魏登年并非善类，虽然他做着下人的事情，却并没有下人该有的姿态。

当郑易提出想买他回去以客待之的时候，那尖锐阴鸷的目光仿佛要将他从上到下、从里到外刮个干净。

他第一反应并非感谢，而是阴恻恻地笑起来。就算郑易是个男子也不得不承认，面前这人的皮囊要比他好看许多倍。但这点惊艳，都被平白冒出的一身冷汗冲散。

分明他什么都没做，可是这人压着眉眼逼近时散发出来的危险气息却让他十分心惊。

郑易甚至隐隐有种预感，如果不是周县丞及时过来，他或许都不能安稳地走出周府。

这不是什么好启齿的事情。郑易纠结了许久才委婉地提了上面两句，哪知道李颐听一脸无所谓地摆摆手：“无妨，我让你收他，本就不是想掌控他。”

而是度他。

2

已经是暮春了，早晚的风还是带着寒意。

李颐听三天两头带着人马去月老庙上香。碍于她的“淫威”，府卫们不敢妄议，一个个有条不紊地排队，她还在旁边逐个嘱咐：“诚心，要诚心。对就是这样，没多久你们都会娶到老婆的。”

李颐听看着月老像前渐渐溢出炉子的香灰，心满意足地笑了，再招摇过市地带着人回府。

她刚坐下让红豆给她松发梳洗，刘掌事便送来了一封书信，濮阳王催她在五月前回都城。五月初是太后忌辰，皇室宗亲皆要跟随皇帝一起去扈城祭礼。这个月，这样的书信都已经是第三封了。

李颐听回复的还是一样的内容：小感风寒，病好立刻启程，勿念。

没有多久了。

算着命簿上的日子，魏登年的人生拐点马上就要来了，她要看着他安全离开周府才能放心地走。

倒是每日来教书的郑易最近总是心神不定，李颐听跟他说起不日便要从郸城动身的事情，他也恍若未闻，几次走神。

李颐听询问是不是有事发生，他又吞吞吐吐含糊其辞。

追问了几次未果，李颐听便也不再多提了。

当她快要把这件事抛到脑后时，郑易却在某个晚上突然而至，衣衫凌乱，沾了满身草屑，连帽子歪掉也没顾上整理。

他向来是个规矩干净的人，李颐听见此情形，只想到一件事：“郑易，你又被别人绑去闺房了？”

郑易“扑通”一声在她面前跪了下去，双目通红道：“求郡主，救救草民父亲！”

李颐听心里一惊，知道一定是有什么大事发生才会迫得他如此言行，立刻收起玩笑，把他扶了起来，倒了杯茶：“你慢慢说。”

郑易并未饮茶，急急道：“便是方才，何县令将我父亲抓走了！他们收取学生贿赂被我爹发现，居然还反咬一口，求郡主做主！”

说着又要下跪。李颐听立刻出手拦了下来：“别急，慢慢说，慢慢说。”

听了许久，李颐听终于从他的只言片语里拼凑出了事情始末。

开私塾的原是十年前科举考试落榜的一名秀才，叫孙招，在郸城扎根壮大后扩建了私塾，并且招募了五个教书先生，郑易的父亲郑鸿便是其中一个。

那日郑鸿罚某个学生留堂抄书，走时撞见孙招跟自己其中一名学生索要银子，还称只有他没交束脩了。

学生与老师初见面时，必先奉上礼物，称为束脩。

最开始只是食物，例如些许咸鱼腊肉，后来逐渐发展成银钱。

可这束脩不是早早便交了吗？

郑鸿心中奇怪，便走近些去瞧，却见到那学生给了孙招一根金条。

他过于惊讶，以致手里的书没有拿稳，掉落在地被二人瞧见。

事后孙招并无解释，甚至拍了拍郑鸿的肩膀，让他不要少见多怪。

郑鸿为人正直，最见不得此等假借职务之便私收贿赂的事情，思来想去决定报官。

可是当他来到县衙，却撞见了被县令奉为上宾的孙招。

读书原是件纯粹的事情，如今却成了这等黑暗低劣的勾当。

郑鸿还算聪明，没有当场发作。他猜测事情恐怕并不是私收贿赂那么简单，或许这么多年来，这件事情一直没有被捅破，便是因为县令同样收了孙招的贿赂。

不排除所有的学生都交过这笔冤枉钱。

郑鸿是个直肠子的读书人，当即挥笔写下一封书信，欲将此事捅到县令上头的通判那儿。

可就是这一纸书信，最后让他等来了县令的抓捕。

那孙招还反咬一口，于公堂之上言其亲眼见到私收学生贿赂的是郑鸿。

而县令不等细审，直接判定郑鸿有罪，甚至还派人来郑家翻找受贿的银子。五大三粗的捕快们变相抄家，砸的砸，打的打，郑易趁乱逃了出来，被两个捕快一路追赶，直至他进了太师府才止了步。

“大致情况便是如此了。我爹年纪大了，腿脚又不好，往常每日都要捂着汤婆子才能入睡，现在天气这么凉，根本住不得牢房这种湿冷的地方，求郡主救他！”

六神无主的少年顶着双泛红的眼睛看着她，好似看着唯一的救命稻草。

李颐听在心里“哎哟”一声，真是小可怜。

怎么受苦难的总是小美男呢？

大概都在等她拯救吧。

真是年纪大了毛病也多了，就冲他这张饱受委屈不公、被命运薄待的脸——

“救！我救定了！”

郑易一愣：“郡主相信收受贿赂的是那孙招，而不是我爹吗？”

“当然相信，他能教出你这样知礼博学的儿子，怎么会是个被财色蒙蔽的人呢？”李颐听掐了把他白净的脸蛋，忍不住想，什么时候魏登年也这么白软可欺就好了，“放心吧，今晚睡我这儿。”

郑易：“啊？”

“呸！不是，我的意思是这点小事我帮你解决，今晚你就别回郑家了，外边天黑不安全，万一县令要对你做什么呢？我让人给你收拾间客房出来。”

郑易微微颔首，安静地应了一声：“多谢郡主。”

不知道是力气太大还是别的什么原因，李颐听总觉得他脸上被她掐过的那块，格外红润。

既然来了活，李颐听便闲不住，当即让红豆带了几个府卫去找行贿之人。收拾一番后，她在主客厅里见了他。

此人叫赵钱，是郑鸿名下的学生，那日郑鸿便是撞见他把金条交到了孙招手里。

人嘛，长得十分一般，就算见过几面，扔进人堆里也找不出来的那种。

李颐听的兴致一下子蔫下去一半，身子往下滑了滑，打了个哈欠，瞥到旁边郑易期待她主持公道的眼神，又立刻挺直了腰板。

李颐听：“赵……”

“小的赵钱。”

“赵钱，你知道本郡主找你是为何事吗？”

“小的不知……”

李颐听重重在手柄上拍了一掌，“啪”的一声，堂下的人也跟着一哆嗦。赵钱没见过郡主，以他的家境还够不到围在宋炽身边的资格，只是早早听闻她凶悍的名声，一被召见便立刻来了。

“小的真的不知啊。”

“哦，”李颐听摸摸鼻子，“那本郡主便告诉你，此番叫你前来，是给你一个改过自新的机会。你给我好好想想，想清楚，孙招到底有没有向你索要贿赂？”

赵钱听到此话，终于小心翼翼地抬起头来，瞧了瞧李颐听，又看了眼旁座的郑易，想起来之前的一些传闻。

“自然收取了贿赂。”

话音一落，李颐听和郑易皆是一愣。

这就说了？

这么轻松就能解决那两个狼狈为奸的了？

李颐听还以为会要软硬兼施，费上一些工夫，毕竟孙招于他还有师生情谊，没想到问了一句他就说了？

李颐听乐了：“算你识趣。”

赵钱脸上浮现出讨好的笑容来：“孙招年年受贿，一个学生都不落下，根本不配为人师，全凭郡主做主。”

“好，那今日就这样吧。明日我会再请你出证一趟，到时候你便照着刚刚所答，把孙招受贿之事再详细地说一遍。”李颐听松快地喝了口牛乳，“等本郡主收拾了孙招和县令，会重重赏你的。”

赵钱欢喜地谢了恩，李颐听挥挥手，便让红豆把他带走了。

红豆带着赵钱刚刚离府，悄悄蹲在太师府门外的两个捕快交换了个眼神，往相反的方向离开了。

赵钱前脚到家，没过多久，孙招便“咚咚”敲响了赵家的门。

只要赵钱愿意做证，说出孙招收取贿赂一事，那么郑鸿的罪名、何县令的维护便一眼明辨了。

事情即将解决，李颐听心情甚好，酣睡一夜后带上郑易、红豆还有不少用来壮声势的府卫，精神饱满地出了府。

一行人浩浩荡荡来了县衙。一到衙门，李颐听就霸占了县令的位置，还颐指气使地叫周县丞去请孙招和赵钱。

何县令听之任之，笑眯眯地搬了张凳子在她右下方坐下。

李颐听哼道："你也下去跪着。"

何县令干笑一声，却未违抗，应了声"是"，也同孙招等人跪到了一处。

李颐听拍响惊堂木，堂下"威武"的气势立刻造了起来。

她满意一笑，开门见山，直接提审。

赵钱上前几步跪下，一开口，却是跟昨晚截然不同的回答。

"小民从未将金条给过老师，孙先生也从未私下收要过贿赂，还请郡主明辨。"

李颐听道："你昨晚可不是这么说的！你这厮怎么出尔反尔？"

赵钱十分为难地眨巴下眼睛，突然高呼："郡主，污蔑师长的事小的实在不敢做啊，您许诺的好处小的也不会要，还请郡主放过小的！"

李颐听大怒："你敢反咬本郡主？！"

可不论她再如何审问，赵钱都一口咬定孙招没有收取贿赂。李颐听又派人去找了两个学生过来，二人也皆是矢口否认贿赂之事。

孙招越发得意，甚至站起身来道："郡主，在下未收贿赂便是未收，咱们就算是闹到老太师那里，她老人家也会还在下一个清白。"

李颐听算是知道了，赵钱就是墙头草，比她还墙头的那种。

堂下的郑易默默听了许久，将下面几个人扬扬得意的神色尽收眼底，向李颐听道："这些人早就已经串供，此刻若是再不依不饶，也只会坐实您威逼利诱。我们还是先回去再做商量吧。"

"那你爹怎么办？"

郑易哑然。李颐听扒开他，凝声问道："何县令，既然今日无法证实孙招收受贿赂，但你也同样无法证实就是郑鸿收取贿赂，可否将他先行放出？"

何县令慢悠悠伸出只手来，周县丞立刻有眼力见地把他扶了起来。

何县令不紧不慢地开口："自是不能。"

李颐听冷笑一下，她就等着这句话。

"既然两方都互相状告对方收取贿赂，在分辨不清的情况下，又已经收押郑鸿……来人啊，把这孙招也给本郡主关进去，跟郑鸿同吃同住，待遇一般。”

何县令一惊：“郡主三思。”

“何县令，本郡主会盯着你有没有按照我说的做，”李颐听盖棺定论，“退堂！”

3

一行人呼啦啦离开。

他们走后，赵钱又在衙门里待了许久才出来。没走多远，他忽然被窄巷里一个从天而降的麻袋罩住了脑袋，拖了进去。

赵钱呼呼呜呜地激烈挣扎着，挣着挣着发现麻袋压根没有扎紧，一用力就脱出来了。

李颐听等人围着他站了一排，什么也不说什么也不问，只是盯着他看。

赵钱被盯得毛骨悚然，没一会儿又恢复到昨晚那副狗腿模样：“郡主，小的刚刚真的不能说真话呀。

“郡主，您这是在害我。您这样做，孙招虽入狱但也罪不至死，事后您可以拍拍屁股走人，可小的呢？您让小的以后还怎么读书上学？以后哪个私塾还敢要小的？

“您今日也看到了，孙招上头有县令罩着，若小的说了真话，以后他指不定怎么报复，您让小的怎么在郸城活下去？”

“无知，愚昧！”

“是是是，小的愚昧，小的无知。”

李颐听气呼呼地张了张嘴，但终究没有再说什么。

失去了突破口，李颐听一路上闷闷不乐。

“到底是什么让他改口的呢，真的只是单单一个县令吗？他就不怕我处置他吗？”

郑易瞧着她的脸色不好，反而安慰起她：“孙招在郸城开私塾已有十年之久，根深蒂固，说不定还有更大的势力保着他。私塾人来人往，一批走了又来一批，保下他就等于保下了一棵长盛不衰的摇钱树。

“郡主此番让孙招与我爹同吃同住，让我爹不必吃苦，草民已经很感谢郡主了。”

电光石火间，李颐听立刻抓住了重要线索，她侧目看向红豆：“上次我给你的那根簪子你怎么没戴？”

“奴舍不得戴，收在房中了，等会儿就给小姐找出来。小姐可是想到了什么？”

李颐听点点头。

回府后她就抓着那根翠亮的簪子在手心里翻来覆去地看，做工材质越看越觉得像是从宫里流出来的东西。

周家家主就是个县丞，怎么会有这么好的东西？就算是县令为了堵他的嘴，这贿赂未免也太过贵重了。

除非，周家还知道更多的秘密。

李颐听沉吟片刻。

或许一开始就不该将重点放在孙招和郑鸿的矛盾上面。那郑鸿前脚写信给当地通判，状告县令和孙招勾结，后脚就被逮捕。

或许，通判本身也是贿赂中的一环呢？

如果顺藤摸瓜把这条线给拽出来，她岂不是就能名正言顺挖掉周家这块烂肉，还不让魏登年手上沾一滴血？

她心中微动，渐渐兴奋起来。

若是将军府还在，魏登年没有遭受灭族变故，他现在应当像天底下所有风流的世家公子哥那样吧。跟着父亲征战沙场，手腕翻转剑光闪动；回到都城纵马过市，又是风姿飒爽的少年郎君。

这些都是他原本的生活。

如今他失去了，她想帮他找回来。

想象一下，日后他再纵马过市，偷取芳心，但身前依偎着娇滴滴的她——那场面，该羡煞多少妇女。

妙啊。李颐听一下子从凳子上蹦起来：“红豆，去找套夜行衣过来。”

郑易吓了一跳：“郡主？”

她显得有些激动，整张脸都熠熠生辉。

“周家一定知道什么，而且县丞家一定比别的地方更好下手去查。我要夜、探、周、府！”

红豆应了一声，这样的事情小姐前段时间可没少做，于是她转头就去找衣服去了。

郑易却着实惊慌了：“郡主不可啊！您、您身份高贵，万一出事或者被发现……再说君子岂能私闯民宅翻墙入室，我、我、草民不值得！”

“值得值得，我本来就不是君子。”李颐听期待地搓起小手。

郑易难以言喻地看着她，似乎下了极大的决心，坚定道：“那草民便与郡主一同前去！”

李颐听摆摆手：“不需要，你又不会武功。”

郑易：“郡主不也不会吗？”

“啊？哦！我的意思是，我已经轻车熟路了，你就乖乖待在府里，等我把他们的罪证搞到手，替你父亲鸣冤。”

“郡主……”郑易心下震动。

“哎呀哎呀，你不必放在心上，我此行并不是为你，而是为了……为了惩奸除恶，帮你只是顺带的事情，放心吧。”

郑易努力平复心绪：“草民绝不会让郡主独自涉险，请郡主许郑易一同前去！”

李颐听看着他好生奇怪：“你以为这是去逛窑子吗，有什么好争的，你去了，我还要照顾你呢。”

郑易顾不上脸红，急急肯定道：“草民绝不会拖郡主后腿！”

“不带不带。”

要是被他发现米炽有一身功夫的话，说不定又会惹出什么事端。

李颐听已经决定了，郑易却还在旁边不依不饶地争取。正争执不下的时候，“噗”一声，一个白花花的东西冲破窗户纸，夹着道凌厉劲风砸在了郑易的后脑勺上。

似饱含怒气一般，脾气之冲，手劲之人，飞啸着砸过来，当即就把郑易砸得泪花一溅，“嘶”地痛叫一声，蹲在了地上。

李颐听立刻冲过去推开了窗子，却连个背影都未捕到，窗外只剩下摇晃不止的树影。

“没事吧？”李颐听回身扶起郑易。

他捂着后脑勺摇头：“不必……嘶，方才是什么东西？”

李颐听捡起骨碌滚到桌下的一锭银子，上下翻了翻，摸了把底部凸起的字眼，又咬了一口：“是银子，而且是官银。”

“这是何意？”

“我也想知道。”是谁，又是为何，在此刻送来这么一锭官银？刚才他们说的话，又被听去了多少？

等等，官银。

李颐听忽然想起那一日在周府替魏登年挨板子的时候，他面前就有这么一箱东西，好像也是官银。

周府，官银。

一个县丞，家里怎么会有官银呢？

“他在提醒我们！”

红豆捧来了夜行衣，李颐听一把接过丢开，眉毛都扬了起来：“不用去周府了。红豆，你立刻吩咐下去，帮我查查最近这十年来以郸城为中心，周边县城乡镇里有没有发生过天灾人祸，严重程度就按照朝廷有无拨过灾银、数量多少计算；再查灾银流向，每一笔不清楚的款项我都要知道它的去处！多派点人手，调度方面我会去跟外祖母禀明的。”

红豆不疑有他：“是。”

“郡主的意思是，他们私吞了灾银？”郑易头上的疼痛缓了一些，终于从地上站了起来。

“我猜的，但应该八九不离十了。”

郑易一头雾水：“那是谁在帮我们呢？”

能轻易进入守备森严的太师府里，又清晰知道他们动向的，李颐听脑子里几乎在一瞬间便得到了答案。

除了他，谁会处心积虑藏好周家的把柄，又隐忍不发呢？

李颐听低低笑起来。

“郡主，郡主？”

郑易伸手在她面前晃了晃，她“啊”了一声：“我也猜不出来是谁。你脑袋要紧吗？要叫大夫吗？这一下砸得有点狠啊，先前我还以为是来谋杀你的。”

郑易道：“幸好证物不是把刀子。”

李颐听深以为然：“今日你便再在这儿宿一晚吧，房间已经让人给你收拾好了，明日我再让几个府卫与你一同回家，守在郑家护你周全。”

郑易朝她深深一躬身，拱手：“多谢郡主。”

翌日，李颐听还是偷摸去了一趟周家。

在这之前，她特意与红豆分头协作，让她出场转移视线。

周家大房的院子比其他地方难进多了，丫鬟婆子加起来便有十六个，恐怕宫里低阶点的妃嫔都没有这种待遇。

小心地避开了这些人，李颐听更加坚定了自己的判断。

周家一家子都被召去门口接驾，李颐听趁此机会在卧房里摸摸瞧瞧，找出了床底下的暗盒，果然一箱子全是官银。

她不动声色地退出去，回了太师府，又派人把红豆找回来。

被打发去的府卫在红豆耳边小声说了句什么，小丫头“哎哟”一声，懒懒地从周县丞搬来的凳子上起身，笑得十分讨打：“郡主说突然身子不爽利，不来喝茶了，你们都回吧。”

跪了两炷香的县丞和大房努力笑得不太勉强：“是，姑娘慢走。”

李颐听原本不用这样大张旗鼓的，她大可以搜集好证据，直接打着她外祖母的名号去周府搜查。

可她更想在魏登年的人生拐点到来之前料理了周家，让他对周家的恨积攒得不那么足量。

但她没有想到，拐点来得那么快。

鄱朝重武，每隔两年就会在各地挑选一些不错的苗子作为皇帝的亲兵储备，分营分地地历练培养。在营中期满三年后，赏赐相当丰厚，而十分优异的则会留在朝中，保证鄱朝武将不绝。

募兵事宜在郸城西头操办。御龙营副将刘悬带的一队人马入城后，迅速搭好了高台，方式也新鲜粗暴，并非报个名就能上，还要先经过三轮考验。

第一轮为两两一组对擂，立刻便能筛去一半想来军营混吃混喝的废物，以及小商小贩之类的瘦弱男子；

第二轮是剩下的比试者抽号对擂，仍然一对一，此番之后，便又去了一半糟粕；

最后一轮则是由刘悬带来的兵卒和仅剩的比试者对擂。他的人马都是练过几年的，所以这一轮输赢不算结果，由他的兵卒比试过决定对手是否有资格留下。

这样的筛选其实很容易出现包庇贿赂，但刘悬是个眼里容不得沙子的急性子，上午搭台下午便操办起来。他也不挑，没有让人额外搭建什么上席，搬了把凳子往台子一角放下，便坐在了那处。

随后，踊跃报名的人便将擂台围了个水泄不通。

4

“怎么，你们难道还怕我跑了不成？”

魏登年脸上还带着小睡后的异样红润，漫不经心地倚在门边笑着，身后一整室的光亮仿佛都及不上这一抹笑。

院子里围了十几个家仆，还有大房派来盯梢的丫鬟。

两年一次的募兵，每次都是这样的排场，也就这个时候，他可以在宋炽不光临周府的情况下回到假院子里，被家仆们轮流看守，直到募兵结束。

“露之，你是叫露之吧，现在什么时辰了？”

他垂着眼，风轻云淡地拂了拂衣襟，狭长的眸子定定落在面前丫鬟的脸上。小丫头刚来周府两三年，还没被江湖的险恶鞭笞过，没一会儿就被盯得脸红心跳。

“到、到申时了。”

“嘶，你回他做什么！”旁边的家仆扯了她一下，伸出只手指着魏登年龇牙咧嘴，“你这厮想死是吧，还不乖乖滚进房里待着，小心我揍你。”

魏登年好似闻所未闻，漫不经心地笑起来：“这么晚了啊，周映又去赌马了？”

“少爷不在府里。”

露之一对上魏登年的眼睛就不自觉地回答他的问题，就像被摄了魂魄似的，怎么从前没见到他这样笑？

“跟你说话呢！还跟我在这里磨磨唧唧，我看你是找打！”

家仆指着魏登年扬起手来拉开架势，然而还没有碰到魏登年的肩膀就觉腰间一空，雪亮的刀刃在他面前闪出道寒光，手指头跟着一凉，一截肉色在地上滚了圈停下，鲜血立刻汩汩喷涌出来。

周家的家仆本来是没有配刀的，今日是为了防魏登年才有此准备，此刻反倒是自食恶果了。

魏登年出刀太快，痛感后知后觉地从身体里钻出来，家仆撕心裂肺地叫起来。其余人没料想过魏登年这儿真能出变故，皆是愣了一瞬，又立刻呼啦啦围成一圈，试图将他困在里面。

“就凭你们？”

魏登年冲着面前的家仆踹了一脚，那人被震飞了数米，落地后张嘴吐出一口浓稠的血来，肋骨寸寸断裂，爬也爬不起来。

魏登年飞身上檐，留下个嚣张轻慢的背影：“给他止血，别让他死了坏我事。”

六年来，魏登年第一次堂而皇之地走出了周府，人来人往的街市看似和他在周府里窥见的并无不同，但无人知道，每走一步，于他都是山呼地动。

城西的募兵刚刚结束第一轮。魏登年走到报名处敲了敲桌子，昏昏欲睡的小将托着脑袋的手撑得一歪，瞬间惊醒过来，打着哈欠道：“已经结束了，两年后再来吧。”

魏登年微一拱手：“家中有事误了时辰，能否通融？”

小将为难地皱起眉头：“这不合规矩。”

“规矩又如何？你们最终的目的不是要募兵吗？”他笑道，“我能赢。”

进入第二轮的人不少，各有各的狼狈，可唯独有一人，不论对手如何出招都应对自如，如一棵挺拔的青松不离脚下方寸之地。

进入最后一轮，比试台上只剩下三十来号人。一直松松懒懒坐在高台一角的刘悬忽然坐直。

那人似乎是精神不大好，脸色苍白，身似弱柳，像是一拳就能被打趴下。可刘悬只看他利落从容的步子，便知道他不是只会点拳脚的莽夫，甚至他的身手远远高出跟他对打的小兵，然而他却似有意隐藏，并不急于一举将对方击败，而是迂回地避开，在小兵必败的局势里刻意给对手制造赢面，直至周围有两三人陆续胜出，他才好像遛够了，准备出手。

刘悬看了一会儿，提气几步蹿过去，推开小兵，接了他欲定胜负的一拳：“畏首畏尾有什么意思，跟我比试比试！”说着手刀化利刃，带起一道疾风，向他腰腹逼去。

魏登年并不想张扬，可对方动作太快，他的身体已经先一步做出了反应。他半身猛地后仰避开，腿脚滑蹿出去，跟刘悬擦身之际，拂去一掌，招式轻柔无力，宛如一条游走的白绫，然这“白绫”攀上人的手腕竟如有万钧之力，以柔制刚，刘悬几番用力都像是卷进了棉花堆里，几个推转间被生生逼退两步。

刘悬没想到自己这一把年纪了还能被个毛小子制住，愣了愣，气得要再来。

魏登年忽然开口，语气微惊：“刘叔叔？你是刘悬叔叔吗？”

刘悬收招，盯着他看了半晌，愕然：“小年？”

他两步过去，一把抱住了魏登年，抓着他晃了晃，从上到下看了一遍，大笑："你都长这么高了，样子也变了些，更好看，不，更俊了，我差点都没认出来你！"

魏登年被他晃得咳了几声，露出个苍白的笑来："这么多年了，我也该长高了。"

刘悬欣喜的神色顿了顿，让人搬来张椅子放在台上，叫其余人继续比试，他则迫不及待地和面前的少年叙起旧来。

"我当年听说你住进了远房亲戚家，此后便再无你的消息，没想到今生还能叫我再碰见你！小年，我真是太高兴了，等会儿叔叔定要与你痛饮一番！"

魏登年温声道："小年自是奉陪。"

"你一身武艺没丢，反倒见长，将军在天之灵若是知道定会高兴！不过你可别怪我没认出你来，你这招数似乎不是出自将军啊？"

刘悬一辈子雷厉风行，此刻见到故人之子，却一下子成了个絮絮叨叨的半大老头，说个没完："还有，你怎么看上去身子不好的样子？还穿个……这是下人衣服吗？你那亲戚呢？你怎么会在这里？"

"说来话长，刘叔叔一下子问这么多，叫我先答哪个好？"魏登年虚弱一笑，"近年来，不知为何身体每况愈下，爹教的打法不太适合我了，迫不得已改变了路数。"

"好好好，适合自己才最重要。那你现在住哪里？"

"周县丞周家，他们都对我很好。刘叔叔别光顾着问我了，你呢，你怎会……"他斟酌了一下用词，"突然募兵呢？"

刘悬能征善战，曾是他爹麾下主力副将，风头最盛时曾一人带着百姓守下一城，可如今却变成个募兵的将领。

说将领都是夸大了，募兵处归御龙营管辖，御龙营只是奁朝兵部一个小分支，更别提刘悬只是募兵处其中一个小头头，说白了，就是那八品的何县令都压他一级。

刘悬叹了口气，往日的嚣张锐气似在这一息中去了大半。

"当年将军辞世后，咱们陛下就将三十万大军打散重组，塞往各个兵营，要不就是把不同的队伍各抽出些人来，换个领头的。将军身边的亲信陛下虽然一个没杀，却明升暗降，给我们换了差事。那个张怀叔叔你记不记得？跟你爹最亲的副将，被皇帝调去当文官了，你说说这世道……唉。”

如此一来，魏家三十万大军，再成不了气候。

魏登年蹙眉道：“陛下手段真是高明。”

“呸，就咱们陛下的脑子哪能想到这些，还不是毕愁那个老瘪犊子的主意？”

魏登年道：“当年弹劾我爹的文官之首？”

“正是。”

魏登年想到什么，扯动心绪，低声咳嗽起来，刘悬立刻给他拍肩，喊着报名处的小兵：“快拿碗热茶过来。”

冒着袅袅热气的茶杯递过来，魏登年道了声谢，接过喝了一口，还未咽下，便被喉间一口急气顶了出去，喷出的一口茶水里掺着半口血水，人也往前一头栽下，被刘悬眼疾手快地捞住。

“小年！”刘悬大惊失色，忙回头冲手下叫嚷，“愣着干什么，去叫大夫！快叫大夫！”

好几个兵卒应声跑了出去，慌里慌张地从医馆里找了四五个大夫，拉着人就跑。几个大夫被拉到募兵处，每个人上去一诊，脉象都是同一结果——中毒。

“没错了，初执脉来疾去迟，外实内虚也，且心脉声微，伴有咳疾不治，血中见黑又苔色发白，种种迹象都是中毒症状。”五个大夫里只有那位年过八旬的老医者在魏登年指尖扎出滴血来嗅了嗅，给出了最具体的诊断，“且还是种罕见的毒药，老朽无能，不知其解。”

“怎会如此？好好的，怎么会中毒呢？”

刘悬不信，又不得不信，募兵也交给下属去管，他把魏登年背去医馆，朝着老大夫深深一躬身：“这是我故人之子，故人待我恩重，我就是死了他也不能死，还请大夫救他。”

老大夫摇摇头：“这并非市井上的普通毒药，除非老朽知道其名，不然很难找到破解之法。”

“这可如何是好，如何是好……”

刘悬来回踱步，看着榻上形销骨立的孩子，心里比在战场上挨了一刀子还要难受，将军若是知道他唯一的儿子成了现在的模样……

他给昏睡的魏登年喂了半口水，把门口几个兵卒叫进来：“抬着小年，走，去周府！”

「第六话」

好久不见啊，宋戌

1

周家那边已然兵荒马乱。魏登年逃了，两个家仆一伤一残，惨叫声传遍了整个周府。

刘悬一行人从医馆里借来了担架，抬着魏登年气势汹汹地杀上周家，看门的拦也拦不住。刘悬脸上怒意难掩嗓音凶急，逮到一个看着能做主的便质问道：“他可是你们周家的人？”

陈氏第一反应就是魏登年刚出门就惹了祸事，眼珠子转了几圈，张口便道：“哎哟！这不是我们家里逃跑的下人吗，怎么回事啊？您是？”

刘悬忍住了发作，蹙眉道：“下人？”

“是是是，就是个干最脏最累的活的那种。”陈氏看见他腰间的木牌，客气地笑起来，“原来是募兵处的大人啊，谢谢大人给我们找回逃跑的下人。小娥，家里来客了，请老爷夫人出来。”

刘悬道：“他果真是个下人？”

陈氏笑道：“大人是第一次来郸城吧，那您肯定不知道，这个人啊是我们家干粗活的，原是罪人之子，我们好心收留他给他口饭吃，可他却是个白眼狼，打伤了我们家两个家仆逃跑了！”

这时候越是把魏登年贬得一无是处，越是能让来人消气，周府还能少给点好处平怒。

想到这里，陈氏笑容挤得更多了些：“周府管教不严，让这没爹娘的东西冲撞了大人，等会儿妾一定让下人把他泼醒，狠狠地罚。”

刘悬道：“如何才算‘狠狠地罚’？”

果然是上门找麻烦的。

陈氏答得格外认真：“扎针、杖责、炮烙、步步生莲，还有挑断手脚筋，然后趁他还没有流血而亡前再缝起来，只是这样魏登年就没法给周家干活了，所以一直没实施过。”她得意地补充道，“这些可都是从宫里传出来的好法子呢。”

刘悬深呼一口气：“何为步步生莲？”

陈氏道：“用扎了刺的木棍打受罚者的脚板，罚完后脚底皮肉已去其大半，再让其人赤脚而行，每走一步，脚底留下的血迹便如红莲开放。”

“他……可有受过这惩罚？”

“自然受过呀。”

压着刀柄的手指捏得发白，刘悬强忍最后一丝理智，嗓音有些发颤：“这样严惩，万一他真就死了呢？”

这将领真是好生胆小。陈氏笃定道：“哎呀不会的，不会死的，这小子皮糙肉厚，就是受着这些长大的，大人您就放心吧，只要给他留口气，大人想怎么消气都行，反正啊，他就是咱们周家的一条狗而已。”

刘悬气得浑身发抖，可他的底线是不打女人，这时，周县丞及大房夫人往院子里赶了过来。

“刘大人，有失远迎啊。”周县丞远远喊了一声，然而拱手的动作只做到一半，就被突如其来的一脚踹飞。

离他最近的大房吓得气势全无嗷嗷乱叫：“你干什么！你要干什么！来人啊，保护老爷！”

刘悬“唰”地拔剑怒视，周家两手空空、没见过世面的家仆们全都不敢动弹了。

“毒妇，毒妇！小年还善良地想替你们遮掩，你们可知他对我说周家买了他后待他极好，原来你们就是这样待他好的！”

周县丞晕晕乎乎从地上爬起来，只感觉脑子里嗡嗡作响，还没站稳，就又被人猛地揪了起来再摔到地上。

“老子就是不做官了，就是死，也要先搞死你们这帮杂碎！”

刘悬狠狠又往周县丞身上补了一脚，然后扫了一圈在场的诸人：“绑起来，都给老子绑起来！凡是害过小年的，老子要他们偿命！”

兵卒们领命，纷纷动手抓人，丫鬟家仆们四散逃窜，尖叫连连。

陈氏吓得和大房抱作一团，此刻才恍然——他不是来要好处，是来要命的！

“岂有此理，岂有此理！你打我的丈夫，绑我的丫鬟，还乱我的家！”

周夫人跋扈惯了，头一次被人欺负到头上，惊吓过后，气得胆子都大起来，冲上去一口咬住刘悬的手腕。刘悬痛得嗷嗷大叫，又不知道怎么下手还击这个妇人，情急之下一把揪住她插了满头金步摇的高耸发髻。

这一揪，那一大坨假发就掉在了刘悬手里，露出周夫人比常人宽了一半的额头。

依头秃的程度来看，这年头，县丞这种小官家的主母也难做啊。

刘悬拿在手里掂了掂：“别说，还挺沉，快赶上我的大刀了。”

“假发还我！”

“你先退后！”

“啊！”

又被咬了一口，刘悬手上一甩，周夫人终于松口，急吼吼地去捡她的假发髻。捡到手了也顾不上正反，立刻往头顶一戴，脑袋上沉甸甸的东西落下来，自信和气势终于恢复了一些。

她面色赤红指着刘悬：“你一个九品的官凭什么查抄同级的家！我要去告御状，我要你不得好死！”

“凭什么？本郡主就告诉你，凭什么能抄你的家。”

一道婉丽声音随着破门而入的动静一同入耳，冰蓝色的雅丽袄裙和手腕上系着的飘逸丝带轻快地掠进众人眼中。

姿容大方的女子莞尔一笑，挥挥手，身后五十名府卫便行动铿锵整齐地将周府团团围住。

“红豆，你去把大夫人房中暗格里的官银搬出来。”

后者应了一声，招走两个府卫立即去办。

“不行，你们不能去！”周夫人急急去扯红豆，被其中一个府卫推开扑了个空。

李颐听走到周县丞面前稳稳站定：“四年前，郸城的一处乡镇发生鼠疫，死伤数千，而你们这些贪官不仅趁机卖假药大发国难财，甚至私吞朝廷派发下来的灾银十之有七！县令已经招了，周县丞你还有要辩解的吗？”

周县丞拼命摇头：“郡主在说什么，小人不知，小人只是个县丞，大人做的事情怎会与小的说。”

“这就要你自己去问你的县令大人了。他不仅供出了你，还有他上头的通判、同知、知府，一整条行贿链都被本郡主拔了出来。事到如今，你还要狡辩吗？”

周县丞终于从刘悬那一脚里缓过神来，然而挣扎着起身后，听了这话身体又晃了晃，重新瘫软在地。

“难怪赵钱第二日就反口，原来是有这样一张大网罩在头顶让他不敢不从。”李颐听侧目，“周府上下全部带走，暂时收押在县衙牢房，周家人分开关好，本郡主要一一审问。”

府卫们训练有素地上前抓人，杂乱的讨饶和尖叫四起。李颐听不再看他们，略过朝她行礼的刘悬，向魏登年走去。

白色担架上的少年仍在昏睡，眉目安逸，好似周遭天大的动静也惊醒不了他。

李颐听挥手，刘悬的几个兵卒便把担架放在地上，自动退后几步。

她蹲下去，嘴角勾起个娇软狡诈的弧度，贴近魏登年的耳郭：“看在你长得好看的分上，我便让你利用一次。”

担架上的某人仍是昏睡状,然而身侧的手指却细不可察地轻蜷了一下。

李颐听笑笑，朝着刘悬颔首：“就麻烦将军照顾他了，外祖母还在等我回禀，我晚点再来看他。”

刘悬愣了一下，匆忙回礼：“郡主严重了，照顾小年是微臣应该做的。臣叩谢郡主，恭送郡主。”

刘悬，魏迹的副将，跟魏登年非亲非故，却如兄如父，是他命里翻盘的贵人，最后为他战死。

李颐听及时伸手，扶住了年过五旬的将军，手腕翻转，在他肩膀无声地拍了拍。

今日算是李颐听到郸城之后最忙的一日了，光是拷问县令就用了大半天时间，这会儿回禀完外祖母，晚饭还没来得及吃，圣旨又来了，皇帝让她全权处理此事，另外提到新的县令已经在路上。

等到七七八八的事情弄完，李颐听都饿过头了，准备前往周府时，还被郑易拦了下来。

他喜穿白色儒服，垮垮大大的袖子垂着穿在他身上却不显得臃肿老气，行走俯仰之间透着一股子少年书生干净谦恭的气质，行礼时行云流水的动作配上不疾不徐的说话音调，直让人觉得是个相处起来顶舒服的清润君子。

照理他和李颐听相处多日，应早就不怕她了，不知怎的，今日又别扭拘谨起来。

下人被郑易请走，房间里只剩下他和李颐听两人，静得能听见烛火烧起来噼啪作响的声音。

他忽然就跪了下来：“草民拜谢郡主救家父之恩。”

“你怎么又来了，我不是都说了此举并非为你，而是举手之劳吗？”李颐听把他拽起来，有些恼，“以后莫要再说这种话了。”

郑易道：“最近家中事多，等安顿好一切，我便要赴都城科考了。”

“那很好啊，你是个好苗子，将来定能在朝中崭露头角，我也快启程上路了，说不定我们还能在都城遇见呢！你今日便是来跟我说这个的？”

“父亲曾教导草民，有恩必报。”

郑易说着突然红了脸。李颐听正奇怪，就见他葱白的手指突然移到腰间，拽住了黑色的腰带，轻轻一拉，外衫滑落，露出里衣来。

“你干什么！”李颐听吓了一跳。

“我知道那次郡主把我绑进太师府，并不是下人的奉承讨好。”

“啊？”

他脸红得厉害，声音也在颤，手上的动作却更快了，几下便脱得只剩一件单薄的亵衣：“若是郡主不嫌弃郑易无权无势，郑易可以忍受被人说攀龙附凤跟郡主提亲，若是郡主不愿，郑易……郑易今日便以身相伺。”

还是同一个地方，上演两月前的同一幕，但是角色彻底对换了过来，不过命运还是没换。

郑易脱得就剩一件衣服，然而那双手抖得跟筛子似的，再脱不下去了，抬头看了她一眼，便冲上来开始脱她的衣服。

“你冷静一点啊！”李颐听一拳把郑易的脸打偏了过去。她是喜欢小美男，但也就是喜欢看看而已啊！

郑易朝后踉跄了两步，手垂在身侧，身体还维持被打偏的姿势，狼狈地站了好半晌才缓缓地看向李颐听，脸上的红色一寸寸褪了下去：“我以为，郡主是有一点点喜欢我的。”

李颐听哑然。

房中有一瞬死寂。

郑易笑了一下，煞白的脸上似有屈辱似有懊恼似有不甘，最后自尊只让那些情绪化作语气里那一点微末的酸意：“才短短两月，郡主心中便已经另有所属了吗？”

“这么明显？”李颐听脱口而出，然后狠狠拍了自己脑袋一下，“不是，不是另有所属，你很好，是……是我自己的问题。”

郑易狼狈地捡起地上的衣服匆匆穿上，甚至外衣都穿反了，朝着她飞快一拱手：“草民叨扰，草民告退。”

然后一如在闺房初次见面般，逃也似的跑了。

李颐听看着他奔进夜色，垂头丧气地回走了几步，把自己摔进柔软的被子里。

小美男一难过，她也跟着心情低落。

罪过，太罪过了。

若是今日在这里的是宋炽，定会十分高兴，只可惜这具身体已经不是原来的郡主了。

“罢了罢了，他又不是喜欢我，就是一根筋想报恩，只是被我驳了，伤面了吧，过几日总会消气的。”

李颐听在床上滚了几圈，逐渐生出点困意。

酣睡一夜，磨磨蹭蹭起床后，李颐听做的第一件事就是报菜名：“椰蓉饼、豆子粥、煎白肠、油酥烙，先做这么些吧，饿死了，吃完好办事。”

红豆一一记下，见她心情不错，笑道：“刘将领在府外求见，您要见他吗？”

李颐听道：“这么早？”

“夜里就来了，但是小姐您在睡觉，奴就没把你叫醒。”

李颐听猛地抬头，莫非魏登年出了什么状况？

“我去见他。”她“唰”地起身，空着肚子就往府外跑去。

2

“你怎么不早说魏登年中毒之事？！”

李颐听行云流水般从马上下来，裙带翩飞，疾跑进周府。

此时周府的家仆丫鬟全都被收监，里外都是太师府的府卫和刘悬的兵卒。

刘悬紧随其后，听到这话默默扣了扣刀柄，这不是摸不准她和魏登年是什么关系吗……

他挥手，下面提进来一个丫鬟，李颐听定睛一看，十分眼熟，像是……大房身边的人？

“事情大致就是如此。周家家仆魏登年无故中毒，却追查无果，臣人微言轻，自知无权插手此事，但魏登年是臣故主的儿子，所以恳请郡主许臣提审周家人。”

“就算你不提，本郡主也会提审，”李颐听在主位坐下，让丫鬟抬起头来，“你叫什么？”

“郁金。”

丫鬟一脸倦容，可是姿态却强硬得不行，梗着脖子一脸冷漠，除了名字，接下来对所有中毒有关的问话全都一声不吭。

刘悬拧着眉：“她就是负责小年饭食的，审问了一夜，一个屁都没放，一直是这副软硬不吃的样子。”

李颐听摸摸肚子，一口塞下一整块黄豆糕，慢慢嚼完后，凝声道：“既然什么都不说，留着也没用，杀了吧。”

她挥挥手，立即就有两个府卫一左一右上前押了人往后拖去。

郁金惊恐地看向李颐听，对原主的忠诚在此刻溃散得干干净净，在被完全拖出去前用力地扒住了门框：“下了，下了毒！”

李颐听抬手拦住府卫的动作，郁金被重新提进来。

“说清楚点。”

“每日都下一点点在魏登年的饭菜中，大夫人派我盯着他吃完才能走。他平常没有别的东西可以吃，一日两餐都会吃得干干净净。”

李颐听的手微微扣紧了扶手。

时不时的咳嗽，苍白的脸色，甚至随便走几步就喘不上气，原来是这样。

刘悬一掌把面前的椅子拍散了架，冲到郁金面前怒道：“解药拿出来！”

“奴婢从未听夫人说过有解药啊。”

李颐听道：“拖下去打死！”

郁金哭喊道：“奴婢在夫人身边伺候多年，要是有解药奴婢一定知道，真的没有解药啊！”

“这毒可有名字？”

“叫……叫无息。”

这名字十分熟悉，像是在哪里听过。

李颐听盯了她半晌，郁金眼泪都吓出来了不似有假，最终李颐听还是叫人押了她下去。

她一边给刘悬写了封手令许他独审，看能不能从周家人身上挖出解药，一边全城寻医。

重赏之下必有勇者，只是魏登年所中之毒实属罕见，几番问诊下来，郸城竟然只有一位老大夫听说过此毒——正是刘悬此前去医馆求助的那位。

“无息之毒从外邦流入，由于异常昂贵，故而逐渐从市井消失。不知这毒从何而来啊？”

李颐听终于想起为何这毒耳熟，从前她当郡主时也曾在宫里听过。

她想起那根翡翠簪子，也像是宫里的东西，可一个小县丞怎么能接触得到宫里的物件？

她敛神道：“大夫可有解法？”

老大夫叹了口气，他也并未见过此毒，疗法皆是古籍所记，并不保险。

李颐听道：“无妨，大夫细说便是。”

无息之毒温和，分量重时能够致命，若是分量细微，便是三年五载也看不出什么来，只是毒性会一点点消磨吞噬服毒者的身体，毒发时只像普通风寒，都是些虚弱咳嗽吐血的症状，但毒素累积到一定程度便会开始健忘痴傻，武功全废，且到那时，毒性已经融入骨血，查不出任何症状，最后咳血而死。

这毒最适合用于宫里面见不得光的勾当，是以名曰无息，无声无息。

解毒却比服毒痛苦百倍。

魏登年中毒多年，毒性已然入骨，解毒也十分费事，需分五年治疗，每年服用两次解药。

服药者五感会失其四，清理毒素时全身疼痛异常，如同骨架拆卸重组，忍上五个时辰方能缓解，就算是体格健壮的成年男子也会痛不欲生。

许多人挺不过这关，干脆选择了自缢。

知道疗法的时候，李颐听一颗心仿佛被狠狠揪住。

魏登年身上那些病症全部有了解释。

她忽然急急问道：“这毒如此磨人，若是此人还练武会怎样？”

老大夫白了她一眼：“郡主，中毒那小子昨日老朽见过，确实是个顶顶好看的娃娃。不是我以下犯上啊，这寻常日子都要过不下去了，你还要逼他练武，那不是要他的命吗？虽然你喜欢他，盼着他功成名就，但好歹也要有个度吧，有命才能练武啊！”

李颐听百口莫辩。

如果说方才只是心里揪了一下，此刻便是被人捏住了，摔打在地上反复踩躏摩擦。

魏登年啊魏登年，他那一身武艺……这些年到底是吃了多少苦头。

“郡主，若是要治，早早与老朽说明，老朽好去配药。”

老大夫叫了她好几声，李颐听才回神，她面露犹豫：“可有更快速且不那么痛苦的法子？”

老大夫摇摇头：“此毒根本没有办法药到病除。”

李颐听道：“我要先去问问他，让他自己决定。”

“我要治。”

轻慢虚弱的声音从身后响起。二人回头，魏登年不知什么时候醒来了，披了件外裳就赶来了主厅，不知听进去多少。

他倚在门边，灰色的衫子松松搭在肩膀上，身上没有几两肉，蜷成拳头的手放在唇边轻咳起来的时候肩角一抖一抖的，又平又直。

他像是早已知晓此事，神情寡淡，眉目沉郁却坚定：“还请大夫配药。”

李颐听默默走开，留下魏登年和大夫交谈。

她从红豆那里要回了翡翠簪子，去县牢的路上跟刘悬打了个照面，后者失落地冲她摇摇头，没审出解药。

周家人里，县丞惧内庸碌，大房凶悍短视，周茹娇气跋扈，周映蠢钝恶毒，陈氏贪财图利，就是这些人，搅乱了魏登年本该最自在快活的六年光阴。

李颐听心中不快，想了想还是提审了周映。

那人被带上来时已经是一脸青紫，看到李颐听身边这些个大刀阔斧的府卫们哀号一声：“怎么又是审我！”

李颐听哼了一声：“来啊，先给我打得半死再开始审。”

周映一听，吱哇乱叫，一把鼻涕一把眼泪地跪过来求饶：“郡主！郡主啊！看在我们多年的情分上，您问什么我都说，别打我！”

李颐听把腿从他臂弯里抽出来，大怒：“我们之间有什么情分，你污蔑本郡主！”

周映哭唧唧道：“每年您都要来避暑，这不就是青梅竹马的情分吗？”

“滚滚滚。”李颐听把怀里的老翡翠簪子掏出来丢到他面前，“今日你想活还是死，全在你自己。宫里那位为什么要给你们这根东西和那阴损的毒药？他和魏登年到底有什么大仇？”

哭天喊地的周映突然一下子噤了声，见状，李颐听下令把能唬人的刑具全部搬了出来。

周映瑟瑟发抖，嘴却硬得很：“我周映今日就是被打残、打死在这牢狱里也不会说的，若是我说了，周家才真是退无可退！”

李颐听笑了：“你是不是以为咬死不说，那位就会不计一切地救你们？本郡主就实话告诉你们吧，你们犯的事其实罪不至死，上头还有那么多犯了事的顶着呢，周家也就是被罚罚银子，最多是个流放。但是，那位的书信可是昨日就到了，请本郡主悄无声息地解决了你们，还给我送来一大尊玉佛像，哎，你要不要看看？那成色，可不是翡翠比得了的。”

周映傻了：“这不可能，这不可能！我们周家替他做了那么多，办了多少年的事！”

他突然发难，狂躁地朝李颐听扑来。李颐听当胸一脚过去，旁边两个府卫立刻把人按实了。

“其实吧，我早就知道那位是谁了，我也不是想为魏登年主持什么公道，我只是好奇，德高望重的那位怎么就和一个毛头小子过不去，你不说便也罢了。”

其实翡翠簪子和无息到底有没有关联，是不是出自同一人之手，她并不确定，原先她甚至还以为是同官银一样贪取的贿赂。

李颐听是桦阴国的郡主不错，但对大晋的了解也不少。大晋皇帝是个自大的莽夫，要除去将军府，绝不会费这些功夫，其余种种都是她瞎蒙来诓骗周映的，没想到一诓一个准。

只要不是皇帝那就好办。

她默不作声，静静看着周映怒骂痛哭发泄。

终于，周映力气耗尽瘫倒在地，目眦欲裂地骂道：“毕愁这个老畜生！我要杀了他！”

赌赢了。

毕愁，这个名字李颐听是耳熟的，晋朝文官之首。大晋虽然轻文重武，但这个毕愁却很能哄宋帝高兴，是宋帝面前第一谄媚的主。

不过魏家独大时却不是这样。

当年将军府功高盖主，盖的不止有皇帝，还有臣子。

魏家树大招风，魏迹亦是朝中文官弹劾的主要对象。对这些文官的上书，魏迹向来一笑置之，某一次却忽然发怒，自请责罚。当时正是战况吃紧的时候，皇帝当然没罚，反而怪罪了那批文官，其中毕家受牵连最深，一家子尽被流放，直至将军府被灭后才被赦免，重回京都，被皇帝委以重任。

但是毕家一直没忘记被流放的日子，在魏家被诛三族后，甚至把那些年的仕途陨落全部怪罪在了魏登年身上。

据周映所说，他们家是被毕愁授意买下魏登年的，除了下毒以外，毕愁还吩咐他们狠狠地折磨魏登年，却不能让他死得太快。

于是他们给他下毒，让他不能练武，且在外造势，把周映在外面鬼混欠下的钱全部算到魏登年头上，再出来给他擦屁股。久而久之，郸城的人都知道周家收养的那个罪人之子是个声名败坏、不知感恩的白眼狼。

他们常让他吃不饱，干很多很多活，不让他读书。

把一匹狼调教成家犬，只需要让他永远只知道为了眼前的一口饱饭奔劳，再无声无息结束他的生命。

到那时，就算有人记得魏登年，也只记得周家收养他的恩德；再过些年头，这个人存在过的痕迹，就会被彻底抹去。

3

李颐听思考多日，最终没有把这件事情告诉魏登年。

她扳倒周家，是想让魏登年知道恶有恶报。如果多了毕愁这个存在，或许会激起他心中的仇恨，那就适得其反了。

这些年的苦难，既然已经结束了，就到此为止吧。

前路若仍艰难，她会保护他。

离开郸城的前夜，李颐听去了一趟郑家，结果扑了个空——出来的老夫子说郑易已经去都城赶考了。她只好悻悻而归。

翌日起了个大早，拜别了外祖母，李颐听吩咐几个护卫以及马夫在城门口等着，带上红豆准备去跟魏登年告别。

魏登年被刘悬选上，要去扈城军营历练，跟李颐听同一日离开。

刘悬的人马已经在城外集结，魏登年向来是个心中有数的人，不知怎的，今日却足足迟了一炷香才到。

一炷香时间足够做许多事情，比如打晕几个县衙里的捕快拿走钥匙，比如避开本就人手不足又松懈的守卫进入牢狱。

暮春的早上，薄阳也没有，天色泛着灰白，整个县衙还在沉睡。

潮湿阴暗的牢房里，那人手上钥匙扣轻轻晃动起来，发出一下又一下清脆的金属撞击声，或深或浅地落进了周家人的耳里。

他们被分开关押，魏登年在每间牢房前停留的时间都很短，大部分的人甚至没有醒来。

他们或许还在做梦，而他手法极快，他们也不会感觉到什么痛楚。

除了周映。

他有些倒霉，因为早起想要小解。不过唤来的人不是衙卫，而是魏登年。

“我就要走了，要离开郸城了，临行前还来跟周兄道别，你说我够不够意思？”

男子的声音低低的，凑在他耳边，就像玉石打磨在沙砾上，沙沙的，温和轻柔。

光听声音，极容易让人以为是个教养极好的君子——如果忽略他死死捂在周映嘴巴上的大手的话。

他语气熟稔得像在跟多年的挚友交谈，不过似乎并没有让他回答的打算。

周映抖着身子，极力地蹬着腿，可一切只是徒劳。

他惊恐的眸子里映出了魏登年残忍绝艳的笑脸，他第一次发现自己这个远方堂弟像一只行走在人间的恶鬼。

“我本来是不想让你们这么松快的，我一直都想跟周兄讨教，桑皮纸在脸上铺到第几层才会窒息而亡。你们应该感激她。”

…………

魏登年脱去了那一身晦暗的家仆服饰，虽然上面一滴血都没有沾。

他带着他极少的行囊向城门外走去，沉郁的眉眼一如以往，只不过心情极好，甚至朝着一路冲他痴笑的女子们点头致意。

李颐听站在城门前等他。

十八岁的魏登年，风姿神貌初显。

迎风走来时，衣袂翻飞，每一下都拍在她的心上。

什么郑易小美男，什么不辞而别，统统被她抛到脑后。

李颐听笑得像只闻到肉香的狐狸："早啊魏登年，你今天有喜欢我一点吗？"

他也冲她一笑，十分体贴地没有再次拒绝她："早啊郡主。"

李颐听"啊呜"一下捂住心脏，今天也是想被反派轻薄的一天！

她嗒嗒嗒地跑到他身边："此去一别，要记得想我，但也不用太想，因为我们很快就会见面的。"

魏登年轻轻勾了勾嘴角："郡主这么肯定？"

李颐听笑眯眯的："你不来找我，我就去找你。"

魏登年停下脚步："若是你没来呢？"

李颐听不知道他怎么突然看上去就认真了，摇摇头："这个假设不成立。大夫配的药拿了吗？准备什么时候吃？"

魏登年道："晚一些吧，初去军营，我不想出什么纰漏。"

"好好好，"李颐听弯着眼睛，"你可以等到我们见面再吃，我陪你，有人陪着就不会那么痛苦了。"

魏登年没有答应也没拒绝，李颐听便权当他答应了，喜滋滋地跟着他往城外走去。

城门外，两拨人眼巴巴地看着他们。

"对了，你今日怎么来得这么晚，是不是要走了，所以昨晚高兴得睡不着啊？"

魏登年笑意凝固了一瞬，不知怎的，话到嘴边又顺着嗓子眼落了下去。

他向来不屑说谎。他不堪的样子她都见过，他从前巴不得把她吓跑，可是为什么……

"是啊，睡得太晚了，早上都起不来。"

李颐听对他的话没有任何怀疑，点点头又试探地问道："以后还会回来吗？"

"不会，结束了。"魏登年笑得生动，眼睛里却漫过一瞬寒光，直到他把目光落到身边的女子身上。她肩膀沉了沉，似乎偷偷松了口气，眉眼像风一样干净，吹散了魏登年眸中的凉意。

4

皇陵建在薄奚山上，太后祭礼便是在那里举行的。

太后生前独揽政权，和宋帝其实并不算和睦，死后倒是享了宋帝的一片孝心。

薄奚山在大晋位置偏东，最近的城池也就是扈城，远离都城的喧嚣繁华，环绕青山绿水，半座山头隐在云霭之下，倒像是座小仙山。

李颐听对这种出行毫无兴致，奈何她老爹濮阳王在都城关了小半辈子，最爱这种动辄一大堆人簇拥着的皇室活动，由不得她做主，早就给她报了名。

跟宋炽性子端庄沉闷的外祖母不同，他老爹是个不正经的，虽然打着祭拜太后的名头出行，实际上已经着人张罗起狩猎的装备。

他原话是这么说的：人死都死了，做的这些都是给活人看的，咱们拜不拜的，太后她老人家压根不知道，没什么意义，好不容易出去一趟，当然图自己快活。

李颐听听到这话，当场还左顾右盼地担心，想提醒她爹别当着下人们的面这么大不敬，结果她嗑瓜子的娘补充了一句，多打几只鹿回来，山鸡也行，炖汤味鲜。

李颐听算是知道宋炽那一身纨绔气息是从哪里来的了。

在都城待了半月后终于成行，当日，御龙营的人清空了小半个都城的街道为皇家车队开道，完全对得起兴师动众四个字。

李颐听知道后直摇头，晋朝的皇帝还是这么神奇。

千人的车队从奉天殿前一直延伸出宫，除宋帝外，还有七七八八的皇子妃子亲王重臣，跟皇家沾亲带故的那一批轿辇在前，臣子们在后，皇帝的车驾居中，被天子亲兵层层围护，滴水不漏。

五月的日头已经灼人，更何况是午后。车队停在路上，李颐听无聊地不时撩开车帘探头探脑，忍不住问道：“父王，我们在等什么？”

濮阳王搓开几颗花生米外面的红皮，把白香的仁丢进嘴里才道：“还不是在等被我哥惯坏的小侄子。”

话音刚落，由远而近的一声嘶鸣打破了庄严的气氛，李颐听下意识撩开了帘子,先入眼的是一匹脚力强健的高头白马,然后便是纵马放肆的少年。

从见到他的那一刻，李颐听整个人便如同被钉死在了车厢里，再也不能动弹。

去祭拜太后的诸人至少面子给足，服饰皆以白色为主，唯独这少年一袭明晃晃的刺眼金色，蟒袍玉带黄金缎里，银制的头冠上红宝石有三，东珠有四，就连脚踩的一双云头锦靴都是双面缎的银线勾勒，夸张奢侈，像一根行走的金条。

然而这身俗气至极的装束配上那张风流张扬的脸，顿时拔高到了贵气的档次。

谁人不爱金条？谁人又不爱俊俏脸蛋？不巧的是，这两样他全占了。

从宫禁严明的宫城里一路纵马而来，冲散护卫军进了车队才狠狠勒了缰绳,引得白马一声长鸣,而他夹了夹马腹又悠悠走了几步,扭头潋滟一笑,眼尾上挑：“哟，都到了。”

周围顿时不少人冲他行礼。

“七皇子。”

“拜见殿下。”

宋戌摆摆手，扭了马身朝后走了几步，停在李颐听的轿辇跟前，先朝濮阳王喊了一句叔叔，然后从头到脚将李颐听扫了个遍。

他懒懒嗤笑一声：“小堂妹，你这衣品可真是愈见低劣了啊，戴点头饰吧，被百姓见了，还以为皇家穷得要去讨饭了。”

李颐听袖子里的手一点点攥紧。

晋朝七皇子，宋帝最喜爱的儿子，此时还未成为大晋的储君，跟宋炽从小吵到大的对头，以及凡人李颐听名正言顺的丈夫。

他活生生地站在她面前，一点都没变，还是这么招摇，一点点内心活动都能在他脸上瞧得清楚分明，不假辞色。

对于皇子这个身份来说，他或许太年轻，又或许还太张狂，可是年轻和张狂这两个辞藻多数时候是绑定在一起的，当它们同时出现在某一个人身上，还是一个好看的人身上，绝大多数时候，都很招人喜欢。

她盯着他，胸口发紧，在心里偷偷打了个招呼。

好久不见啊，宋戌。

宋戌瞧着李颐听木木的模样，咂摸出点奇怪的感觉来。

不仅平常跟他争父皇赏赐时的那股蛮横劲没了，眼睛里还有点，还有点……管他的！宋戌说不出来，但他很满意宋炽这副样子，她定然也觉得自己说得很有道理。他得意地拽了拽缰绳，轻喝几声，钻进了前面皇子们的队伍里。

濮阳王咂着嘴，恨铁不成钢道："他才说两句，怎么你还气得手抖呢，你反击呀！骂他呀！实在不知道骂什么，你就说他头上的东珠是假的，气死他！在你外祖母家待久了都不会吵架了？你退步了啊小宋，为父对你很失望。"

李颐听干笑几声："女儿这是懒得和他一般计较。"别开眼去，在心里反复默念了几遍"我是宋炽我是宋炽"，终于平静下来。

接下来的半日车程，中途休息了两次，宋戌也没再来挑衅李颐听，晚间便相安无事地到了薄奚山。

山间雾浓露重，不宜再往上走，车队要在半山腰的皇家寺庙休憩一晚。

大家分了房，休息的去休息，像濮阳王那般憋了一路手痒的，便偷偷去附近小猎一下。

李颐听假装回房间休息，换了套更方便的裙装摸出去在庙里闲逛，顺便给月老庙供奉点香火。

逛了片刻才发现，庙里压根没月老像。

偌大一个皇家寺庙没月老，这完整吗？这专业吗！李颐听连连摇头，决定去找主持掰扯掰扯，让他辟间屋子，建尊月老像来。

皇亲国戚都被安置在左边的上等客房里，下人们也有下人房，右边的一片屋子空着，李颐听瞎转悠的时候，忽然听见细小的争执声。

是女人的声音，还在呜呜咽咽地哭。

一排的客房都黑漆漆的，李颐听猫着腰，一个房间一个房间摸过去，贴在窗户上听，终于在其中一间客房前站定。

窗户纸被她戳了个两指宽的小洞，看见里面正捂着脸啜泣的女子，和她面前轻声安抚的男子。

"一二三四……"借着朦胧月光，李颐听依稀辨认出男子身上的袍子有九条张牙舞爪的金蟒。

是太子啊。那对面捂着脸的是谁啊？

李颐听身子前倾了些，几乎整个人都贴在了窗户上，时不时兴奋地往洞里看一眼。

从那女子断断续续的哭啼中，李颐听大概得知此女犯了个错，不过她说是被陷害的，还闹到宋帝面前去了，宋帝十分不悦，准备此次祭拜过后把她留在宫外思过。

女子哭得伤心着急，一直说自己在宫外肯定会被下黑手弄死，太子恰到好处地拥住了她，体贴地宽慰，说绝不会让她出事，今晚就会动手，不会让宋帝有机会处置她什么的。

太子这是要谋反啊。李颐听打了个哈欠，本以为下凡一趟还能听听皇家秘闻，然则故事十分没意思，还不如月老手里的那些戏本子，完全忘记了此刻顶着宋炽身体的自己也是要被谋反的那方。

然而哈欠打到一半，那不是低头捂脸痛哭就是把脑袋埋进太子怀里的年轻女子，梨花带雨地抬起了头来。

那什么不是宋帝的王美人吗！

太子和王美人？

看到这儿，她可一点也不困了，这在月老的戏本子上也少见啊！

李颐听看得正起劲，一时亢奋，拍着窗户笑出了声。

刚拍了两下她就呆住了，因为屋子里原本浓情蜜意的两人齐齐转头望了过来。

王美人惊呼一声，太子率先反应过来，冲出来一把扣住了正欲逃跑的李颐听，李颐听还没来得及施展点身手，就被随后出来的王美人一棒子敲了个眼黑。

“扑通”一声，倒栽在太子脚边。

「第七话」

原来是只纸老虎

1

李颐听醒来时身处黑漆漆的客房，太子和王美人不见踪影。稍一活动，她发现自己手脚皆被绑死，嘴巴里还塞着块巾子，把腮帮子撑得满满当当，非要开口也只能憋出几声低低的干号。

绑人的大概是个新手，李颐听脚腕的绳子跟绑花卷似的层层圈圈绑至膝盖，手上也绑得全无章法，掌心贴着掌心给捆住，偏偏还歪打正着，她几次勉强屈指都没够到腕上的蓝色丝带，人也只能一拱一拱地蠕动前行。

客房里除了桌椅床榻，其他什么都没有，更别说找到什么能割开绳子的器物。她没拱两下就没了力气，半靠着椅子，瘫在地上喘气。

不知在黑暗中坐了多久，忽然外面厮杀声四起，刀剑兵器撞击的铿锵声响和人们的惨叫声遍布，远远有火光一闪而逝将窗户纸晃亮。这些声响几乎都是从左边客房传来的，她周遭一带的客房没有任何动静。

看来那位不爱美人爱小妈的太子已经发起了宫变。

宋帝此次出行只带了一千护卫军，又是在薄奚山这样难以调兵的地方，也算是个造反的好时机了。

李颐听在脑海里飞快回顾了一番晋朝的发展史。她嫁给宋戌时，他已经成了储君，宋帝也还活着，或许此刻太子发起的兵变就是宋戌成为储君的契机也未可知。

李颐听越想越觉得有道理，肯定是宋戌在此次兵变中救了皇帝，然后就被立储了。

她心中安定多了，艰难地蠕动几下，换了个更舒服的姿势，等着宋戌救完他爹来救她。

约莫过了一个时辰，有人踏着急促的脚步朝着这边赶来。李颐听的瞌睡骤散，聚精会神地盯着门口。

房门被人踹开，紧跟着，被五花大绑的人“咚”地滚了进来。

摔在地上的那一瞬间，那人跟桃花似的俊脸立刻痛得皱成一团，气势汹汹地嚷开了：“你们轻点！老子身上都是真值钱的东西，磕坏了谁赔啊！哎，李颐听？你也是晚上出来解手被抓的？”

宋戌怎么在这儿？

那谁来救她！

李颐听有点绝望。

随后冲进来的王美人衣衫稍乱但还算整洁，太子就狼狈多了，一手拿剑一手拿着火把，大臂有几处刀伤，脸上还有污血，发髻也歪到一边，整个人乱糟糟的，就像刚从乱葬岗爬出来一般。

他上前一脚，踹得宋戌闭了嘴，又四处看了看，没找到想要的，最后把李颐听嘴里的布巾拽了出来，塞到宋戌嘴里。

“唔唔唔！”

“你们两个都给我安分点！敢弄出动静就弄死你们！”

太子指着他俩恶狠狠地威胁了两句，王美人关好门回来，急急拽了他一把：“别管他们了，怎么回事啊三郎，你不是说今晚……你怎么弄成这副模样？”

太子脸色愤愤。

他们此次突袭本来万无一失，却不知从哪儿冒出来了一路人马，像是早有准备似的，可一交手便知都是新手。那群人在庙外设伏，黑灯瞎火的，地里埋了好大一片捕鼠夹，他们的人一大半都受了伤，拖延了时间，让宋帝等来了援军。

“捕鼠夹！本宫筹谋多日，竟然败在了捕鼠夹上！”

王美人整个颓了下去，口中喃喃道：“失败了，失败了，我们要死了。”

“现在不是说这些丧气话的时候，老头子的援军已经到了，这里不能再待了，咱们要马上走！”

太子左右踱了两步，忽然提剑要刺宋戌。

王美人惊呼一声，按住了他的手：“殿下这是做什么？”

太子道：“杀了他再走！”

王美人道：“殿下不可！此子是陛下最爱的儿子，我们可胁之，若是万不得已被擒住了，还可以将他拿作人质求条生路。”

李颐听一脸慈祥笑意地看着他们，不错不错，太子虽然蠢点但勇气可嘉，王美人看似柔弱却有点脑子，这也太好嗑了。

笑意还没收走，王美人忽然按住太子的手转了方向，剑锋陡然指向了她：“殿下若是非要杀个人，便杀她吧。”

李颐听：“？”

“人质有一个就够了，带多了反而累赘。”

李颐听舌尖左右抵了抵，腮帮子已经不酸了，马上道：“我不累赘，我逃跑很快，绝不拖你们后腿！”

太子犹豫了片刻，手腕移动，还是将手中剑“唰”地对准了宋戌：“她总归是个郡主，娘家权重，老头子多少也要顾及点。本宫就是想杀这个。”

宋戌身体扭得激烈：“唔唔！”

李颐听：“他说不行。”

太子呵了一声：“管你行不行！老七，你以为你现在还在宫里，是被老头子捧在手心里的乖儿子吗？说实话，本宫早就看你不顺眼了。凭什么你成天玩物丧志、养猫逗鸟，却因为你娘是皇帝最喜欢的妃子所以从没被骂过，而我作为太子却活得战战兢兢如履薄冰？这么多年，本宫只要一想起这些事就夜不能寐，不杀你不足以泄愤！”

王美人：“……”

李颐听：“？”

现在的凡人，睡眠质量差起来，都要杀人的吗！

宋戌：“唔唔唔唔唔唔唔唔唔！”

太子道：“他说什么？”

李颐听耸肩：“太长了，我也没听懂。”

太子伸手想扯掉宋戌嘴里的布巾，手伸到半路，又突然收了回来：“罢了，反正你都要死了，一个死人，想说什么无关紧要。”

“你不能杀他！”李颐听惊叫一声，太子被吓了一跳，手抖了抖，险些把剑摔了。

他怒道："你大呼小叫的做什么！你不是跟老七最不对付吗，两个人成天吵架，叽叽喳喳的最烦人！"

李颐听"嘿嘿"两声："就是因为我们成天吵架，他要是死了，那我找谁吵架去？要不你杀我吧，杀我泄愤。"

语毕，太子和王美人都看了过来，同时李颐听也感受到了身旁的灼灼目光。她不敢侧目，只看着太子干笑。

"你不会喜欢这货吧？平常只以为堂妹你性格不大好，没想到脑子也不行。"

太子怜爱地摇摇头，提剑向宋戌戳了过去。

李颐听微微瞪大了眼睛，后腿蓄力，猛地扑在了宋戌身上，与此同时，大声喊出了月老给的保命咒语："春蚕到死丝方尽，取我一命就不行！"

微凉的白光从她额头冒出来，而后太子的长剑就把她的右胸从后到前捅穿了个窟窿。

她身下护着的那个人已经傻掉了，整个人都僵住，甚至都忘记动弹。

李颐听冷汗津津，还有点想哭——月老没跟她说会这么痛啊！

"这女人疯了吧！真是晦气！"

太子愣了半晌，把她从宋戌身上扒拉下来。她没法动弹，一下子就被掀到了地上，胸口的血汩汩外涌，正对上宋戌复杂的目光。

王美人焦急道："殿下！我们现在怎么办？"

太子愤愤看了眼李颐听："她受了这么重的伤，肯定是带不走了，只能带宋戌了。"

说着便去提他。宋戌不肯走，奋力扭着身体，太子拽了几次竟没有拽动，一把扯掉他口里的布巾："现在不杀你了，你到底还想怎么样？！"

宋戌通红着一双眼睛，定定看着李颐听。

她被看得头皮发麻，险些以为他受了这一番刺激，会想起他本不该知道的前尘往事。谁知宋戌神色悲痛，朝着她凉凉开口："方才老三说你喜欢我，我还只是怀疑，虽然本殿下风流倜傥举世无双，十个姑娘里确实有九个都会喜欢老子，可没想到你竟然，竟然对我情根深种至此。"

李颐听喷了一口血，放心地昏了过去……

初夏时分，天气已经彻底暖了起来，她却觉得身子发凉，越来越冷，越想睁眼，眼皮就越重，就像跳进了一个黑咕隆咚的洞里，不停下坠，有一双手在下面拽着她，把她拽回乐平十八年。

那年桦阴归降沓朝，割让了城池二十座，而她被孝帝封为桦阴国的和亲公主，嫁与沓朝太子宋戌为妾。

初来大沓，她便故意给宋戌添堵，开罪了一帮大臣。那些高官重臣个个都有见不得光的交易勾当，只是都用权势压下去罢了。

李颐听知道之后，偏偏要把事情闹大，闹到宋帝面前，让他们不得不被收拾，以至于后来朝堂里一半大臣听见“良娣”两个字便头痛心悸，弄得宋戌羽翼大伤。

她尽心尽力装凶悍装骄纵，以为宋戌会发怒，或者把她关起来冷落。

但是他没有。不仅没有，宋戌还替她瞒下了成亲那日，她跑出去喝花酒的荒唐事。

宋戌在妓院里找到她，做作地摇着把折扇，一撩衣袂在她对面坐下，一派倜傥风流。

“传闻桦阴的襄安郡主文武双全，才情名动天下，今日一娶……”

李颐听抬了抬下巴，倨傲道：“后悔了？”

宋戌扬起个灿烂的笑来：“今日一娶，甚合胃口。”

李颐听狐疑道：“可我得罪了你的臣子。”

宋戌摆摆扇子，口气跟他爹一样轻狂：“没事，这些人我也得罪过，我搜过大臣家里的银子，绑过大臣的儿子，还打过大臣的屁股，你跟我比，得继续努力啊。”

他倒了杯酒水，跟她碰了碰，沓朝最尊贵的新婚夫妻就在妓院里喝下了他们的交杯酒。噢，他还告诉了她要怎么做，那些臣子才会更生气。

沓朝光耀繁荣，雄兵百万，边境的铁骑踩踩地面，桦阴国都要抖三抖。

那时李颐听听说大沓之所以强悍，全仰仗一个魏姓将军，那将军虽被诛了三族，可他培养武将的手段模式却传了下来。

不过这样一个王朝，内里却奢靡至极，皇室宗亲日日饮酒纵乐，把自己喝成了软骨头。国君荒唐，储君也如此。

宋戌爱狩猎，动辄便劳民伤财地包圆十里猎场。

后来娶了李颐听，他便常带她纵马挽弓，极尽荣宠。

她若是骑得累了，他修长的手便会把她从马背上卷进怀中，抱着她一路回府。

朝臣们蜚语不断，说把一个妾室宠成这样实在太不像话，大有成为昏君的势头。

宋戌听后只是笑道:“自古当皇帝的不少,但大多流传后世的都是昏君,这样一想，做个昏君倒也不错。”

后来不过半年，宋帝又给他找了个太子妃，是一品殿阁大学士的嫡女张晗。

新婚那夜,他跑到她房里来,捏着她的手,说:“虽然我爹逼迫我娶了妻,可是我还是会像从前那样喜欢你，在我心里，只有你一个妻子。

“你别担心。”

李颐听是被饿醒的。天已大亮，微白的光从窗户纸里透进来。

还是原先那间小客房。

月老给的咒语果然没让她死。地上的血已经干枯,剑捅的地方还在流血,只是流得少些了。她还没从梦中清醒，惶惶坐在地上，没察觉什么痛感，大概身体已经麻木了。

一室清冷，她耳边忽然听到细细轻轻的声音。

“宋戌，我欠你一条命，如今还你，也算填了我的良心了。”

2

晨鸡报晓，旭日东升。

劫难过后，反军和援军的尸体从山腰一直堆到了寺庙大殿。

宋帝惊怒过度，已经被人搀着下去休息了；陪同来的大臣皇子们，一个个蔫头巴脑。

扈城赶来的军队和援军歇息在一处。老练的那些已经习惯了，都坐在地上擦刀啃干粮，新兵们就没有这么轻松了。他们都是今年刚刚进营的，跟着刘悬在扈城练兵，一个个脸上手上沾着血，还有伤残的，号成一片。昨夜都是一腔热血冲上来救驾,此刻真刀真枪动完了,终于开始隐隐后怕,还有几个王公贵族家的公子哥在大臣堆里找到了亲爹，父子双双抱在一块儿痛哭。

刘悬守在宋帝房间门外站立不安，朝里面禀道：“陛下，小年去寻七殿下和郡主还未归来，他昨夜走得着急，一个人都没带，请陛下派一些人前去寻找吧。”

宋帝疲惫的声音传出来：“你安排吧。”

宋戌被太子一路挟持着往扈城的方向去，腿上的绳子已经解了，只有一双手还被牢牢绑着，藏在宽大的衣袖下。

太子和王美人神经都绷得很紧，不断催促宋戌快走。扈城侧门少有人去，看管也不严，他们安排了人马在那儿接应，一旦行动失败，便可直接离开。

中途遇到一间农舍，他们拿宋戌的一身行头换了三件寻常的百姓布衣和一匹驴。

被俘以来一直安分的宋戌爹毛了，死活不肯走。

他那身行头都值一座城池了，结果就被拿来换了这些不值钱的东西？他气得抓了几把农户晒在篓子里的辣椒丢到了太子脸上，只是他双手被绑着放不开，许多扔了个空，撒了一地，还有不少反被抖进了袖子里。

“磨蹭什么呢，还指望有人来救你？快点上路！”太子一脚把宋戌踹得一个趔趄，宋戌干脆赖在地上不走了，反正那身粗布衣服蹭地他也不心疼。

太子和王美人交换了个眼神，宋戌才松快没多久的脚又重新被绑了，原本换来给王美人骑的驴子也变成了宋戌独享，他被横丢在驴背上，颠得昨夜的饭菜都要吐出来。

他一路骂骂咧咧，吵得太子不想正眼看他。无人注意时，那骂声才微微收敛，从掌心里漏出两根红色的辣椒丢在沿途的地面。

太子等人一路快赶进了城，才安静的宋戌又闹了起来，吵着肚子饿要吃饭，太子无法，只得找了家不起眼的客栈，要了个包间吃饭。

宋戌手上的绳子终于被解开，然而他还是被紧抵在腰间的小刀控制着。

太子坐在窗边，一面注意着客栈外的人流，一面压低声音：“快点吃，吃完就出城，你敢弄出一点动静吸引别人注意……本宫就弄死你。”

宋戌在碟子里挑挑拣拣，听到这话突然嗤笑出声：“等你出了这城，怕是再也没有叫‘本宫’的机会了。”

太子神色一凛，正待说话，外面突然响起脚步，不疾不徐，每一步走得平缓稳当。

太子的神经一下子紧绷起来，他把刀从宋戌的腰间移开，匿进袖里蓄势待发。

一双白皙的手撩开了包间软帘，走进来一个瘦削挺拔的漂亮少年，竹青长袍，鬓发高束，温文儒雅。

他捏着根小辣椒在指尖轻转，像是没有看到面前神色各异的三人，微微一笑："店里客满，不知可否挤一挤？"

话虽这么说，人已经在唯一的空座上兀自坐了下来。

太子见到他这模样，松了口气，转而不耐烦地摆摆手："哪里来的不知礼的书生，快滚。"

话音未落，下一刻手肘一痛，莫名有股强大的抓力由小臂推到手腕，藏在袖子里的小刀被逼出，太子抓刀的左手被魏登年制住，以一个怪异又不可抗拒的姿势抵在了自己腰间。

"太子殿下别乱动，不然这东西就会从你的左腰捅进去，然后搅碎你的脾脏。"魏登年贴着他的耳郭，嗓音温和低沉，劝告口吻真诚得让人感动，太子的头皮却一寸寸炸开。

他不是不怕，但与其乖乖回去受死不如一搏。这么想着，他另一只手猛地扬杯，朝魏登年的太阳穴袭去。

他动作十分迅猛，料定老头子派来的这个年轻小子不敢真的私自处置他，然而手指还没够到他的脸，就听见"噗"一声，刀尖没进肉里，而后刀身又推进去了一半，搅动左腹里的脏器。

太子被一只手及时捂住了嘴才没痛叫出来，他费力地扭过头去，瞪圆的眼睛里全是不敢置信。插进左腰的小刀被抽了出来，刀柄翻转，寒光在众人的眼前晃过，又利落划开他手腕上的皮肉，割断了他的手筋。

"这是对殿下不听话的惩罚。"魏登年的笑容和煦温暖，好像只是给他倒了杯茶。

太子抽搐了两下，终于在剧痛中翻了个白眼，昏死过去。

魏登年欣慰地笑了一下，从他身上扯了几块碎布，飞快给他把伤口包扎了，又礼貌地请王美人替宋戌解开绳子，再请王美人把自己绑好，绳头交到宋戌手里。

王美人已经在旁边吓得边哭边打嗝，满腔惊怒怨恨，又怕极了面前这个漂亮暴戾的少年，乖乖照做。

而后，魏登年的目光终于落到了宋戌身上："救驾来迟，七殿下受惊了。"

宋戌回神，丢开绳子急急问道："我父皇怎么样了？可有受伤？"

魏登年一撩衣袂，单膝碰地："陛下一切安好，就等您回去。恭喜七殿下。”

宋戌奇怪道：“喜从何来？”

“七殿下抓此反贼，难道不是奇功一件，可喜可贺吗？”

“哦？”宋戌脚步一顿，上下扫了魏登年几眼。

太子倒台，他这个最受宠的七皇子成了储君首选。面前这人，怎么看都像是在表忠心想要入他羽翼，可人下意识流露出来的姿态是不会骗人的。

拱手时倨傲不肯低下的头颅，跪地时微微抬起的下巴，大胆与他平视的那双充满野心的漆黑眼眸，还有被他极力压制的杀气。

他在生气。

可是他在气什么呢？

宋戌想了一下，没想明白便懒得想了。他急着赶回去，既然魏登年想巴结他，他哪能不要这白得的好处。

“行，那你先提着这两人回去向父皇复命。”宋戌匆匆灌了两杯茶下肚，抬脚便要走，魏登年虚虚拦了一把，两人几乎同时开口。

“我要先去见堂妹。”

“殿下可知郡主身在何处？”

宋戌探究的目光落在他脸上，魏登年当即颔首：“跟着陛下来祭拜太后的诸位贵人中，唯有七殿下和郡主不知所终。”

宋戌同魏登年擦身而过，声音飘远了：“不必，本殿下会亲自去找她，你复命去吧。”

魏登年平静地拱了拱手：“是。”

宋戌爱骑快马，尤其驰骋于猎场追逐猎物时最觉快意舒畅，猎场的风刚劲猛烈，猎物在箭下逃窜，他这个懒散惯了的人，也只在狩猎这一刻才会露出点身居高位的杀伐狠意。他享受追逐，喜欢刮过耳郭的自由风声，可他这一辈子从来没有哪一次在骑快马的时候像这次这样心如火燎，全无逸致，脑海里全是那女人倒在血泊里的样子。

舒爽的风吹不干额上的冷汗，他只想快一点，再快一点。

路上半刻没有停歇，竟然只花了两个时辰就从扈城上了薄奚山，顾不得门口的士兵阻拦，策马冲进皇寺，一路奔去后院的客房，下马时还踩在小石子上歪了个趔趄。一间间客房推开来疯找，终于在倒数第四间厢房里看见了倒在地上的李颐听。

宋戌几步扑过去，伸出双指去探她的脖颈，感受到她肌肤下面跳动的脉搏才终于肩膀一沉，整个身子松软了下去：“宋炽，宋炽？”他一边去解绑她的绳子，一边急切地喊，“醒醒，别睡，我带你去找太医。”

李颐听眼珠子在眼皮底下动了动，睁开眼睛，气若游丝：“我要死了。”

宋戌道：“老子绝不会让你死！”

李颐听张了张嘴，宋戌立刻倾身过去仔细听。

她干得起皮的嘴微弱张合：“我要吃糖蒸酥酪，要饿死了。”

“……”

3

魏登年押着太子和王美人回到皇寺，比宋戌晚了一个时辰。

出行时队伍里的一千人如今已经折了大半，正在整顿。他沿路走去，看见他的扈城新兵都乖乖尊称一声小魏统领。

魏登年一一点头，提着两人去见宋帝，细细碎碎的议论声在他身后聚集起来。

“那是谁啊？”

“太子被他抓到了？这是大功吧，这人好运气啊。”

“那太子怎的伤成那样？”

魏登年仰视着主位上的中年男子，晋朝的九五之尊，他的杀父仇人。

光阴好像在一瞬间有一万年那般绵长。

最终，他微微一笑，平静缓慢地跪下去行了拜礼。

“太子极力反抗，微臣不得已做了些处理。”

宋帝的目光从始至终都没有从血糊糊的太子身上移开，也没有怪罪，摆摆手，便让魏登年离开。

魏登年应了一声，悄然退下。

剩下的，便是他们父子间的事情了。

后院关于魏登年的讨论还在继续，且声音越发大了。

“你是说，是他发现了不明人马在扈城活动，从而揣度有场大乱，把你们叫上来救驾的？”

“这也太料事如神了吧，幸亏你们听了，要不然真要出大事！不过就这种人微言轻的小将领，你们怎么都信他？也不怕他胡诌，没人拦一拦，反抗一下？刘将军也不阻止吗？”

“刘悬将军可信任他了！待他跟亲儿子似的。”

“切，你们以为随便哪个小卒子说话大家都会听吗？他不一样，他是魏登年。”

“谁啊，没听说过。”

“魏迹魏将军的独子！”

“那个罪人之子？”

“所以你们是因为他是魏将军独子才听信的？”

“不，是小魏统领值得相信。”

新兵们刚来扈城的时候水土不服，骨子里那些个贵族的坏毛病都冒了头，对于刘悬亲点的这个小将领秉承着不服不听不受管的状态。

再加上老兵看不起新来的纨绔们，一天天地给他们下马威，还挑事要跟他们比试，比骑射比身手，输的人自领三十军棍。

这种事情，每次来了新兵都会发生，只要不闹大，刘悬基本不管。

魏登年长得文弱漂亮，常常被他们调侃笑骂，他也不回应，更是让人觉得性子孬软，手下的人也越发不服。最后闹得没有办法了，他点了新兵里叫嚣得最厉害的几个去与老兵比试，结果一个个都被打得趴下，最后魏登年才上场。

马背骑射，比的就是命中率。离箭靶八十米距离横向纵马，且只有来回一趟的发箭机会，也就是说在这一个折返的回合里，比试者要发出十箭，谁的命中率更高便算赢。

魏登年让对手先来。那个老兵是骑射的老手，在这样的难度下也只有八支羽箭命中红心。

接着便是魏登年。

军马速度较快，且必须要侧身发箭，在不断的移动中瞄准红心，靠的不仅是本身骑射的实力，还有眼力，否则很可能就会被风速影响，最后连靶子都射不中。

魏登年行云流水地翻上马背，搭箭拉弓，底下的新兵都为他捏了把汗——至少在此刻，他跟新兵是一个阵营。

魏登年连犹豫都无，马跑起来的时候便射出一箭，正中红心，紧接着又祭出第二支。两支箭几乎是首尾相连地追着，从箭尾劈到头首，再入红心。

是天雨流芳箭！

周围一片惊呼。

他们只听说过奆朝一位魏姓将军曾用此箭法取过敌方将领的首级，力道之大，贯穿对方头颅不说，还命中其身后主将，再接连数发，灭了敌方所有的将领。

可那已经是七年前他最后一次为奆朝出战的事了，何况他们都未在战场，谁也没有亲眼见过。

魏登年便如当年的那位将军，连发十箭，只用了半个来回便结束了比试。靶上红心只有一支羽箭，以及底下一分为二的一堆木屑。

练兵场安静了片刻，谁都没有说话，最后还是一个老兵站出来，说会射箭只代表六艺中的一艺精湛，是不是好兵还得再来一轮。

底下新兵为他抱不平，赢了就是赢了，哪有什么第二次比试的说法。魏登年却是干脆地应了一声“好”。

要么不比，比了便要叫所有人服输。

仪态端方的男子拿起长刀来像是提笔挥墨，一股子都城里养尊处优的书生气，甚至费力地咳嗽起来，那弱不禁风的身板简直让人担心他舞不动沉甸甸的军刀。

将士们狂笑不止，原先被他箭法震慑住的老兵们也重新露出些轻蔑。

可是书生动起手来却成了修罗鬼刹。他手腕腾挪了那么几下，仿佛只是拱手作了一礼，老兵便跪在地上被制得动弹不得，纵是憋红了脸，双拳也再难使出力气来，似被一团棉花束住。

魏登年嘴角勾起个弧度，礼貌道，请大家一起上吧。

语气还是如往常那般温和，可再没人觉得这是客气了。

老兵们面面相觑，人群中冲出来三四十个不服气的。

书生手里的狼毫成了镰刀，刀刀割人首级。

无人看清他是如何动作的，那些冲上去的人全在半炷香里倒在了他的脚边，虽然不及要命的程度，可是手脚不是骨折便是脱臼，要养好怎么也得折腾个把月了。

越是前些日子调笑魏登年大声的，越是伤重。

若只是赢了这些人倒也还好，魏登年还把原先手底下那些输了比试的新兵的惩罚，全部揽到了自己身上，五个人，一百五十军棍。

于是新兵们看着本就身子孱弱还被打得鲜血淋漓、中间两度昏死过去的魏登年，哭得比自己赌马斗蛐蛐输了半副身家还悲痛。

刘悬看不下去要人停手，可魏登年不肯；老兵们下不去手，魏登年也让继续；新兵们跪成几排哭得鼻涕冒泡，争着认错求罚，魏登年全部不理。

用兵之道，兵战为下，心战为上。

一百五十军棍，让他揽尽扈城军心。

太后的祭礼延迟到午后才举行，大家都受了惊吓，一个个神经紧绷，匆匆拜完就启程返回都城。

来时大张旗鼓，去时如惊弓之鸟，紧赶慢赶的，一日后终于抵达了都城。

整场谋反里，贵族中伤势最重的李颐听被宋帝特许接进皇宫休养。

临去的路上，濮阳王紧紧拉着李颐听的手不肯放，还睁着眼睛干号假哭：“炽儿啊，你要不然替爹问问陛下，能不能让爹也住到宫里头去啊，你伤成这样，我回了王府你娘要打死我的呀！”

李颐听气得翻白眼，手往回抽了几下还抽不出来。

宋戌怕扯到她伤口，连忙强行掰开了濮阳王的手，安抚道：“叔叔放心，我会替您照顾好堂妹的。”

濮阳王听了，并没有多么欣喜，唉声叹气得更厉害了：“要是那晚狩猎你跟我一起去就好了，倒霉孩子，真是，怎么这么不让人省心呢？”

为啥不说不去打猎陪着她，反而还怪罪上了？

李颐听终于睁开眼睛，有气无力丢出一个字：“滚。”

原以为离了濮阳王后终于能清净地休息了，没想到后头还有糟心事。

宋帝宠这个郡主侄女谁都知道，各宫的娘娘都想接她住到自己的殿里，派来的轿子全堵在后宫。

李颐听被吵得肚子又饿了起来，身体还痛着疲累着，就同普通凡人受重伤一个感觉，但死不了，痛着痛着也就习惯了，干脆起来去看看热闹。

下马车时扯到了伤口，右胸汩汩地往外冒血，一直浸透了外衫，吓煞了来接她的众人。

最后还是宋戌先回过神，一把将她抱进了轿子里，放了话——哪里都不去，就住在云华宫。

云华宫是当今贵妃也就是宋戌她亲娘的居所，李颐听被接进云华宫的偏殿休养。

宋戌刚把她安置下来就被宋帝的人叫走了，他擒拿反贼有功，回来就被封为储君，原太子被废，斩立决，王美人株连九族。都城八卦此事已经持续了三日。

新太子册封礼过后还有见不完的朝臣和应酬，又折腾了几日，想要求见的人把殿里招待的椅子都坐塌了几张，宋戌被吵得烦了，一张折子递到他爹面前，嚷嚷着做太子太累他不做了，直接被宋帝让人轰出了殿。为了不跟那些老臣们虚与委蛇，他干脆躲去了李颐听那里。

大批的补品每日往云华宫偏殿里送，流水的太医进进出出，各个都面色晦暗地说她活不成了，宋戌看她的眼神一日比一日凝重，还带了许多宋炽从前哭闹都不给的小食点心，之前她命在旦夕时要吃的糖蒸酥酪更是每天都往她宫里送，李颐听吃得舌头发腻，吃不完的就送给云华宫的宫人们，再有剩的全丢到池子里喂鱼，如今已经撑死了三批锦鲤。

宋戌再送糖蒸酥酪的时候，李颐听终于忍不住了，她崩溃大喊：“你别送了，我再也不想吃那劳什子酥酪了！”

宋戌神色悲悯：“太医说身体不好的人就爱发脾气，越是垂死的脾气越大，果然如此。”

李颐听：“……”

“别胡闹了，好好睡觉好好吃饭，剩下的时日都要好好的。”宋戌拉过她的手拍了拍，黯然神伤，“老子也知道你喜欢我，可是你不是老子喜欢的类型啊，我喜欢那种泼辣刁蛮又颇具风情的，你就只有刁蛮。”

李颐听气得垂死病中惊坐起：“我不是，我没有！”

“炽儿，你别不承认，喜欢一个人没什么丢脸的。怪我愚钝，现在才知从前你跟我争金戴玉，到处找我的麻烦都是为了吸引我的注意……虽然我最近对你很好，但你别多想，老子……老子做这些，完全是因为你替我挡了一刀，而不是因为老子喜欢你，做人要活得清醒点。”

宋戌说得义正词严，可是糖蒸酥酪还是日复一日地往她宫里送。

李颐听试图找宋戌解释，然而他自信成谜根本听不进去，在他看来，不喜欢他的女子才是不正常。

红豆告诉她，宋戌每日都会跟太医们在正殿详谈近一个时辰，向来待人宽厚的七皇子把太医院里医术出众的那几位重责了个遍。

宋帝要过问她的病情，王府要催问治疗效果，宋戍要监视问诊过程，整个太医院因为李颐听，处在水深火热之中。

可病患本人却成了最悠闲的人，除了换药痛点，每日吃吃喝喝，享受着漂亮宫女们的伺候，俨然已经习惯如何当好一个骄纵郡主，如果九重天没有派人下凡敲打她的话，这样躺着长膘的日子估计还得持续一段时间。

4

入夏的星子很亮，就像酸梅汤里撒下了一把碎冰。

李颐听尚在梦中，是被金光晃醒来的。她揉揉眼睛，瞧见了床前面无表情的小仙君入鞠。

入鞠是再华神君手底下的文官，念起上面的折子时，那毫无起伏的音调有种让人重新打瞌睡的冲动。

然而当他念到魏登年屠了周府满门的时候，李颐听如同被一盆凉水兜头浇下，醒了个彻底。

“怎么会这样，怎会如此？我分明是看着他离开郸城的……”李颐听披头散发地坐在床上，喃喃看向小仙君，“他后来又折回去了？”

入鞠摇摇头：“魏登年是在离开郸城的那日早晨只身入狱屠了周家的，你不仅没有阻止魏登年，甚至还间接促使他提前动手。颐听仙子办事不力，再华神君让我转告您，如果魏登年再杀了毕家父子，那么便可认定劣性难除，届时将抹掉他存在的痕迹。”

抹掉痕迹比结束他的生命更加残忍，也就是说届时不会再有人记得他，整个世间都再查无魏登年此人。

李颐听骤然高呼：“不行！”

入鞠仍然没有表情，即使李颐听想伸手拽他求个情，他连眼皮都没掀一下，后退了一步完美避开：“既然颐听仙子心软，那便做好剩下该做的。”

李颐听张了张嘴，却无法反驳。

她总不能说，算了吧，就看在魏登年好看的分上，留着他在世间继续作恶杀人吧。

她只能颓唐地应了声好。

入鞠话已带到，留下折子，晃身便走了。

九重天不愧是九重天，慈悲是神仙，狠心亦是神仙。

自邺城一别后，李颐听就再未见过魏登年，但关于他的消息倒是一直让红豆留意着，也算是源源不断。

继册封新太子后，当日平乱有功之人皆论功行赏，魏登年乃是头等功，被宋帝留在身边，成了正三品的一等侍卫，在御前轮值，算得上殿前当红人物。

他刚被选上时还起过一些波折。罪人之子没被处死已是皇家恩德，重入仕途还一下子越级居了高位的更是闻所未闻。毕愁一党的大臣都上书劝诫此子不可留，但宋帝当时便大笑三声，言道能杀其父便也能杀其子，何况近在眼前的才更好拿捏。

听到此处，李颐听连连摇头十下，桦阴竟然败给了这样的昏朝。

宋帝性子轻浮张狂，治下无方，下面的人自然也没有几个忠义的，昏朝的江山能被他稳坐这么多年，还真是全凭武将多了。

她如今被十几个宫女伺候着，太医又一日进出三四次，所有人的视线都放在她身上，想偷偷去看一眼魏登年难上加难，只能吃吃睡睡。

此刻李颐听才终于觉得这日子不太畅快了，思来想去，要偷偷混出云华宫还得靠宋戌。宋戌每次来找她，身边总簇拥着一大群人，把他万人之上的身份发挥得淋漓尽致，出去时身边多一个婢女大概也不会招人怀疑。

李颐听让红豆把话带了出去。

宋戌今日参加宴会，到了晚间才来，刚进正殿就一路鬼喊鬼叫："宋炽！宋炽！"

李颐听一下子振奋起来，"噌"地从椅子上蹦起来往外冲，结果二人撞了个满怀，顿时一股子浓重的酒味扑鼻散开。

李颐听嫌弃地大退几步，结果被宋戌一把抓住，扳着肩膀逼迫她直视自己："炽儿，你发现老子今天有什么不一样吗？"

他说话时舌头打着结，身子也左摇右晃，手劲却大得惊人，钳着她动弹不得。

少年一双桃花眼生得风流，此刻喝了酒，眼尾的红色像是染了九重天上的一片烟霞，清亮的眸子里映着她的脸，就像从前他娶太子妃那日跑到她房里盯着她看的样子。

李颐听有片刻晃神，随即用力踩了他一脚。宋戌吃痛，一下子松开了手。

李颐听立刻跳开一大步：“你胖了？”

宋戌甩着袖子大叫，撒泼的模样不复先前的神情：“我换了顶发冠！”

李颐听暗笑一声自己多虑，她如今又不是宋戌的良娣，宋戌怎么会有那样的眼神？她给他倒了杯茶：“喝完，醒酒的。”

宋戌却孩子气地把杯子往地上一甩，脑袋不安分地往她肩膀上凑：“你今日急巴巴地找老子来，是想我了吧？”

李颐听被酒气熏得别开了脸，手指头把他脑袋戳得离自己远了点：“我是有正事要与你说。”

宋戌大着舌头道：“太医说你能活了？”

李颐听摇头：“不是这事。你听我说，我等会儿要出去一趟，你把门外那些人都叫进来，我混进去扮作你身边的婢女。”

听到这里，宋戌直起来的腰背一下子又塌了下去，半个身子软趴趴倒在桌上，跟摊泥巴似的哼哼。

李颐听晃他：“跟你说话呢，你听见没有？”

“如果是太医说你能活下来就好了，你要是能活，老子就什么都答应你……什么都能答应你。”

李颐听心里一惊，伸手推他：“宋戌，宋戌你说什么？”

可仔细一看，那人醉得眼睛都睁不开，嘴里还胡乱嗯嗯哦哦，李颐听气得伸手揪他的耳朵：“你看现在都什么时辰了，大晚上喝这么醉，明早起来头痛死你！快点起来，我还要出去办事！”

宋戌痛得吱哇乱叫，被李颐听揪得站起来，然而她手劲稍微松了点，宋戌立刻一把挥开，踉踉跄跄地往里跑，跑到床榻前一头栽了下去，赖着不起了。

李颐听凶神恶煞地踢了他几脚，他反而更起劲，穿着鞋子就在床上滚了几圈，喊着：“老子困了！老子要睡觉！”

他此刻这番样子根本帮不上什么忙，看来今日是见不到魏登年了。

李颐听暗自叹气，开始赶人：“困了就回你寝宫睡去，别在我这里撒酒疯！”

宋戌一把捂住耳朵：“谁在这里瞎念叨，老子不听老子不听！”

李颐听没有办法，两只手抓住宋戌的衣服就往床下拽，一边还不忘冲外面喊人。也不知道他把人支了多远，她喊了几声都没动静，胸部一痛，伤口又裂开了。

李颐听“嘶”了一声，有几丝红色透出外衫。

手上挣扎的动静忽然消停，她低下头，宋戌也看到了她的患处，颤颤伸出只手，临了却是折回来，抓住了她的手腕。

少年太子躺在床上，如墨黑发在他脑后四散开来，喉头似有些哽咽，嗓音带了哭腔，眸子也像是浸润了美酒般水光潋滟地盯着她：“宋炽，你真的会死吗？”

李颐听心里慌了一下，急急把手抽回来。宋戌被她带得身子从床上掉出来半截也没松手。这时，旁边人影忽现，横空一个手刀落在宋戌颈后，他脑袋往床下一栽，四仰八叉，昏了过去。

李颐听坠进一双清冷愠怒的黑眸里。

多日不见，他似乎肩膀宽了一些，个子拔高了些，不过还是一身黑衣，除了腰间一把佩刀外，再无半点修饰，却越发衬得那张脸霞姿月韵，惊为天人。

他直勾勾地看着她，没有了在周府刻意的乖顺，即使此刻面无表情，与生俱来的贵气和眉宇间的凌冽却是灼人。

她愣了一下，还没来得及高兴，那人便回头喝了一声：“还想要活命吗？”

李颐听这才看见他身后竟然还跟着个中年男子，穿得比寻常百姓好一些，长褂子，背着药箱，眼睛上还蒙了块黑巾。

听闻他开口，被蒙住眼的中年人不住点头。魏登年丢去一对绵耳塞：“想活命就把耳朵堵严实点。”

中年男人在地上摸索了几下，碰到绵塞，忙不迭地塞进耳朵，还用力往里压了压。

“郡主真是好兴致啊，月色如许，美酒佳酿，深夜会堂哥，臣唐突而至，可是打扰了你们？”

李颐听还没到见了小美男就昏头的地步，何况面前的人脸色极差，还摆出一副要把她捏碎的狠厉模样，即使欢喜，她也心虚地吞了把口水。

“不是，你误会了，不是你想的那样，我们之间什么都没有发生。”

魏登年冷笑一声：“是，目前到臣进来为止确是什么都没有发生，不过臣要是再晚一些来，就不一定了。”

魏登年靠近一步，李颐听就后退一步，没几步就抵到了床沿。李颐听身子晃了晃，仰着摔坐在宋戌腿上。

魏登年眼睛危险地眯了一下，提起宋戌的衣领往地上一扔，李颐听想拦，刚伸出只胳膊就被魏登年一记冷眼给逼了回去。

“哐”的好大一声，她和室内的中年男子同时瑟缩了一下。

“魏……魏登年。”

她的胳膊撑着床榻，整个人后仰，再仰就要躺到床上去了。魏登年却逼得紧，两只手撑在她的手边，姿势像是将她整个人都裹进怀里，只是那张脸沉得吓人，几乎咬牙切齿地撂到她脸上：“郡主是不是生来就有什么毛病，专爱替人挨刀挡灾，嗯？”

李颐听脑袋都要埋到脖子了，心跳声大得厉害，不敢看他：“他、他是我堂哥啊，那样的情况，我若不挡这一刀，他就必死无疑了。”

魏登年阴着一张脸：“可我怎么听说，诸多皇子公主里，郡主从前跟七皇子关系最差？”

“再差也是堂哥啊，他救过我一命，我得还他。”

“真的？”魏登年半信半疑，语气到底还是软和了一些。

李颐听立刻乘胜追击：“真的真的，我救他那是血缘，你不一样，我救你是有所图的。”

魏登年心中一窒，顿了顿，提了半口气道：“所图何事？”

“想被你轻薄算不算……”

李颐听说完就后悔了。

太没用了，怎么把心里最真实的想法给说出来了。

她懊恼地捶了一下床板，突然间下巴被魏登年钳住，迫着她抬头跟他对视，他左眼边的淡痣逐渐放大，直到再看不清，跟着嘴上一凉，碰到团软软的东西，很轻地碾过，然后被什么滑滑热热的东西舔了一下。

魏登年的轻笑声在耳畔响起：“这样轻薄？”

李颐听脑子“轰”的一声蒙了。她愣愣看着魏登年，四肢百骸的血液好像一下子冲到了头顶，脸上红得要炸开，猛地跳起来，却被他一伸手又按回了床上。

李颐听大叫一声，拽起旁边的被子，把脑袋拱了进去。

魏登年看着高耸的被子笑出了声：“原来是只纸老虎。”

「第八话」

她不知道刚刚错过了一个梦寐以求被轻薄的机会

1

“出来。”

“不出来！”

魏登年伸手去拽，扯了几下没扯动，里面的人把被子抓得死死的。

他笑了一下：“不出来也行，你伸只手出来，我给你找来了都城最好的中医圣手，让他替你诊断一下。”

过了半晌，惊鹊云丝团被里伸出只白白细细的手腕。

魏登年嘴唇抖了抖，回身拍了一下大夫的肩膀，后者忙把耳塞取了下来。魏登年拉着他走到李颐听的床榻前，大夫隔着丝帕，小心翼翼地摸到她的手腕开始诊脉。半晌，才移开手去，又要了李颐听换敷的药细细嗅了。

魏登年已经等得不耐烦：“到底怎么样？”

大夫吞了把口水，为难地摇摇头。

魏登年的脸色一瞬间难看至极，冲过去一把揪住他的衣领，又看了一眼李颐听的方向，压低了声音：“你说你能治好的，你说没有你调养不好的身体！”

大夫哆哆嗦嗦地道歉，要不是魏登年拽着，他真想给眼前这个煞神磕十个响头：“在下不是不想治啊，这位姑娘分明已经，已经无可救药。她受了如此重的伤，气血两虚病入膏肓，活到至今都是奇迹啊！”

“闭嘴。”魏登年钳住大夫的肩胛处，用力一捏，后者立刻痛得跪了下去。

“小人说的都是真话，大人饶命，大人饶命啊！”

“魏登年，别伤人！”李颐听忽然掀开被子，从床上坐了起来，“我不会死的，让他走吧，让他完好地离开。”

魏登年顿了顿，押着蒙眼的大夫从旁边的窗子里跳了出去，过了半炷香时间才返回殿里。

他道：“你刚说的可是真的？”

“我不会死的，你信我。”李颐听笑盈盈的，可是神情却很认真。魏登年盯了她半晌，紧皱的眉终于松开：“好，我信。”

他点了头，忽而话音一转，沉了声调，一双眼睛盯紧了她：“可若是你骗我，那我就挖你的坟鞭你的尸，叫你死也不能安生。”

李颐听看着他近在咫尺的脸，听着他嘴里说出的可怖的话，心脏又开始乱跳。

魏登年走后，她重新钻进被子里，黑暗中，耳边如同鼓声阵阵，一下又接着一下。

就好似在九重天上翻开他戏本子那 口，若是有机会让她重新对月老安利，她想说得再大声一点——

反派人物魏登年说要掘她坟墓的时候，好可怕，好变态，好心动！嘤！

宋戌次日才醒来，问她为什么自己会睡在地上，还脖子痛。

李颐听讪笑了几声，告诉他昨日他发酒疯，非要睡在地上，说地上凉快，拦也拦不住；至于脖子痛，多半是落枕了。

宋戌对此深信不疑，还是成日往她这里跑，嘴里说着不喜欢李颐听这一款，却又穿得大金大红的，还大言不惭地说要为悦己者容。

李颐听身体的种种迹象都表明她活不成了，但她就是不死。大家一开始还万分惊恐，众说纷纭，久了就都释然了。

李颐听趁机对宋帝输入了一波马屁，晋朝国运昌盛，天子福泽庇佑皇室中人，才让她死里逃生。

宋帝龙颜大悦，直言要给她赏赐，李颐听便说，听闻皇帝的侍卫里面有个美男子，想要借出去陪她逛一天街。

都城的人都知道宋炽爱美男，曾经因为看上郸城的郑易，在外祖母家一赖就是半年，宋帝自然也听过，想着正好为国库省了一笔开销，立刻就答应了。

李颐听终于正大光明跟魏登年见上了面。

少年腰间佩了柄弯刀，穿着身明黄的侍卫服，庄重的黑色做辅，由宫里的绣娘统一裁制，针脚细密云纹严谨，这衣服别人穿得雷同无趣，他站在侍卫堆里却背脊笔直玉树临风，像个主子。

有了这样的颜色，他那苍白冷漠的脸好似都鲜活生动起来，走在街市上惹得众多姑娘大婶频频回首。

魏登年不爱招摇，随手买了张面具要戴，李颐听不肯：“你长得好看她们才要看你，独乐乐不如众乐乐，美男子总不能只我一个人瞧了吧。”

魏登年挑了一边眉道：“哦，臣竟不知郡主您心胸宽广如此，甚爱分享？”

魏登年这个人身体里仿佛有两个性子，平时看起来是谦谦君子，但若是他不快，便满身危险气息，言行难控，可一旦抽身又是一派温润风度，叫人心里时刻悬着。

李颐听点着头道：“那是自然。反正她们只能看，而我还可以碰，自然不忍剥夺他人本就少得可怜的福利。”

魏登年被她的诡辩逗乐，到了饭馆门前，走了进去。

李颐听还不大饿，便让他点自己想吃的。

小二看着两人气度不凡，介绍了一大堆名菜，结果魏登年只点了四只五香鸡腿，酒也没要，小二的态度霎时一百八十度大转弯，斜着眼睛去后厨报菜了。

鸡腿上桌后，魏登年分了李颐听两个，认认真真把自己的两个吃完了，还吃得眉头紧锁。

李颐听见他模样，也跟着吃了一个，道：“味道不错啊，怎么你像是十分不满？”

魏登年用帕子把手上的油脂擦去：“不如那一日你给我做的味道。”

“那是，本郡主的厨艺没得说。”李颐听一下子得意起来，欢喜道，“那我改日还做给你吃。”

“好。”

饭后消食闲逛，李颐听突发奇想，要去看看宋帝赐给魏登年的府邸，魏登年答应后，两人便一路逛了过去。

宋帝对他这个救命恩人还算阔气，赏了间大宅子。

只是里面没几个下人，花草房屋还是宅子刚赏赐过来的样子。魏登年不爱摆弄设计，懒得把时间放在这些事情上面，便也就这么住着了。

院子里甚至还有一棵高大的樟树，粗壮的枝丫从墙内一直延伸到院外，站在树下向上望去，苍穹被密密麻麻的枝杈分割成数块，现下已有参天之势，还有一番大长的样子，魏登年道他预备把这树砍掉，太过碍事。

身边无人搭话，转过头去，李颐听已经沿着树干几下爬了上去，并停在与院墙齐平的高度，以一种极丑的蛤蟆腿姿势趴在某根粗硬的枝干上。

魏登年下意识往周围扫了一眼，下人们都在忙自己的事情，假装没看到郡主没形象的一幕。

他清了清嗓子："郡主快下来。"

"魏登年你看，从这里能直接出去呢，你千万别给砍了，到时候我偷偷来看你，可以从外面翻墙，然后沿着这大树爬下来！"李颐听的乌发被细小分枝刮出许多碎发来，风一吹，整张脸都乱糟糟的，却掩不住脸上的愉悦。她喊得大声，满院子的人都知道了堂堂郡主要偷偷翻墙来看一个侍卫。

魏登年暗骂她蠢，嘴角的笑意却如指缝间淌过的流沙，藏也藏不住阻也阻不了，呼啦啦地外泄出去，看得下人们阵阵发愣。

他们还以为，自家公子是不会笑的。

"好了，我不砍就是，你快点下来，小心摔了。"魏登年边说话边朝她快步走去。

李颐听忽然觉得这一幕好生熟悉，像是在哪个戏本子上看到过——几乎每个爬到树上的女子都必会掉下来，然后被情投意合的男子接住，落地时再转两个圈，四目相对含情脉脉。

是个促进感情的好机会。

李颐听转了转眼珠子，抓得紧紧的手忽然一松，直直坠了下去。

"宋炽！"

魏登年呼吸一窒，脚尖点地乘势而起，飞身过去一把搂住她急速下坠的身子。

李颐听假呼一声，一把搂住他的脖子，而后以迅雷不及掩耳之势把脑袋撞进他怀里。戏本子里常见的桥段已经有了，她又顺势说出了常见的对话：“公子好厉害，要不是你接得快，我就脑袋开花了呢。”

魏登年：“……”

月老写的戏本子看着还好啊，怎么念出来怪怪的？

李颐听狐疑地歪了歪头：“等一下，我要改一下。”

“宋炽！”魏登年把她稳稳地往地上一放，扳过她的身子怒道，“宋炽，你就是笃定我一定会接住你才如此大胆！万一我没接住呢？我现在还没吃解药，万一方才我毒性发作寸步难行，你直接摔下来怎么办？你现在的身体经得起摔吗！”

李颐听咂巴着嘴，低下头：“我错了。”

认错倒是快。

魏登年放开她，嘴角笑意如雨入大地一般浅快，转瞬又恢复了臭脸。

“错在哪儿了？”

“现在的身体经不起摔。”

“你！”

“哎呀！不要生气了，我以后爬树一定抓得牢牢的。”李颐听笑嘻嘻地去扯他的衣袖，魏登年仍一脸严肃。她在旁边探头探脑，“若是我之前中刀真的活不成了，你会不会伤心？”

魏登年凉凉道：“伤心是这世间最没用的事情。”

李颐听颓丧地“哦”了一声。

“我会替你亲手杀了废太子报仇。”

他语气里的森冷让李颐听心中一惊，她猛地抬头，从她的角度正巧见到他左眼角的泪痣。

心中忽然升起一丝奇异的欢喜。

魏登年余光瞥见她的神情，嘴角也跟着微微扬了扬：“你笑什么？”

“你又笑什么？”李颐听弯弯的眼睛盯着他，“叫我颐听。”

魏登年：“什么？”

“宋炽是我的名字，郡主只是官衔，世间也就只有我最亲近的几个人知道我的小字，如今我告诉你，此后你便同他们一样叫我颐听，小字颐听。”

“颐听，小听。”魏登年酥软的声音轻念着，李颐听悄悄捂住了心脏，识趣地吞下了后半句话。以后要是再轻薄她，记得叫本名，否则会出戏的。

“你的父母便是这样叫你的？”

“是。”此后我最亲近的那几个人里面，便多了个你。

2

他心情似乎很好，李颐听胆子都跟着大了一些，反复思忖了一下，走到他面前正色道：“你我已经这样熟了，你能不能答应我一件事？”

魏登年道：“你说。”

“不知道你晓不晓得毕愁。我听说他是个文官，你们应当还没有打过交道。我知道我这个请求有些无礼，但是我希望以后不管发生什么事情……你都不要杀毕家父子。”

魏登年脸上的温和霎时褪得干干净净。

方才他是故意唱白脸，此刻周遭却是真真切切地冷了下来，狭长的眉眼沉沉看向她，天色都好似一瞬间暗沉了。

李颐听有些发懵。

他却往前踱了两步，只留给她一个背影：“你跟毕家是什么关系？”

“没有关系！”她急急道，“如果非要说有什么关系，那也是仇敌关系。”

魏登年道：“这话怎么说？”

“毕愁是你灭族的最大推手，弹劾得最厉害的那些折子全是他手底下的人写的，他是你的敌人，也就是我的敌人。”

“郡主倒是把我的陈年旧事打听得清清楚楚，可你既然知晓，又怎么会说出方才的话？”魏登年脸色难得如此红润。

李颐听觉得他在生气，而且很生气。

可他却是笑着的，眸中凉意腾转。

李颐听难受得紧，可该说的话硬着头皮也要说：“因为我不想你杀人！你杀别人自然也有人想杀你，这叫反噬，我想你活着！”

“郡主原来只是因为这种虚无缥缈的谬论来劝我，您莫不是当我是个圣人？我来都城第一日毕愁便派人截杀我，我受封之际毕愁全力阻拦，我在朝为官他无不刁难，郡主想让我放过他？还是先洗把脸把眼睛擦干净吧。”

他绽开一个更大的笑容来，就像本来该秋日才开的花，却在春日妖冶盛放。李颐听被那笑容蛊惑了一瞬，回过神时人已经拂袖而去。

这世间，谁说这话他都不会听进心里，可偏偏是她，且也因为是她，所以他才动怒。

“魏登年，魏登年！”

李颐听不知道魏登年刚来郸城就已经发生这样多的事情，她暗怪自己鲁莽，追喊了两声，没想到那人竟真的折返了回来。

她狗腿地迎上去：“不生气了？”

魏登年伸出手朝门外一送：“谢郡主送臣回家。”

李颐听耷拉着脑袋走了。

好像搞砸了。

毕愁，李颐听暗暗念着这个名字。

便是这个人糟践了魏登年六年，即使身在庙堂，周家的爪牙也在他的授意下折磨了魏登年六年，如今他脱离苦海，无息却如影随形。

李颐听回府后，立刻让人去查毕家的家底，别的倒还罢了，这一查之下竟才知道，她在云华宫里养伤的那段时间，他儿子毕想成婚，毕愁向皇帝求了一处荒废多年的宅院做婚房，且扬言要在新房重修之后大宴宾客。

那宅院，正是魏登年原先住的将军府。

李颐听的人随便一查便查到了，只因此事已在都城传得沸沸扬扬。

她心中惶惶，又想起了关于魏登年的传闻。他被后人诟病得最多的事情之一，便是他在赢了庙堂之争后，把毕家一家全部烧死。

原是如此，原来如此。

那地方有他十二年的回忆和好时光，如今被人鸠占鹊巢，还是害他性命的仇人。

所以即便是毁了焚烧干净，也胜过被人染指。

前世的魏登年用尽心机手腕扳倒毕家，又亲手烧掉将军府的时候，该是怎样的心情呢？

关于那段往事，李颐听只从凡人命簿里看过只言片语，只是官方陈述罢了，此时她却忍不住猜想，那日的魏登年是何种心情。

或许那天烟雾很浓也很黑，会将他好看的脸遮盖不清，他站在冲天火光外却并没有得胜的欣喜和畅快，甚至还有一些不为人知的无助和悲恸。

这些年跟毕愁互争搅起的血雨腥风到此终结，将军府的回忆也到此终结，这世间再没有一个地方容他委屈了可以偷偷跑去待上一会儿。

他身边已无一位好友亲人。或许当那股被恨意支撑着、警醒着的狠劲消散殆尽时，他也有一瞬间后悔钻进了这吃人的深渊，可过后还是笑着抹了把脸，转身进了下一场“戏堂”。

此后只有百官之首、第一权臣魏登年。

彼时他也才不过二十二岁，跟毕愁斗了四年，距离他称帝还有八年。

李颐听没有哪一刻像这般责怪自己粗心大意，为什么不等调查清楚再说？为什么被九重天上的人催了催就急功近利？为什么……没有上辈子就认识他？

可事情已经发生了，自责也无用，不如替他挽回一点什么。

至少不要等他攒满了恨意和绝望，再来亲自动手。

六月初，毕想新房完工收检，半月后便将作为婚房娶妻过门。由于这是宋帝亲赐，毕愁还专门准备办场答谢宴拍皇帝马屁，两场喜事并作一场来办，是以排场极大。

李颐听作为郡主也在受邀之列，魏登年就更不必说，毕愁要这间大宅子就是为了噎魏登年，头一个便是要请他来。

两人几乎前后脚到。

李颐听心里装着事情，怕影响情绪所以没跟任何人打招呼，连红豆也支开了，独自一人在将军府里乱转，熟悉地形。

原将军府坐北朝南，主院有回廊和凉亭作为招待宾客所用，主人住所、下人住所分庭而建，房屋朴实无华，倒也简洁英气。别院内有营房、客房、书房用作军事办公，面积大抵占了五间客房，平地开阔，头有棚顶，雪雨天气也可习武。

毕愁得到府宅后，把将军府原来别院办公的地方全部拆掉，建了个敞亮宏大的戏台子用作消遣，其余地方上上下下全部打理装潢了一遍，焕然一新，富贵逼人，只是好好一间利落的宅子终究变得市井俗气。

李颐听每处地方都走了一遍，偶尔还在假山和游廊停留片刻。

不时有家仆婢女端着盖了红布的盘子跟她行礼往主院走去，李颐听叫住他们，一个个掀开红布看了，都是新人拜堂时所用之物。

“别的倒也寻常，只是这对红凤花烛有些别致，就是本郡主也没见过。”

李颐听拿起来细细观赏，青釉凤凰形的台底，胎浅金色，全器施釉，釉色鲜亮，垂须、凤尾栩栩如生，背部负方座，就连那对红烛，表面都雕了成双高飞的比翼鸟。

捧着红漆盘的小丫鬟忍不住得意:“郡主好眼光,这是陛下赏给主子的,自然是上上品。”

李颐听笑了笑,手指在一对红烛灯芯上摩挲了几下,才爱不释手地还了回去。

随后继续闲逛,却避开了一干家仆。

她悠悠拐进后院,未料猛地被人捂住了嘴巴,还不等她挣扎,便被迅速拖行至旁边的下人房里。

今日毕家大喜,上下忙作一团,房内压根不会有人。

李颐听身体被人强转了个面,压在墙上,一双手缠上她的腰间,那人脸颊从后方轻慢地贴上她的脸颊,间距暧昧,衣皂的清香猛地钻进鼻尖。

她大怒:“放肆!你是何人?”

腰间的力道猛然收紧,后背结结实实抵到那人前胸,叫她不能动弹也无法扭头,额头在白墙上磕了一下。刚一闷哼出声,便有一只手伸出来,抵在了她额间。

磁性的嗓音从耳后传来:“小听。”

“魏登年?”李颐听愕然,“你怎在这里?”

魏登年低低的气息吹在耳郭,粗重地纠缠着她,腰间的力道松了一些,但李颐听仍然在墙壁和他胸前卡得死死的,动弹不得。

“先前是我没忍住性子让你不快,我跟你道歉。为什么方才假装不认识我?到底是我生气还是你生气?”他压低了声音,明明是质问的口吻,脑袋却先委屈地蹭在她的脖间,“这都一个月了,你怎如此小肚鸡肠。”

李颐听摸了摸腹部:“我本来肚子就小。”

魏登年轻笑一声,不舍地松了手,扳过李颐听的身子,让她面对着他:“你在找什么?”

李颐听无辜道:“哪有找东西,没什么。”

“没说实话。从你进门起我便一直跟着你,你看似无所事事,行为却怪异。你想干什么?”

魏登年两只手指夹出她腰间的油脂包,里面的东西原本包得严严实实,被方才那一压,溢出些白色泡沫:“这又是什么?”

李颐听立刻抢过魏登年手里的纸包,揩去泡沫重塞回腰间。

她侧身绕开魏登年:“我还有大事要办,叙旧到此为止,我先走了。”

魏登年紧拧着眉,擒住她的手腕,漆黑的眸子如同一砚化不开的浓墨。

李颐听狡黠一笑，挣脱开来：“等着。”

她匆匆出了门，又在后院瞎转了半炷香时间才回了主院。

这个点，宾客大多已经到了，场子里满当热闹，男人们攀附交际，女人们八卦闲聊。毕憖携妻在门前迎宾，毕想接亲的队伍已经出发，沉寂落败了六年的将军府好似重燃了昔日荣光，只可惜物是人非。

午时三刻乃属吉时，毕想会在此时迎新娘进门跨火盆拜高堂，现在还剩一刻。

红豆见到李颐听，迎了上来，李颐听在她手里抓了把香瓜子放嘴里开始嗑，眼睛瞄向场上说得神采飞扬、唾沫四溅的那个妇人。

红豆瞧着她的眼色，介绍那位是朝中一位言官的夫人，因着丈夫的官职，最易收集八卦，且那言官惧内，常常讲些朝中之事给妻子做消遣，是以官场里谁人的是非都说得上一二，是官妇团里出了名的“舌精”，名唤张若。

李颐听点了头，颠颠地凑了过去听，妇人们正在聊朝中新贵。

“那位公子啊，妾入宫见贵妃娘娘时曾有幸在陛下身边见过一次，那可真叫一个玉树临风，迎面走过来就像都城的春风似的，妾这辈子从未见过这样好看的人！”

“当真有那样好看吗？比这次科考高中的郑易大人如何呢？”

“郑大人也是温润公子，可是那位却像是画卷里走出来的神仙！”

“诸位说的可是陛下手底下那位新来的侍卫？”

大家议论得正起劲，转头见到李颐听，都是一惊，纷纷行礼。

“同是来喝喜酒的，都平身平身。”李颐听摆摆手，“方才听见你们正在谈论一个侍卫，可是魏登年？”

“正是正是。”

张若愧笑道：“妾等眼皮子薄，让郡主见笑了。”

“本郡主前月正巧从陛下那里借了他一日陪本郡主逛街。”李颐听顿了顿，八卦一笑，“果然是神仙般的人呢。”

妇人们顿时哄笑开来，气氛一下轻松，上下尊卑变得不大分明。

李颐听聊着聊着忽然身子晃了几下，险些栽倒，离她最近的张若立即扶住了她，慢慢送到客座上。

“郡主这是怎么了？”

李颐听虚弱地倚着扶手，指尖撑额，道：“本郡主也不知这是怎么了，自伤好之后便常常这般。”

张若左右看了看，压低声音道：“可是废太子篡位失败那次受的伤？”

“正是。”李颐听微微蹙眉，眉目间露出一些烦忧来，“不止如此，本郡主还……”

她话音戛然而止，冲身后站立的红豆道：“你先下去吧。”

红豆行了礼，远远地走开了。

张若瞧着她举止神秘，身子也不由跟着往她那边倾斜过去，眼睛四下张望着。

主院人来人往，无人注意她们的动静。

李颐听喝了口茶润喉才道：“你别跟其他人说，这事诡异，本郡主谁也没有告诉过。”

张若被她吊起了胃口，忙不迭答应了。

李颐听道：“本郡主啊，自伤好后发现生病那段时间的记忆全失，就好像、好像有人占据我身体似的，可病好后身体无半点异常，本郡主便也没跟人提起。可是离宫的前一夜，半睡半醒间我忽然口渴，叫了几声我的贴身丫鬟都无人应声。”

张若道：“照理说，郡主寝宫内外都会有人守夜的……”

“正是如此。本郡主心中奇怪，想自行下床去倒水喝，起身时忽然闻见宫乐连连，清歌婉转，当是宫中最厉害的伶人所歌，可细细听来，却又不似我晋朝乐声，本郡主便下床去瞧，结果你猜我看见什么了？”

李颐听抖了个机灵，自己接话道：“本郡主明明在自己寝宫，撩开了纱幔，却看见了神扶殿。

“那是一场盛大的宫宴，乐师五十，歌女数百，皇宫大臣齐聚主殿，酒酣脸热，一个个醉笑沉迷却又眼中含泪，似哭似泣。本郡主见到陛下便立即行礼，可是高位上的那人却说我不是他朝的公主，不必向他行礼。本郡主离主位远，看不清他的脸，不过声音确实十分陌生，不似当今陛下。再然后那皇帝挥挥手，便有侍卫二人将我往殿外拖去，后来的事情我便不记得了。只是醒来时，我仍在寝殿的床榻之上，一切如常，可我却清楚地感受到押我的侍卫腕上的铁环冰凉，一时间不知道是梦是真。”

张若惊恐地瞪大眼睛，手臂上已经爆开一层鸡皮疙瘩：“御兵铁腕？御兵铁腕！前朝陈国天子亲兵全部手戴铁环，刻有姓氏，有铁血手腕之意。

听闻陈国国破之时，国君放弃反抗，诸多王公贵胄知道陈国已经走到了头，干脆自暴自弃命歌姬乐师奏乐，畅饮整夜，宫宴之上似哭似笑，乐师五十歌女数百……郡主见到的是陈国被我卺朝攻破那夜啊！”

李颐听也是一惊：“当真？”

“自然当真！妾不敢欺瞒郡主！”张若说得自己毛骨悚然，赶紧喝了几口茶水压惊，瞧着李颐听讪讪道，“郡主，您这一病不会是开了阴阳眼吧。除了这个，可还有什么奇怪的症状？”

李颐听的神色骤然大变道：“夫人可见过这座宅子原先的主人？”

张若点头：“见过啊，卺朝的战神，就连街边的百姓恐怕也在魏将军回城之时见过多次吧。”

“那魏将军可是剑眉入鬓？”

“是啊。”

“可是鼻梁高挺？”

“是啊。”

“可是眉峰高耸眼窝深邃眸黑如墨，眼神还凌厉逼人？”

张若不住点头：“郡主说的都对啊。您年纪尚轻，应当没见过魏将军，怎会知道得这样清楚？”

李颐听道：“因为他就在你身后。”

张若脸色刹那煞白，当即从椅子上滑坐在地，头皮发麻，不敢往后看，哆嗦着喊：“郡主……”

李颐听“哎呀哎呀”地把张若扶起：“本郡主怎么可能真的开什么眼呀，我只是进了这将军府感觉阴气森森的，与你开玩笑而已。”

张若长长嘘了一口气，青天白日竟然被吓出一身冷汗，腿脚还软乎着，尝试几次才重又站起：“郡主你别说，我也觉得这地方阴森森的，虽然毕家大肆操办，但到底也空置了六年之久，原主人又是冤死……”

张若急急收了话头。李颐听微微一笑，彼此都心照不宣地不再提此话题。

3

未过多久，迎亲的队伍便回来了。李颐听在人群中看着新娘跨过火盆，再随着众人一起进了内堂观礼。

午时三刻，吉时已到，宾客就位，主座上高堂也已落座，满堂瞩目的情况下，却忽然出了状况。

宋帝亲赐的红凤花烛点不燃了。

底下开始窸窸窣窣地议论，点烛的丫鬟也是急得面红耳赤，火折子都要撑到烛面上了，还是点不燃。

张若凑到李颐听身边道："这是大大的不吉啊，不会是这宅子原来的主人不愿意有人入住，不高兴了吧？"

她的声音说大不大，说小也不小，半个大堂的人都听见了。

毕愁也听见了，不信邪地接过了火折子去点，紧接着眉头也紧蹙起来，斜了丫鬟一眼："还不快去换一根来！"

丫鬟连声应了，将红凤花烛换成普通红蜡后，终于点燃。

傧相喊道："一拜天地——"

好端端坐在下席左首的李颐听忽然倾身栽到了地上，张若惊呼一声"郡主"，打断了仪式。

魏登年率先起身，又强行忍住了冲过去的念头，等到众人围了过去才慢慢走近。

李颐听猛地抽搐几下，口吐白沫。

众人惊呼，纷纷后退，她周围迅速空了一圈。

毕愁"唰"地起身走下去，拨开人群，蹲在李颐听旁边："郡主，郡主？快去叫大夫，不，去宫里请太医！"

下人得了令，匆匆跑出大堂。

谁也不敢贸然去扶李颐听，她抽搐得厉害，五官也逐渐狰狞，嘴歪眼斜，像犯了疯病。

红豆哭着扑上去，替她擦去了流出来的沫子："郡主，郡主您别吓奴婢，您怎么了？！"

张若在旁问道："你家郡主从前可患过此种病症？"

"从来不曾啊！"

她哭得凄凄，躺在她怀里的李颐听忽然瞪圆了眼睛，猛地站了起来，背脊笔直，姿态威严，抬着下颚睥睨众人一圈，整个人的神态气质都跟之前不大一样。

红豆："郡主，你没事了？"

李颐听却好似不认识她一般，拂开了她的手。

红豆红着眼睛："郡主？"

李颐听四下打量了一圈，推开众人，忽然一把将高台上的茶盏花烛通通拂了下去。

“吾辈替陛下开疆辟土，功在大覺，帅府岂容尔等宵小之辈搅扰践踏？”她声音沉沉，虽仍是女声，却同往常大不相同，径直就坐到了主位之上，双目圆睁，一手撑在扶手上，双腿岔开而坐，不再动弹，宛若入定。

张若已经从李颐听身边退避到人群后面去了，见此情形，腿都开始打摆子：“魏将军……郡主这是魏将军上身了！”

此话一出，众人又纷纷退了几步。魏登年立于其中，紧紧盯着李颐听，满目惊疑震动。

毕愁回头怒剐了张若一眼：“夫人休要胡说。”

也有人回了句嘴：“是啊，这里这么多人，怎么就偏偏她被上身了！”

张若一副怕极了的模样，连礼仪也不顾了，高声道：“郡主胸口受伤那次死里逃生，阳气大损，定是最容易招惹邪祟的！整个太医院都说她活不了，可她偏偏活了，这已是诡异至极，方才又突发恶疾，转而清醒却神志全无，像是换了个人，不是被附身是什么！”

内堂哗然。

“说得有理啊，有埋啊。”

“方才拜堂之际红凤花烛就没点燃，想来这是先兆！”

毕愁怒道：“都闭嘴！”

毕想盯了李颐听半晌，见她目光空洞，身子也一动未动，看不出个究竟，索性上前几步，拱了拱手道：“郡主，今日臣大喜，您这样闹，怕是……”

话音未落，李颐听猛地蹿起来，重重甩了毕想一掌，清亮声响当即让整个内堂都静了音。

“这里岂有尔等竖子说话的份！”

“你！”

毕愁眯了眯眼睛，拨开了儿子，在背后招了招手，数名家仆鱼贯而入，朝李颐听涌过去。

他们虽穿着普通的下人衣服，却是毕府训练有素的打手。

众人纷纷避开，只有魏登年在人群中悄无声息地往李颐听的方向移步几寸。

哪知道家仆们才刚一靠近，李颐听立刻挥舞拳脚一顿暴揍，五六个人高马大的男人竟然擒不住一个娇弱的女子，一个个鼻青脸肿在地上痛滚。

毕愁挂不住面子，呵斥道：“都给我退下！”

张若惊呼：“你们看呐！你们看呐！郡主从不会武功，这就是被魏将军上身了！”

李颐听忽然大笑：“尔等占据帅府，闹得老夫家宅不宁，老夫亦不会让尔等如愿！”

话音刚落，便有下人急急冲进来禀告道：“老爷！老爷不好了，假山旁边的芙蓉亭走水了！”

毕愁一惊：“好好的怎么会走水？”

又是一人冲进来：“不好了！后院女眷房走水了！”

“不好了！游廊走水了！”

“戏台走水了！”

“闹鬼啊，闹鬼了！”张若再也忍不住，尖叫着跑了。

李颐听突然仰天大笑：“好啊，烧了好啊！烧了就不会再有人敢在老夫面前撒野，趁着今日热闹，诸位都在，便一起下来陪老夫吧！”

她状若癫狂，痴痴笑着，忽然抓起高台上那对红烛往自己身上点去。火光立刻点燃了袍角，猛地向上蹿去，堂中升起一阵难闻的焦味。

李颐听被热浪呛得一边咳嗽一边大笑，还伸手去抓在她近处的宾客。大家惊惧推搡，此刻再也无人质疑，纷纷四下逃命。

“郡主中邪了，郡主中邪了！”

“魏将军显灵了，魏将军发怒了！”

魏登年被朝外跑的人流冲得踉跄几步，仍然逆着人群往前冲。混乱中，手腕忽然被人抓住，红豆冲他不露痕迹地摇了摇头，压低了声音，极是嫌弃地快速道：“小姐有自己的计划，不想害她就走远点！”

紧接着，那丫头立刻换了一副哭天喊地的面孔冲上去，加入了毕家的灭火小队。

火光快要吞噬李颐听的半个身子，她刺耳的笑声却不绝于耳，场面十分可怖。

远水救不了近火，要是等下人们打水过来，可能她人都要烧掉一层皮了。有家仆慌张地脱了外衣替李颐听扑火，红豆不顾毕想阻拦，强硬地一把拽下高堂上的大红喜布，倒了一整壶茶水上去，这才把李颐听身上的余火给灭了。

魏登年手指掐进掌心，几乎要扎进肉里，胸口几下起伏，猛地扭身快走了出去。

李颐听昏了半刻才惊醒，太医来了一趟，诊断结果是郡主身体康健，并无大碍。

毕家父子却不敢放松警惕，喊了十来个打手在客房里候着，要不是红豆拦着，还想先捆住她再说。

然而李颐听醒时却像是换了一个人，先是娇弱地咳嗽几声，坐起身来看见毕家众人还吓了一跳，无辜地眨眨眼："这里发生了什么？哎呀，本郡主这是怎么了，脚这样痛！你们怎么都这样盯着我？"

"郡主什么都不记得了？"毕想站出来问了一句，却被红豆撞了个趔趄。她一把扑在李颐听身上，虽然戏有些过了，眼泪却是真情实感地往外涌。

李颐听伸手摸了摸她的额发："我无事，莫怕。"

4

从毕家出来已经是半个时辰以后，太医无非就是问了问她身子有无异常，又处理了腿部的烧伤。想起那父子俩愤愤心痛又哑巴吃黄连的样子，她一路上都忍不住几次笑出声来。

马车徐徐在王府停下，李颐听被红豆搀着进了府。小丫头脸拉得老长，腮帮子鼓鼓的，被李颐听捏了几下。知道红豆也受了点惊吓，李颐听便让她先去休息了。

李颐听一瘸一拐地推门进了房，进门时却崴了一下，身子往后跌去，落入一双有力的臂弯里。她惊呼一声，人已经被打横抱了起来，少年冷着一张晦暗不明的脸，将她放到了床榻上。

他蹲下来，漆黑的眸子里一片幽深，却又有什么翻涌的情绪要喷薄而出："告诉我，你的脑子里到底在想什么？"

李颐听缩了缩脖子："你都知道了？其实我猜也瞒不过你，只是没想到你反应这么快。"

"小听！"魏登年努力压下心中震怒，伸手去挽她的裤腿，李颐听想躲，却被他一把攥住了脚踝，"别动！"

烧伤的地方已经被包扎好，可整只右小腿几乎都被纱布裹住，看着也十分骇人。

魏登年轻轻拂上去，用力深呼吸一口气：“还有其他地方受伤吗？”

“没有了没有了。”

“痛吗？”

“一点也不痛啊！”

魏登年凉凉睨了她一眼，李颐听瘪瘪嘴：“我穿得可厚实了，根本没怎么烧着我，也就是点火的地方烧得有点久才伤了腿……好吧还是有一点痛的，但是只有一点点，真的，”她用手指比出一条小缝，“就这么多。”

魏登年看着她。面前的女子笑意盈盈，既没有像周家人那样欺他，也不曾同毕愁一般辱他，可是魏登年的一颗心却像是被煎炸烹煮样样来了一遍。

他声音发颤，咬牙切齿：“你怎么能？你怎么敢！”

“我没想那么多……我知道将军府被他们住着你心里难受，我只是，想为你出口恶气。”李颐听小声道，“魏登年，上次是我不好，我不该没有弄清情况便劝你不要放在心里，你别生我的气好不好？”

她小心翼翼，时不时偷偷瞥他。

她不知道那模样有多让人怜爱。

魏登年睫毛颤了颤：“你是……怎么做到的？”

李颐听见他好像没有生气，立刻欢欢喜喜道：“我先前去将军府各处转悠就是为了找什么地方放火既隐蔽又不会被马上发现，且能接触日光，然后做好标记；与妇人们讲话之时，红豆便一一去寻了那些地方，到了吉时再撒把白磷。白磷见光自燃，等我撒完了疯，自燃的地方也被一一发现，恰好震慑他们。你说，我这法子妙不妙？”

魏登年道：“那对红凤花烛为什么点不燃？”

李颐听道：“苏打粉与灯芯捻在一起，自然点不起火。”

她仰着脸，小腿搁在床沿晃啊晃，一副乖乖巧巧等待夸奖的样子。

可想象中的夸奖却一直没到。魏登年仿佛被定住，就那么蹲在她面前，半张脸在阴影之中，难以言喻地看着她，看得李颐听心虚地低下头，再低一点，低到要把脸埋进胸口：“将军府的宅子他们住不下去了，就算他们敢住，也禁不起人言可畏。我、我就是想替你报仇，用我的方式替你报仇，你不要随便杀人。”

魏登年道：“我答应你。”

李颐听猛地抬头：“你说什么？”

被灭族后，魏登年只有两个想法：第一，活下来；第二，爬上去。

这是每天睁开眼活在这世上，每一刻他都在想着的事情。

但是他忽然觉得这件大事好像也不是那么打紧，至少，可以慢一些。

魏登年直视着她，墨黑的眸子有一缕清冽光亮，那是李颐听眼睛里倒映过来的光亮："我说，我答应你不杀毕家父子。"

李颐听还没来得及高兴，魏登年一把拽过她的肩膀把她拉近到面前："我现在要说的事很重要，你认真听。"

李颐听道："你说。"

"此后你再也不许伤到自己，救人也不行，救谁都不行！如果你没做到，我一定反悔。"魏登年一字一顿，凶神恶煞，语气却是坚定，"在我眼里，毕家上下数百条命都不配换你一个。"

李颐听喉头一紧："魏登年……"

魏登年道："答应我！"

李颐听伸出右手和魏登年的左手拉钩，拇指印着拇指，肌肤上的温度传递过去，轻轻浅浅地笑了起来："我答应你。"

魏登年缓缓地靠近李颐听，呼吸渐重，离她粉嫩的唇也越来越近，就在眼睛即将闭上的那一刻，一根手指戳在了他左眼旁边。

李颐听惊奇道："你这颗痣好像跟寻常的痣不一样。"

魏登年气笑了："你的注意力也总跟寻常的女子不一样。"

从远处看，他的痣淡淡的，看着像是浅褐色；可是凑近了，日光打在上面，李颐听才发现那薄痣竟然透出点肉桂粉来。真是新奇，果然美男连颗痣都与众不同。

她并不知道刚刚自己错过了一个梦寐以求被轻薄的机会，嘻嘻哈哈道："彼此彼此。"

魏登年清了清嗓子，白皙的面容上染了一丝羞恼的绯色，不自在地起身："好好休息，我改日再来看你。"

「 第九话 」

那红线，不知是绑在他身上还是你心里？

1

七月三日是宋帝五十岁生辰。两月前，他曾在皇寺受惊，丑闻还是新鲜热乎的，又废立了太子，如此折腾了一番，精力骤降，好似一下子衰老了十来岁，故而也不愿大肆操办，发了话只随便办场家宴即可。

濮阳王因为上次出宫狩猎没看顾好李颐听，正在被王妃禁足，哪儿都不许他去。濮阳王妻管严在都城是出了名的，宋帝也允了他的请求。

不过李颐听却是要去参加的。不止参加，她还一改往日做派，特意打扮了一番。

红豆比她还要兴奋。这是她家小姐从郸城落水后第一次主动要求打扮，午后，红豆便抓着李颐听坐到镜子前开始折腾，一直捣鼓到傍晚要入宫了才作罢，李颐听中途还睡过去两次，醒来吓了好大一跳。

宋炽本就长得不俗，五官清雅端方，放眼都城都数上佳，经红豆一双巧手侍弄过后，更是如同明珠生晕，再加上额前的大红花钿，更添一丝娇软媚态。

红豆对着李颐听看了半晌，本来她就觉得自家小姐美貌第一，如今更是夸得口干舌燥。

她挑了件朱红色的张扬衣裙，李颐听却不大喜欢，看了一圈，选了一件浅绿色的罗裙。

“小姐，这件太素净了吧？”

“妆容已经如此艳丽，若是裙子再过张扬，反而喧宾夺主，让人眼花缭乱了。”李颐听微微一笑，转身回屋里换上，又捏了一把绣着水芙蓉的轻罗小扇盈盈走出，冰蓝丝带在手中化作长长一条系在腰间，浅绿轻纱摇曳，叫人看了只觉得在这盛暑之下一股清凉之意扑面而来。

红豆喜欢得直叫唤：“还是小姐有眼光！今晚您肯定迷倒一片！”

李颐听被她拽着转了两圈，笑着道：“一片倒是不用，迷倒一个就行了。”

她早前便知晓，今日皇家家宴便是魏登年遇见苏觅的日子，所以她才精心打扮。月老告诉过她，情敌相见，首先气势不能输！

华灯初上，照亮连绵宫阙。

李颐听被接引姑姑一路带到神扶殿，将上台阶时却听见好大一声“炽儿”。

回过头去，就见宋戌隔着老远朝她兴奋地招手。不知是那身太子的衣裳本就灼灼耀目，还是那瑰丽的夕阳格外眷顾他，明明殿前有诸多宗亲大臣，可暮色却只落在他一人身上，朝她跑来时就像一束移动的光。

李颐听等了宋戌一会儿，同他一道进殿，原本还在寒暄的席间众人立即安静了一瞬，臣子席中，一道目光格外炽热。

众人纷纷起身见礼。

宋戌爽朗地摆摆手：“既是家宴，不必拘束不必拘束啊，都坐。”

皇子公主们居左，臣子居右，众皇子中又以太子为尊，设位左上。然而宋戌进了殿，却在李颐听的席位上坐下就不走了，李颐听今日顾及着形象不敢动粗，轻推他几下：“去你的位置上。”

宋戌道：“也行！”说着，一把拉过她的手腕，把李颐听扯了过去一同坐到了首位。臣子席间一直追随她的那道目光也紧紧跟了过去。

李颐听被拉得一个趔趄，不情不愿地坐下，压低声音怒道：“宋戌！”

“来人呐，把郡主的席撤了，她就坐本宫这里，把她的碗筷拿过来。”宋戌得意扬扬，“古人说女为悦己者容，诚不欺老子，你既然好生打扮了，自然要离我近些，我也好多看看，看清楚才不枉费堂妹你一番心思啊。”

李颐听：“滚滚滚！”

为免他再生事，李颐听便没再移座了，只是往旁边挪了几寸，又看了看他俩中间的空隙，还要再移，却被宋戌一把揽住，猛地拉了回来：“席子就这么大，再动就要出去了。”

李颐听好不容易拉开的距离一下子又被拉近，她拍开宋戌的“爪子”：“这么多人，你给我安分点。”

宋戌不以为意，自顾自地倒了杯酒，在李颐听的杯子上清脆一碰。

李颐听叹气，别开头喝酒，却和那人的目光撞了个满怀。

郑易坐在对面后方，多日不见，更加清隽也更加稳重，穿着六品朝服，似乎是没想到她会看过来，打翻了手里的酒杯，急着去擦，却改变不了袖上已濡湿一片，面红耳赤，更加窘迫了。

李颐听等他收拾妥当，朝他微笑颔首算是打过招呼，郑易忙拱手回礼，匆忙收回了目光。

宋戌在两人间来回看了看：“今年的进士，你们认识？”

李颐听点头：“住在外祖母家时认得的，现在新人也能来给陛下过寿吗，规矩改了？”

“哪能啊，你自己打量一下，来的哪个不是肱骨重臣宗亲皇室的，这个啊，是毕愁新得的学生，被点进内阁了，想来肚子里有些东西，那老头喜爱得很，走到哪里都捧着带着。”

竟入了毕愁门下……

李颐听微微蹙眉。毕家人品恶劣，得找个时间提醒一下郑易，不能和他们走得太近。

没过一会儿，宋帝便携着章贵妃到了。皇后已经过世，后位空悬，太子生母章贵妃自然成了大家的头号巴结人选，众人对她的态度已然如同皇后。

这位皇帝还是和李颐听前世的印象一般无二，粗眉长目富态有余，不论是性子还是长相，宋戌都与他有两分神似。

李颐听见到宋帝的次数不多，也没有太多交集，此人做明君不足，做父亲却是极好，从前没少纵容宋戌宠着她胡闹。

宋帝没读过什么书，江山是魏家和藩王们打下来的，席间来来回回讲了几句话，也不外乎是这个黄豆焖猪蹄好吃，那个青梅酒酿得不错，跟臣子们交谈也是十分接地气，的确是家宴了。

宋戌不停给她夹菜，李颐听吃得慢，时不时往右边角落里瞄。魏登年穿着一身笔挺的侍卫服立于宋帝身后，神色冷漠，泯然众生，只是跟李颐听对视时目光有一瞬软化，待看到她旁边殷勤的宋戌又恢复如初。

谁也不会想到，两年后，这个御前侍卫就会踏进庙堂的权力中枢，成为晋朝最年轻的太尉，和毕愁分庭抗礼。

看到他，李颐听一下就想起今日的大事，赶紧在席间扫视几圈，却没见到像苏觅的女子。

宴会已经到了酒酣脸热之际，吃喝得差不多了，玩乐自不可少，宋帝挥挥手，舞女们便鱼贯入殿。

李颐听看了几场，连打哈欠，心中暗想，难道她记错了？

却听见“铮”的一声，搭拱成莲花花苞状的八九个粉衣舞姬中间，忽然飞身而出一个白衣女子，轻点足尖，提着一把银剑脱颖而出。她剑法利落，一招一式看起来却极舒服，衣裙晃动间流露一股子飒爽的英气。

女子的柔美和剑意交融，叫周遭的舞姬全部黯然失色。

是苏觅！

李颐听微微直起了身子。

这就是最后害死魏登年的人。

苏觅是臣女，也是太后的侄孙女，这次是专门来给宋帝贺寿的。

李颐听瞧瞧她又瞧瞧自己，一阵懊恼。白打扮了，两个人完全不是一个路子，苏觅的别出心裁，把一屋子莺莺燕燕都给比了下去。

李颐听急急回头，却见到魏登年目不转睛地看着苏觅。

她故意碰掉了只杯子，魏登年的眼睛却好似被吸住了似的，动都没动弹。

他从未如此失态。

李颐听愤愤把筷子往桌上一丢，要是即墨神君那个半吊子没出错，今日魏登年看的就是她了！

同时，李颐听心中也酸胀得很。这世上难道真有命定一说？

之前百般接近，却不及她人一眼。

李颐听下意识去摸酒杯却摸了个空，才想起已经摔了，丧气十足地又叫人去拿新的。

宋戌不动声色地将手里的琉璃杯盏推了过去，轻轻朝魏登年的方向瞥了一眼。

苏觅的献舞赢得了满堂喝彩，宋帝亦大悦，直接就在太子旁边给她摆了席位。魏登年好似如梦初醒般视线回转，李颐听却是不想再看他，兀自吃着，把宋戌夹的菜扒得一干二净，还往嘴里塞了一整块桂花糖糕，把腮帮子撑得满满当当，嚼起来的时候像只小松鼠。

宋戌十分满意，摸摸她脑袋。李颐听懒得和他闹，也随他去了。

苏觅一落座，便立刻朝他们二人见了礼。宋戌悠悠一笑，随口夸了几句，李颐听嚼着吃的，敷衍地点头附和。

在她这具身体残留的记忆中，宋炽和苏觅是旧相识。年幼时她们在宫中是彼此的玩伴，只是后来苏觅十来岁时因为身子弱，被父母接去极远的郊镇养病，渐渐便失了联系。

也正是因为苏觅体弱，总是身子不好，娇娇弱弱，从前格外得太后喜爱，常常入宫伴其膝下。

她长得文弱秀气，言行举止也是斯斯文文的，很难想象刚刚她舞得如此英气。时隔数年再见，苏觅像是变了个人，看上去兴致极高，一张小嘴巴拉巴拉地冲着宋戌说个不停。李颐听只觉得她比宋戌还聒噪，他们两人讲话，中间还隔着个她十分不便，李颐听便想和宋戌换位置，可是刚刚起身就被宋戌重新按了回去："你就坐这儿。"

苏觅的目光一下子就落在宋戌的手上。

李颐听没察觉什么不对，因为此刻她正在努力回顾命簿。

未几，她转了转眼珠，坐直了身子，笑得端庄，颇有一个情敌该有的心理素质："觅姐姐……"

呕！

原主从前便是这么叫她的，只是她开口却喊得十分勉强。想她都不知道长苏觅多少岁了，唉，如今神仙难做啊！

"觅姐姐，一别多年，见到姐姐身子大好，我真是欣慰呀。"李颐听觉得自己就像戏本子里虚伪的女配角，"姐姐这次好不容易来都城，当会多留些时日吧？"

苏觅笑着颔首："是啊，舟车劳顿了许多日，要小住几月休息才行，我此次来都城之前也已经禀明母亲。只是我还没有找到住处，客栈环境又恶劣，正不知如何是好呢。"

这是要住在宫里的节奏啊。

近水楼台先得月，不行，绝对不行！

李颐听赶紧道："觅姐姐要是不嫌弃，就住王府吧，我可是还记着和姐姐从小到大同吃同睡的情谊呢。”

苏觅喜道：“可当真？小炽邀约，我断断不能拒绝。”

她身子都前倾几寸，直勾勾地看着李颐听，眼角眉梢都是笑意，倒像是真的十分欢喜。

李颐听把皮笑肉不笑发挥得淋漓尽致：“自然当真。”

高手啊。

这是高手啊！

不动声色，以假乱真。

要不是李颐听看了命簿，差点都相信她是个天真女子了。

她继续笑：“既然觅姐姐都要住到府里来了，明日我办的马球赛，姐姐定要来参加。”

苏觅还没有答话，一旁的宋戌先插了嘴：“马球赛？我怎么不知道炽儿你要办马球赛？”

李颐听咬着牙道：“你现在知道了。”

宋戌立刻道：“我要去！”

李颐听翻了个白眼，接着假笑：“觅姐姐呢？”

苏觅看了看两人，扬了扬唇：“我也去。”

2

前世，魏登年是屠城后才娶的苏觅，从他们成亲之时算起，距离他登基称帝还有三年，距离被心爱的女人背叛、挑断手脚筋囚禁而死还有五年。

这中间数年还有许多机会。

李颐听想到这些，心里又松快一点。

既然知道他“不爱红妆爱武装”，李颐听当即决定趁着魏登年还没对苏觅情根深种，多展示自己孔武有力的一面。

宴后，她趁着宋帝高兴，打着明日出城去打马球需要人保护的幌子，借了魏登年和其他几个侍卫。

与宋戌别过后，李颐听便和与苏觅一道上了马车回府。

车子缓缓而行，一路上安静得李颐听浑身不自在，连换了几个坐姿，最后终于忍不住道：“觅姐姐，你为何老盯着我看？”

苏觅微微一笑，唇齿轻张：“秋水为神玉为骨，芙蓉如面柳如眉。”

李颐听：“谁？我？”

苏觅瞧着她，眸光悠悠：“今日再见小炽，我才真正懂了这诗的含义。”

李颐听半点不推却：“姐姐好眼光。”

哼哼，知道老娘漂亮就早点知难而退！

苏觅被她甚为嚣张的模样逗笑，轻掩嘴角，忽然道：“我看小炽今日和太子走得极近，你们关系很好？”语气里有几分试探。

李颐听道：“还行吧，宋戌跟宫里其他人比起来性子直率，跟我算合得来，只是那家伙最近以为我喜欢他，那股得意劲有些烦人。”

苏觅神色一动：“那小炽喜欢他吗？”

“怎么可能！”她喜欢的另有其人好不好。

苏觅一下子放松下来：“那便好。”

马车颠簸了一下，李颐听以为自己听错了：“什么？”

苏觅道：“无事。”

李颐听莫名其妙地看了她一眼。

马球赛分为两队对抗，每队四人，一场有六局。

比赛地点在城外开阔处，王府的人早早清了场子，仲夏的日光把草地烘得油亮亮的。

李颐听和苏觅到时，魏登年已经和几个侍卫在候着了，见了二人，纷纷行礼。

李颐听从他们跟前一一走过，骤然在魏登年面前停下。他清冽的眸子瞧着她，嘴角隐隐扬起笑意，李颐听的手指却点向他身后那个清秀的侍卫：“你叫什么？”

“回郡主，小的张隽。”

“好，张隽，帮我挑匹马来，要最高壮的。”

“是。”

魏登年的脸色一下子变了，目光问询地看过来，李颐听却不看他。

此时宋戌也来了，身后还呼啦啦地跟着一堆伺候的宫人，比马球场上的人还多，刚一到马球场便大呼太热，催着宫人布置凉棚。

还隔着些距离他就喊道：“炽儿你不是要办马球赛吗，就这么点人？”

李颐听对苏觅讪笑一下，赶紧走过去：“我这不是觉得太铺张了嘛，而且也不太爱和宫里那些人打交道，我球技不好，万一输了多丢人，想着也就是过过瘾，就咱们几个就够了。”

“可是你、我、苏觅，连基本的人数都不够啊。”

“陛下不是送来了好些侍卫吗，喊上几个不就行了，大惊小怪。”她说着转头，张隽已经牵了一匹黑马过来，身上油光水滑，的确也高大。李颐听的目光没有停留多久，便看到旁边的魏登年正跟苏觅说话，还拉了一匹小白马来。

“苏姑娘，你选的这匹马太野，身子不好还是不要尝试，太过危险，骑这匹温顺的吧。”

苏觅温温柔柔地笑着道谢，接过他递来的缰绳。

李颐听心里那个气啊，就跟天后知道她大儿子把她专为洗脚辟的生姜地里的姜都挖了送小天婢差不多了。

旁边的宋戌突然大大地“哦”了一声，胳膊肘捅捅她，一副全都明白了的样子:“为了多和我相处,还特意弄出如此排场,炽儿真是用心良苦啊。”

李颐听抬腿，踩了他一脚狠的。

“咱们人数不够，反正也不是正规比赛，你的身子也不能打太久，便不设那么多规矩，时间场次都不必管，三球定输赢，如何？”李颐听讲完规矩冲苏觅一笑，“这么多年了，不知姐姐的马术有没有精进，不如你我一人为一队，比一比吧？”

“好啊，小炽数年前输给我时可还哭了鼻子，今日我也想看看呢。”苏觅欣然接受，“既然规矩你定了，姐姐便先问你要太子殿下这个队友如何？”

还翻旧账，呵，伪善的女人！

“行,他就跟你一队,那个张隽,你跟我一队,还有你和你,跟我一起。”李颐听一口应下，又点了三个侍卫加入。

苏觅也随手指了两个。

宋戌：“……”

怎么谁都不问他？

被李颐听完全晾在一边的魏登年有一瞬间蹙眉，转瞬即逝。

马球场长三百码，宽两百码，两队参赛者各四人，持杖共击一球，打入对方球门得分。

八人换了飒爽的窄袖锦袍,男子头扎软巾,李颐听和苏觅都嫌难看没戴，只是换了马靴。

木质马球大小如拳，外表镂空，还涂了七彩颜色方便辨认，上面绑着一绺红色丝带更显玲珑。

魏登年将马球放置到中线后走开，第一下鼓声落下，李颐听便先人一步出了棍。七彩的木质马球在空中划过一道圆润的弧线，数人朝着马球追去，骏马飞驰争抢一球，晃得人眼花缭乱。

前世李颐听没少跟皇子公主们打马球，表现得不能太弱让人轻视，也不能喧宾夺主过于抢眼，要让人看起来觉得尽了全力却又输得不动声色才好。

此刻却不必再藏拙。她本身就会骑马又有些武功底子，轻轻松松便拿下第一球。

第二球却是宋戌进了。

忘了这小子一直都是玩物丧志的主，马术倒也不赖，李颐听立刻打起了十二分精神。

第三球苏觅抢到了第一杆，驾着小白马巧妙地左右穿梭，绕过了两个侍卫，却没躲过张隽——他挥杆接住球后朝着李颐听一记长传，一直在苏觅方球场等待机会的李颐听立刻接下，驭马前冲。

苏觅紧追不舍，两道纤丽身影几乎并肩。李颐听有所感知，侧目过去，光影从右边一寸寸磨亮她的肌肤，如明珠生晕，灼灼其华。

“苏觅抢球啊！”

宋戌一声大吼。

苏觅急急出杆，李颐听却在她面前突勒缰绳快速回转，掉头到了苏觅身后躲过了球杆，随即反手一击，流畅漂亮地拿下了第三球。

胜负已分。

李颐听朝着前方娇俏挑眉，却听见身后苏觅惊呼——她的白马被李颐听惊到，仰天嘶鸣一声，把她从马背上甩了下来。

李颐听立刻叫停了马，翻身下去查看她的伤势。魏登年比其他侍卫来得更快，长臂一伸，竟把苏觅拦腰抱了起来往凉棚里跑去，路过她时还急吼吼地丢下句话：“快叫太医。”

还没从大展雄风的喜悦里回神的李颐听顿时五官扭曲，挤出回答：“？？？”

分手！

苏觅的脚只是扭了一下，太医赶到时已冰敷许久。

李颐听没有想到率先恭贺她的竟然是苏觅，人家脸都疼得煞白煞白的，坐在席间露出一只纤细白皙的脚腕，格外惹人怜惜。

“这些年养病把身子都养虚弱了，竟没想到输给了小时候的爱哭鬼。”苏觅笑眯眯的，语气就像哄小孩，“小炽今日真厉害。”

宋戌的手搭上李颐听的肩：“可以啊炽儿，你又引起老子的注意了。”

李颐听连打闹的兴致都没了，勉强笑笑：“你既受了伤，也没法继续打了，便让太医好好瞧瞧，今日便到这儿吧。马车留给你，我还有事先走了，等会儿让……”她看了眼头也没抬，还在给苏觅仔细包扎的魏登年，“就让他送。”

苏觅嘴快，接口道：“便劳烦太子殿下送我回去吧？”

李颐听道：“随你。”

正跟着她走的宋戌只能折返了回来，眼巴巴看着李颐听翻身上马远去。

3

月光如水，星罗棋布。

都说做神仙好，可是九重天上没有人间的美酒，因为神仙都是喝不醉的。

再世为人，小酌才是人间快意事。

可是天底下的凡人喝酒，大多都是举杯消愁愁更愁。

李颐听独自在房中喝得醺醺然，身子半撑着桌子才勉强坐直了，看着手腕上那碍事的冰蓝色丝带越发不顺眼，一把扯了下来一顿揉搓：“月老，给我出来挨打！”

未儿，浅淡的光芒从丝带中溢出来。

她身子软成一摊水，趴在桌上嘟囔：“不是你说早早接近培养感情吗，为什么那个苏觅一来，魏登年就像丢了魂似的？你白看那么多戏本子了吧！”

半晌却未听见有人接话。

抬起头，眼前惊见一位清润俊逸的男子，周遭仙气郁郁缭绕，眸光流动，凝神看着她，嗓音如同三月的清风过境，带着微微的怅然伤神：“你终于肯找我了。”

她看得愣了，大大“咦”了一声，气都忘记撒：“月老你怎么变成个小公子了？嘿嘿嘿，还挺好看，长得像我一位故人。”

“那是你的故人好看，还是我更好看？”

“大抵是他更好看吧，见过我那位故人的，都说他是九重天上最好看的仙人。”

司白眼睛弯了弯，替她倒了杯茶：“是什么伤心事让你喝成这副模样？”

一想到这个李颐听又来了气，把杯子往前一推，冒着热气的茶水立刻在她手背上倾溅一片水渍。

李颐听还没喊痛，司白已急急拂去了茶水，捧住她的手蹲着吹凉气：“有没有烫到？你小心些。”

李颐听晕晕乎乎道：“什么汤？我不喝！月老呢？你叫月老来！”

司白抓住她乱晃的爪子，掌心变出一管伤药：“你别乱动，不然你这凡人躯体明日该痛了。月老他老人家事忙，便托了我下来。有什么事你跟我说，我来替你解决。”

“那你替我问魏登年，他为什么不喜欢我，是我做得还不够好吗？”她气势汹汹地质问他，低着头，微红的眼里却滚出一滴泪来，语气忽然间就弱了下去，“他怎么还不喜欢我呢……我都累了。”

“啪嗒。”

司白手指一僵，手背上那颗轻飘飘的眼泪震得他胸口发紧。

他挤出个勉强的笑来，问道：“你下凡前特意绑了条红线，却不知，是绑在他和苏觅身上，还是绑进了你的心里？”

李颐听猛地抽回了手，惊站起身，旋即破涕为笑：“我怎么忘记了，这么重要的事情我怎么忘记了！他身上绑了红线，还是加粗的，仙力极盛……他不是不喜欢我，他是被控制了！”

魏登年那些丢了魂似的突兀言行一朝全有了依据。

她转身将司白拽了起来，剔透眸子里全是欢喜。

司白静静看着，也露出一个浅浅的笑意来，轻声道：“我的襄安这样好，自然谁见了都会喜欢。”

李颐听高兴得咕噜噜灌了半壶酒下肚，司白急急去抢壶，却是晚了，晶莹的酒液从嘴角漏了些许，染得唇色潋滟。她伸手推他：“小公子你快回去，回九重天告诉月老，让他赶紧给我把绳子砍断！”

司白未动：“一会儿回去我就转告。”

“不行！”李颐听撒泼道，“你现在就去，要不然就把我和魏登年也系上！”

她一拉衣袖，伸出一截白花花的手腕。

司白顿了顿，帮她把袖子扯下来一寸：“好。”

他唇动了动，李颐听的手腕上便凭空多出一条红绳来，自发打了个结系上，还露出一截长长的线，尽头在他的腕上。

司白轻轻一抚，便隐去了红绳实体。

盯得正仔细的李颐听揉揉眼睛，他又收来了桌上的丝带，原样给她系了回去：“我明日便要出战了。魔族猖獗，战事越发激烈，怕是有些时日不能再来，这条红绳便送你，权当附身符吧。”

司白手一挥，盯着手腕出神的李颐听身子一软睡了过去。他伸手将她抱上了床榻，轻柔地拂去脸上的碎发：“向来不胜酒力，也不知道少喝些。”

李颐听翻了个身，梦中嘟囔道：“绳子，告诉月老……”

他面上重又现出怅然伤神的表情，丝丝缕缕的悔意将他整个人裹住缠紧。

司白懊恼地闭了闭眼，消失在她房中。

李颐听从前便不大能喝酒，这算是她与桦阴国诸位皇子有明显差距的地方了，可没想到凡人宋炽比她酒量还差，一醉竟然酣睡了三日。

醒来时红豆还双眼通红跪在她床头，告知了一件让她一下床就险些摔着的惨事。

她被宋帝赐婚给藩王之首张鹤了，她被封为公主的诏书也已经送至王府。

李颐听喝了几杯茶水，又掐了红豆一把，听她痛得嗷嗷叫唤，确认自己不是在做梦。

张鹤曾跟魏家一起帮宋帝打天下，是开国重臣，为人嚣张跋扈又特别迷信。大师说住宫殿不吉，那四四方方的院落高墙会束缚住他亨通的官位财路，他便学着外族部落，自己在翼都开了山头搭建宫帐。

已经身在藩王高位，却还想再升，可见其野心；而且他那连绵的毡包，占地竟有皇宫一半大小，毫不避讳。

不过张鹤的兵权不及魏家，对当时的宋帝来说并不是第一大威胁。

魏家被灭后，张鹤安分了很多，但是最近废立太子搞得朝堂动荡，他便又起了心思。

起因是他的一个侍妾死了，于是找府上的大师算卦，算出他最近将有血光之灾，如果能娶一位贵人就可转危为安，冲了凶卦。

那货立刻一封折子，夹了大师的卦象，快马送到了宋帝面前，求宋帝救命莫让他横死。

竟然因为死了个妾侍就要求娶晋朝的公主！

真是闻所未闻，见所未见！

不知是真迷信还是要试探宋帝待他的心思，好有进一步举措。

可他跟宋帝一般年纪，已经五十岁了啊！

李颐听安抚了一把红豆，去见了濮阳王和王妃。

王妃已经两天没有用饭，就躲在屋子里哭，谁也不见；濮阳王又是个没主意的，为难地看着她，只一遍又一遍道已经接了旨，不能不遵啊。

李颐听注意到濮阳王的眼睛也湿湿的，她不愿意为难这对和善的父母，沐浴更衣，决意进宫面见宋帝，求他收回成命。

宋帝对宋炽一向不错，李颐听把最后的希望放到了这个人身上。却没料想，她连宋帝的面都不曾见到就被宋帝贴身的宦官拦了下来，宦官说皇帝正在与大臣议事，李颐听便在殿外等待。

一下午过去了，好不容易里面的臣子都出来了，李颐听再次求见，却被人请得更远，说是宋帝累了要休息，晚上还要去章贵妃那里用膳，没空见她。李颐听算是明白了。

她头也不回地朝宫外走去。

皇宫大内，却听见有人驭马奔来，在肃穆静谧的宫墙内格外清晰。

蹄声渐近，在她身后一路疾奔而来，李颐听刚刚回头，便被人一手拦腰截起，稳稳地放在了马背之上。

宋戌的胸膛贴着她，手掌将她搂得紧紧的，李颐听都能闻到他身上淡淡的月麟香味道。

他的气息环绕着她，眉目间一派果决坚定，朝着宫门冲去：“那劳什子公主咱们不当了，老子带你私奔！”

李颐听道：“宋戌，谢谢你，我很感动，但是……”

宋戌打断她：“没事，就算不当这个太子，就算被父皇打死，老子也要带你私奔，这次是皇帝过分了。”

李颐听道：“不是，我是说，你要带我私奔也不带点细软盘缠什么的，我们俩这样冲出去不得饿死穷死？”

“啊？”宋戌有一瞬窘迫，他确实没想到这层，但这情绪很快变成了痛心疾首的指责，“宋炽！你还有没有一点私奔的期待感、紧迫感、神秘感！现在是说这种破坏气氛的话的时候吗！”

李颐听耸耸肩，笑着闭了嘴。

宋戌的马穿过内宫，他此刻只想抛开太子的身份，抛开他所拥有的荣华富贵，抛开那些代表他无上尊荣的东西。

宫人们起先还扛着仪仗追赶，渐渐地便跟丢了，虽然仍在继续不管不顾地追，可宋戌的马将他们都抛在了后头。李颐听听见身后那些呼喊声越来越小，听见巡查的御林军大叫禀告陛下。

但宋戌一直没有停下。他怀抱着她穿过皇仪门，穿过门下后省，经过长青门，最后到了北侧门。

从这里出去，宋戌或许再也回不来了。

他回头往云华宫、他母妃的宫殿方向看了一眼，然后抬手欲扬起马鞭。

李颐听心中微动，叫他：“好了宋戌，就送我到这里吧。储君不得随意出宫，放我下来。”

宋戌没有吭声，甚至更加大力地策马奔驰。

李颐听轻轻回头。他的侧脸离她很近，下颚线绷得笔直，带着一丝决绝的味道。

直到北侧门的守卫看见他们，远远大声呵斥——

“何人驭马闯宫？再不停下，就地诛杀！”

宋戌：“哦。”勒住了缰绳。

李颐听：“宋戌你到底行不行啊？”

宋戌：“宋炽你不要随便质疑男人行不行！”

李颐听跟他对视一眼，彼此都笑了起来。

她翻身下马便要离去，宋戌追了几步，推开上来盘查的守卫，紧张地拽住了她的手腕。

“炽儿。”

李颐听笑着回头，他神色一动，手却被她一点点掰开。

“我原本便没想过和你私奔，你这样闹一闹，我心中好受了很多，谢谢你，宋戌。”

宋戌摇头，艰难地问道：“你要去哪里？”

李颐听道:“我们都没办法为了自己割舍掉身边重要的人,别为难自己。至于我，当然是回家啦。”

宋戌有片刻迟疑，便是这片刻，御林军和宫人们赶来，将他拦下。

瑰丽的夕阳缓缓下移，家宴那日也是这样一片暮色。宋戌看着她衣袍上的光束不断移动变窄，直到掠过那道宫门，泯灭不见。

只是上次是叫住她奔向她，这一次是目送。

“炽儿，老子不会让你嫁过去的！”扑上来按住他的宫人越来越多，宋戌拼命挣扎着冲她远远地喊，李颐听没有回头，只是摆了摆手。

身为皇子,拥有着天底下少有的重权,他却头一次觉得自己讲出来的话,如此心虚和无力。

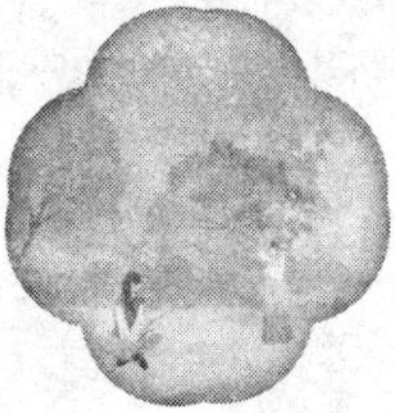

「第十话」

既是上了九重天，就不该再动凡心

1

宋帝很快知道了这场闹剧，为免夜长梦多，他派了御龙营的人去王府，名曰保护，实为看守；又把宋戌叫去，本是想责骂一顿再关禁闭，结果他还没开口，宋戌先撂了挑子闹着自己也不当太子了，让皇帝赐他个藩王当，被宋帝一鞋子打出了门。

王府外重兵把守，被围得水泄不通，李颐听墙也翻了，狗洞也钻了，正门侧门自不必说，每次出逃，最后都被逮了回来。

早知道就先不回府了，她暗暗焦急，一定要在出嫁前见魏登年一面才行。

她正在房中来回踱步想法子，许久没看到人影的红豆却眼睛红红地回来告诉她，王府里有一条暗道直通城外。

李颐听大喜，立刻叫她带着去了。

刚一推开房门，便看到地上躺着一串名贵的金丝香木崁蝉玉珠。她捡起来道：“这是谁丢的？还挺好看的。”

红豆道：“奴也不知，大概是夫人的东西，既然好看，小姐便戴上吧。”说着就往她手上套。

李颐听没有多想，又继续跟着她走。出院子时又捡到一个紫玉藤花玉佩；穿过游廊时捡了一条玲珑翠珠串；过大堂时捡了一支玉銮金凤步摇；

再走几步，得了一袋沉甸甸的物什，打开来一看，干脆是一整袋金叶子。

李颐听诧道："什么情况？"

"噢，今儿下午奴帮夫人整理妆匣首饰，把不常用的都收去库房了，许是路上掉的。"

"那也掉得太多了吧？"李颐听满脸诧异，"这一路还没人捡……哎，咱们府里不是挺多下人的吗，怎么一路走来，一个人都没看见？"

红豆"哎呀"一声，把捡来的东西往她头上、怀里招呼："小姐不是急着走吗，别管了，都先拿着，拿着。"

李颐听被她半推半催地继续往前走。

她也曾想过暗道是什么样的，但是万万没有想到，堂堂王府的暗道竟然挖在膳房里，还是个米缸子里。

好吧，一想到是逃命用的，越出其不意越好，李颐听又释然了。

正是饭点的时候，却没见到膳房有厨子大娘烧菜生火。

她有些奇怪，但没时间多想，便要钻进去。一直神色蔫蔫的红豆忽然就朝她跪了下去，凄厉地痛哭出声："小姐，你带我一起走吧！"

李颐听吓了一跳，连忙扶起她："你这是干什么？"

"小姐带我一起走吧，就当是多带一件衣服一条珠串在身边，奴绝对不会成为小姐的累赘！"

李颐听啼笑皆非，替她仔仔细细地擦了眼泪："这是怎么了，你什么时候这么脆弱了？我并不是嫌你累赘，只是这件事你帮不上忙，人越多越容易被发现，你就好好留下吧。"

红豆虽然已经猜到她的想法，却还是忍不住失望，整个身子都坠了坠，哭哭啼啼地看着李颐听钻进米缸子，脚步声渐渐消失。

王府的暗道直通城外，李颐听看着斑驳石壁上的蛛网，想来这应当是有些年头的，用作得罪了皇帝逃命或者兵变避祸是再好不过的，只是对于一心想去见魏登年的李颐听来说，着实有些麻烦。

她好不容易从城外的破庙香案下爬出来，又一刻未停地往回赶。

去魏登年府上的那条路很好认，门前那一整条小吃街的食物香气过了眉淑桥便径直往鼻子里钻。

她以为如魏登年那样的人是不喜欢这闹市的，上次她随魏登年回府问过一次，二九年岁的魏登年却答，夜不安枕，听着外面的烟火气才能入眠。

他说得委婉，但是李颐听却晓得，这个人是没有安全感。

不知道他听说了她要下嫁张鹤的事情作何感想，会不会一时冲动，做出什么大逆之举？

一路惴惴不安。

魏府看门的仆人认出了她，行了大礼，答大人还未回府。

李颐听不想叨扰府里上下为了接待她瞎忙活，便没有进门，干脆趁着下人不注意，翻墙爬上了那棵快要伸出院外的大樟树，找了个舒适的位置卧下等他。

李颐听等啊等，等到月上枝头，仰头数星星数得快要睡着，终于听见门口下人见礼的动静。

魏登年此刻才在宫中轮值回来，风尘仆仆，宫服却没有一丝褶皱，并未在下人面前显露疲态。

李颐听欢喜地坐起来，想要去吓他一吓，却见他身后跟上来一道纤弱的女子身影。

竟是一日未见的苏觅。

李颐听愣住。魏登年还一路吩咐下人给苏觅上茶，苏觅道不便有人前来搅扰，魏登年未曾答话，却清退了下人，两人一前一后去往书房。

竟未察觉，这两人已经如此熟络。

李颐听坐在树杈上吹着热风，心中越发不畅，窸窸窣窣地摸下树，也跟去了书房。

现在他府上来了客，她再现身也不便，又耐不住好奇，终是绕到后面，想听听这位苏姑娘到底是有什么事情要找他一个小侍卫。

李颐听扒着墙根，却好半晌没听见里面的动静，一如那日在皇寺一般，捅穿窗户纸偷偷去看。

这一看之下，整腔血液都涌到了脑门。

书案前，两道身影交叠到一块儿。

黛色罗衫勾勒出前面那位窈窕的身形，她踮着脚，抻长了线条好看的脖子，贴住了他的唇，面覆绯色，又有一丝羞怯，压在他胸前的拳头攥得紧紧的。

正是苏觅。

被她推在书案上的人，官服还没有换下，明黄和黑色两相纠缠，搅到一块儿，从苏觅的臂下露出一片袖角，单手扶住她的腰际。

那小腰称得上盈盈一握，刚好撑满了他的虎口，他揽着身前的人，力道之大，手背的青筋都一条条凸起。

就好似，极热络用力地回应。

李颐听晃了晃身子，盛夏的夜里，全身的血液却冷了下去，趺趺撞撞地跑了。

魏登年胸口猛烈地几下起伏，眸中似有情动，可是钳住她腰际的手掌用力更甚，终是完成了把她推开的动作。苏觅紧攥的拳头被惯性带着松脱，露出刚刚一直紧攥着他衣襟的手指，划出“刺啦”的一声。

魏登年狠狠擦了把嘴角：“苏姑娘请自重！”

苏觅笑着叹息：“我还以为魏侍卫喜欢我，看来是自作多情了。你也别误会，我已经有喜欢的人了，奇怪的是，看到魏侍卫却有些情不自禁，或许是你太好看了。”

她笑得无奈，这话旁人听起来大抵会觉得十分轻浮浪荡，可魏登年只是复杂地瞧了她一眼。

他盯着苏觅，胸口火烧似的感觉忽然涌上来。

魏登年立刻旋身，连退几步坐到主位上，半个身子隐在书案之后，缓缓闭眼长舒一口气，再睁开时，眼中已是一片清明淡漠。

“说正事吧。”

“我是替太子殿下来找你想办法救宋炽的。”

苏觅往前走了几步，魏登年立即提高了音调：“你就站在那里。”

她步子一顿，嗤了一声：“怎么，你还怕起我了？”

魏登年不答，也再未看她，只是面无表情盯着前方，眸色如雾沉沉，看不出所想。

苏觅终是没再上前，转了话题：“你跟小炽有交情吗？要是没有就别救了。”

魏登年道：“你很讨厌她？”

苏觅道：“恰恰相反，我只是不喜欢太子救她。我也不知道太子怎么会觉得你一个侍卫能阻止堂堂郡主的婚事，就凭你皇寺救驾的那点功夫吗？”

她轻笑一声："好了，太子的话我已经带到了，我的话你也可以好好考虑。你若是答应了我，会得到很多钱，即便你离开皇宫离开都城，平生都享用不尽。至于小炽，我会想别的……"

魏登年忽然打断她："臣做不到。"

"什么？"

魏登年凉薄的眼直视苏觅："臣这一生都是为了权力和郡主而活。"

苏觅因为他的话微微蹙眉："如果权力和郡主，非要择其一呢？"

魏登年忽然笑了，泪痣灼灼，晃得满室烛火都黯淡无光。

"这世间任何东西任何人和郡主比，我的选择都是郡主。"

苏觅脸上的神情几番复杂变化，良久才道："你要怎么救小炽？"

"这便不关苏姑娘的事了。"魏登年伸手送客，"还请姑娘替我转达给太子殿下。"

苏觅嗤了一声："告辞。"

魏登年面色如常地看着她跨过门槛踱过花圃，直到拐去长廊再看不见人影，身子微微终于塌了下去，撩开衣袂，将扎在大腿上的匕首冷静快速地拔出。

细密的血点刹那间在眼尾甩出一道弧线，跟那颗肉粉色的泪痣相连成线，绝艳妖异。

魏登年快速压紧伤口止血包扎，行云流水地做完一系列动作，连眉头都没皱一下，收拾妥当后才靠在椅背，仰着头露出一截颀长的脖颈。

喉结赫然暴露在空气里，随着他吞唾液的动作上下滚动了一瞬，坠在喉头那颗圆润的汗珠终于在支撑良久后一路滑过脖颈，砸进了衣襟。

魏登年的身体比他的思想要来得诚实，忍痛片刻，里衣早就湿了大半。

他终于意识到自己这连日来的不对劲，就好像冥冥之中有一股强大的力量牵引着，让他忍不住去注意苏觅，忍不住心悸……

到底是怎么回事？魏登年墨黑的眸子浮现一丝淡淡的茫然。

某条无人的窄胡同里，李颐听把那条冰蓝色的丝带揉搓得面目全非，再在地上狠狠踩了数脚，有几根银丝甚至被折腾得脱线冒了头。

她记得前段日子她醉酒时曾唤过一次月老，却来了个公子哥，只是她断片断得厉害，来人长什么模样却不记得了，也不知道话带到没有。

等了半晌，月老却没有现身，只是地上出现一行带着飘飘仙气的绿字——

您的红绳太粗，还在切割，请稍等。

李颐听气得七窍生烟："月老你大爷的！咒你戏本子的男主丑出天际！"

气完了又没出息地捡起带子拍了拍灰，捋直了重新系回自己手上。

所谓搬起石头砸自己的脚，便是如此。

2

她在浓重的夜色中回到王府，外边御龙营的人见到她跟见了鬼似的。

一人问道："郡主您不是下午就回府了吗？"

李颐听恶狠狠道："干你何事！"她把王府看门的人扯进来后，"啪"地关了府门。

不止是御龙营的人见鬼，看门人也是一样："郡主，您怎么又回来了？"

"我不回来还能去哪儿？"

李颐听心道奇怪："外面那么多人守着，你也别值班了，回去睡吧。"

看门人一脸不可言说的模样杵在原地。

李颐听没空关注他，往里面走。

府里灯火通明，连平常不用的客房都点了蜡烛，一路却没见到一个婆子家仆。

她心中奇怪，继续往前走，却发现不止是下人，连红豆、濮阳王和濮阳王妃都不见人影。

整座王府都已人去楼空。

看门的小少年终于追上她的步子："王爷以为郡主不满婚事要私逃，已经遣散了大半的下人，然后带着王妃和家里的钱，从暗道连夜跑了。"

李颐听："？？？"

少年一下子跪在地上："小的这条命就是王爷捡回来的，所以自愿留在府里，这要是连个看门的人都没有，很快就会被发现。郡主，您快走吧！"

李颐听还是有些不敢相信："他们真的都走了？"

"都走了，郡主也快些走吧。"

原来她去找魏登年，被误会成逃婚了。

可濮阳王夫妇即使以为她要私逃，即使知道抗旨不遵是要掉脑袋的，还是故意纵她离去，还给她指了暗道。

难怪了。

她走时红豆哭得那样撕心裂肺。

还有随处可捡的珠宝，那哪里是红豆给濮阳王妃整理妆匣掉的，分明就是濮阳王夫妇二人给她准备的细软。

李颐听又气又好笑，胸口闷闷的，还升起一些令人心酸的感动。

前世从来没有得到过的亲情，竟没想到会从宋炽的父母这里得到弥补，纵然那些感情是对宋炽，可是这一刻，李颐听只想自私一把，代入一次自己。

她鼻子泛酸，把看门少年扶了起来：“我不逃婚。你从暗道出去，把他们追回来，告诉他们，女儿再不孝，也不会让父亲和母亲后半生漂泊孤苦。”

“郡主！”少年人着急道，“王爷他们不会孤苦的，两大车金银财帛呢！您先顾着您自己吧。”

李颐听一脚过去：“我不想逃婚你还逼起我来了是不是？去把他们追回来继续当清闲王爷王妃，快去！”

看门少年愣了一下，见李颐听神情不似有假，是真的不逃婚了，跪地重重给她磕了个头，欢天喜地地往膳房跑了。

李颐听嘴角的笑意在那少年跑远后一点点消失，她在原地站了一会儿，脚步沉沉地回了房。

魏登年是不会管她了。

九重天的任务虽然失败，可她也不能丢下宋炽这一众亲人撒手就走，既然顶了她的身体，便要担起她的责任。

李颐听不是个自轻自贱的人，绝不会嫁给张鹤那个老头子，所以必须自救。

这样想着，她在脑子里把能求助的人搜刮了个遍。

最后竟然只想出一个人来。

李颐听翻了半天才翻出根叉了毛的狼毫，至于那些名贵的墨砚，都被濮阳王夫妇搜刮带着逃命去了。

她气极反笑，最后只找出盒胭脂，融了茶水当作墨蘸了，给宋戌写信。

李颐听在信里拜托他到时候安排几个人扮成马匪把她劫走，这样不仅能逃婚，还可以撇清关系，不让皇帝怪罪到王府。

届时再找月老带她回九重天去请罪，辞了这引导魏登年的任务。

便借着此事换一位仙人吧，或许会比她做得更好……

李颐听封了信，枯坐在位置上，脑子放空什么也不想，只是心里麻麻痛痛的，片刻不停地像在被什么东西啃食一般。

就这样等了半宿，王府里终于逐渐有了人声。

李颐听动了动发麻的腿脚，出门迎接。

好家伙，果然有两大车的值钱玩意儿，一人背着三四袋，撇开被遣散的丫鬟婆子，也还跟着二十几个伺候的，乌泱泱一片，个个压得腰都直不起来。红豆哭得眼袋都肿成了两个眼睛大，一见了她，便把包袱往地上一丢，狠狠扑进李颐听怀里。

“小姐！我就知道小姐是不会丢下我的！”

李颐听也紧紧回抱住她，摸着她软软的发髻：“傻丫头。”

濮阳王就跟在红豆后头，见状立刻去捡包袱，一边拍灰一边痛心疾首道：“这样的贵重东西也敢乱丢，败家玩意儿！”

王妃走上来狠狠在他胳膊上拧了一把，濮阳王痛得嗷嗷乱叫，不敢再作声。

她走上前来，半是欣慰半是忧愁，伸出手来摸李颐听的脸，又笑又哭：“我的炽儿，我的炽儿啊，你不逃婚，你可怎么办啊，我命苦的炽儿啊。”

李颐听好不容易平复下去的心绪又被激得乱了，她放开红豆，扑进王妃的怀里，借着宋炽的身体喊出了那个她想喊却没喊过的称呼——

“母亲。”

母亲的怀抱香香软软的，掌心温和地抚摸着她的背脊。

李颐听的爹娘为桦阴战死，自她有记忆起便住在巍峨的皇宫。她没有被母亲抱过，只能暗暗地想，要是她的母亲还在人世，抱她的时候大抵也应当是这样舒服温情的吧。

濮阳王偷偷抹了把眼泪，随即又摆出一副看不下去的样子：“行了行了，这儿还有这么多人呢，瞎哭什么，又不是以后见不到了。”

王妃回头怒瞪了他一眼，他的话音戛然而止，讪笑一声。

李颐听松开王妃，拉着她的手牵去了濮阳王身边站好，自己重重跪了下去。

二人皆是一惊，伸手去扶，却被李颐听拂开。

“出嫁时人多事忙，女儿宋炽提前拜别父亲和母亲。”

濮阳王道：“炽儿你，当真要嫁给张鹤？”

"皇命不可违，我虽是出嫁，却不见得会嫁给张鹤老头。"

濮阳王道："这是何意？"

李颐听行了拜礼，磕头道："父亲和母亲只需要知道，不论女儿身在何处，外面怎么谣传，女儿都会好好活在这人世，所以不必伤心。"

去了九重天，便再不能见了，理应好好告别。

濮阳王夫妇泪眼纵横："炽儿，你长大了好多，我们的炽儿不知道什么时候开始竟这么懂事了。"

李颐听眼眶一热，看着夫妇俩泪眼婆娑的模样，心酸得无以复加。

凡人浊眼，他们自然是看不到宋炽的壳子里装的是仙子颐听，也不会知道面前的宋炽早就淹死在了郸城。

可是这样也好。

有时候不知道才是幸福的。

她强行把泪花憋了回去，再拜两下。

"翼都山高水长，女儿去后，万望二位珍重。"

安抚完濮阳王夫妇已是深夜，李颐听又把跟回来的那二十几个丫鬟婆子遣去休息了。

到了第二日，她才让红豆跑一趟，拿着宫牌把信送到宋戌手里。

宋戌回复得极快，他的人下午便来了，可是不知为何，王府门外御龙营的人全部撤了个干干净净，宋戌的人是大摇大摆从正门进来，亲自将回信交到了李颐听手中的，上面只有一个字——

妥！

李颐听还正奇怪宋戌怎么转了性子，讲话这么简洁，那随从又掏出个半指厚的信封递了过来："方才那封是回复郡主的事，这封是诉说对郡主的思念之情。"

行，是她想多了。

3

婚期定在三月之后。从都城到翼都骑马得要半月，若是加上公主出嫁时的护军、随从、女婢、彩礼、车马什么的，路上起码要耗费一月，是以九月初李颐听便要动身。

这着实太过仓促，可那张鹤却拿着大师算的吉时说事，非要赶在这个时辰之前到翼都才能去煞。

宋帝前面已经允了公主下嫁，此刻若是为了这点子事计较，让张鹤心存怨怼，得不偿失；更何况李颐听本来也只是宋帝不忍心嫁女儿，临时顶替上去的郡主而已，能有长公主出嫁的规格已经是极大的恩典。

后来濮阳王府又添了许多嫁妆，只是被李颐听偷偷塞回了库房。至于红豆，她没肯带走，那丫头求了她整整一日，中途还哭昏过去一次，李颐听却是狠了心，怎么都没有应允。

小住府中的苏觅似乎也极为伤怀，也不怎么进宫侍奉皇帝，整日来往李颐听这儿跑，不知道的还以为她们姐妹多么情深。李颐听先前还敷衍了几次，后来便干脆说身子不爽利拒绝见面，从王府离开时也未与其打招呼。

也不是厌恶，只是瞧着她的脸，总要想起那日窥见的一幕，心里不是滋味得很。

出嫁当日，仪卫、车乘由皇宫出发，宋帝携贵妃亲自相送，宋戌还在被关禁闭，他们二人心中都清楚，这次出嫁只是走个过场，他先前闹了那么大一出，若是李颐听出嫁不闹，怕是会让宋帝怀疑，于是干脆不准他来。

宋帝和章贵妃站在长长的白玉阶上相望，李颐听遵礼三叩拜别，却犹疑着不肯上轿辇，目光在宋帝周遭的侍卫中流连。

两个月，她在家待了两月，魏登年一次都没来过。

宫里赐给她的宫婢上前来问，李颐听也顾不得礼法，急急问她怎么没见到陛下新添的侍卫。

小宫婢久居深宫，根本不知道魏登年，连连摇头，最后还是御龙营里护送她的将军说有个侍卫已经接了宋帝的密令，刚刚离宫了，想来便是御前红人魏登年。

李颐听胸口狠狠起伏了几下，转身上了轿。

出城后护嫁的营兵六百便折返了一半，剩下的才是护送她去翼都的。都城距离翼都跨了半个晋朝，一路上水路陆路来回折腾，李颐听命都去了半条，只惦记着宋戌的人怎么还没来。

前面就是梳山，过了梳山再穿过祁城便到了翼都的领地，张鹤会在那里带人迎亲。

虽说年前梳山曾闹过匪患，可那已经是大半年前的事情了。即将交差，仪仗队里的气氛不免松快起来，晚间在驿站休息时大家都开始聊天喝酒。

李颐听心里记挂着事情，草草吃了几口便回去休息了。若是现在救她的人再不来，过了祁城和张鹤的人马会合后，便很难下手了。

外面谈笑声声，李颐听在忧心中逐渐睡去。

夜过半时，她忽然被呛醒，睡意散得一干二净，可是脑袋却昏昏沉沉，眼见着二三十个白衣人从外面蹿了进来，在这夜里如幽灵鬼魅一般，吓得她当场就叫出了声。

“郡主莫慌，我等是殿下派来救您的，小的叫吉青，是殿下的死士之一。”领头的立刻递上一枚胡椒大小的药丸给李颐听，“这是迷烟的解药。”

“宋戌？他还养了一批死士？我以为他只会狩猎。”

吉青面色不自然道：“……兼职给殿下捡打下的猎物。”

“哦，那就没错，你们肯定是宋戌的死士。”

李颐听一边咳嗽一边吃药，严重怀疑这迷烟放这么多，目的就是为了先把人呛醒，然后让他们大口呼吸顺便被迷晕。

服过解药后头脑果然清明了许多，李颐听挥赶面前的烟道：“可你们怎么穿成这样？就像，就像……”枉死的女人夜里出来乱晃。

“殿下说，我等虽然是来截胡的，行的却是救人的事情，所以不必穿夜行衣畏首畏尾，要堂堂正正。”

好一个堂堂正正。

李颐听生平还是头一次知道堂堂正正是这么用的。

整个驿站的人都被迷晕，哦，呛晕过去。

吉青等人立刻楼上楼下地翻箱倒柜砸东西，把各个屋子弄得乱七八糟，然后又将一块画着凶鹰图案的乌青胸巾刻意丢在李颐听床边。

李颐听道：“这是何意？”

“嫁祸。这胸巾是梳山马匪佩戴的标志，总要有人承担过责不是。”吉青拱手道，“还请郡主快快收拾了细软，同我等回程。”

李颐听想了想，把随身的头饰手饰都摘下来塞给吉青：“没什么东西可收拾的，这些累赘全部给你。”说着，又对还在乱捯饬的那些人道，“别翻了，既然要嫁祸给马匪便做得像些，快去拿嫁妆箱子里的东西，专挑贵的拿，能拿多少拿多少，拿不了的埋在地下，日后你们得了空再回来取给家里补贴家用娶媳妇什么的。”

白衣人面面相觑。

李颐听道："快点啊，免得他们醒了。本郡主不会告诉你们太子的！"

她再三催促，大家终于开始撬箱子，把金银囫囵往兜里塞，塞不下的便依照李颐听所说埋在驿站地下，营造出整个驿站被马匪洗劫一空的假象。

李颐听也去房里把发髻拆了，换了身淡青色的寻常便衣。

从驿站出来已经是一个时辰以后，赶去祁城已来不及了，他们便在途中一间不起眼的客栈歇了脚。

吉青道："郡主今夜还请先在此休息，明日我等会送郡主去祁城住上一月时间。殿下说您不必急着赶回去，祁城虽远不及都城繁华，民风却也淳朴友善，我们几个可以陪您先逛着玩着，不过出门最好戴上面巾以免生出其他事端。等明日天亮护卫军发现您不见了，自然会急着回都城禀告，不会往祁城来搜，届时若陛下发兵剿匪，殿下会自请出兵，只是稍微做做样子，再偷偷来祁城接郡主。"

李颐听笑容淡淡："难为他想得如此周全。折腾许久，本郡主也累了，你们也去休息吧。"

吉青应了，让手下三人一间住着，自己却不走，在门外替她守夜。

李颐听听着动静，唤道："吉青。"

外面的人立刻应声。

李颐听心中叹息一声："无事。"

第二日大早，一行人便启程去往祁城。

白日里再看他们，一个个倒都是正经八百、有模有样的年轻人，只是这么二十来个人，身着一样的白衣在外行走，虽不骇人，也是十分惹人注目的。

几乎是迎面走来一人就要望他们几眼，比李颐听不知道招摇几倍。

吉青等人还十分自豪，直言殿下的眼光就是好，这样装扮竟好看到百姓们都一步三回头。

果然跟他们顶头上司一样自恋。

最后还是她挑了服饰，一个个逼着换上，又在出行时将身边的人减至三四人，才不再惹非议。

这还是李颐听下凡以来头一次如此悠闲，每日戴上面纱出门，上午先去吃些小点，下午又去茶楼听书看戏，晚间去寻小食，一路吃了再回客栈。

就这么连过了五日。

这五日来她被保护得极好，且她也全力配合，并未引起任何怀疑。

当夜，轮到个叫橘皮的年轻小伙子替她守夜。

李颐听迟迟没有入睡，等到人来催时才道：“本郡主想沐浴，劳烦你去帮我打些热水，再帮我找些纸墨来，我睡不着想画画。”

橘皮立刻道：“郡主莫称劳烦，殿下再三嘱咐要好生伺候郡主，属下这便去。”

等到橘皮把浴桶备好，打满了热水，她又道：“你站远一些，我洗好自会叫你。在这之前不准靠近这间房。”

橘皮面色一红，当即应下，出去了。

李颐听趴在门上听着脚步声渐远，立刻回到桌前，沾墨落笔。

宋戌亲启：

看到这封信的时候，我应当已经离开祁城很远了。

近日陛下赐婚一事让我明白，身份再高贵，只要是皇室女子，便摆脱不了被人安排的命运。

虽然这次可以假作被马匪掳走，以名节受损为由拒婚，可是下一次、下下次呢？我不愿意自己的一生永远握在别人手上。

郡主我已经当腻了，我要去个没人认识我的地方生活，不必挂念我，我会活得很好。

谢谢你，谢谢你从前和现在都对我这样好。

殿阁大学士家的嫡女张晗温柔贤淑、聪慧敏善，若是能娶得她，日后你继位，定能辅佐你成为圣明君主。

此去永别，祝君安康。勿念，多加餐。

宋炽亲笔

李颐听写完，吹了吹墨痕便折进了信封里，压在砚台之下，又悄悄拉开门扫了一圈。

这一层都不见橘皮人影，果然站得够远。

李颐听又折回来推窗打量，两层楼不算高，以她那点功夫，足够了。

她一身轻松，什么也没带，从窗户利落翻出，轻盈落地。

宋戌以为他们联手骗了晋朝，可是她也骗了宋戌。

李颐听根本没有再回去的打算。

起先还是走路，然后便是疾行，最后在夜色中拔足狂奔。

她心中清楚得很，这一天早晚都会到的，既是上了九重天，就不该再动凡心。

可她舍不得摸丝带，舍不得回九重天，甚至舍不得回头。

她知道只要再看一眼这个小破客栈，便会忍不住留在人间，回到都城，见想见的人。

她只有不停奔跑。

翼都肯定不能去，要是碰到藩王的人便是自投罗网，李颐听只能往梳山跑。

宋炽身体娇弱，禁不住这样剧烈的运动，跑着跑着，耳朵嗡嗡作响，心脏几乎要从胸腔里跳出来，最后重重摔在了地上，张嘴不停喘气，终于停下。

李颐听擦了把嘴起身，却忽然被人踹了一脚，栽到地上。

一把冰凉的刀刃贴上她的脖颈。

“今儿个在这破路蹲了大半日，总算见着个路过的人了。快搜搜她身上有银子没有，饿死老子了！”

粗犷的男声在她背后响起，跟他对话的另一人立刻上前绑了李颐听的手脚，又搜了搜她的衣兜。

“老大，这娘们儿身上什么都没有！”那人上下打量了一下，拔了李颐听头上唯一一根玉簪，“就这个看着能卖点钱。倒是长得不错，送到窑子里或许还能弄一笔。”

先前踹李颐听的络腮胡子沉思道：“那行，把她带走，明儿我们正巧要去祁城，一道办了。”

“得嘞！”年轻点的那个一把将李颐听丢到了肩上，“那咱们今日还打不打劫了？”

“不打了，回去睡觉，养好精神，明日拿了大钱先吃顿好的再说。”

李颐听才刚缓过神，身子又立刻被倒转了去，胃里登时翻江倒海，“哇”地吐起来。

扛她的人身子一僵，只觉得一股热流从后背淌下。

“老大！”

「第十一话」

年纪轻轻还挺犟啊！他就是喜欢你！

1

李颐听被扛着走了一夜的路，终于从这两个人的对话中捋顺一些事情。

这两个是梳山的马匪，络腮胡子、 把年纪的那个应当是马匪头头，扛她的那个对他言听计从，长得尖嘴猴腮像根瘦竹竿，被头头叫作四马。

却不知为何这二人半夜在山中劫道，李颐听只从对话中了解到他们明日要去祁城接一桩大买卖，若是成了能得许多钱。

马匪们怕她再吐，用帕子堵了她的嘴，从山里人迹罕至的小道把她连夜扛回祁城，在天还未亮、商户还未开张前，进了一个小院。

小院位于热闹的市集中，里头没有住户，还算干净，只是没有养牲畜花草，略显凋零，是马匪在祁城的落脚点。

两人把李颐听往房内的角落一丢，四马骂骂咧咧地换了身衣服，便拿着她的那支玉簪出去当了，找吃食去了。

李颐听被颠了一夜，又折腾回了祁城，已是累极，阖上眼，沉沉睡去。

再次醒来，便听到屋内的交谈声。

“你们的人还剩多少？”

男子嗓音清润，接着便是四马的声音。

“一两百。我们之前被端是因为那家伙偷袭才措手不及大损元气，现下有了准备，兄弟们个个恨他恨得牙痒痒，一定能成！”

“可知他为何偷袭你们？”

“还不是为了邀功！狗官都是如此！”

她缓缓撑开眼皮，被压着的左臂酥酥麻麻，一通蠕动才蹭着墙坐起来。

她被丢在内室角落，拐角的墙挡着看不见情况，只能努力听他们对话。

“不过爷，您这些个人是？”

四马偷偷瞄着外院，心里有些发憷。

本来不大的小院站满了人，穿着布衣，颜色各异，甚至有的衣服破破烂烂如同马匪，可站姿笔挺，面无表情，眼神犀利，是兵。

四马面前的男子清隽年轻，衣冠楚楚，像个小书生，可诡谲的官场又让他多了两分沉稳内敛的气质。他淡淡道：“助你成事的。那人武功极高，又带着兵，纵然你们手底下有人，但不怕一万就怕万一。”

“嘿嘿，那……”

“钱照付，这是定金，事成之后再翻一倍。”

这声音是……李颐听蓦地睁大了眼睛，被牢牢塞紧的嘴里发出“呜呜”声，可效果甚微，并未引起外面人的注意。她心急如焚，环顾四周，忽然一脚蹬倒面前的屏风，发出极响一声。

郑易抬首朝内室扫了一眼，被拐角挡住视线：“什么人在里面？”

四马立刻迎笑：“就是个不知死活的臭小子，我和老大好心收留他在梳山，给他口吃的让他活命，现在我们落了难，他却不肯当马匪了，昨夜逃了又让我给抓回来，正准备等会儿教训呢。”

“别误了正事。”

“不会不会！”这次是络腮胡子发了话。

里面的人还在扑腾着弄出动静，络腮胡子怒冲进去，狠狠一掌甩在李颐听脸上。她被打得头偏向一边，脑子嗡嗡作响，却仍旧不停地蹬着腿去踢屏风，想制造出更大的动静。

郑易被吵得微微蹙眉：“这次的事出不得一点差错，既是暗杀，便做得干净些，不要留下什么尾巴被人查到。魏登年，明日必须死。”

奋力挣扎的李颐听忽然间愣在当场，整个人呆滞着不再动弹，像凭空泄了气。

络腮胡子只当她被吓蒙了，见她安分下来，这才出去，正见到郑易起身。

“爷这就要走了？要不留下来吃个饭？不吃啊，那以茶代酒敬您一杯？”

郑易嫌恶地扫了他一眼，并未去接杯子：“用你们是上面的意思，但并不代表我就看得起你们。”

络腮胡子的脸色突变，旁边的四马立刻打圆场：“是是是，您说得是。看不起我们挺好的，我们本来就不值得爷看起，您慢走，我送送您。”

郑易走到门口时忽然停下，四马连忙刹住脚：“爷还有什么吩咐？”

他扯下钱袋，摸出一锭银子递过去，想了想，又把一整袋都给了四马：“若他实在不想再为匪，便放他走吧。”

四马一愣，反应过来他说的是里面绑着的人，喜笑颜开地攥紧了钱袋子：“好嘞！马上就放，马上就放！”

郑易走后，四马对着院里的大哥们假笑一下，“砰”地关上了门，脸色一下子焦急起来。

他顾忌着外边的人，附在老大耳边压低声音道：“咱们的人都死光了，本来想骗点定金跑的，现在那小子送来这些人，怎么办啊！”

络腮胡子还在气头上，摔了个杯子才道：“就依他的办。”

四马道：“这点人，杀姓魏的小子哪够啊，那狗官杀人不眨眼，老大您又不是不知道！”

络腮胡子道：“就带这些人去截杀魏家小子，到时候打起来，场面一乱咱们就跑，拿着钱另起山头。外面那些说不定都会被魏登年杀了，刚刚那个臭小子也找不到咱们了。”

四马道：“还是老大您有谋略！”

络腮胡子哼了一声，起身走到内室一把揪起李颐听：“你活腻歪了是不是，刚才折腾什么？想死啊！”

李颐听呜咽不止。

四马扯掉了她嘴里的布：“你想说什么？”

“刚刚那个人雇你们杀魏登年是不是？我有钱，我能付你们更多钱反雇你们！”

络腮胡子和四马将她上下打量一番，又交换了个眼神，纷纷笑了。

李颐听道：“不管你们信不信，郑易给你多少，我多给三倍。你拿着我的亲笔书信去祁城留佳客栈等一个叫吉青的人，那是我哥哥，我贪玩从家里跑出来，他正带着人在祁城到处找我，你只说是炽姑娘需要钱，他们便会给你。只是有一点，绝不能跟他们过多交谈，他们问什么，你们都说不知道，不要耽搁，拿了钱马上走。”

她说得有鼻子有眼，两个马匪商量了一会儿，把帕子塞回她嘴里，还是决意去瞧一瞧。

李颐听惴惴不安地等着。她并不太相信这些马匪会兑现承诺，可又只能寄希望于此，盼着他们拿了两份银子便自行离去。

哪知道络腮胡子回来得极快，回来时还带了根更粗更硬的绳子。四马扯了她嘴上的帕子，两人咬牙切齿地看着她：“你是郡主？你竟然就是那个被送去翼都成亲的郡主？”

李颐听道：“你们说什么，我听不懂！”

四马大叫：“你说吉青是你哥哥，只管让我们去拿钱就是。幸好老大留了个心眼，说这事奇怪，于是我们便只在客栈周围蹲守。”

“跟她说那么多干什么，老子分明听见那些个小白脸说在找郡主！”络腮胡子一把推开四马，粗绳猛地往李颐听脖子上一套，“老子要勒死你，为我梳山死去的兄弟们报仇！”

李颐听：“你等等！什么为死去的兄弟报仇？你先听我狡辩，不是，呜！”

话音未落，络腮胡子一个猛拉，李颐听被勒得向后倒去，剩下的话全被淹没，半个音都发不出来。

四马看着她逐渐憋红的脸，惊惶地去扯络腮胡子，越扯他勒得越紧，面孔越发狰狞。

眼见着李颐听的瞳孔都开始涣散，四马“扑通”跪了下来，死命磕头：“老大不可啊！老大你消消气！她是郡主，她还有用，弄死她容易但顶不了任何事，我们可以拿她换钱……拿她，拿她换魏狗官的命！”

络腮胡子眉心一皱，终于松了手。

李颐听刚刚险些瞧见了九重天，一通大喘气。

四马立刻把人拖得离络腮胡子远远的：“老大英明！”

李颐听捋顺了气道：“什么叫拿我的命换魏登年的？关他什么事，我要嫁的是藩王张鹤，你们找错人了吧！”

她不说话还好，一开口，络腮胡子又炸了，狰狞着要冲过去打她，四马又“扑通”跪了下去，死死抱住络腮胡子：“老大冷静，她这小身板哪经得住你打上一拳啊，这都是钱！”

“那老头早被魏登年弄死了！魏登年那个狗官怕是杀人杀红了眼，为了逢迎皇帝，打着郡主被我们掳走的幌子，带兵杀光了我所有的兄弟！”络腮胡子破口大骂，“老子掳没掳郡主老子自己还不知道吗！天杀的狗官！等我抓到他，你看我不让他跪下来叫爹！”

络腮胡子嚷着嚷着，忽然看向李颐听，挣扎了两下才把腿从四马手里抽出来：“哎呀我不杀她！”

他走到李颐听面前，狐疑地四下打量道：“我记得你让我们去找你哥要钱是干什么来着？救魏登年？你跟他有一腿！”

李颐听听得眼皮狂跳，好似有什么呼之欲出。

可是怎么会？

他不是接了皇帝的密令出宫了吗，怎么会去杀张鹤？以他的身手，待嫁时只要他想来见她就一定能见到，可他一次都没来过。

还有苏觅。若是真像络腮胡子说的他们俩有一腿，那日苏觅算怎么回事？

不可能的。

念头一出，李颐听已经自行否认了一百遍：“他一点也不喜欢我。”

络腮胡子盯了她半晌，招手让四马搬来张凳子，一脸过来人的模样坐了下来：“你个丫头片子才多大，你懂个屁！男人要是动了真心，都是少说情话多做事的，一看你就不了解他。”

李颐听摇头：“是你不了解他，他不是那种会被感情冲昏头的人，如果他有喜欢的人，那个人也不是我。他把自己和权力看得高于世间的一切。”

络腮胡子道：“那他为什么要杀张老头？”

李颐听道：“皇帝让他杀他便杀啊。”

络腮胡子：“皇帝已经让你嫁过去，为什么还要大费周章地杀他？”

李颐听：“不知道，假消息，别传谣别信谣！”

“嘿！”络腮胡子撸了把袖子，“年纪轻轻还挺犟啊！他就是喜欢你！”

“不喜欢！”

“喜欢！”

“你一个马匪，插手别人的感情生活有意思吗！”李颐听不知怎么，偏就要较这个劲，“话这么多，你自己问魏登年去！”

络腮胡子气得起身踹翻了自己的椅子，一巴掌举起来就要扇她。四马飞扑过来，一把抱住他的手，整个人吊在络腮胡子身上："老大！你清醒一点！我们真的很需要钱！"

"绑了！给我再绑一圈，绑紧了，绑严实了！不准给她吃饭，让这个没胸没屁股的女人更瘦！又瘦又丑！"络腮胡子气得胡子都要竖起来了，抓起剪刀剪了李颐听一撮头发，恶狠狠道，"我今日便叫你知道什么是经验，什么是老道，且就看看他知道你在我手里，来是不来！"

李颐听心跳忽然间快了一拍："来又如何，不来又如何？"

络腮胡子："他要是不来我就去找他揍死他；来了算他有种，然后揍死他。"

2

梳山，军营。

日头渐毒，营里的将士们眼下乌青，人却像是打了鸡血，巡逻的昂首挺胸，在休息的精神饱满，军甲穿得整整齐齐，吃两口东西便要往主帐中看上一眼，期待着随时出兵。

副将王霄端着两菜一粥从散兵们面前路过时还呵斥了一句："看什么看，吃完都滚去睡觉，今儿下午不剿匪！"

雄赳赳气昂昂的士兵们一听，齐齐怨声载道，不知道的人路过，还以为怎么苛待他们了。

王霄端着食物进了主帐："魏统领，吃完饭休息会儿吧。"

"放着，我等会儿吃。"

王霄道："趁热暖暖胃，您都几日没好好吃饭了。"

书案上，年轻的统领头也没抬，充血的眼睛盯着梳山舆图，起皮的唇张张合合带出几分沙哑："还有两座，今日把这两座山剿了，便能找到她了。"

王霄心里一揪，胸口起伏了几下，不知道是哪里来的胆子，放了食盘，以下犯上，抢过了书案上的舆图。

他终于抬头，沉声道："王霄，给我。"

王霄直挺挺地跪了下去："魏统领，你清醒一点！我们已经剿匪六百四十一人，翻了十四座山，梳山的马匪头子都跑了。昨日探子去查，那两座山上的马匪知道我们要来，都跑光了，郡主根本就不在其中。我们这样的剿法，逼得马匪连老巢都不要了，若是他们真绑了郡主，早就当人质来威胁我们或者讨饶了！"

“住嘴！”

魏登年一脚将他踹翻，去抢舆图。

王霄死死拉扯着不肯松手。

“统领！郡主根本就没有被马匪绑走！”他仰着脖子倔强劝道，“今日您就算用军法打死属下，属下也要求您回去！您是来杀藩王的，藩王已死，就该立即回都城去。您到底知不知道什么叫抗旨不遵，什么叫拥兵自重！您从前的身份本就让朝臣们弹劾反对，又是新官上任，所有人都盯着您，您却在做什么？是，陛下给您的兵少，可是才这么些兵马您就敢如此跋扈越矩，广袤前程您还要不要了？咱们营帐里还押着诸多藩王，您又让千里之外的陛下怎么想？”

“我不管他怎么想。”

“他只会觉得您想以此邀功！”

主帐落针可闻。

良久，年轻的统领只是赤红着双眼盯着他，凝声道：“我要救她。”

他腕上用力，拽走了王霄手里的舆图：“今日我没空罚你，但是你记住了，这是最后一次，再犯，你就不是我的人了。出去整兵，准备出发。”

“魏登年！五天了，你就睡了一觉！他们还能几班倒着出兵，但你的身体受不了，你会死！你今天要是再不休息，老子就不干了！”

“那你就滚，外面要是还有跟你一样不想干的，你就带着他们一起滚。我就是一个人，也还是那句话，我要救她。”

主帐里面的声音毫不遮掩地传了出去。

“又来了又来了，这两个人，天天都要吵。”

“嘘，别看，要出来了。”

探头探脑的士兵们一下子缩了脖子，埋头吃饭。没多久，王霄就气冲冲地走出来，一个人径直往营帐外面埋头冲。

“咱们要不要去拦一下啊？”

“王副统领是统领从扈城带来的亲兵，对统领崇敬得要命，你等着吧，一会儿他就又巴巴回来了。”

“魏统领真是……情深啊。”

“可不是吗，为了一个郡主。那么尊贵的人自有陛下来救，统领这么坏规矩，回了都城怕是讨不了好。”

“那也不一定，好歹剿了那么多马匪，总不至于还罚吧。”

“也是，我还从没打过这么痛快的仗呢。”

“咱们统领玩弄张鹤才叫厉害呢，不费一兵一卒！”

话音一落，大家不约而同想到什么，彼此对视，齐声大笑。

一开始，他们还真的以为自己被上面选去，做了护送郡主出嫁的护卫。

虽然出嫁队伍在城外集结有些奇怪，但大家都是新兵，平常也就是在皇城脚下跑跑，处理些摊贩吵架、鸡毛蒜皮的小事，都没见过郡主出嫁的规格，可那仪仗队总归做不了假。

喜轿、嫁妆、丫鬟婆子一应俱全，喜气洋洋地就上了路。

直到半路休息，士兵们去小树林里小解。

那轿子里半日没出来过的郡主，盖头也没盖，突然间也来了。士兵们吓得魂飞魄散，也来不及欣赏郡主的倾国之貌，一个两个滋了一手，慌忙系裤腰带，一边行礼一边心道，这郡主也太虎了。

哪知道那郡主上来就开始脱裙子，士兵们吓得边滚边逃，那“美人儿”就边小解边斜眼看着他们四下逃窜，不咸不淡地评了一句：“没见过世面。”

所谓美人者，以花为貌，以月为神，以柳为态，以玉为骨，以冰雪为肤，以秋水为姿，以诗词为心。

他们的魏统领除了最后一句，全部吻合。

除了高点，只要不说话不出来小解，活脱脱就是个绝世美人。

然而，魏统领没有心。

那日一半去了小树林里的士兵，全都连做了几日惨痛的噩梦。

只要入睡，必梦美人儿；只要梦到美人儿，必然脱裙子小解。

无一幸免。

魏登年便这么被人一路抬去了翼都。虽说比约定的吉时早了两日到达，可张鹤一见到魏登年那张脸，便把一切怀疑都抛之脑后了。

宋帝赐下的三百名护军散兵跟着仪仗队一起进了张鹤的王帐。

被安排到另一席吃酒的众兵纷纷替张鹤捏了一把汗。

兵法如云，其中数美人计最为常用。

魏登年更狠。没有美人，他就是美人。

那晚喜宴，藩王聚集，群雄满座。

魏登年与位居藩王之首的张鹤三拜三跪，又做作地叩谢了遥在都城的宋帝，随后张鹤便迫不及待地带着他的新嫁娘进了毡包。

藩王们皆来闹洞房。

张鹤极力阻拦，新娘子倒是端方不乱，随着他们吵来争去，那红盖头最后还是被手痒的藩王之一胡山青掀了。

红烛摇曳，晃醉了诸人的眼睛，一室屏息。

张鹤极快地把他们赶出去吃酒，洞房花烛夜，毡包外面一人也无，防守空虚，帘子放下的那一刻，魏登年便果断快速地割了张鹤的首级，又等了好一会儿才跑出毡包装作惊慌逃亡扭了脚，栽进了在外流连、迟迟不肯去席间的胡山青怀中。

魏登年哭哭啼啼地掐着嗓子说他什么也没听到，什么都不知道。

美人在怀，酒香混着熏香往鼻子里钻，让胡山青晕晕乎乎。他放柔了声音询问美人发生了什么事，竟然问出来张鹤准备趁着新婚将各地藩王一网打尽，将人头送至京城来逢迎陛下推行新政令。

胡山青猝然惊出一身冷汗。

再望席间，看张鹤的士兵们都守在周围，不喝酒不吃饭的，便怎么都觉得不对味了。

美人哭闹不休，吵着害怕要回都城要回家，不想嫁给背弃兄弟的阴狠小人。胡山青满脑子都是糨糊，美人儿又催问得急，他脑子一热，便安慰美人儿，说会找其余藩王先下手为强，走前还不忘让他好好找个地方躲着，解决完了再来找美人儿。

前一刻还觥筹交错的席间，陡然便满是刀光剑影。

张鹤的大儿子还想叫停下来分说清楚，魏登年哪里能等他分说，早就换了一身常服，混乱中把张鹤的首级往他面前一抛。

这下张鹤的一众儿子彻底炸了，双方都杀得红了眼。

而魏登年的兵早就吃饱喝足，退到了打杀圈外头，等看完了戏，藩王们互相掐得差不多了，才一哄而上，把几个藩王活捉了，只等押回都城。

擒贼先擒王，趁着这场喜宴，魏登年一举收归了晋朝大半的兵力。

士兵们一个个欢天喜地踏上了回程的路，哪知道撞见真郡主的仪仗队。郡主被掳，丢的嫁妆也不似他们的干粮长枪，是货真价实的金银。

仪仗队的一半护军已经快马回都城禀告，还有一半留在此地寻找。

他们只知道梳山马匪猖獗，却不知猖獗至此。

而连日来云淡风轻的魏统领忽然就像是换了个人，浑身散发着癫狂、阴鸷的气息，大家说不上来，只觉得迎面见他走来，煞气都扑得背脊发凉。

五日，只花了五日，偷袭、布阵、围剿，出其不意又速战速决，他带着他们荡平了梳山十四座山头，灭了朝廷多年来最为头痛的梳山匪患。

三百士兵还可以轮流倒班，而他却不眠不休，仿佛不是血肉之躯。

被活捉过来的马匪，不论昼夜，他都会一个个逼供，刑罚之厉，竟然让多人忍受不了，咬舌自尽。

3

主帐之中走出来一人，软胄银甲，眉目沉冷，一派凛然肃杀之气。

士兵们骤然噤声。

“今早跟我回来的那批原地休息待命，剩下的，列队！”

“是！”

听到这话，士兵们便知道又要出发去剿匪了。

纵然频繁了些，可是他们中间许多人原本只能在都城混个日子赚点辛苦钱养家，现下碰到这样的好机会跟着称职又玩命的统领赚取功名，一个个立马放下手里的事情，兴奋又期待地列队。

全军肃立，整装待发。

这时，一道身影从军营外至队尾一路小跑上来。

底下的人看清楚那人面孔后，全都低声笑起来。

王霄怒扫了他们一眼，手里的信封“啪叽”砸在魏登年手里：“我是出去看见有人送来了这个东西，指明要给你才回来的，要不是怕延误事，我才不会回来！”

底下的笑声又大了两分。

魏登年也勾了勾嘴角，接过信来拆开，迟疑地拈起那缕乌发，快速阅览了一遍，抓着纸张的手用力了几分，又仔仔细细复看了一遍，凝声道：“送信的人长什么样？”

“尖嘴猴腮，很瘦，好像……”

魏登年道：“有点眼熟是不是？像不像跟在逃跑的那个马匪头子身边的人？”

王霄大惊：“我现在立刻把他追回来！”

魏登年一把钳住他的肩膀，生生止了他的步子，忽而眉目舒展，低声嗤笑起来，好似连日来身上压着的无形重量一下散了个干净，声音都沾染了少许欢愉，丢下一句“原地待命”，转身钻进了主帐。

王霄一脸疑惑地挥了挥手，让士兵们私下散开，然后进了主帐。

“信里说什么？”

“郡主在他们手上，要我今晚子时独自带着一百万两银票去赎人。”

王霄立即道：“统领，不可啊。”

魏登年却止住了他的话头，指尖反复摩挲着那一缕发丝：“我心里有数，下去吧。”

“统领！”

“下去！”魏登年扬声道，“在门外守着，不许任何人进来，你也不行。违令者斩。”

王霄想反驳，可看见他不容置喙的模样，终究应了声是，缓缓退下。

帐中再无他人，魏登年将那小缕乌发一根未落地放入干净的帕子里，再小心翼翼地包好，虔诚的模样就如捧着的是比性命还重要的东西，最后再妥当地塞进了贴身的裘衣里，紧紧贴着心脏。

然后他又从腰间取出一包牛皮纸，里面包着颗仅指甲盖四分之一大小的黑色药丸，捏起来便丢进嘴里，服水咽下。

他已经有所准备，急着去床上休息，药效却来得太快，五脏六腑搅成一团似的剧痛让他直直磕跪在地上。

鼻尖残留的发丝香气消散，帐外的声音亦愈渐小去，周遭的一切物件变得模糊而扭曲，就像眼前缓缓关上一扇通往外界的大门。

魏登年就着眼前残余的微末光亮朝床的方向爬过去，每挪腾一步，脏器便搅得更紧密一些，几步路花费了一炷香时间，终于爬到床边，绵软的小臂撑着床沿几番用力，却连起身坐上去的力气也没有。

魏登年感觉自己全身的骨头好像被齐齐敲碎后被重新拼接再复敲碎，一阵又一阵的骨痛像海浪般从四肢百骸冲刷撞击至全身。

他大口喘着气，冷汗像瀑布似的从额角往下淌着，滑过瘦削憔悴的脸颊，流过分明的下颚线，再无声地落进衣襟。

王霄听见动静，朝里面喊了两句魏统领却无人回应，想了想，还是忍住了进去的冲动。

魏登年原本便是要在回程的路上吃解药的，忍痛难看，他不想被她瞧见他非人的模样，只是路遇送亲的仪仗队耽搁下来，此刻知道了即将要去见她，也不管连日操劳的身体状况便服用了。

服用无息解药者，五感失其四，魏登年初听大夫所言，想的不过是一个忍字，此刻才知道，应当是惧。

形、声、闻、味、触，这会儿只剩触可感知，他分明睁着眼睛，目光所及却是无边黑暗。

没有办法辨别时辰，也感受不到外界的一切生命跳动。

若从前在周家是身处地狱，那么此刻便是连地狱的门框都摸不到，惶惶孤苦不知何处何地，甚至怀疑余生都要如此度过了。

剧痛难忍之下，他以头撞击床沿，磕得“砰砰”声不停，直到把自己磕昏过去，又再次被痛醒。

身上的衣服已经湿了又干，干了再湿，肤色好似都被冷汗刷洗得又白了几个度，撞散下来的碎发贴着他精致又毫无生气的侧颜，他已经没有任何力气折腾了，只能生生受着摧心剖肝的痛楚。

扣着床沿的左手掌骨根根凸出，证实着跪在地上的人还活着，右手攥着胸口那块衣服，里面塞着的帕子里装的是她的头发。

只有这样紧紧攥着的时候，他才有撑着活下去的力量。

无人知道，连日奔波至今，直到此刻忍受着急痛和惊惧时，魏登年最大的想法是庆幸。

还好，他们要的是他的命，不是小听的。

还好。

五个时辰，从烈日当头熬到新月如钩那么漫长。

中间几度昏死，可他还是忍过去了。再睁眼时，浑身痛楚渐散，四感恢复清明。

醒来的那一刻，魏登年低低笑出声来，左眼角的泪痣熠熠生辉。

纵然再难忍耐，到底还是被他撑过去了。

「第十二话」

我会娶你，三媒六证，八抬大轿

1

更阑人静，万籁俱寂。

闭门闭户的商铺街市皆融入沉沉夜色，祁城最繁华的东街上，数道身影如密密点点的黑色弹丸，围拥住某一处宅院。

魏登年如约而来。

神情淡漠，发髻却梳得整齐，嘴角的一圈青色胡楂也刮得干净，一袭鸦青色的长衫衬得他风姿秀逸。

他看向院子中央坐着的络腮胡子：“我的人呢？”

“你们果然有一腿。”络腮胡子招招手，四马立刻贴着墙挪到魏登年身后，关上了门。

“魏登年，你杀了我那么多兄弟，总算栽到老子手里了！”

话音未落，“嗖”的一支箭矢从檐上射下来，携着劲烈的风声呼啸着直奔院中央的魏登年。他旋身而动，衣袂翻飞，靴底点在箭头三寸之下，原路踢了回去，屋檐上随即传来一声惨叫。

络腮胡子一下子蹿起身来大吼：“干什么？反了是不是！老子话还没说完，射什么射！都给我收了！”

魏登年扫了一眼屋檐以及几间黑黢黢的屋舍，面色浮现一丝不耐。

络腮胡子道：“你听着……”

“我没空听你废话，最后说一遍，把我的人带出来！”

魏登年一把扯开外衫，排扣绷裂了好几颗，啪嗒掉在地上滚落开来，露出紧绑在身上的一排火药管。

他一下子划亮了火折子：“我要见她，现在，立刻，马上。”

全场哗然。

络腮胡子刚坐下的屁股又弹了起来：“你、你、你不守信用，奸诈！奸诈狗官！”

魏登年道：“承让。”

“老大消气老大消气。”四马在他二人间看了看，立刻换上了狗腿的嘴脸，“我去把人带出来，我去！爷，别冲动！”

他麻溜地钻进屋内。李颐听早就听见外面的动静，无奈嘴巴被帕子塞得满满当当，正挣扎着，四马便进来了，她立刻配合四马解开脚上的绳子，发丝紊乱地被带了出去。

“爷，人来了爷！”

魏登年衣衫翻飞立于院内，浓墨的眸子在看到她的一瞬间立即亮了，就像乌云散开，露出一轮银月。泱泱箭头对准着他，络腮胡子的人蓄势待发，可是他眼中好似只看得见她一个。

“还好吗？”

李颐听见到他腰上绑着的东西，情绪激动地要冲过去，又被四马拽了回来，热着眼眶点了头。

“好。”得了她的回答，魏登年一下子松快下来。

他把火折子凑近引线，引得院内一阵骚动。

“大胡子，管好你手下跃跃欲试的人，这里面的火药足够毁了整条东街，要是一不小心射中我，我一个手抖或者倒地，怕是我还没有先断气，大家就一起陪我炸成块了。”

四马立刻高声附和：“听见爷说的话了吧，都别乱动！”

魏登年满意地点点头：“我今日心情好，就跟你们讲讲条件。想活，就把她放了，我留下，保你们平安离开。一百万银票没有，我身上也就二两，还有留在外头的那匹马，爱要不要。”

络腮胡子：“？？？”

四马赔笑道：“爷，你这是不是有点欺负人？要不再商量商量？”

魏登年笑了一下，忽然将脚边一块碎石横空踢起，朝着一处屋檐拍去，击中正欲逃跑的那人腰间，凌厉的力道让那人“哎呀”一下掉进院子。

魏登年吹了吹指尖的尘土，温和道：“哦，我还要提醒你们，不要妄图逃跑。我的人已经将这里团团围住，在她没有安全离开之前，出去就是死。”

络腮胡子方才气得一度失言，此刻捋顺了气，终于开口道：“你骗鬼呢，既然你的人就在外面，你怎么敢点引线！”

魏登年道：“试试？”

络腮胡子道：“好，就算你不管你手下，那这条街的百姓呢？你不是暹朝的狗官吗，上千百姓的命你不顾吗？”

魏登年道：“我不在乎。他们算什么，我可以让任何人去死，包括我自己。可我要她活着。”

四马战战兢兢插了句嘴：“可你要是点了那东西，她也会死啊。”

“所以我这不是在和你们打商量吗？”晃动的火光在他绝艳的脸上流转，魏登年笑得像个亡命之徒，“不答应就一起死，反正我就烂命一条，比谁都豁得出去。”

院内一片静谧。

四马一只手抓着李颐听腕上的绳结，一只手死命地摇着络腮胡子的胳膊：“老大！留得青山在，不怕没柴烧，杀不了他总不能被反杀吧，何况我们还有定金，换个山头东山再起啊。”

络腮胡子犹疑片刻：“你真会放我们走？”

魏登年不答，只是火折子又靠近了些引线。夜风吹啊吹，火光晃啊晃，几次堪堪擦着线头过去。

络腮胡子有一瞬间屏息：“啊呀不管了，我实话说吧，这些都不是我的人，他们主子给了我钱，让我带着这些人来杀你，他们不会听我的话。我们投降！”

说完，络腮胡子和四马立刻往边上移了好几步，跟后面的那群人隔开一大段距离。

局势瞬变，络腮胡子身后的官兵们有一瞬间堂皇。

魏登年终于正眼看向他们：“你们呢？”

无人应答。

“哦，还是不信？”

他轻笑一声，火折子贴上了引线。

“刺啦”一声，火星子循着白色引线，一路飞速上蹿。

众人汗毛倒立。

“老大我们要死了！”

“啊啊啊啊啊！”

“放下箭！快放下箭！都把刀丢了！”

场面一时大乱，官兵们丢刀弃箭，院内的往屋里跑，檐上的往下面跳，站着等死的也有，唯魏登年屹然不动，气定神闲，直到其中有一人喊道：“我们答应你，答应你！”

在火星子离火药管仅三寸之时，魏登年伸手掐灭了引线。

一院混乱终于戛然而止。

络腮胡子嗓子都喊劈了，惊魂未定地跌坐在椅子上，嘴里反复念叨着：“疯子，疯子！这是个疯子！”

“多谢夸奖。”魏登年轻轻浅浅地笑起来，就像盛夏里一束惊绽的夜花，可是无人敢驻足欣赏。这样绝艳的笑容，出自一个绑着火药管、随时准备跟大家一起炸成块状的男人身上，只诡异得让人起鸡皮疙瘩。

爱人本来就是赌命，在来之前魏登年便已经准备把命留在这里。

而那些来杀他的人就算失败了，左右不过受一顿责骂，所以他们不敢，他们豁不出去。

“好，既然都冷静了，现在开始，听我的吩咐。”

魏登年风轻云淡地开始说话，好像刚刚点火药的人不是他。

他指向四马：“你先送她出去，外面会有人接应；然后我要知道杀我的人是谁；之后你们可以胁着我单独出城。”

络腮胡子道：“不行，放开了她，万一你……”

“不会。”魏登年眸中有一瞬间温软，“只要她还在这世间，我便也想苟活。”

络腮胡子始终坚信李颐听和他有一腿的事实：“就信你这回。”

他发了话，四马立刻去解李颐听的绳子。

李颐听还傻傻地愣在原地，方才一番变故也忘记要逃，只是定定地、不可置信地看着魏登年。

别人不清楚，但李颐听知道，魏登年有多不容易才熬下来，他有多么看重权力和自己的性命。

可是他撑了这么多年，眼看要平步青云……

绳子终于从发麻发青的腕上褪下，李颐听搓着手，却不肯走。

她问：“你真是魏登年？”

他但笑不语。

“你长得很像他，可是魏登年怎么可能会为了我豁出命去？这不对劲。”

魏登年眼中的笑意凉了两分，轻声道：“你可是在怪我来得晚了？”

“也不是……我只是……”李颐听说不出来当下是什么感觉，就好像她饿极的时候想吃糖蒸酥酪，可是忽然有人给她送了几十斤来，她不但不饿了，还有些退缩。

她要是接了，就要把那几十斤糖蒸酥酪全部吃完，因为浪费粮食是可耻的。

李颐听不知道自己在这种时候乱想什么，脑子里思绪发散得厉害，最后道：“你来救我，苏姑娘知道吗？”

“原来是吃醋。”魏登年道，“她知不知道与我们并没有太多关系，重点是，你想让她知道吗？”

李颐听认真思考了一下，说：“想的。”

魏登年心笑了起来：“那好。你乖一点，跟着他走出院子，然后等我回来。我们回到都城，我陪你一起去告诉她。”

李颐听总觉得有些奇怪，可一时间又不知道是哪里奇怪。

她只得点了头，跟着四马朝外走去，魏登年的目光跟着她移动。

走到他身边的时候，李颐听微微停下：“那些人你不用审了，他们与马匪交易的时候我听见了，来的是毕愁的人，要杀你的也是毕愁，其他人都是听命的，你别牵连他们。”

魏登年道：“听你的。”

2

静谧的东街响起一阵快速而有序的脚步，随后恢复平静。

李颐听跟着魏登年的人去了最近的客栈。

半睡半醒的客栈老板看见他们一身沯国戎装，猜出他们是连日来剿了梳山匪患的兵将，立刻门户大开，好酒好菜地招呼起来，叫小二时的那嗓门恨不能号醒整楼的人，告诉他们这件蓬荜生辉的大事。

为了避免老板围着他们一道菜一问是否可口，李颐听等人转去了厢房。魏登年手下的兵都碍着君臣身份，不肯同她一块儿用膳，去了隔壁。

李颐听饿了两日，饿过头了反而不大想吃东西，目光从一桌子菜看上迟疑地落到手腕上的冰蓝色丝带，肚子里囤了满腹疑云，想了想，还是摩挲了几下丝带。

正静等着月老，隔壁厢房的笑谈声一下子静了下去。

李颐听立刻坐直了身子。

下一刻，门被人轻轻推开。

来人风尘仆仆，倚着门笑了一下，点亮身后无边夜色。

李颐听的目光认真朝他上下扫了一圈，总算没有再背着骇人的火药管，衣衫也整齐了些，只是扣子绷掉了几颗，衣服斜斜耷拉在胸前，一派不正经。

确定他没有受伤，她松了口气，给他倒了杯茶水。

魏登年走到旁边落座，将茶水一饮而尽。

一时间，厢房里只剩下碗筷轻碰的声响。

李颐听吃了几口饭，期间偷偷瞥了他一眼。魏登年没有动筷，只是一眨不眨地看着她，眼眸就像盛夏灼热的午后烈阳，烫得李颐听立刻又把头低下去。

她硬着头皮没话找话：“你回来得好快，他们都出城了？毕愁的人也走了？你没有把他们怎么样吧？”

魏登年盯着她道：“归心似箭，无暇他顾。”

“啪嗒”一声，李颐听的筷子掉了一根。

魏登年嘴角的笑意扩大了一分，在她之前捡起筷子擦了擦，却是拿在手里，把自己的一根干净的递了过去：“几月不见，你的脸皮变薄了。”

李颐听抱着米饭，又是一顿猛扒。

“慢点吃，别呛着。”

说迟时那时快，李颐听一顿猛咳。

魏登年伸手轻拍她顺气。他手掌很大，灼灼热度从单薄的衣物传递到她的背上，李颐听更慌张了。

他说她脸皮变薄了，其实不然，只是从前气定神闲地说话相处，完全是因为她仗着自己是个神仙，知道始末前情，是来拯救他于水深火热，顺便欣赏反派的绝世脸蛋，一身轻松。

但是经过络腮胡子这事，她混乱了，摇摆了，不知所以了！

李颐听能感觉到自己的职业道德和个人感情正激烈地在脑子里骂架、斗殴、互泼开水！

马匪院子里火药筒的引线被魏登年掐灭于指间，却在她心里炸开了。

李颐听脸咳得通红，终于平缓一些，背上的手也在此刻堪堪停住，然后缓缓上移，温厚的掌心一下子捏住了她半边细嫩的后脖颈，微微用力，迫着李颐听将脸转向他。

魏登年逐渐倾身，浅色的泪痣逐渐放大，李颐听盯着他精致的眉眼，连呼吸都忘了。

戏本子里，魏登年就是用这样的姿势，一边圈住苏觅的后脖颈，一边抬起她的下巴的。

那一刻，无数杂念纷呈。

是反派魏登年啊！

她马上就要被反派轻薄了！

她下凡前的夙愿即将要完成了！

可是，古往今来的戏本子上都写得清楚明白，神仙和凡人在一起，都是没有好结果的啊！

而且她还是个被司白点上来、全无背景的神仙。

到时候一个灰飞烟灭，一个堕入畜生道，或者上面捏个十生十世的命簿惩罚他们"相见相杀"，花费半生找到对方再把对方砍死……

不行不行，这也太残忍了！

李颐听打了个冷战，电光石火间，大叫道："魏登年，不可以！"

魏登年身形顿住，置于脖颈后面的手却没收，只是轻挑了挑眉："嗯？什么不可以？"

他一个鼻音酥得李颐听方寸大乱，抬头低头又低头抬头，支支吾吾道："我只是想被你轻薄一下，可没想过与你在一起啊。"

魏登年的神情有一瞬间凝滞，可是太快了，李颐听都没看清那是什么样的情绪，再认真端详，他已是神态自若："可若是你与我在一起了，你不就每日都能被我轻薄了吗？"

不知道是他语气蛊惑，还是美色当前，李颐听心里刚刚按下去的小苗又“扑哧”一下冒了出来。

“那行。”

魏登年讶异道：“这就行了？”

“行了。”李颐听闭眼。

不管了。

什么天条戒律，凡人神仙。

她的手一寸寸揪紧了大腿上的衣衫，含羞带怯，视死如归：“你来吧。”

“好。”

他含笑应了一声，倾身靠近——

抬手替她捏掉了嘴边的饭粒。

“魏登年！”

李颐听气呼呼地睁开眼，却撞进他满是笑意的眸子里，就像葡萄酒酿混着清丽月色一般醉人。

她的气焰忽然间就熄灭了。

魏登年道：“你很久都没问过我，今日我有没有喜欢你一点了。”

李颐听：“……”

“我有。”

“……”

“不只是一点，是很多很多点。”

魏登年修长的手指拨开她鬓角的碎发：“所以我会娶你。”

李颐听屏息凝视。

“三媒六证，八抬大轿。”他嗓音里混着揶揄笑意，“我们还有很长的时间，不急一时。”

魏登年离开后，李颐听便站在窗口发呆。

九月的夜风还是热的，吹不凉脸上的滚烫。

“哎呀呀，老夫方才真是看了一出好戏。”

身后熟悉的声音打断了她的出神。

“月老！”李颐听转身，随即堂皇道，“你来多久了？”

“也不久，也就是从归心似箭开始吧。”

李颐听跺脚：“那你不是都听到了！”

绿衣男子兀自斟茶饮之：“看到你进展神速，老夫甚感欣慰啊。”

李颐听羞道：“你你你……你看到我们……就应该回避啊！为老不尊！”

“你这丫头，老夫百忙之中下凡见你，你却不知好歹，罢了罢了，老夫走了。”

月老作势起身，李颐听扑过去斟茶：“您喝！”

月老长长地“嗯”了一声：“肩酸手酸，拿不起茶杯。”

李颐听暗暗咬牙，笑若桃花地过去开始捶打按摩：“月老啊，我有个事想问你，魏登年身上的红绳解开了吗？”

月老道：“怎么，怕他还在喜欢苏觅？”

李颐听道：“到底解开没有？”

月老道：“早就解了。”

李颐听道：“什么时候解开的？”

“午后，约莫有几个时辰了吧，这老夫怎么记得清楚。”

李颐听愣了。

那便是三四个月前，她刚被赐婚那会儿。

从姻缘的红绳解开起，魏登年的情感，他整个人，便是可自主掌控的了。

李颐听喃喃道：“所以他做的一切都是心底最真实的想法……”

月老：“痛痛痛！”

李颐听回神，立刻松了掐着月老肩膀不放的手。

“我们还有很长的时间，不急一时。”

月老一面揉肩，一面噘着嘴模仿魏登年的语气臊她，气得李颐听直叫唤。

“颐听，我们也算有些交情，所以老夫劝你一句，你身在戏中，却不能沉迷戏中。”月老忽然间正色起来，作势捶打他的李颐听一愣。

“说起来你们是有些缘分的，可那也是从前了。你此次下凡本就是意外，命簿也无从得知结局如何，为了他也为了你，当慎重行事。”

月老难得严肃，说的话也正是李颐听所想，一下就击中要害。

李颐听神色恍惚了一下，很快恢复如常，勉强笑笑：“知道了。”

3

李颐听翻来覆去，前半夜睡得不大安稳，后夜才睡实了，哪知一觉醒来，外街已是人声鼎沸，猛地坐起来推窗一看，已经日上三竿。

李颐听匆匆披衣下楼。客栈里正是生意最好的时候，人来人往，她四下扫了一圈，目光突然在某一处停下。

树间的斑驳光影从窗边斜照入内，依窗而坐的那人半张面孔被抚亮，曝在日光下，清隽风雅的眉眼，挺秀的鼻，似有感应般回头对上她的视线，遥遥一笑，恍若神明。

李颐听急切的步子陡然慢了下来，她不自然地低头轻轻咳了一声，走了过去。

魏登年周遭的桌子坐的全是他的人，密密麻麻一圈，由于穿着便装，之前她并未察觉，此刻齐齐起身行礼，足有半层楼的人都站了起来。

李颐听连忙阻止："各位快些坐下，人多眼杂，此行一路上日日见面，要是每次都行礼，岂不是累死。"

士兵们笑笑，又坐回去继续吃饭。

李颐听在他旁边坐下，小声道："今日回都城，怎么也不早些叫我。"

"你前几日许是累极才起迟，多休息半日再启程也不打紧。"

魏登年淡淡说着，骨节分明的手几下动作，已经替她用滚烫的茶水冲洗了一遍碗筷送到面前："饿了吗？这里的油爆珍珠鸡和佛手金卷还不错，尝尝看。"

李颐听"嗯"了一声，似有所感地回头望了一眼，从她在魏登年身边坐下开始就笑得八卦的士兵立刻埋头吃菜，一时间整个客栈充斥着丁丁当当的杯盘碰撞声，可她一动筷子，那些声音便没了。

李颐听再回头，大家又是一副吃得欢快的模样。

反复几次之后，李颐听脸都红了。

她局促地拽了一下他的袖角，小声道："魏登年。"

那声音像小猫叫声，勾得他心头一跳，嘴角微扬。

"我就是看你们不算八卦才带你们出来，要是再给我弄出动静，就通通滚去梳山，跟王霄他们一块儿待着去。"

魏登年语气淡漠地发了话，可自己统领是什么手腕，大家早在这一个月见识得清清楚楚，不敢不从。八卦之光被就地被灭，下半顿饭终于恢复平静。

没了如芒在背的目光，李颐听松弛了不少，埋头用膳。

她已经不当郡主许多年了，皇家的礼仪风范虽然记得却未放心上，何况此刻在魏登年面前更是没有顾忌，吃得又快又大口，三口吃下一个手卷，腮帮子鼓几下就能下肚。

她吃得香甜，魏登年从旁看着欢喜，嘴角的笑意挂了一整顿午膳都没下去。

用膳过后，稍作休息便要上路了。

假郡主仪仗队里那些丫鬟婆子和被活捉的藩王都在梳山的军营待着，只等魏登年等人离开祁城、路过梳山再一同回都城。

临出城门时，李颐听忽然想起件重要事情来。

李颐听叫住魏登年道："你和他们先行一步，一刻时间后城门外自水亭会合。"

她拉扯缰绳掉头。魏登年吩咐队伍继续前行，自己却跟了过来。

李颐听侧目。

他道："有什么事，我陪你一起去办。"

"好。"

两人直奔留佳客栈。

李颐听在店外下马，快步进去，正好迎面见到一个步履匆匆、朝外小跑的男子，眼看刹不住脚就要撞上，李颐听腰际一紧，便被魏登年带进了怀里。

"看路。"

李颐听还未搭话，跟她擦肩过去的男子抢先大叫起来："郡主！"

她回头也是一喜："你是……橘皮？"

李颐听上次离开祁城是为回九重天，抛下众人一走了之虽然歉疚但情非得已，如今改了主意，更怕他们还在祁城苦寻，便碰运气过来看看，没想到竟然真的撞见了。

听橘皮说，他们的人在发现书信的第二日便派人快马加鞭回去送信，剩下的都留在祁城，每日往外扩大范围寻找，一日回一次客栈会合，算到今日已经是第四天了。

他们本还想明日便离开祁城，沿着翼都以南往桦阴远寻，没想到会在客栈重逢。

橘皮高兴得话都说不利索了，急着要去寻吉青他们回来，刚跑了几步又停下，苦兮兮地凑到李颐听面前道："郡主，您这次不会再跑了吧？"

得了李颐听的肯定后，橘皮放心离开。

魏登年在旁边沉默听了半晌，忽然道："原来你找了宋戌求助。"

李颐听偷偷瞥他。

"假马匪，真逃亡，"魏登年语气淡淡，垂着眼帘看不出喜怒，"你们合谋得周到，倒是我瞎操心了。"

李颐听长长"咦"了一声："你很操心我？你是怎么操心的？"

"不过是做了一些无用功罢了，不值一提。你如今既全须全尾的在我面前，其他的也不重要了。"

李颐听还想再问，他却兀自要了两碗冰镇酸梅汤，一碗推给她，一碗自己慢条斯理舀着喝起来："只是你原本想去哪里？为何现在又改了主意，愿意回都城了？"

李颐听支吾了会儿才道："唉，这不是被马匪抓住了吗，我发现闯荡江湖什么的还是不适合我，不如回去做个闲散郡主。"

魏登年点点头："这很识时务。"

李颐听干笑了一声，被他这么一打岔，也忘记原本要问什么。

约莫过了两刻，陆陆续续被橘皮叫回来的吉青等人才凑齐。

时隔几日，白衣少年都变成了泥衣少年，见到李颐听如隔三秋，尤其是吉青，就着李颐听的袖子失声痛哭。

"郡主，说走就走，你好狠的心！"

"郡主，我们差一点就只能一辈子给殿下捡猎物了！"

李颐听觉得十分对不住他们，由着他们哭闹，给这个递递纸，跟那个摸摸头，就跟哄小鸡仔似的，一面避开客栈其他客人投来的询问视线，一面尬笑："小点声小点声。"

魏登年被众人挤到最后，抱臂冷眼看着。

过了小半刻，大家诉苦诉尽兴了，差不多该动身了，忽然人群中有人道："殿下还不知道这件喜事，我们要不要先派人快马回去告诉殿下这个好消息？"

吉青这才终于想起什么似的，看着李颐听欢喜道："郡主，殿下知道一定会很高兴的，他曾在两日前连发三封急信，都只有一个字——找！"

"是啊，郡主，殿下待您是真的好，您可别再吓殿下了。"

李颐听道：“我这次真的不会再走了，放心吧放……”

话才说到一半，一只手横空插进诸人中间，拽上李颐听的臂膀，她整个人便被捞了出去。

众人这才注意到跟李颐听一道的魏登年，吉青立刻拱手道：“这便是橘皮说的从马匪手里救下郡主的魏统领吧？”

魏登年将她往后带了带，面色冷淡地挡住诸人的目光：“行程紧路程长，还有什么要说的，边走边聊吧。”

4

一百多人快马往回赶，行至梳山时，顺利与扎营监押藩王的队伍会合了。

魏登年往返用了一日，又在祁城停留了两天，毫无消息过来，弟兄们都等得着急，王霄更是懊恼得吃不好睡不好，愧疚着怎么偏要在剿匪前跟魏登年闹别扭，不然可以跟着他去和马匪头子周旋了。

正着急，外面营里忽然热闹起来，声声统领叫得欢快敞亮。

他掀了军帐冲出去。

魏登年翻身下马，下令原地休整，一如从前冷静。

“统领！”

王霄抓着他翻来覆去地检查了好几圈。

魏登年给了他一拳：“看什么看，在我身上绣花呢？”

王霄这才傻呵呵乐了。

他本来只是听令剿匪，并没有对魏登年找到郡主有什么期待，没料想此刻一行人都安全回来了，还真的救回个郡主。

留在军营里一半的小伙子终于不用一想到晋朝的郡主，面前就晃着扮作女相的魏登年脱裤子的模样，全都探头探脑，只想一睹李颐听的风采。

吉青他们一下马就被营里这些人看得背脊发毛。

橘皮凑在他耳边小声说：“吉青哥，我怎么感觉他们的眼神更像马匪？”

吉青咽了下口水：“别瞎说。”

话虽然这么讲，可是一行人都围着李颐听寸步不离，护着下马护着走路，一路上跟一排移动的人肉盾牌似的紧贴着她进了主营，挡得严严实实，硬是没让人占了一点便宜去。

魏登年将他们的行为看进眼里，把剩下的事情丢给王霄，也跟着进了主帐。

吉青他们进去后，又是搬凳子又是倒茶扇风又是收拾杂物，搞得尘土飞扬兵荒马乱。

李颐听被呛得咳嗽两声道：“你们是宋戍的人，此行只是保护我，不必做这些事情。”

吉青道：“郡主，殿下是我们的主子，您是他……您也是我们的主子，我们自然要像对待殿下一般对您。”

魏登年掀帐子的手指微微一顿，继而低头钻进来，接口道：“他们说的是，你是訾朝的郡主，自然也是他们的主子，便让他们忙活吧。”

诸人回头，向魏登年行了一礼，魏登年摆摆手，不动声色插到李颐听和吉青中间坐下。

他语气徐徐和缓，笑得让人疏于防范：“让你跟着我赶路，辛苦了。”

魏登年的眉目很浓，不过不是粗眉大眼的浓，而是让人见过便不会忘记的惊艳，是足以让冬冰消融、夏生冷梅的惊艳。

吉青他们那群大老爷们里头从来没有出过这么好看的，先前客栈只是匆匆一瞥，此刻隔得近了，一个个都看得两眼放光。

魏登年道：“等会儿我让人烤只兔子给你送进来将就吃些。这里总归是马匪的老巢，趁着天黑前我们再走走，到附近的驿站住下歇息。”

李颐听道：“兔肉还将就？我哪就那么矫情了。”

他的袖口不知什么时候翻出来了纯白一截，李颐听自然地替他抚了下去。

他却手腕翻转，不动声色地反握住她，在众目睽睽之下把她的手收进掌心，轻轻捏了一下，缱绻一笑：“昨晚折腾太久，你劳累了，睡到日上三竿才起。明早我们还要赶路，我今夜就不去找你了，你早些歇息，可不能再贪睡了。”

帐中有片刻寂静。

一直聚精会神盯着魏登年，也连带着聚精会神将他们动作尽收眼底的吉青和橘皮，神色复杂地对望了一眼。

李颐听浑然不觉：“好。”

翌日大早，一行人便启程动身。

几个藩王像小鸡仔一般被魏登年捆好了塞到一辆马车里挤着，嘴里堵着帕子，脑袋撞着脑袋。

李颐听跟魏登年各骑一匹马，并驾齐驱，郎俊女靓，如同一对外出游玩的璧人。

从梳山至都城五百里河川，来时匆匆，去时无甚牵挂，倒也惬意。

半月后，终于又回到了都城。

十月，金风送爽，桂馥兰香。

一干兵马鱼贯入了都城，李颐听身份尊贵，入城前便被魏登年要求戴了素纱遮面，而他却驭马领头在前，悠哉前行。

都城百姓们的八卦热情不在贵妇们之下，魏登年兵不血刃斩杀张鹤又活捉几位藩王、连剿十四座山头的事迹，早就传遍了都城十二街巷。

其中他扮作女装顶替郡主出嫁一事，更是被传得沸沸扬扬。

百姓全都在他回宫的必经之路争相观望，长街两侧乌压压的全是黑色脑袋。

他们都猜想那位骗过诸侯的统领应是长得娇似女子，阴柔居多，还有个别男人抱着不屑的偏见，认为魏登年这一遭军功不过是仗貌美而得之，算不上真本事。

可当翩翩少年真的驭马穿行长街而来，一个个都傻了。

正所谓物极必反，一个男人长得太像女人，或是女人长得像男人，都不是什么好样貌。

可若是只添少许女相，便又大不相同了。

他鲜少穿亮色，此时一身白衣将他的戾气压去了一半却是刚好，硬朗的男子五官多了两分潋滟舒卷，三分清润泰然。

魏登年的性格与他的相貌一样复杂矛盾，介于漂亮和温雅之间，像塞外起伏连绵的山脊，又像都城肃凉的风月。

人群中有片刻死寂。

不知是哪家的姑娘大着胆子，鼓起勇气喊了一声“魏统领”，他循声望去，温和一笑。

这一笑激起了千层浪，一时间，底下的姑娘们争相模仿大喊，妄图也如那位幸运的姑娘一般得魏统领垂怜一眼。不知道深闺里矜持了多年的姑娘们哪来那样大的声音和力气，密密匝匝地挤在一起相互推嚷，向他拥过去的时候就像长街上一块移动的巨大石板，成百上千人一道跑起来的时候大地震动，连轿子里的李颐听都没能幸免，好几次脑袋磕到车厢上，哐哐一阵响。

她连忙扶稳了车壁，面色复杂地想起几月前去魏登年府邸，魏登年不爱招摇要戴面具，她却阻了他，调侃说独乐乐不如众乐乐。

可是这也太“众”了。

当事人现在就是后悔。

非常后悔。

队伍在都城的沸反盈天中一路向皇宫行去。

李颐听的马车则于岔路口拐去王府，等候宋帝召见。

哪知道分别才没片刻，宫里传旨的公公便追来了，说是陛下担忧郡主，等和魏统领问过话后即可召见，让李颐听先行去偏殿等着。

于是又折返回去。

时近正午，正是朝臣下朝的时候。

白玉阶上陆陆续续有官员们持笏板而下，李颐听被两个有品阶的宦官领着去偏殿，路上随意张望了一眼，目光却在看到某位朝臣后变色。

「第十三话」

郡主是臣心中最合适的妻子

1

奉大殿，正殿。

宋帝已经看了魏登年一路上奏的折子，对发生的事情大多了解，却并未开口，只是一直不停用竹夹在面前的沸水中转圈搅动，殿中一直充斥着煮茶时气泡破裂的微微“扑扑”声。

未几，魏登年才听得头顶一声不耐烦的轻啧。

“虽是新茶，却被朕煮老了，入口怕是要涩了。”宋帝道，“不玩了，来人啊，全部倒了。”

很快便有两三个宦官低首入内整盘端走。

殿中再次静了下来。

魏登年道：“陛下九五之尊，煮茶这样的小事只需让臣等去做便好。”

宋帝目光扫过他时像是才恍然想起什么，立刻道：“怎么，朕竟没叫你起来吗？快起快起，魏登年啊，你可是大晉的功臣，张鹤一直拉帮结派跟其他藩王搞在一块儿，朕想干什么事他们都要上奏上奏管着朕。这帮子人是朕这么多年的一块心病，你这次一举给朕都解决了，又平了梳山匪患，论功，当封太尉。”

宋帝和颜悦色，只是眼睛弯着，笑意凉薄，未到眼底。

皇帝都尚且被藩王们束着，他一出马却给解决了。

殿内落针可闻，伺候的宦官里胆小的，已经开始发抖。

忽然，却听见魏登年朗声道：“臣，谢陛下。”

自酿的秋露白已经到了能拆坛的时候。

郑易今日原本约了内阁几位好友品酒论诗，还没走出宫门，就被一位眼生的小宫婢叫住：“郑大人，贵人有请。”

他反问贵人是谁，小宫婢不答，只是催促他走。

郑易只好先辞了几位在不远处等他的朋友，跟着小宫婢去见所谓的贵人，没想路途倒远，七拐八绕的，走了小半刻还没到，他都有在怀疑是不是有人恶作剧的时候，小宫婢却在一座空置的冷清宫殿停了下来。

郑易将信将疑地照着她的口述，穿过荒废的前院殿宇还有飘着鱼肚皮的半干池塘，直至后廊。

他方才一路行来，也胡乱想了想到底是哪个贵人要见他，说不定是朋友开玩笑或是毕家什么人，偏偏没有想过密会他的人，是她。

李颐听一身藕紫色衫裙背身玉立廊前,光是背影便让他一眼辨了出来，视线再难转移。

郑易端方温和的眉眼猝然攀上一丝欢欣，礼数也抛却了，朝着满眼满心的那人疾行而去。

“臣，见过郡主。”

李颐听止了他的礼，转过身来，神情疏离而淡漠：“你做的那些丑事，我都知道了。”

郑易的笑容僵在脸上。

“今日来见你，是来问你一句为什么。到底为什么要杀魏登年，毕愁给你的好处就那么多吗？”李颐听第一次在他面前改了称呼，“本郡主原以为你跟朝中那些臣子是不同的，即使你身处庙堂也会清明仁和，却是高看了你。权力这东西，竟能让你转了性子，丢了傲气。”

郑易愣怔片刻，垂头，再抬首时，已经恢复原本冷静自持的模样。他似笑非笑：“魏登年杀了张鹤，立了大功，如果他活着回都城，会成为老师的大患，臣属老师党派，自然也会受到牵连。”

李颐听不敢相信自己的耳朵：“这便是你不辨忠奸、助纣为虐的原因吗？”

郑易道：“是。”

急促而清脆的一巴掌打断了他胶着在她身上的目光。

李颐听盯着他，看他缓缓跪了下去，声音失望至极：“你变化之快，真让本郡主叹为观止。”

碎发斜拂面颊，郑易凝声道：“人为财死鸟为食亡，臣不觉得自己有错，臣只是想站得高一点，博一个更好的官职。”

李颐听痛心道：“以你的才华资质，以后要什么官职没有，你为什么这么心急？你就这么迫不及待吗！”

萧索的宫殿久无人居，鸟雀也格外多，胆子似是大惯了，见了他二人也不躲，就落在近处的廊檐、地上，叽叽喳喳地叫着。

郑易盯着它们出神，想起从前太师府里说起鬼主意时叽叽喳喳的那个人，骤然笑了：“郡主你不知道，当我知晓你被陛下一旨赐嫁给张鹤时有多慌乱，知晓魏登年除去了张鹤又有多欣喜……”

“本郡主不是来听你说这些套近乎的废话的！”李颐听冷冷打断他，“本郡主只问你，魏登年接的是陛下的密令，毕愁是怎么晓得的？”

郑易收了目光，平静道：“老师深得陛下信任，被陛下视为第一近臣，事无巨细皆亲自过问老师才决断。”

李颐听又问：“除此之外，毕愁还使过什么阴毒手段？”

郑易道：“不必使手段。早在魏登年离宫时，老师便提醒过陛下，此人狼子野心，陛下为了验证，必然会赐个不容拒绝的官职，若是魏登年答应，便会被陛下视为有异。可他本就立下奇功，不答应，心中定有不甘，前前后后，进退两难，皆正中老师下怀。初出茅庐的小子就想斗垮老师，实属做梦。”

他倒是诚实。

李颐听嗤了一声道：“有一点你说错了。毕愁从前当魏登年是任他拿捏的罪人之子，所以肆无忌惮地折磨他，没想到他逃出了周府还救驾有功，他以为魏登年也就到此为止了，所以才在陛下面前同意让他带兵杀张鹤，可魏登年又做到了。他一次又一次打破毕愁的认知，毕愁怕他畏他，才会痛下杀手。”

郑易终于抬头道：“郡主提起他便夸夸其谈，没想到这一次，郡主的喜欢竟然不是三日热度。”

“这不关你的事，本郡主还要去见陛下，没有空再跟你多说。”李颐听拂袖离去，行了两步又忽而停下，“毕家多行不义，结局必然惨淡，念在往日交情，最后提醒你一句，趁着能抽身便尽早抽身吧！”

此后再也没有停留，脚步匆匆，是真的离去了。

郑易仍然是跪着的姿势，只是转过身跟着她的背影，将目光无尽拉长，白玉面容一点点灰败了下去：“为何要杀魏登年，为何要杀魏登年？”

他瞧着在他周遭没有忧愁、欢快扑腾的棕栗色雀鸟，骤然笑出声来：“自然是因为臣只是想快一点，再快一点，站得高一点，居一个好点的官职，风风光光去王府跟你提亲。”

秋风拂面，长廊空寂。

再无人回应。

李颐听回到奉天殿偏殿，没等多久便被宋帝召见。

她方才情绪起伏太大还未缓和，宋帝说什么也没仔细听，多是些安抚的话。

直到宋帝说完，李颐听方才回神叩谢。

皇帝摇着头：“朕是问，让你给魏登年做一顿红烧肉的提议如何，虽然郡主下厨有些……可他毕竟救过你，不妨当作答谢？”

李颐听：“啊？”

“你啊你，也就你敢不听朕说话。”宋帝走下来拿手戳她的脑袋，才道，“朕方才召见魏登年，给他论功行赏封为太尉，可你猜他怎么说？‘臣感激陛下的看中，可是臣管窥之见，担不起这样的重任，心中唯有一愿：昔日郡主在郸城太师家小住时，曾给郑学士做过一顿红烧肉，备受郑学士好评，臣眼皮子浅，不知陛下能否替臣向郡主求一碗。’”

宋帝指着错愕的李颐听大笑：“小炽啊，你可真是我朝最了不得的郡主。”

2

天底下的百姓大多都对皇室很感兴趣，现今见到了魏登年，也对那样谪仙般的人物很感兴趣，而李颐听既出自皇室，又和魏登年关系紧密，于是大家对她这个郡主便特别特别感兴趣。

李颐听自演了一出被马匪掳走的戏码，百姓却不知道，以为她真是被掳去了十日之久，这中间的揣度沸沸扬扬，说什么的都有。

众口铄金，积毁销骨。李颐听的名声眼看就要坏了，百姓却被一道红烧肉转了视线。

都城不愧为八卦之都，一天之内，上至宗亲世家下至商贩走卒，都知道了魏登年用当朝一品太尉的官职，换了静好郡主做的一碗红烧肉，在两日后宋帝给魏登年等功臣办的接风宴上，由宋炽亲自烧制。

由此可见，郡主做的红烧肉大概真的很好吃吧。

对此，八卦中心的主角的理解是，原身这位宋炽上不通琴棋书画，下不懂诗词歌赋,魏登年就算想求点别的什么,怕是也担心李颐听会当众出丑。

也是难为他如此体贴了。

不仅体贴，还锱铢必较，记仇得很。

总之，都城上下现今刮起了做红烧肉的热潮，旧菜新炒，一举成为各大酒楼的招牌菜色，妇人们做给丈夫吃，老娘做给儿孙吃，命妇们做来开品鉴大会，赌徒们押宝来猜跟一品太尉失之交臂的魏统领到底爱吃甜口的还是咸辣口的。

猪肉一时间升至天价，遂令天下牧农心，不重养牛重养猪。

两日后的晚上惠风和畅。

列席的文武百官探究的目光全集中在正殿上新搭的灶台之上。

调味酱料、锅铲、热油一应俱全，新鲜的猪肉块呈了上来，李颐听用襻膊挽袖，这便开始了。

她本来就厨艺尚佳，此刻倒也游刃有余。

好的食材最是不必画蛇添足，加上她爱吃辣口，红烧肉便照着最熟悉的烹制手法来。先是拿小锅煸炒姜蒜香料，香味一下便溢满整个大殿；再把猪肉块放入热油，加入辣椒粉和香料炸炒，这一步最久；最后，蒸出来就算完成了。

李颐听下厨从来没有被这么多人一道盯着看过，面上一直紧绷着，心中默念别出差错。

她这边做着，宋帝那边则在跟臣子们喝酒观舞，闲话家常。

第一缕肉香充盈至大殿的每一处角落后，宋帝乐呵呵道：“我们倒是沾了小魏的福气，就是朕也没有尝过静好亲手做的红烧肉呢。”

在场的臣子也纷纷商业互吹。

魏登年清浅一笑，又将话题带回到宋帝身上：“臣也要感谢陛下，若不是陛下开了金口，臣怕是吃不到郡主只给郑学士做过的红烧肉了。”

记仇，太记仇了。

一直留心殿上动静的李颐听臊得慌，狠狠瞪了魏登年一眼。

只是这一眼毫无威慑，似怒似嗔，粉腮带羞，眉眼惊措，像只慌乱扑腾、四下乱撞的小兔子，撞得魏登年心都软成了棉花。她不知道她这样，多让人心动。

席间谈笑更甚，锅下的火焰也不甘示弱地跳蹿了一下，“砰”的一声跃至她下颚，亏得李颐听身手敏捷，骤然后仰，免去了两道眉毛灼灭的苦楚。

她急急关火翻搅，然后就发现底面的肉粘了锅——都煳了。

时运不济，流年不吉。

此刻要是重新再做，费时不说，光说那猪肉都是御膳房细选上来的，切了块，洗过煮过，再来一遭，太费周章。

李颐听心虚地看了眼饱含期待、嗷嗷待哺的席间众人，只得紧急添水加了把砂糖抢救，又着重用酱料调色润色，临时做成甜口的，妄图掩盖掉一些煳味。

最后成品从蒸锅里端出，李颐听都不愿意尝，干笑且不失礼貌地叫人端走了。

宋帝甚至已经让人把空碟子放入了列席的各位面前，宫人们罗列而入，逐个布菜。宫里用膳的规矩向来是味好但不可贪多，每人一块，宋帝和贵妃三块，而求此赏赐的魏登年则是整整半碟。

红烧肉的品相甚是可人，两道加工使得肉色红润，酱香四溢，刚一上桌便得群臣夸赞。

宋戌夹起面前那块红烧肉，酸溜溜道：“咱们今日吃的，应当是大晋最贵的一份红烧肉了吧。”

众人不约而同想到了前情，纷纷侃笑还是魏登年少年风流，不屑名利。

副位上的章贵妃扫过他儿子那张拈酸吃醋的脸，忽地娇美一笑：“陛下，眼看这一桩大好良缘在前，您怎么也不知道成全成全？”

“嗯？”宋帝一愣，琢磨了片刻，恍然道，“朕忽然想起一件事情。昔日张鹤欲壑难填，爱卿你主动请缨，义愤填膺说事成可替朕除去张鹤，事败也只是损了你一人，此刻想来，你并非轻狂，而是冲冠一怒为红颜啊！”

解了襻膊、准备入席的李颐听忽然被定在灶前。

宋帝大笑三声，拍着章贵妃的手道：“朕粗心，竟没想到此处关窍！”又转头看着魏登年，“好啊，你的鬼主意竟然都打到朕的头上了。爱卿啊，你为了朕的郡主如此费尽心力，到底是什么意思？”

宋帝边笑边夹了块红烧肉入口，顿时一张老脸上的肉颤了颤，缓缓转头，艰难地看了李颐听一眼。

李颐听尚在心神震动之中，没体悟到宋帝的“眼外之意”。

为了不扫郡主的颜面，不打击孩子的积极性，宋帝慈祥地扯出个笑容来，“咕咚”生吞进肚，立刻示意底下：“都尝尝，都来尝尝。”

底下群臣立刻迫不及待夹肉入嘴，霎时，列席众人脸上精彩纷呈。

一品太尉？

就这？就这？

那煳了又复加工的红烧肉要甜不甜，要辣不辣，咸中带苦，苦中还带一丝微焦的涩感。

味道之奇特，自建朝以来前所未有。

但李颐听出神得厉害，至多能稳住身子，保持着得体微笑，一一回应诸位大臣的探寻目光。被她扫过的臣子们顾及颜面，牙一咬眼一闭，大殿里皆是一片接着一片的“咕咚咕咚”。

直到宋戌“哇”地吐出来：“来人呐，宋炽谋害太子！”

李颐听慌忙回神：“什么？”

席间却听见有人失态地喊了一声：“魏统领……”

她眉心一跳。

魏登年端坐席间，风度翩翩，手指修长，执着玉箸，一口接着一口，面不改色将半碟红烧肉全部吃光。

“臣觉得，郡主这道菜，味道甚好。”

诸臣：哥们你口味挺重啊。

宋戌：“魏登年你舌头也一起被吃掉了吧！先不说好不好吃，一口气吃半碟你不腻吗！”

魏登年拱手道：“方才陛下问臣对郡主到底是什么想法，臣先前不知如何作答，此刻却有了答案。”

宋帝道：“噢？”

“郡主的厨艺是臣心中最好的厨艺，郡主是臣心中最合适的妻子。”

魏登年的声音恬淡平和，却有力，刚刚好让列席众人听得清楚分明。

宋戌“噌”地起身，怒道：“她做的东西如此难吃，你说谎！欺君！”

“郡主的厨艺举世无双，臣朝思暮想，魂牵梦萦，不吃——”魏登年拔高了语调，冲宋戌露出个挑衅的冷笑来，“会死。”

宋戌怒道：“魏登年！”

章贵妃由他胡闹半晌，终于柳眉倒竖：“阿戌，坐下！”

宋帝大叹三声：“魏统领果然独具匠心，标新立异！那么小炽啊，你的意思呢？”

李颐听原本以为他杀张鹤就皇帝下的密令，今日才知竟然是他提出的，竟然是他主动提出的。

一个御前侍卫，问皇帝要兵去杀藩王，多么荒谬，多么让人猜忌防备。

宋帝给的还是三百个连正经战事都没经历过的散兵，或许当时连他也没想到会成事。

可他却做到了。

他为了她提前露出了自己的爪牙。

也准备好了，回来之后每一日每一步的艰难。

可是这诸多曲折，却被魏登年一句“左右不过是做了一些无用功罢了，不值一提”，草草带过。

一时之间，李颐听竟不能分辨到底是前举更令她心神震动，还是方才他一席话更令她心神震动。

总之两边都震动了一会儿，还是久久不能平静下来，李颐听终于忍不住偏头朝他看了一眼。

魏登年姿态端方立于席间，耀耀泪痣，风姿迢迢，冲她浅浅一笑。

“回陛下话，”一室静谧，李颐听听见自己说道，“我愿意做他的妻子。”

3

这一日，都城十二长街赌坊里的赌徒，谁也没赢到银子。

当朝那位谪仙般的侍卫，既不爱甜口的红烧肉也不爱咸口的红烧肉，他爱上的只是那位做红烧肉的姑娘。

而宋帝眼见这一桩情投意合的姻缘在眼前发生，更是喜不自胜，自觉也算是半个见证人，当着列席群臣的面赐了婚，又为他迎娶郡主抬高门第，升了魏登年为正二品的北司禁军统领，管皇城十二卫禁军之四的左右骁卫、武卫和金吾卫。

从罪人之子连连晋升，自大蚉建国以来前所未有。蚉朝的臣子们早就在王朝的钟鸣鼎食、风花雪月里混成了软骨头，个个圆滑世故，无不上慨皇帝仁爱，殿内一片道贺恭维之声。唯有一人反对，正是当朝丞相之子毕想。

他父亲称病，拒了这场接风宴，派了儿子来草草打发。在父亲庇护下长大的贵公子哪里有活了两世的李颐听狡猾，她轻描淡写化了他一番厉词不说，还据着“占着茅坑不拉屎”的理论向宋帝讨要回了将军府，气得毕想酒后撒泼，翻出她从前沉迷男色、追在人家后边有失体统的荒唐事情。

李颐听左耳朵进右耳朵出，不关痛痒地笑笑就罢了，反正都是宋炽做的荒唐事，倒是劳烦其他以为自己听着了皇室秘闻的大臣们替她坐立不安。

魏登年尤其脸色不爽，这场接风宴收尾得并不算十分体面。

夜色弥漫，宫纱笼罩华灯，将四方高墙上重重叠叠的琉璃瓦片照得熠熠生辉。

接风宴毕，大臣们的车马一辆接一辆从宫门前离去，徐徐缓缓，没入都城十二长街。

毕想喝得昏昏沉沉，半身瘫软在车厢里，夜深人静，只余车轱辘压过花岗石的细碎声响。

忽然，临空飞来一颗石子，击得车轱辘一歪，车厢骤震，毕想脑袋顶开了车帘，整个人往前栽去，幸好醉得还不算太糊涂，在地上滚了两圈，将将稳住了身子。

破空之声从他身后逼来，划开暗夜的疾风。

毕想闻声而动，慌忙拔剑做挡。

然而他醉酒在前，身法差劲在后，跟他对打的李颐听手法利落、身形迅疾，仅仅握着根随手捡的枝杈交手几下，却也将他剑身震得“铮”的一响，再狠狠往他手背一抽，毕想吃痛，松手丢了武器，更是连连败退。

旁边的轿夫都看出门道，悟出人生在世莫过于知难而退四个字，当下挥了鞭子驾马，弃了毕想而逃。

街市拐角的阴影处立了两道身影，静静看着这一切。

王霄拱手道：“统领，可要属下帮一把郡主？”

“不必，毕家小子出言不逊，她心中不快，让她出出气也好。若是毕想伤她一根头发，我就砍了他双手双脚。”魏登年声音狠厉，看向她的眉目却温和，“只是现在看来，倒用不着我出手了。竟不知她的功夫这样好。”

王霄也笑道：“是啊，郡主倒像是习武多年，一点也不似皇室养出来的那些娇滴滴的小女子，和统领般配得很。”

“郡主也是你能点评一二的？”魏登年斜了他一眼，却忍不住心猿意马，“如今我与她的婚事定了，许多事情便要长虑顾后，那件事你去办吧，我在这里看着就足够了。”

王霄道：“统领，您真的……”

魏登年道：“为了她，我愿意按捺。”

王霄道：“是。”

不远处，李颐听拿树枝当鞭子，专往毕想肉多的地方抽，抽得他抱头乱窜，嘴里大喊：“小臣不知是哪里得罪了郡主，郡主竟要下此狠手。我爹是当朝宰相，文官之首，郡主不能杀我！”

李颐听道：“杀你谈不上，就是替你爹管教管教而已！”

“郡主饶命，郡主饶命！”

毕想被追着一顿猛揍，最后跑不动了，左脚绊右脚，摔断颗门牙后终于倒地上起不来了，李颐听这才收了手蹲下去说话。

魏登年听不清楚，静静瞧着她在黑灯瞎火的巷子里窸窣一番离去，然后跟了上去。

李颐听身形纤纤，背影端庄贤淑，走路腿脚却踢得老高，一下一下响亮地踩在地上，摇头晃脑没有正形，魏登年跟在后面看进眼底，嘴角也跟着噙了抹笑。

他一路护送，却见她走的并不是回王府的路，心下好奇，随她弯弯拐拐，没料想竟然到了他府前。

李颐听扣响了门。

大门被家仆从里面“咯吱”一声打开，魏登年嗖地翻进了院墙，抢先一步隐进了主院。

月色清明，倾洒了一院。

他散了发，长衫半解，故意做出一副从睡梦中醒来的模样，懒洋洋倚在门边，眼睛里有揶揄笑意：“婚期还有半年，郡主深夜前来，也太着急了些。”

李颐听的面皮像被滚熟的虾般通红，半羞半怒跑至他跟前，摊开掌心，露出攥着的一把微锈的古铜色钥匙来。

“鸠占鹊巢，物归原主。”

魏登年神色一敛，目光凝滞了。

竟然是为了他。

李颐听掌心摊开半天，他却迟迟不动，她便只好将钥匙塞进他的怀里：“好了，事情办完了，我回去睡觉了。”

她转身，臂弯却被人大力一拉，然后跌进一个宽厚温热的怀抱，长臂穿过她的腰际将她缠紧。

李颐听惊慌挣扎：“魏登年，还有人！”

魏登年冷冷抬眼，满院子僵住的下人对上他的视线，“轰”地散开。

他态度重新温和下来，伏在她颈边道：“从毕想身上拿回来的？”

她挣扎了几下，发现压根跑不脱，只好道：“嗯。”

魏登年道：“你让我不要跟毕家父子敌对，怎么你自己倒去得罪他们了？”

李颐听道：“方才席间他就一脸不愿意的，要是我不去取来，他还不知道要赖到什么时候呢，我知道你很喜欢那间宅子。”

她笑了笑，身后的人却未出声，只是腰上被箍得紧一些，更紧一些，像是想把她揉进身体。

他低哑的声音缓缓道：“郡主果然顾家，还没成亲，就先亲手抢回了婚房。”

李颐听惊咳一声，一脚踩在魏登年脚背上，趁他吃痛，蹦离了半米远。

“谁说我是为，为了婚房！”

魏登年却不管这些，一副认定了的模样，笑而不语。

李颐听气得牙痒痒：“我不同你说了，我困了，要回去睡觉。”

见她真的要走，魏登年才知惹过了头，急急堵到她面前：“小听，小听你等等，你为我要回了将军府，我也有件东西要给你。”

他伸手从颈间取下什么：“我孤身一人许多年，没什么东西可以送，唯有这一物贴身戴了许多年，虽然远不及你替我要回宅子的情意，但也是我的一份心意，要是不嫌弃，收下可好？”

金色的绳子上坠着一枚黑玉，只是上面雕刻的东西不伦不类，说它像蛇，却长了一双怪异邪气的翅膀；若说它是龙，却没有龙角。

“这是什么？哪来的？”李颐听接过去细看，蟠螭黑玉上还带着他的体温，月光下，玉面现出斑驳的流光。

魏登年道：“我也不知，只是听我爹说是小时候路遇高人送来护身的。”

李颐听笑道：“什么高人，送的东西如此青面獠牙的，还怪吓人的。”

魏登年垂首：“你不喜欢？那我下次再送你个别的。”

李颐听打掉他伸过来的手：“废什么话，还不快给我戴上。”

魏登年抬眸，脸上复喜，这才接过去替她系上。

这时，王霄恰好奔了进来。他匆匆忙忙，满院子的人又被魏登年赶去了别处，顺畅无比地就进来了，结果好死不死地打扰了统领的好事，六目相对，讪讪一笑就想遁逃。

魏登年道：“跑什么。”

王霄缩了缩脖子，僵在原地，走也不是留也不是。

魏登年对李颐听道：“你先回去，我还有些军务要处理。”

李颐听讶然：“这么晚还有军务，什么事情这么重要？”

魏登年轻勾嘴角，压低了身子道：“怎么，还未过门就管起你夫君的公务了？”

李颐听：“我走了！”

他含着笑，看她逃也似的跑了，藕粉色的身影一路慌乱拐出了大门，他才终于收回目光，沉声道：“办得如何？”

王霄也恢复正经模样，单膝跪地禀道：“属下已经将统领连月来收集的毕家一众贪污弄权的证据送去了毕家作为交换，毕愁说，愿意和平共处。”

魏登年缓缓闭眼：“很好。”

王霄几番犹豫，最后还是没忍住，问出了自己的困惑：“统领，您收集的证据足够让陛下罢了他的官职，真的就这么放过他了？”

魏登年冷声道：“你也知道只是罢免他的官职。他在朝中党羽众多门生遍布，想连根拔起谈何容易？且罪不至死……只要他们停手，我愿意放下过往仇怨，从此同他们相安无事。”

王霄蹙眉道：“统领，你变了。”

“或许吧。从前我只有一个人，生死都不那么重要；如今大婚在即，我便不敢再随便豁命想杀谁就杀谁，她会生气的。”

魏登年语气里稍有些轻缓的笑意。

当时他答应李颐听不杀毕家父子的时候，他便知道，他真正应下的远不止这些。

“魏登年。”

远远轻轻的一声拉回了魏登年的思绪。

他猝然抬头，却看见折返回来的李颐听站在院外。

“小听，你怎么还没走？”

李颐听走近道：“要是我走了，我便不知道你为我做的这些了。我为你要回一间宅子，你便迫不及待要回赠我一个物件，你为我做的忍让怎么就一声不吭呢？”

王霄在两人间悄咪咪看了一遭，识趣告退。

“原只是忍着一两个人存活于世罢了，不值一提。”他笑了笑，伸手将她的碎发挽到耳后，“要是从没见过光亮，或许就是满手血腥的一生了，但是见过你后，忽然生出好多好多的不甘心。”

李颐听道：“方才王霄说你变了，其实不然。”

周家想折磨死他，他便死撑着活；毕家用权势压他，他就让自己手握权势。

被命运不公的时候，他凶狠地反咬回去，喜欢什么，又不顾一切满腔赤诚。

他从来没变，亦不会被轻易改变，他只是分得很清楚，从前要的是什么，现在要的又是什么。

那样复杂，又这样简单。

魏登年还等着她说后半句，却没了下文，正想问时，她突然扑进他的怀里，绵软的触感一下子让他僵了僵，轻笑：“我放过毕家，你就这么高兴？”

李颐听重重点头：“嗯！”

「第十四话」

可若是魏登年出事，我却只想豁出命陪他一起

1

成亲自古便是件繁琐的事情，有六礼之说，分别是纳彩、问名、纳吉、纳征、请期、亲迎。

魏登年没有亲人，唯有一个刘悬算是长辈，便是由他来王府提亲。

李颐听也没有闲着，自从婚事定了下来，王妃便从宫里挑了两个嬷嬷来教她礼仪，整日在家学女红背女德，从前宋炽顽劣躲懒逃过去的种种技艺，巴不得她这几月一下子学会了才好，尤其她那日接风宴上令群臣食之丧胆的厨艺，更是被王妃耳提面命地督促学习。

李颐听怕露馅，不能一下子把自己真本事拿出来，被关在家里日日叫苦，反倒和魏登年三四个月都难见上一面。

她倒是有过一次想溜出去的念头，路过王妃房前，却窥见她在书案前对着她的嫁妆单子细细添加。陪着王妃久些的婆子说，这个月来那张单子被王妃几次添办，纸张都涂改掉五六张，唯恐她嫁人后缺什么少什么，受了亏待，巴不得把整座王府的库房都跟她一块儿送去给魏登年才好。

李颐听站在窗外看了王妃良久，又默默回屋去听嬷嬷们教诲了。

唯一值得欣慰的就是，她当时“下嫁”张鹤未成，把自家的陪嫁又都偷搬回王府库房，不至于大出血两次。

她没溜出王府，魏登年却是潜进来了一回，还是深夜翻窗户进来的，把要入睡的李颐听吓得鞋子都丢了出去。

他这几月一直在忙着给将军府翻新，猜到她在家中待得烦闷，在街市上搜刮了不少小玩意带过来给她解闷，偶然瞥见她桌上那本女德，如沐春风地笑着说："我的女人，不需要看这种东西，什么性子我都受得住。"

李颐听骂他得了便宜还卖乖，声音稍大了些，引得来找李颐听的苏觅在外询问出声。不等她回应，魏登年已经又行云流水地翻窗而出。

李颐听瞅着他驾轻就熟的模样，陷入了深思。

照着苏觅当时来给宋帝贺寿顺便小住几日的说辞，她现下早该回去养病了。不知怎么，李颐听又是出嫁翼都又是重新订婚地忙活了几月，她竟一直赖在府里。王府自然不会做出什么赶人走的事情来，且王妃念着她和宋炽从小长大的情分，一直都十分喜欢她。

李颐听从梳山回来时，红豆拉着她好一顿哭，苏觅远远看着亦眼眶红热。李颐听瞧着她像是真的替她摆脱这桩婚事感到高兴，先前的膈应也消得差不多了，偶尔无事也能讲上几句闲话，学学女红。

李颐听有种错觉——离成亲的日子越近，苏觅便来她房中来得越勤，可请她进来，却总是闲聊些小时候的事情。

"你还记不记得以前你总是像个男孩子，跟宋戍争赏赐，跟皇子们打架。你羡慕宫外的世界，所以格外爱财，一得了陛下的赏赐便向我炫耀一番再存起来，说万一以后不想做郡主了，偷偷跑了也有银子花。

"你想像外头的百姓一样生活，下河摸鱼上树掏鸟蛋，可是宫里没有那样的条件，也没有那样的规矩，你便带着我偷偷去章贵妃的池塘里捉锦鲤，然后装在袋子里让能出宫的宫人们去宫外放生。那时候章贵妃还只是个小小淑仪，你把她池子里一大半的锦鲤偷走了，她还缠着陛下哭了两日告你的状。

"你说我们都被困在宫墙里了，我们不能选择，但是鱼却可以，能救出一条便救一条。可是金贵的锦鲤被你用小小的袋子裹着，鱼多水少又拥挤，半路就翻了白肚皮。你哭得比贵妃还伤心，陛下想责骂你都没法子。

"我身子不好，没法跟着你爬上爬下揭瓦打架，只能远远地在下面瞧着你。你小时候话很多，我总是插不上嘴，不过也喜欢听你说话，等你说得口干舌燥了再给你递一杯水。你是郡主，身边总围着许多妃嫔命妇家里的贵族小姐，渐渐地，你便不再爱跟我玩了。"

宋炽的身体都还记得苏觅说的这些事情。并不是说她不喜欢这个小玩伴，只是一个闹一个静，久而久之，宋炽总觉得跟苏觅有些玩不到一块儿。

这不是她的记忆，李颐听不便发表评论，只能默默地笑。

直到她问起宋戌。

李颐听精神一震。总算是提到重点了。

苏觅甚少在她面前提起什么男子，李颐听一开始还以为她心仪的人是宋戌，可后来见到她与魏登年，又以为……此刻见她面露犹豫欲语还休，心下了然，立刻道：“我跟宋戌关系虽好，却不是你想的那样，放心吧，我只想嫁给魏登年。”

苏觅捏着茶杯的手狠狠一抖，茶水四溅，杯盏翻落，眼看要砸在地上。李颐听身体比头脑反应更快，快速出手，稳稳接在了掌心。

她瞥到苏觅探寻过来的神色，又立刻松手摔了杯子，佯装困倦，打了好几个哈欠将人请走。

此番聊下来也到了就寝的时辰，李颐听梳洗过后脱了衣服上床，迷迷糊糊间忽然听见一阵细微的脚步。

她在黑暗中猛然睁眼又立刻闭紧，身体警惕地绷紧。

寒芒刺来的时候，李颐听骤然朝里面滚去，剑锋削断几根碎发，擦着她的身体刺下。她撑榻而起，在床上旋身扫过，一双腿连踢过去将两个反应不及的黑衣人撂倒，一卷被子把二人滚在一处，剑锋稳稳地贴在了他们脖侧。

“说，是谁让你们来杀我？”

“是我。”

李颐听循声抬头。

原本已经离去的苏觅竟然折返，目光沉沉地看着她。

她没有武功李颐听是知道的，所以并未把她放在眼里：“你想杀我，因为我要嫁给魏登年？你喜欢的人到底是谁？”

苏觅脸上并没有行动失败的懊恼惊怒，也没有愧疚后怕，她抬脚走近，劈头盖脸的第一句话居然是：“你不是宋炽，你是谁？”

李颐听神色一凛，转而快速回答：“我就是宋炽。”

苏觅摇摇头：“她没有你身上这种杀伐果决。我住在王府多久便观察了你多久，我很肯定，你不是她。”

李颐听刚下凡时也曾为此伤过一阵脑筋，总担心被这个发现被那个发现，但好在宋炽本就是个跳脱的性子，时不时就搞出点令人头痛的动静，也不至于太过出格，李颐听在她的亲人面前又总是格外注意，下凡后结识的也大多是不熟悉宋炽的人,久而久之无人察觉,在这方面她也松懈了不少。

不曾想，第一个发现她不是宋炽的会是苏觅。

“我并非真想杀你，没想到随便一试就被我试出来了。你到底是谁，为什么跟小炽长得一模一样？小炽在哪儿？”

苏觅一面温和地询问，一面悄无声息地靠近，趁着李颐听思绪混乱时忽然扑了上去。李颐听悚然挣扎，袖子还是被她褪到了肘间，露出小臂上一条食指长短的旧疤来。

李颐听猛地推开她，苏觅不敌她的力气摔在地上，失魂落魄道：“这是她年幼时爬树摔下来刮伤的，你怎么会有跟她一样的伤口？”

李颐听呼吸稳了下来，不管怎么样，只要她一口咬死，谁也没办法拿出证据来说她不是宋炽。

她凝声道：“我告诉过你了。”

苏觅道：“你不是她！”

李颐听道：“今天的事情我不计较，这两个人也让你带走不做惩处。但是你身子不好，思虑过重，都城的水土不适合你养病，明日你便跟我爹请辞，自行离去吧。”

她收了剑，两个黑衣人千恩万谢地从被子里挣脱出来去扶苏觅，却被一把推开。

“我的小炽，跟皇宫里所有人都不一样。她爱金银就去讨好太后，家中顾着我的身子不许我吃得油腻，可我要是说馋，她就会带我去膳房里偷。她想做什么想要什么都写在脸上,既坦荡又明快,外人看着觉得她俗不可耐,但我却觉得世间没有比她更通透的人了。”

苏觅怔怔坐在地上，神色哀恸，又恶狠狠地朝李颐听看去：“你比她聪明稳妥、大方得体，可你不是她。”

李颐听细细回忆,宋炽的记忆里却根本没有和苏觅有那样深厚的感情。

沉默了片刻，她仍旧摸不着头脑，转头对那两个黑衣人道：“把你们主子带走，不然今夜你们谁也别走了。”

黑衣人交换了个眼神，一人架起苏觅一只胳膊，将六神无主的她连扛带拖地弄走了。

苏觅并没有如约离开王府，却也没有再找过她。

年节全家一起吃晚饭，苏觅也在，李颐听担心她说出些不合时宜的话，吃得有些忐忑。苏觅却是安安静静，濮阳王妃给她夹菜才道谢几句。

好几次李颐听跟红豆一块儿在院子里晒太阳、摆弄花草时，总觉得有人在背后偷偷窥伺，猛地回头，却只见一片白色的衣角闪过。

李颐听虽心中有疑，不过过了两月都相安无事，于是赶走苏觅的心思也淡了。

2

四月立夏，万象更新。

初六黄道吉日，忌殡葬，宜嫁娶。

李颐听被红豆拉起来梳妆打扮。原就只喝了一杯牛乳茶，点了口脂后更是水米未进，濮阳王夫妇知道她的德行，房中一口吃的都没留，午时从王府出发拜过宋帝贵妃，再坐上辇轿随着仪仗队回将军府。

如今那里已经改成了魏府，但不管修葺得如何雅致，宾客如何吵嚷，李颐听心里只有四喜干果奶白葡萄鸡丝黄瓜麻辣肚丝……火盆子都晃眼看成了蜜汁烧鸡，终于被红豆搀着踏入主厅。

一双红色白鹤团金云靴映入李颐听盖头下的狭窄视野，灼灼红色揽尽风华，见着这一处袍角，她已经能想象到面前的人是如何瑶林玉树。

李颐听伸出手去，滑进他的掌心，五指交缠，每一条纹路紧密贴合。

他走得很慢，体贴稳妥地牵着她，像是怕她摔着，又像是想很仔细地记住这一刻。

魏登年父母的牌位被摆上正桌，只是因为有罪，宫里发话必须以红布遮住。

濮阳王夫妇和刘悬居高而坐，一边是扯着袖子泪如雨下，另一边是拍着大腿笑逐颜开。

新人走至堂下，傧相高喊吉时，忽然间被人急急喊停。

满堂宾客循声回头。

宣旨的宦官领着一小列侍卫，着急忙慌地奔了进来。

进来后，那宦官却又不说话了，环视周围一圈，把魏登年拉去了一旁。

“魏统领，太子殿下失踪了，宫里的人送早膳进去发现的，陛下让您立刻带人去找！”

魏登年蹙眉：“怎么会忽然失踪？或许是逛去了宫里别的什么地方……”

“都找过了，就是没有！若是平日，一时半刻不见人就算了，但是今日一屋子常跟着太子的宫人们都昏在殿里，随身伺候的那个至今还未醒！”宦官压低声音，“太子殿下可能被人掳走了！”

魏登年神色莫测，不过多半是咬牙咬的，他道：“可还有其他人去寻太子？我现在实在不便。”

“东宫卫率都去了，但是半日过去还没有消息；禁军要守皇城不能调动；南衙的十六卫各司其职，若是忽然撤走，臣民恐生猜忌。现下就您手底下的左右骁卫可供调派，若非如此，陛下怎可能让小的在您大喜的日子来派差事啊！”

魏登年犹豫不决，心中始终存了个疑影，那宦官却在旁边催得着急：“哎哟我的魏统领，您就快去吧，咱们晚一分，太子殿下的危险就大一分啊！”

他只好应了。

魏登年快速回到堂内，压低声音对李颐听道：“宋戌不见了，找去找他，等我回来。”

李颐听心中惴惴：“小心些。”

魏登年道：“放心，等我。”

宦官带着小列侍卫匆匆地来，又匆匆地走，只是走时还拐跑了新郎官，扔下满席宾客面面相觑。

李颐听跟长辈们商量了一番，没多久便照常开席。

她遣红豆顺了几碟子肉膳端到她房里，摘了盖头一手抓着猪蹄啃一手拿筷子夹吃食，没一会儿口脂就被她吃得斑驳一片。

红豆被她的吃相吓着，连忙倒茶让她慢些，李颐听两个腮帮子鼓得咽不下去，又灌了半壶茶下肚，才总算顺气。

早知如此，就不受罪化那劳什子妆面了。

外面的喜宴有濮阳王夫妇和刘悬照看着，李颐听不便出去露面，派了两拨人悄悄去寻宋戌的下落，忧心忡忡枯坐了一个时辰也没见到有人回禀，等着等着便睡着了。

魏府上下忙着招呼宾客，无暇顾及她，红豆也悄悄退了出去。

她这一觉睡得极长，直至暮色下沉方自然醒来。

十月的风清爽微凉，一簇簇桂花打着旋地被风从微开的窗子里送进来，星星点点地落在地上、薄被上。

李颐听在满室馨香中翻了个身，缓缓睁眼，却被面前放大的一张脸吓得惊坐起来，一个枕头砸了过去。

宋戌忙道："炽儿！是我是我！"

李颐听惊魂未定："你怎么会在这儿！"

"我来许久了啊，是你一直没醒。"宋戌端了杯热茶递给李颐听，"压压惊。"

李颐听边喝茶边打量他。宋戌今日十分不宋戌，竟然反常地穿了件极不显眼的深蓝色布衣，还背了个鼓鼓囊囊的包袱。

他坐到床边，仔仔细细地端详她："你今日很好看。只是这样不方便离开，一会儿这些头饰衣服都换了吧，妆也擦了，太过招摇。"他拍了拍从进屋起就没有拿下过的包袱，"你看，我这一次带足了细软，也沿途留足了被歹人掳走的假线索，从宫墙一直到城郊，他们要想找到我，没有小半月是不行的。既然你现在醒来了，快收拾收拾跟我走。"

李颐听"啊"了好几声："什么意思？"

他拿走她喝茶的杯子，转身舒朗一笑道："私奔啊。"

李颐听坐在床上不为所动："宋戌，你又闹什么幺蛾子？是想让我陪你出宫狩猎还是跟侍卫们打了赌？"

她柳眉蹙起："不管如何，今日我大婚，你闹得有些过了。"

宋戌一愣，道："不是出宫狩猎我也没有跟谁打赌，我就是来带你走的。那日我在大殿看得分明，魏登年当面向陛下求娶你，让你在众人面前下不来台只好答应他，你是被迫的对不对？我知道你一定是被迫的！"

宋戌又道："我以为，你去翼都只是个幌子，你会跟我的人一起回来，重新做你的郡主我的堂妹，我甚至已经想好，你被马匪掳走多日，名声或许会受到一些影响，但我可以借机向父皇求娶，所以我马上就答应了你的求助。你给我的信被他们快马加鞭送了回来，你不知道那一刻我有多么后悔，为什么，为什么我没有随吉青他们一道来接你，为什么那一次我没有拼尽全力闯一回宫。"

李颐听惊愕不已，她竟不知宋戌何时对她动了心："宋戌……你冷静点。”

“我没法冷静，从你被赐婚给张鹤起，我就再也没法冷静了！”

宋戌语调逐渐拔高，胸口起伏地望着她：“以前我被偌大的宫城困着，虽然我常常出宫骑马、狩猎，可我知道太阳一落下，我就要重新回到那个四四方方的宅子里，都城最大的宅子。这是我第一次抱着必走的决心离宫，北门被我花钱封口的侍卫以为我只是像往常一样出宫玩一趟，但我知道，我是要跟你永远地离开这里。”他忽然抓住她的手，殷切道，“你也是想跟我走的，对不对？”

李颐听一惊，剧烈挣脱后两三步爬下床，跟他隔开五尺之距道：“我不是被迫的！宋戌，我是自愿嫁给他的。”

静了片刻，宋戌道：“我不信。”

李颐听道：“我不知道做了什么让你误会，可我，的的确确倾心魏登年。”

“不可能，不可能，你喜欢的人不是我？不会的。”宋戌看向她，神色仿佛十分不解，“你若不是喜欢我，怎么会豁出命为我挡下废太子那一剑？”

李颐听道：“我的确救过你，可我还帮郑易救过他父亲，难道我也喜欢他父亲吗？”

“那怎么能一样……”

“的确不一样。你们出事，我会拼尽全力帮你们；可若是魏登年出事，我只想豁出命陪他一起。”

宋戌急急要辩驳的话，愕然止在了喉头。

李颐听笑了笑，道：“我最见不得美男有难，这世间好看的男子受了苦我都会想助一助。可旁人好看，我也仅限于看看就好；魏登年好看，我却想亲他，想同他在一起，想这辈子都能在他身边一直看下去。宋戌，你可懂得？”

宋戌盯着她久久不语，忽然嘴角扬扬，却是苦笑出声：“你说得这样直白，我怎会不懂。”

李颐听瞧着他的神情，心中也跟着揪了一下，从前一切历历在目，但这种事情最该快刀斩乱麻，于是她硬了心肠道：“既然如此——”

“既然懂得，”两道声音交叠，魏登年从屋外的阴影处走入，款款一笑，“臣便就此恭送殿下，谢太子殿下在臣大婚之日亲来祝贺。”

一室静谧。

宋戌咬牙切齿地瞪着魏登年，魏登年亦直直回望，面上笑着，眼神却冷得吓人。

半晌，终是宋戌先收了目光，最后心绪难平地看了李颐听一眼，黯然离开。

他以往总是大摇大摆来找李颐听，穿金戴银恣意疏狂，两世以来，李颐听见他永远都是风流、充满朝气，却从未见到他背影如此沉默、颓唐，肩膀沉沉地塌了下去，仿佛世间再也没有任何事情能让他振奋起来。

“人都走远了，你还如此巴巴看着，是舍不得吗？可要我叫他回来？”

魏登年语气平缓地开口，不疾不徐。李颐听忽然觉得后脖子有些凉，立刻缩回目光。

他轻轻捏住她的下巴，往上抬了抬迫她与他对视，指腹温柔地摩挲过她的脸颊，吐息温热：“宋戌今日满嘴胡话，尤其那一句夸你今日好看，我听了觉得甚是荒唐，我的小听，自是日日好看的。”

李颐听轻笑一声，也突然反捏住他的脸颊：“你也学会油嘴滑舌了。”

刚下凡时日日想做的事情，今日终于做了，心中阴霾骤扫，顿觉舒畅，忍不住笑出了声。

魏登年挑眉：“手感如何？”

李颐听老气横秋道：“甚好甚好。”

二人大笑。

李颐听扑进他怀里：“方才我和宋戌的话你都听到了？怎么你一直都在府里吗？我听他说留的假线索要你们找上小半月才行，我还担心了一下。”

魏登年将李颐听抱紧了些，鼻尖在她乌发间轻轻蹭着。

他喜欢闻她身上的浅淡香气，剑眉也跟着舒展开来：“他那点小伎俩，要骗我可能要等我长到皇帝那样的年岁了。只是我听了你跟他的一番对话，倒是有件事情想要问问你。”

李颐听道：“那我看心情回答。”

“你说我好看，想亲我，想同我在一起，想这辈子都能在我身边一直看下去。”魏登年故意凑到她耳边说话，盯着她的脸颊一寸寸红了，轻笑一声，终于正色，“可宋戌也好看，郑易也好看，你为什么偏偏对我不一样？在你心里，我和他们的区别是什么？”

“当然有了！魏登年啊魏登年，你竟然如此愚钝吗？”李颐听松开他，骤然笑开，“你跟他们都不一样，你最漂亮。

“世间所有好看的人里，我最喜欢你。”

李颐听一身璀璨的喜服在暗夜里更加衬得她肤如凝脂眸若流光，辗转反侧求来的人此刻就欢喜立于跟前，含情脉脉地瞧着他，魏登年的神色却忽然难看至极。

他沉默的时间实在太久，就连李颐听也觉得有些不对，却不知道缘故。惴惴之时，他却大笑出声，连连叹了三遍：“也好，漂亮也好。”

3

魏府的宾客已经散尽，新人却还未正式拜堂过门。

下人们在前厅收拾，长辈们在正厅商议，都同意明日重新再行一遍拜堂仪式。

虽然小夫妻觉得此事不必刻板，既然高堂都在，跪下奉一盏长辈茶，互相三叩过了便算礼成，然而濮阳王妃却反对。

今日满堂宾客皆瞧见了他二人没有拜堂魏登年便去办差，若是就这么悄无声息地过了门，外人只会觉得名不正言不顺。

李颐听辩了几句，似乎要把王妃说动，却被魏登年轻声驳了，直言不能委屈了她。

他在岳父岳母面前博了知礼乖巧的名头，转头压低了声音对她憋坏道：“来日方长，娘子不必急于这一日两日的。”

他那一声“娘子”叫得李颐听耳根酥软，险些没有站稳，脸又不争气地红了。

于是大晚上的，李颐听又被一顶轿子抬回了濮阳王府。

濮阳王妃连夜便请人算了，明日倒也是个好日子，仍是午时出发，不过宋帝稍有愧疚，便免了其中去皇宫跪拜谢恩的一环。

十月中旬的太阳，到了午时也是极烈的。

李颐听盛装入轿，不过这一次学聪明了，藏了两大盒糕点在袖子里，起轿后即开餐。

王府食娘做的七巧杏花酥是花瓣样式，每一瓣都是不同的馅料，红豆、黄豆、玫瑰杏仁……精致香甜，口感绵密，吃了一瓣又让人好奇下一瓣是什么，接二连三地吃下去。

李颐听连吃了一盒半，终于口干舌燥，把食盒丢到一旁，想喝水了才记起今日的正事，连忙偷偷撩开轿帘看一眼到了哪里。

一看之下微微蹙眉，照现在的脚程，不应当还才到尚祥坊啊，这恐怕还得好一会儿才能去魏府喝上水。

她敲了敲轿子，对外边的红豆道：“怎么今日这路显得格外长啊，咱们是不是都走了一个时辰了？”

红豆笑道：“小姐是想魏大人想得紧吧，连路都嫌长了呢。”

这丫头倒是善变得很，自从李颐听决定嫁给魏登年后，称呼大改不说，竟然还学会了他那一套，反过来调侃她。

李颐听“嗤”了好大一声，没有坐相地半躺下去。

她如今不是仙身，识不出障眼法，并没有发现街市无限延长，仪仗队脚下一切包括红豆皆是幻象。仪仗队早就走出了都城，到了郊外野林，众人每一步看似在走，却是原地踏步；而驮着李颐听的喜轿却在空中平稳滑行，掠过数道山脊、半百城池，一瞬千里，直至四明山。

若是哪位神仙出来遛弯，站在浩渺云层往下探一探头，定然觉得这一幕诡异非常。

又过了数个时辰，障眼法破，红豆一行人才恍然惊呼，四下张望。

“怎么回事？咱们怎么走出城了？”

“喜轿呢？”

“见鬼了！”

李颐听小睡醒来，轿子已经四平八稳地落地，却无人来叫醒她，听不到喧闹鼎沸的人声，也没有仪仗队吹吹打打的声响，四周异常安静。

可这静谧中又多了点别的什么声音。鸟鸣兽吼，还有草丛中有什么跑过时带起沙沙的响动，这些响动极小，然而在这安静过头的场景下便格外清晰。

她终于发现不对，下意识往身上摸了摸，并没有什么杀伤性武器。只有从头上拔了根尖锐的钗子下来攥在手里防身，缓慢小心地撩开轿帘。

入眼所见是一大片参天古树，天光被撕裂得只剩下破碎的白块，自叶间缝隙撒下。

李颐听警惕地走了出去，试探地叫了几声红豆。她到底是个神仙，短暂的慌乱过后见并没有任何危险来临，马上镇定下来，警惕地在原地待了一会儿，却没有等到把自己弄到这儿来的人。

李颐听狐疑地朝右边走了一小段路。林深枝茂，越往深处走树木越是高大密郁，似没有尽头，只得折返，改向左走。地貌的确清晰起来，如同拨云见日，挡住视野的绿色逐渐削弱，直到周遭光秃秃的，荒芜一片。

黄沙漫天，一脚踩下去没入鞋背，风声厉急，如同鬼啸呜咽，抽在脸上都隐隐刺痛。

两极分化如此明显的山林，李颐听唯一想到的便是四明山。

天界与魔界交会的地方。

李颐听不安更甚，急急退回了天界的地界，沿着林子边缘朝南奔走，所到之处皆是一样，行了半个时辰仍觉得没有变化，前后望不到边际。她实在惴惴，便将婚服的厚重外衣脱了系在面前的粗树上，不到一刻又重新回到了树前，反复几次皆是如此。

她不信什么鬼打墙，唯一能够解释的便是有人设下了结界，还是个法力深厚的人。她此刻就处在当中，虽行动自如，所到之处却被限制，就算一直前行也会重新绕回来，且难以发觉。

李颐听在林中转了几圈却没有找到阵眼，逐渐疲累焦躁，找着一块巨石便靠过去休息，忽然闻到一丝若有若无的血腥味。

滴答滴答。

李颐听身边气流涌动异常，大片大片的新鲜空气从外涌进，血腥味也更加浓重。

结界破了？

她攥紧了手里的簪子，戒备地打量四周，头顶忽然有急坠的风声。她立刻退开三丈远。

李颐听刚刚站定，她原先待着的地方“砰”的一声，掉下个人来。

李颐听震撼地抬头看了看，天清云朗，连只鸟都没有，可的的确确一个大活人便这么砸了下来，不知道那人还有没有呼出去的气了……

从天而降的女子在地上一动不动地趴了半晌，就在李颐听犹豫要不要上前时，她终于迟来地呻吟出声，颤巍巍地朝李颐听伸出只手去，尽是尘土的脸抬起来，勉强从两道扭曲得狰狞的眉毛里看出几分迫切：“姑娘，救救我，救救我。”

女子乌发虽乱，身上的玄色战袍却锃亮干净，在泥里滚了一遭也不见沾染半点尘埃，乃是上古神兽玄武外壳打制的甲胄，水浸不湿火烧不穿，只有司白手里那一柄从阴司黄泉的恶人炉提炼出来的天渊剑才可破其坚韧。

她腰间那长长一道裂纹正出自此。

李颐听惊疑不定地看着她：“你是，魔族的人。”

女子神情一动。

“还是个高阶将领。可你又是女子，魔族鲜少有女将领……”李颐听思忖片刻道，“你就是荒归唯一的女儿，魔族的大公主长黎？”

“你是谁！你不是凡人，你也是神仙？”女子忽然起身，先前装出来的柔弱病态尽数化作狰狞怒意，“我要杀了你！杀光九重天上所有的神仙！”

平地骤起狂风。

浓戾的魔气从她周遭迸发，直逼李颐听。

李颐听下意识伸手化出结界抵御，四肢经脉却没有一丝法力流过，这才后知后觉想起自己是个凡人，且身上那点野路子就够打个架，根本挡不住这魔女一击。

她仙身虽然不在此处，可若是受了这么一击，神识恐怕会碎成渣渣了。

极度的惊吓下，李颐听竟然连手腕上保命的丝带都忘记拽，深吸了一口气，闭上了眼睛，做好了等死的准备。

脑海中最后浮现的，竟然不是私藏在床底下的天下美男图册没来得及销毁，不是月老宫里存着没花出去的香火术法，不是死得冤枉，而是那个好看的凡人。

多疑敏感的魏登年。

充满恨意的魏登年。

眸子黑凉得像浸过郸城最厚的冰湖的魏登年。

常年饿肚子，所以总能闻到他身上奶香味的魏登年。

得到食物时惶恐不确定的魏登年。

当然更多的，还是笑着的魏登年，答应放下仇恨的魏登年，保护她的魏登年，新婚那夜说“放心，等我”的魏登年。

他如今性格已经好了许多，想必就算没有她，他也能好好地在这世上活下去吧。

厉风扑开她脸颊两侧的碎发，意料中的撕裂感却没有到来。

有一道东西从侧面飞来做挡，两股力量在她面前相撞，发出震耳一声“铮”响。

李颐听被气流震飞开去，耳边重又归于宁静，有瞬间失聪。

她险险在阴司前走了一遭，缓缓睁眼却什么也没有看到，只有长黎跪倒在地，双手以一种怪异的姿势向后被缚。

她心有所感，忽然肩膀被无形的手拍了一下，一股热流淌过双目，眼前骤然清明，原先空寂的深林突然多出了一片白甲天兵，长黎被身边一左一右的天兵押着，司白座下的武神偻极神君金光熠熠地出现在她面前，恭敬地行了个礼：“颐听仙子，小神跟着君上出战，大胜魔族，追着这逃脱的长黎一路至此。”

李颐听连忙回礼:“多谢偻极神君救了小仙一命,要不是你们来得及时,小仙便就地灰飞烟灭了。”

那边已经用捆仙绳收了长黎，天兵整装折返。

李颐听立刻道：“我不知怎的误入这四明山，神君能否略施小术，将我送回卺国都城？先在此谢过。”

偻极道：“颐听仙子且慢。将仙子送回都城不难，只是在此之前要先请仙子跟我们回一趟九重天。长黎身份特殊，上面追查得极严，虽然仙子授命下凡办差，但为了仙子清白，也请随我等一起上去跟上神鹤夭解释番。”

李颐听道：“神君的意思是，我有串通魔族的嫌疑？可我差点被她杀了啊！”

偻极道：“小神自然不会怀疑仙子，只是鹤夭上神定了规矩，交战期间天族不得与魔族单独往来，否则有通敌之嫌，方才我们来时你与长黎便待在一处，这么多双天兵的眼睛都看见了。”

李颐听蹙眉：“可我还急着成亲呢！”

偻极道：“仙子身上有天帝陛下的重任不假，但走一遭说几句话不过一盏茶的工夫，凡间也就是一日光阴，仙子不如委屈一下，免去日后不必要的麻烦。”

偻极也是个死脑筋，怎么都说不动。李颐听沉吟了半晌：“好吧，我便跟你们走一遭。”

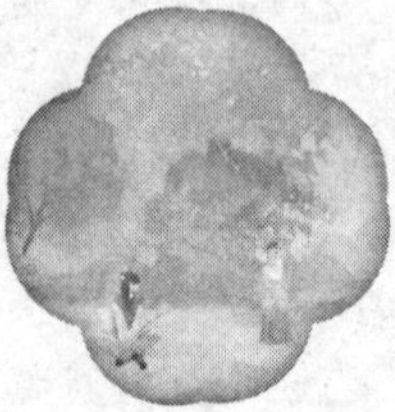

「第十五话」

他是唯一的主宰，可却像失去最多的那个人

1

偻极是司白座下司战的神仙，跟着司白的年头比李颐听当神仙的时日不知道长出多少万倍，是北方一带的凡人最崇尚的武神，他的神殿在人间也是数一数二的多。

或许是因着司白，偻极对她比较客气，只是跟着司白的时间久了，脾气心性也跟着上司差不多，除了在四明山的交谈，一路上便再无半句话，目不斜视无甚表情，像一只长相端正的呆头鹅，让李颐听总觉得她不是去九重天解释几句，而是抓上去就要被打死，所以他才懒得废话。

他方才所提的鹤夭上神便是此时总领神魔之战的老大了，活了几十万年，若要论年纪，月老在他面前都得叫一声爷爷，他是天帝一手带出来的嫡系武神，此次作战，就连司白都只能作为副将听他调派。

李颐听向来不爱八卦那些动不动就打架的武神，只知道那是个最会端架子的神仙。

天宫百里连绵，祥云翻腾舒卷。

司白这一战大胜魔族，又活擒主将，大挫其势，鹤夭今日召了众将听禀战情，论功记赏，大殿里站了不少议事的。

李颐听同押解长黎的一众天兵进了若水宫，三门层层洞开，如画的山水尽揽眼底。

司白似有感应地回头。

李颐听粉腮青黛，长长来路上她红裙生姿步摇轻晃，烨烨风华，一步又一步朝他走近，然后擦身上前，从头至尾目不斜视。

偻极把长黎提到殿前，她一边被人推着走，嘴里一边还在骂骂咧咧，都是什么身上长疮、脚底流脓、生不出孩子等等极度难听的脏话，在场的一众将士都皱了皱眉。鹤夭轻轻一挥手，长黎便被三百六十度横空翻了个滚重摔在地，下巴砸了个结实，想张嘴，呜呜咽咽地再张不开。

偻极率先朝司白拱手，又转向鹤夭行了一礼，李颐听也跟着微微福身见礼。一只脚踩在鎏金主座上的鹤夭见了，竟干脆半躺了下去，双脚交叠往桌上一磕，阴阳怪气道："哎呀，也不知道什么时候开始，低阶小仙竟也敢在本座面前猖狂了。"

满室目光落在李颐听身上。

她一贯在月老宫里老实待着，打交道的都是与她一般无二的小仙，平日也是互相交换戏本子，偷月老的红线打打毛衣，大家都和睦得很，没接触过位高权重的上神，竟不知道这样难相处。

李颐听抿抿唇，一撩衣袂跪了下来，额头点地。

半晌，鹤夭终于道："起来回禀。"

李颐听动了动酸掉的脖子，徐徐起身，贴身佩戴的黑玉从衣襟滑落出来，在胸前轻晃了几下，一旁的长黎目光有一瞬凝滞。

李颐听将所遇长黎之事的前后一五一十地讲了一遍，本就是个小插曲，行个流程的事情，鹤夭也未再为难，挥挥手将她打发。

李颐听看向偻极，后者立刻朝鹤夭禀告送她下凡，一旁沉默的司白忽然出声："我这边的战况已经向上神说明了，剩下一些细枝末节的收尾反正是你做的，便留在这里吧。"

偻极看了眼鹤夭并无异议，立刻道："是。"

李颐听和司白一前一后出了若水宫。

相对无言，一路安静，只有司白身上那尚未来得及换下的银铠走动时碰撞出微弱的声响。他刚从战场回来，风尘仆仆，飘逸的风姿里多了几分飒爽轩昂，引得路过的小天婢们一步一回头。

行至命盘前，李颐听徐徐施了一礼道："麻烦二殿下了，送小仙至都城魏府便可。”

司白定定看着她：“你一定要同我这样生分地说话吗？”

李颐听面不改色：“殿下玩笑了，小仙和殿下云泥有别，不过按照礼数行事。”

司白神情一凛，下意识要伸手抓她解释，却被李颐听敏捷避开。

“烦请殿下快些，小仙在九重天一来一回，凡间已过去一日不止，等我的人必然心急如焚了。”

司白受伤道：“你是不是一定要成亲？”

李颐听狐疑地看了他一眼：“你怎么知……是你把我忽然转移到四明山的？”

司白道：“是。”

李颐听道：“那我也告诉你，是，我一定要成亲，殿下知道的，不管你困我几次，我再回都城都会嫁给他，不必再做无用功。”

她自上了九重天起，对着谁都是一副笑脸，跟什么小仙都能打成一片，毫无半点架子，唯独见了他，用冷漠把全身上下包裹得严严实实，不留缝隙。

司白眉宇间也多了两分愠怒：“想要扭转那个凡人的性子多的是办法，你为什么偏偏要把自己赔进去？你是在报复我吗？”

李颐听笑了，声音却冷得很：“殿下未免太看得起自己。你我之间早就结束了，在很多年前。”

李颐听这些日子来跟魏登年待久了，那人的冷漠疏离也无师自通了个三四分，他进一步她就退一步，神色寡淡，两人之间的距离始终不见缩减：“若是殿下嫌麻烦，小仙也可再去找他人帮忙。”

她越是不动声色，司白的怒意越是像丝线一样被根根寸寸勾了出来，翩翩君子头一次面红耳赤，竟然不管不顾冲过去抱住了她，高声呵道：“襄安！”

这个名字像一道急速坠地的惊雷将李颐听震在原地，随后便是更加激烈的挣扎，一块手掌大的物件从他衣襟滑落，“啪”地掉了出来。

司白立刻松手欲捡，李颐听却比他更快一步，像条泥鳅般“刺溜”滑下去抓在了手里。

那只是一面平平无奇的古铜色繁纹圆镜，照出她的面貌。

“不过是即墨神君无聊时做的小玩意儿，没什么用处的。”司白语气已经尽量平静，可那副忐忑不安的模样却让李颐听一下子怀疑跟自己有关，狐疑地退了两步避开他的抢夺，伸手擦了擦镜面。

普通的繁纹圆镜忽然间光芒大盛，她的面容被搅得扭曲起来，露出仙家法力禁锢的本来镜像。

春启花繁，万物舒展。

在桦阴国皇室们的注视下，一身盛装的新娘被搀扶着进了喜轿，十里红妆，百位乐师，千人仪仗，浩浩荡荡踏上了前往大誉的和亲之路。

彼时她是桦阴国襄安郡主李颐听。

双亲早亡，养在宫中，和太子李昌师——也就是下凡历劫的司白神君——互生情愫，两人之间的缘分只差一纸婚约。

可惜桦阴战败，割让城池二十座，成了誉朝的附属国，此后年年朝贡。她被孝帝封为桦阴国的和亲公主，嫁与誉朝太子宋戌为妾。

那是乐平十八年。

她头一次拂逆圣意，拒了陛下的圣旨。

孝帝未有怪罪，只是让她进了一趟宫。

在正殿等她的，不是满朝义正词严的大臣，而是李昌师。

他说并非要你真的在誉朝孤苦一生，事成之后我定会娶你。

他说，去吧。

李颐听想过很多种可能，也准备好豁出性命去反抗。

可是所有的苦心孤诣，所有的宁死不屈，在他一声“去吧”后，化为齑粉。

从抗旨到接旨不过一日，仿佛只是闹了个小性子，甚至还未来得及在朝中完全传开，弹劾她的大臣连折子都没有拟好，她就重新变回了识大体的襄安郡主。

白日胡醉啼哭笑，皆是皇城失意人。

成亲队伍一路行至誉国边界，宋戌遣了他手底下几个官员作为使臣前去接待，章贵妃也央了宋帝指派了两位文臣同去，请旁人观察观察她未来的儿媳妇是个什么样的人。

照理说，李颐听到了誉国应该先去拜见皇帝，她却故意刁难道：“早就听说誉朝重武，不知能否一观？”

最能直观感受到誉朝武装力量的地方自然是皇家的练兵场，那里练习种类繁多，骑射、步围、鞭刀、阵法，几乎都是军事之用。

使臣们头一次见到这样没有规矩的郡主，身着嫁衣连面巾也不戴就在场中横冲直撞，惹眼的红色引得众士兵频频回头，老骨头们跟在后边追赶劝告，她却视若无睹油盐不进，这帮假规矩惯了的臣子一时之间竟也拿她没有任何办法。

李颐听的红盖头被她当作消遣，揪在手里转着，边走边转到了箭场，把手里的红盖头往旁边一抛，也不管甩在哪个臣子脸上，搭箭开弓，姿态流畅，直对靶子。

众人屏息之际，她一双柳眉却微微蹙起来，左瞄右瞄，越过警戒线往前走了几步，又垂下手臂走得更近了一点，搭箭，再大步流星地又走近了一些。几番迟疑之下，竟然离靶子只剩一两米，使臣团里发出几声轻蔑笑意。

女子就是女子，挽弓已然费力，更何况中靶。

众人正等着看笑话，走出远远的李颐听忽然转身，利箭随她的动作对上了那群使臣。她粲然一笑，将弓弦拉到最满，然后骤然松手。

箭矢笔直朝着使团逼去，破开春日的清风，发出急厉的一声尖锐啸响，穿飞了使团中最殷勤的那个使臣的帽子，“铮”的一声插入木桩三分。

接待使团的大臣们吓成了一只只呆头鹅，连跑都忘记了，帽子被射掉的使臣当场瘫跪了下去。

李颐听“哎呀”一声，小跑过来抓着使臣左看右看:“箭术不佳箭术不佳，实属手滑。”

她语气诚恳，脸上却带着放肆的笑意，灼灼红衣飒飒风姿，就像箭场里最桀骜的一张弓。

噤若寒蝉的使团大臣们回过神，又惊又怒，自觉颜面扫地，立刻你一言我一嘴怨怼起来，还把之前她无遮拦地暴露在诸多外男跟前，什么规矩礼仪全然不顾都拿出来说教斥责，章贵妃派来的两名文臣言语间更是大有告御状的意思。

正絮絮叨叨念得火热，人群中忽然传来一声轻笑，在七嘴八舌中格外清晰刺耳。

臣子们包括李颐听齐齐看了过去，人群中分出条小道，露出中间安静的年轻男子。

他微微一笑：“太子殿下最爱狩猎，郡主好此道，想必一定和殿下很合得来。”

他生得极为好看，左眼角还有一颗浅色泪痣。之前他一直匿在人群中，可一旦脱颖而出，惊艳之感便再难忽视。

尤其这人机敏过人，用一句轻描淡写的话四两拨千斤，明明什么都没有为李颐听辩解，却让嚷嚷着要告御状的臣子一下子噤了声。

的确，要是宋戌真的跟这位郡主心性契合，怕是他们这点弹劾都会被更没规矩章法的太子一顿暴搓。

臣子们彼此张望，虽有不满，但到底在宋戌的淫威下收敛了。

2

李颐听以和亲之名风风火火来了沓朝，一箭射出了骄横的名声，成了宋戌的宠妾。

在沓朝这些年，她和宋戌声色犬马、俾昼作夜，且除了后来宋帝给宋戌选纳的正妃——一品殿阁大学士的嫡女张晗外，宋戌再未添过半个侧妃侍妾，她的善妒和蛊惑储君之名在坊间传得沸沸扬扬。

然她事事高调、张扬粗浅的性子反倒蒙蔽了所有人，让她得以暗中创建情报网，在宗亲朝臣里安插人手，摸索沓朝的军事要密。

五年后，桦阴和沓国再次开战，她以雷霆手腕迅速集齐了沓国各地军事布防图，托人送回桦阴。她自觉已经无心，于她而言，为母国做事才是大义，也只有在一次次面对宋戌坦诚炽热的目光时有过短暂浅淡的愧疚。

纵然两国再次交恶，她这个太子良娣变得身份尴尬，宋戌却从头至尾待她如常，让她行事多了许多方便。

她寄给桦阴的书信一封又一封，得到的是桦阴一场接着一场的战败邸报，她百思不得其解，并不知道每一封送往桦阴的舆图都被人改动过，也不知道她在都城埋下的所有棋子都被控制，掀不起任何波澜。

她曾怀疑过宋戌，也怀疑过宋戌的门客和下属们。奈何她来了沓国一直心有旁骛，跟她所谋之事毫无关联的小小臣子，其实并不记得几个。

每一张面孔都像是在她背后搅动风云的那个人，却又都不像。

这一年，沓国的司天监夜观星宿，发现了五星连珠的大吉天象，宋帝大喜，果然同年就传来三军直捣桦阴王都的消息。

桦阴积弱，外忧内患，连年的战事终于成了压倒它的最后一根稻草。

大厦倾颓，已成定势。

桦阴暗探带给她的最后一封信简洁明了，只有三个大字——杀储君。

储君死，军心必溃，或许能重创当时连胜的大苍。

这是唯一可能让桦阴获得一刻喘息的生机。

那时正是秋天，阴了一月的都城忽然放晴，空气中泛着花香，日光用力过猛，晕开的光圈刺眼得让人流泪。

宋戌兴致极好，拉着她去郊外绘丹青。李颐听像往常一样给宋戌做午后小点，他对着望不尽的平原左看又瞧，提着笔却迟迟不落下，嘴里发出啧啧声，怎么都不满意。

李颐听的金糕卷做好了，刚叫了他一声，整个人连带着碟子忽然被拽去他怀里坐下。

他说："喂我。"

朱笔终于提起来，却是在她眉间添添画画。皮肤有短暂的凉意，一朵睡火莲在她眉间一气呵成地绽开。

宋戌张开嘴"啊"了一声，提醒迟迟忘记喂他的李颐听。

近旁的宫人赔笑着想来试毒，他却一掌挥开了人，视线没有从李颐听身上移开过，又重复了一遍："喂我。"

她缓缓地攒出一个笑容，把手里那块下了剧毒的金糕卷放进了他的嘴里。

"唯有阿听你这张脸，方能衬托我的画艺。"宋戌一番品尝，极满意地点头，又要了两块。

"我的阿听长得英气美俏，有种正气之感，可现下我锦上添的这一朵花，可谓风情无双，你准备怎么谢我？"

李颐听手指轻轻拂过他的眉眼鼻唇，把宋戌的轮廓仔仔细细地描摹了一遍，倾身吻了吻他的唇。

周遭低下去一片脑袋。

李颐听从嫁给宋戌以来，向来清冷不曾主动，是以宋戌实实在在地愣了一下，然后按住要起身的李颐听，手穿过她腰际狠扣住后脑勺，索了个更绵长的吻。

那个晚上，苍朝皇室提前摆了大胜桦阴的庆功宴，宋戌顾惜她的心情免她随行，李颐听欣然答应。

其实就算宋戌不说，她也会提的，因为不出意外的话，宋戌不会再走出大殿了。

她换上便装离开东宫，带着几个小丫头，手持着宋戌给她的符牌，畅通无阻出了皇城。她们轻装简行，连包袱都没有，唯一惹眼的也就两辆华丽马车，活像出宫游玩的富家小姐。

然而脚力却快，出了都城，丢车换装，一人上了一匹快马直奔关隘。

她跑得毫无留恋，耳边一夜都是脚下的蹄声，过了玉泉关，和从都城功退的细作后，便直奔母国。偶尔面无表情地抹了把脸上的水渍，头顶的苍穹却是万里暗蓝星空。李颐听原本用毒的量掐得严，算准了时辰，到宴会收尾时宋戌才会毒发。

但他贪多了几块。

皇室宗亲们喝得酒酣脸热之际，储君暴毙，死因还是中毒，一查之下良娣不见踪影，她宫中上下宛如洗劫，宦官宫人倒了遍地，然而细软一概留置，贴身侍婢阿凝和李颐听从桦阴带来的一众丫头俱已不见踪影。

晋朝上下惊怒，痛失爱子的宋帝沉痛半夜，再次发兵桦阴，封魏登年为次主帅，王胥当夜集结军队，与已经迫近桦阴皇城的大军会合，势要就此一战端了桦阴。

都城中又有数队骑兵明火执仗狂奔过十二长街，马蹄踏过寂夜，扬起纷落的枯叶，朝着良娣的方向追去。

那是宋帝手下最精锐的一支私兵，只有天子生命受到威胁之时才会动用，可谓是震怒难平，势要截杀李颐听泄愤。

这注定是所有人难以入眠的一夜。长鸣的号角声撕裂开都城的夜空，犹如索命的示警，从都城传向四面八方。

百姓家家闭户，窗前划过的烈烈火光有一炷香漫长，簇簇拥拥舐红了半边天幕。

李颐听有一瞬间感受到了死亡的味道，风声、鸟鸣消弭于耳，寂静得让她心慌。她挥手叫停了众人，小道两旁树影婆娑，无风自动，座下的马也不安地刨动蹄子。

她抽刀压低声音：“戒备！”

然而一瞬间后，那股无形逼近的压迫感忽然消失了。

李颐听等人骑在马上，囿于窄小的林间道，就像一小群待宰的羔羊被群狼环伺，然而对方还来不及一拥而上，就被黄雀在后的虎豹开膛破肚，连呜咽都来不及，那些人几乎同时被利刃划破了喉管，然后虎豹又如潮水般无声退走。

顷刻后，空气都好似重新流动了，只是滚来浅淡的血腥气。

纵横交叉的路口中，那棵粗树之上，主宰之人高坐枝头，将地下一切动静尽收眼底，修长的腿落下一条懒洋洋地晃着，目光跟着那道秀丽坚韧的背影远去，左眼角的泪痣灼灼。

他一路护着、拦着，在李颐听看不见的角落，一次又一次将所有危机绞杀于摇篮中，像呼吸一般浸透以她为中心的方圆半里，沉默地护她进了桦阴皇城。

确认她再也不会遭遇沓国的暗杀，魏登年才折返回自己的军队，晃身变回坐镇后方的主帅。

十几轮昼夜更替，李颐听等人已经身心疲累，胯下的马不知道换了多少匹。她风尘仆仆地归来，瞧着巍峨的皇城越来越近，朱红的宫门却在眼前缓缓关闭。

李颐听脸上的希冀企盼随着变窄的宫门一寸寸消散，直至殆尽。

她下马扑过去，却只抠下几块漆红碎屑。

身后的众人哗然，有沉不住气的扑上去捶打宫门。

“这是什么意思，这是什么意思？！”

“我们再无退路，陛下您不能这样对待我们！”

“开门啊，开门啊！”

“陛下要弃我们，桦阴要弃我们！”阿凝喃喃看向李颐听，“小姐，该怎么办？”

“郡主，桦阴不仁不义，我们走吧！”

越来越多的人催促她离开，满身疲累的女子却一撩衣袂，直挺挺跪了下去，目光坚毅地盯着高高的宫墙：“我是桦阴的郡主，桦阴在，我在。诸位责任已尽，快快离去保命吧。”

众人的目光又落在了她最亲近的婢女身上，一个两个焦急道：“阿凝姑娘，您快劝劝郡主吧！”

阿凝扬手止住他们的话头，缓缓走到李颐听身边，亦坚决地跪了下去。

“小姐有想等的人，放不下的责任，但阿凝的责任和等待，永远都只有小姐。”

众人面面相觑，有人重重喟叹离开，更多的人跪在了她们身后。

喬国两军会合，列阵在护城河外，前有多出桦阴两倍的兵马，后有储君被毒杀的愤然，大喬的士气已到达顶峰。

密密麻麻的黑色铠甲几乎覆盖了城外一方河面，三十万大军像巨轮碾压般沉缓地逼近皇城，泰山压顶之势亦不过如此。

然而兵临城下却围而不攻。

在魏登年前头带兵攻打桦阴的主帅叫徐养，这些年受命跟桦阴打打停停都是他，或许是多年来的战事终将结束，或许是储君之死让人意难平，这唾手可得的胜利，他忽然间又不急着去拿了。

徐养饶有兴致地看着面前的皇城，就像看饭桌上的一盘菜，只要他挥挥手，这菜就会被拂下桌子连盘摔个粉碎……只要他挥挥手。

可是，人总会有手贱的时刻，好端端一盘子菜就这么撒了摔了，多么可惜。何况这是一个王朝，捏在他手掌心里的王朝。

即将陨灭之前，怎么能忍得住，不做一点有趣的事情呢？

于是徐养喊来一列小兵朝里面喊话。

内容只有八个字——

交出犯人，一切从宽。

这八个字被传话的小兵们反复喊着，传进了皇城。

徐养大笑不止，周遭的将士们脸上也露出了看戏的笑容来。

魏登年自他身后驭马而来，微微蹙眉道：“垂死蝼蚁杀了便是，将军何至如此费力？”

徐养大大“哎”了一声：“如果桦阴的皇帝老儿真的杀了李颐听交给咱们，那咱们就是抓到凶手大功一件，省得她趁乱跑了，左右不过费点时间，看他们狗咬狗不好吗？”

魏登年还要再说，徐养却不愿意听他多话，挥了挥手，阵中擂鼓呐喊，号角阵阵，声势大如江翻海沸，随着十月的秋风，轰鸣地送进了皇城。

桦阴皇宫，勤政殿。

一室静谧空荡，全无宫人的痕迹，只有年轻的太子站在龙椅旁边，龙椅之上的帝王已经枯坐了半日光景，目光沉沉长长，一直延伸到殿外。终于，有将领进来禀告，皇城所有能调派的军队已经集结完毕。

太子李昌师的神色动了动，将将要跪下请战，却被孝帝挥手挡了回去。

又过了片刻，孝帝亲拟的降书跃现案前。

李昌师一震:“父亲！父亲跟沓国交战多年，最后一役竟要不战而降？”

孝帝发出一声苍老的叹息：“败局已定。”

李昌师愣了许久，看着空寂的大殿，听着城外的震天呼号，晃了晃身子，突然冲到那将领跟前，狠狠抓住他的肩膀：“襄安呢？襄安郡主呢？！本宫在问你话，你看着父皇做什么！”

他一把抽出将领的佩刀，压在他脖颈上，终于得到了回答。

李昌师一言不发，提刀而出，被门外孝帝的人又丢回了大殿。

“父亲，她回来了，她回来了，我要去接她！”

李昌师这一摔，发髻也乱了，衣衫也脏了，先前强自镇定的姿态，拼死一战的信念，在最后这根稻草压来的时刻，溃散成灰。

桦阴最持重尊贵的皇子不顾仪态地朝着孝帝跪爬过去，仰着脸恳求道:“我答应过她，她回来我就娶她，她定然在等我。”

灰白的天幕乌云滚滚，山雨欲来。

半晌，他盯着沉默的孝帝，不敢置信道：“父亲，您不会真的觉得，交出襄安，他们就会退兵吧？”

孝帝讥笑一下：“朕以为，当初你只是为了安抚她随口一说。”

李昌师错愕地摇了摇头，还未开口又听他道：“朕想，当年她走得干脆决绝，亦是这么认为。”

一个惊雷劈下，晃白了李昌师的脸。

“你既然已经丢过她一回，也不差这一次。”

3

四周的百姓不知道什么时候多了起来，渐渐将李颐听等二十几人围了起来。

大家稀稀落落地朝她行礼。

“襄安郡主？您是襄安郡主吧？”

狂风将她的衣袍吹得猎猎作响，女子不答，碎发胡乱拂面，那双冷漠倔强的眸子仍盯着紧闭的宫门。

百姓们面面相觑了片刻，忽然有带着孩子的妇人走到李颐听面前，压着孩子的头给她跪下：“求郡主怜惜我们，放我们一条生路吧！”

众人附和：“是啊，求郡主怜惜我们吧！”

李颐听身后有人驳道：“什么叫让郡主怜惜你们？郡主忍辱负重嫁去了霅国，蛰伏多年，为了桦阴杀了霅国的储君，功在社稷，如今你们想卸磨杀驴，让她出去受死吗？”

妇人被怼得脸色发白，嗫嚅道：“可又不是我们让她去杀储君的啊，何况，郡主出去也不一定是受死啊，万一……万一霅国的皇帝仁慈，放过她了呢？你讲话不要这么难听。”

“就是，她是郡主，和亲本来就是她的责任，怎么能推到我们头上？”

“你们皇族做的错事，总不能让咱们百姓担着吧。”

阿凝朝着声音发出的方向冷眼看去,说话的那人脖子一缩,匿进了人群。

这边刚安静，那头声音又起。

“说不定啊，刺杀储君本来就是她自作主张，你们看，宫里不也不放她进去吗？”

“若真是功在社稷，咱们陛下为什么把她拒之门外？从前两国又不是没打过仗，现在都打上门来了，来势汹汹的，就是为了抓她吧。我看啊，她就是桦阴的罪人。”

“对，她就是桦阴的罪人！”

阿凝再也忍不出了，“噌”地站起来，狠狠推了面前叫得最大声的男子一把：“你说什么！”

那男子没想到她会动手，毫无防备，阿凝的力气又大，一下子将男子推出了半米，一头磕在出摊的铺子桌角。

暗红的血浆从后脑勺滴滴答答地流了下来，离他最近的妇人惊叫出声：“啊！杀人了，郡主杀人了！”

众人露出惊惧之色，后退了几步。

她们周遭立刻空出一大片，那个受伤的男子也被人搀扶着退开。

大家原先脸上还有些小心翼翼和试探，此刻通通变脸，七嘴八舌骂道：“把灾祸带来桦阴，现在还要当街杀人！滚出去，滚出皇城！”

阿凝慌乱地摆着手：“不是的，我不是故意，不是故意的，你们不要怪小姐！”

“对！陛下不容你，皇城也不容你！滚出去！”

许多人怒吼着,刚刚空出来的一小圈地方重新被蜂拥上来的百姓占据，推搡开了个口子，便止也止不住了。

百姓们开始动手，借题发挥去推去打，把她们往城门口赶。阿凝忽然抽出腰上的佩刀。

寒光闪过他们眼前，众人惊惶了一瞬。

“是我动手伤人，我以死谢罪，你们，求你们不要把小姐赶出去。”

阿凝噙着眼泪，手微微发颤，忍着害怕冲扑过来的李颐听露出个微笑，旋即狠狠割破了自己的喉管。

滚烫的血浆飙溅到李颐听的脸上，斜斜一线，像一幅被毁坏的精美画卷。

李颐听扑过去捂住她的喉咙，可是没有用，她割得太用力了，鲜血就像喷涌的岩浆，汩汩外涌的时候发出一阵咕噜咕噜的声音，然后很快平息。

李颐听抱着阿凝的尸体，沾血的脸缓缓转了过来，看向面前的百姓。

让人心凉的不是敌军的刀枪剑戟，而是同伴的猜忌谩骂。

李颐听从来没有这么近距离地看过自己的子民，每张脸都很普通，也很生动，或是畏惧警惕或是怨怼憎恶地看着她。

可是再没有人敢上前一步。

直到城外的箭矢毫无预兆地像暴雨一般砸进皇城，百姓们蜂拥逃窜，往两旁的屋子铺子里挤去，跑得慢的当场就被射杀了。

李颐听身边的人挥着刀剑打落箭矢，将她护在身后，耳边都是哭声号叫声，大抵过了半炷香工夫，才终于平息。

外面的喊话内容已经换了——沓国的军队会半刻射一轮箭，直到他们交出李颐听。

百姓们奔走出门，去捡亲人的尸体，有的人还没有断气，喘息着，不可置信地去摸自己被射中的部位，叫着“救我”……

皇城犹如人间炼狱。

忽然间，一颗石子砸中了李颐听的额头。她无措地回望过去，是个才半人高的孩子，跌坐在父亲旁边，哭骂道:“你还我的爹爹，你还我的爹爹！”

那孩子的母亲流着泪抱住自己的孩子，恶狠狠地望向李颐听，叫道:“你怎么还有脸待在这里，你快滚！”

更多的百姓站起来，抄起手边能用的家伙朝她冲过来。

“抓住她，把她交出去！不然我们都要死！”

“谁引起他们的怒火，就该谁去平息！”

“抓住她，抓住她！”

李颐听身边的人还在抵抗，可是她们很快便跟李颐听一起被绑住手脚，丢到了一块儿。

她没有被敌国的士兵杀死，却被母国的百姓当作战俘。

李颐听倒在地上，鼻腔里都是浓厚的血腥味，半人远的地方就是一具被射杀的尸体。

她终于开口：“沓国狼子野心，就算你们将我送出去，他们也不会放过桦阴这块肥肉。祸不及百姓，你们现在最应该做的就是回家，闭门封窗，等着皇室出面。”

可是没有人听她说话，大家已经在讨论由谁押解她出城。

比起忠于家国的她，百姓更相信敌军会仁慈地放过他们。

最后，人群里被推出来一个男子。他被周围的人推搡着不敢还手，但到了李颐听面前，忽然面露狠色地啐了一口，边踢边推着她往城外走。

驻守城门的将领们早将一切看在眼里，谁也没有出声阻止。在所有人心里，本该如此。

城门开了一条小缝，男人押着李颐听刚刚出去，门又立刻被关上。

护城河外黑压压一片片，男子腿抖得厉害，还是挤出一个讨好的笑容来，冲着那边高喊：“桦阴襄安郡主在此，罪人在此！”

讨饶的话还没有说完，一支利箭就穿透了他的喉管，男子脸上卑微的笑意甚至来不及散去就直挺挺地倒了下去，砸出“轰”的一声。

李颐听朝着敌方帅旗看去，徐养立在帅台之上，还保持着拉弓的姿势。

他嘲弄一笑：“那不是襄安郡主。他们竟然敢拿个假的糊弄，不可饶恕。”

沓国的先锋铁骑冲进了桦阴皇城。

甚至无人管她，只一路杀进去。

李颐听瞪大了眼睛，看着百姓一个个杀死于马下、刀下，她麻木的脸上终于有了表情，崩溃地大叫：“跑啊！回家啊！反抗啊！”

她冲进城内，大哭大叫，仪态全无。

原先对她喊打喊骂的百姓成了鹌鹑，连还手的勇气都没有就被斩于刀下。百姓们不敢还手，但离她近的却敢冲上来掌掴她，骂她是桦阴的罪人。

李颐听被几巴掌打得晕头转向，扑倒在地，肿胀的嘴角浸出血丝。她看着混乱的皇城，又哭又笑，挣扎着爬了起来，猛地转身，一头撞在了城门之上。

终于可以解脱了。

从这些年来的小心翼翼里，从这些年来的真情或假意里解脱……

恍惚间，她好像看到有谁策马奔来，容色绝艳，左眼角有一颗浅色泪痣。

可是很快，血浆就模糊了她的视线。

李颐听朝后坠去，衣袂猎猎翻飞，一如当年初入晋国她搭箭开弓，笑容放肆。

李颐听被人稳稳接进怀里。

五年来压抑的那份情感在胸口喷发，那人近乎疯魔地拥着她，想把她最后的余温嵌进身体，可是她的身子越来越凉，越来越硬。

他不高兴地皱起了眉头。

空气中散发着潮湿的腥味，酝酿了半日的暴雨倾盆泼下，宫墙之上，一面白色的降旗终于缓缓升起，紧闭的朱红大门轻启。

徐养放声大笑，百姓们也露出劫后余生的庆幸。

魏登年捡起一支乱箭，随手朝着宫墙脚下一丢，破开厚重的雨幕，径直穿过徐养的心脏。

徐养从马上坠下。

皇城内有一瞬死寂，然后响起他森冷的声音。

“桦阴假降，诱杀主帅，皇室诸人，城内暴民，杀。”

魏登年抱着李颐听，一步一步地走向宫楼，踏上阶阶石砖。她四肢无力地垂下，不剩半点生机，可是他每一步都走得小心沉稳，不让她受到一点颠簸。

城墙上的桦阴士兵早就丢盔弃甲，无人敢拦魏登年。

这位将帅长得极其好看，那张矜贵的脸让人很容易联想到闲散纨绔的贵公子，可是没有哪家贵公子身上会有这样浓烈的煞气。

俯瞰着充斥惨叫的皇城，少年将军的脸上浮现出一丝残忍的笑来。

“这些都是你心心念念的子民，也罢，既然你喜欢，我就让他们在地底下继续做你的子民。”

听到此话，周围的士兵们再也忍不住，抖着腿疯狂逃命。

宫楼之上除他之外再无活人，外面遍地惨烈的屠戮声，这一方却静谧异常。

雨水浇头不见半点停歇，魏登年动作轻柔地把李颐听脸上的血迹一点点擦拭干净，又不停地替她抹去脸上的雨水。暴雨一直下，他便极有耐心地反复抹。

偶尔抓着她已经僵冷的手，放到嘴边揉搓哈气。

此刻他分明已经是皇城里唯一的主宰，可他却蜷在一角，抱着李颐听的尸体，像失去最多的那个人。

他说："李颐听，我第一眼见到你的时候，就觉得只有我能配得上你。我知道，你跟我一样有野心，可是你没有我狠，也不够聪明，为什么偏偏要来做这种事情呢？"

他说："抱歉，这些年你寄给桦阴的舆图都被我改了，我不能让你毁了沯国。但你别生气，其实我有计划过得到你的，杀了宋戌杀了皇帝，然后把你抢过来。虽然我的准备还不算万无一失，但是那一点点冒险，为了你我很愿意。如果你没死的话。"

他说："宋戌有个堂妹，叫宋什么来着，我不记得了，总之很讨人厌，总是缠着我，于是我把她杀了，这样的女子很麻烦对不对？"

他说："倒是那个苏觅，我觉得还可以。她舞剑的时候很像你，英气，明艳。她说她喜欢我，我派人查了她，自小养在宫里的，很干净，跟你一样。我娶她好不好？就当是你陪着我。"

「 第十六话 」

她竟然忘记了，从她出嫁失踪至今，已近十年

1

皇城里上千名皇室、四十万百姓以及十万桦阴士兵，一夜一日方才杀尽，很多人还没有死透，还在挣扎、蠕动、爬行，最后都被拖走，填进了大坑活埋。

皇城变成了死城，雨水冲刷了几日都驱散不尽空气里浓密的腥味，血把护城河染成了艳艳红色。

镜像至此方灭。

这是司白心里最不愿意提起也是最舍不去的一段往事，被他全面完整地封存在即墨神君的追忆镜里。

李颐听看完，讷讷不知所措。

她只知道魏登年生平三罪，条条恶极，却不知最让他臭名昭著、为人不齿的第三条，竟是因她而起。

魏登年迎娶苏觅竟然是因为，苏觅像她。

李颐听忽然间想起数年前宋戌跟她开玩笑时提起的一段话。

他说，我有一位甚爱男色的堂妹，最近在疯狂追求我的部下，还缠着我给他们制造独处的机会，别提多烦人了。

他的堂妹，就是宋炽。

“我的小炽，跟皇宫里所有人都不一样。她爱金银就去讨好太后，家中顾着我的身子不许我吃得油腻，可我要是说馋，她就会带我去膳房里偷。她想做什么想要什么都写在脸上，既坦荡又明快，外人看着觉得她俗不可耐，但我却觉得世间没有比她更通透的人了。”

苏觅喜欢的不是魏登年，也不是宋戌，竟然是……

初闻不知其意，再忆只余唏嘘。

魏登年登基以后没有两年就会被苏觅背叛，继而下属篡位，接着被挑断手脚筋骨，孤苦囚禁而死。

这一切的源头，他的悲惨命运，竟然都是因为他娶了跟她酷似的苏觅。

竟然，是这样。

后来司白历劫完成，回归仙位，点了李颐听上天庭做了小仙。

而她再睁开眼，看见眼前的琼楼云宇，脚下的苍茫大地，才惊觉她这漫长一生坚守的国仇家恨、人间正道，只不过是须臾一梦。

梦醒以后，她决意此后只当个贪图美色的富婆散仙。

蹭最多的香火，看最美的男人。

司白动了动手指，将追忆镜从李颐听手里接了过来。她仍沉浸在遗憾中懵然不察。

司白轻叹一声，低头踌躇开口。

“回到九重天后，我没有哪一日不在后悔。若是我将家国百姓放得更轻一些，若是我忤逆了那个皇帝，若是我在你归来那日拼了命去接你，若是我没有退缩，一切会不会不一样……”他嘴角苦涩。

夜来幽梦忽还乡，小轩窗，正梳妆，皆是他的意难平。

李颐听深深呼了一口气，终于从沉闷的旧事中抽身。

她揉了揉太阳穴，声线已经恢复平缓：“殿下不必介怀，时过境迁，自当各自放下。”

司白抬首，沉默地盯着她，忽而嗤了一声：“你何必故作清冷。旁人都以为，我重回九重天把你点上去是给我当贴身仙婢的，只有你自己知道，我点你上去，是要娶你为妻。”

他恳切地看着她，说出一直以来最想说的那句话：“现在再没有什么东西横在你我面前，我们重新开始好不好？”

李颐听手指蜷缩了一下，忽而冲他扬起一个久违的笑来。

司白有一瞬间恍惚，以为回到了乐平十八年。

凡人李颐听气势汹汹奔进大殿，做好了和满朝文武争辩的准备，却在看到殿内的他时，错愕了片刻，坚硬决然的外壳刹那间化为乌有，像一束缱绻的春花绽放。

那是司白印象中，李颐听对他的最后一抹笑容。

再见彼时笑容，司白也忍不住跟着她微微扬起了嘴角，却听见她道："殿下，曾经我也坚定不移地以为你会娶我为妻。"

司白心里狠狠揪了一下。

他忽然慌乱，感觉有什么东西马上就要变了，急急道："你别说！"

她后退两步，曲了曲腰身，郑重朝他行了一礼："我被养在皇宫，自小就知道什么是寄人篱下，于是我努力学文学武，原先只是因为我觉得自己处境卑微，没办法觍着脸在宫里白吃饭，报效家国就是最好的报答。可是后来却是因为喜欢你。我想，我平白当了个郡主，又要嫁给国朝最尊贵的储君，这实在是皇恩浩荡、上天厚待，宫里那么多皇子公主都不及我的天资，可我仍然比任何人都要努力。我那时想着，以后要用自己微薄的力量辅佐桦阴未来的天子，让桦阴在你的治理下成就昌明盛世，助你千古流芳，世代称颂。"

她无奈一笑："我的确没有看错你。你躬勤政事，锐意进取，任贤革新，上爱戴百姓，下敬孝君父，如果没有城破，你必定是位贤明的君王。可是一国太子心里要装的东西实在太多，凡人李颐听短暂的一生里，至死也没有等到答应来接我回家的李昌师。我理解你，但无法原谅你。当我得知我只是殿下下凡历遍人生八苦中微浅轻薄的一环后，前尘往事皆尽。这一拜，是颐听仙子对司白神君的感激，谢你让我活了过来，如果没有你，我就不会遇到魏登年，不会知道我死后曾有一个人为我彻夜悲恸。现在我唯一想做的事情便是下凡，去见他，然后嫁给他。"

司白晃了晃身子，目光紧紧追着她，仍留有最后一丝希冀："可他是个凡人，百年之后……"

李颐听笑了笑："百年之后，我自去寻他下一世。每一生我都等他。"

司白闭了闭眼，颤声道："我终究成了你可以忘却的一部分前尘往事，是吗？"

李颐听道："是。还有那面镜子，里面封存的记忆还是散去的好。虽然我已经放下，然我那个夫君心眼极小，要是被他知道别的男子手里有一段我的回忆，定然要狠狠吃味。”

“别的男子……”司白今日得胜归来，身心却遭受连番重击，此刻胸腔上又是一记闷锤，喉间泛起一阵腥甜，他哽咽一笑，“我想娶的人，终究是再也娶不到了。”

顿了顿，他道：“我知道了，以后你我便是颐听仙子和司白神君，我这便送你下去。”

李颐听颔首：“多谢。”

司白走到她跟前，掌心聚起一团冰蓝柔光，在命盘挥展一抹，金色大盘子开始转动。

李颐听迫不及待地动了动，身后却传来整齐划一的铿锵脚步声。

一列银甲天兵鱼贯而来,列阵围堵在命盘前,又左右各出一人将她擒拿。

司白呵斥道：“放肆，你们这是做什么！”

那将领朝他行了个天族的尊礼：“二殿下，方才抓到的魔族公主指认颐听仙子为凡间接应她逃跑的同党。”

李颐听愠怒道：“这是污蔑。”

“是不是污蔑，只能请仙子再走一趟了。”

李颐听又被带回了若水宫，跟长黎当面对质。

那个魔族公主一口咬定李颐听被魔族收买，此番去四明山就是打着成亲的幌子来助她逃跑的，李颐听矢口否认，然而为什么会从都城到了四明山却言语含混。

她打心底不愿意将她和司白的旧事摊开在众仙跟前，这一犹豫，落在旁人眼中却是辩无可辩。

司白明白她的顾虑，但勾结魔族兹事体大，他不得不站出来承认是自己劫走了李颐听，又把过程一五一十地说了，至于原因，便用“私事”两字带过。

然而效果着实不大。

司白虽然替她担保解围，可大殿上的众将面面相觑，都是不怎么相信的模样。

鹤夭的目光在二人间流转，最后不耐烦地下了结论——都关起来。

两族交战期间发现奸细是大事，并不是谁的三言两语都能听信，需要派人查清李颐听下凡时的行踪来判定长黎的指认属实与否。

司白位高，然在此战中的权力却没有鹤天大，何况两族还未休战，他虽然极力为李颐听担保清白，李颐听还是免不了待查的处置。

押解去天牢的路上，她和长黎两看相厌，各自被一列天兵捆着，但并不妨碍你瞪我来我瞪你。

长黎：“你瞅啥？”

李颐听：“瞅你怎的？”

一言不合，飞腿开踢。

见过泼妇，没见过天上的泼妇，天兵们都愣了一下，然后才慌忙想起去扯二人。

李颐听和长黎双手被缚，但能用脚踢、用头撞、用牙咬。滚到一块儿打得不相上下时，她忽然间听见长黎的声音：“伏扬和你是什么关系？”

却没见长黎张嘴。

李颐听一愣。

“继续打，不要被他们察觉。”长黎法术未封，只是被天界的仙气压制，只有接触到李颐听才能传音。

刚一停下，李颐听又被长黎一条腿勾住，重新滚到一起，扑扯着对方的头发不松手，天兵们拉谁谁就痛得大叫，还被两个人乱踹的脚重伤，两列天兵只能一边躲闪一边小心翼翼去掰她们的手指，场面一时十分混乱。

“你跟他是什么关系，他为何会把这东西给你？他现在在哪里？”长黎一连串的问题把本就蒙的李颐听问得更蒙了，长黎叹了一声，又道，“罢了，现在不是讲话的时机，我只问你一事，给你脖子上这块东西的人，他过得可还好？”

给她黑玉的人……官拜二品，不愁吃穿金银，在某些意义上算是过得尚可吧。

李颐听迟疑地点了点头。

长黎得到想要的答案，悄然收力。眼看厮打的阵仗小了下来，两边的天兵立刻把二人拉开，分得远远的。

长黎挣扎得气喘吁吁，微微站定后忽然用力推了一把旁边的将领，大骂：“你说要救我回魔族，现在看我被俘又退缩了？你这个不守信义的小人！”

话一出口，周遭的眼神立刻变得微妙起来。那个被指摘通魔的将领如同被烫到一般，押着长黎的手立刻缩了回来，拼命摇头。

“我没有，我不是，她胡说！”

然而轮不到他争辩什么，人就被互相打着眼色的天兵扑倒，也同她们一般用束灵锁绑了，折返若水宫。

放在以前，李颐听是万万不敢想——照她的阶品，千百年都见不到一面的武神，一日之内竟见了三回。

不过第三回，是没她什么事情的。

鹤天再审长黎时，她口中接应她的神仙就变成了方才那位无辜的将领。

一人怒站出来对质道：“这是我的副将，大战期间同我形影不离，一刻也未单独离开过，奸细一说简直信口胡诌！”

长黎转头，直指他大叫：“不，是你！我认得你的脸，就是你说我长得好看让他来接应我，就此逼迫我事成之后嫁给你的！”

那名主将闻言，一副吞了苍蝇的模样，偏偏长黎还真就长得好看，美目怒对，分明是在栽赃陷害，可对上她又娇又嗔的神色，将领一腔辩驳突然偃旗息鼓，磕磕绊绊道：“我、我没有……”

李颐听心中缓缓升起一丝服气，甚至还有点想嗑瓜子。

司白站出来道：“上神，这妖女显然已经开始挑拨离间，眼看自己被俘，干脆破罐子破摔，可见先前的证词都是胡乱攀咬，不可相信。”

众人附和：“对，没错。”

司白道：“颐听仙子无辜受牵连，又有差事在身，请上神放人。”

李颐听清清嗓子，乖巧地站直了身子，一脸期待地盯着鹤天。

鹤天沉吟片刻，道：“那就……”

此时，一只白色纸鹤扑棱着飞进大殿，落在他的手上。

这是高阶神仙们附庸风雅的传音方式。

鹤天将纸鹤放在耳边，未几，纸鹤化为一缕烟雾散去，他微微一笑，接着道：“暂且关押吧。”

司白道：“上神！”

鹤天抬手，止住了他的话头：“大战期间，万事慎重为好，不急。”

可去你的不急。

2

李颐听又被押去了天牢。

她如今是肉体凡胎，就随便被关了进去，也没用什么捆着；但长黎身为战俘还是魔族，就没有这么好过了，她的牢房设了禁咒，专困魔族，任凭你有天大的法术都施展不出来，且牢房梁前挂了一块玄翎镜，活脱脱一个监视器，一举一动都被鹤夭所掌握。

像李颐听这种疑犯，照理来说要跟长黎隔得远远的避免串供，但两人的牢房却面对面，就差没有放一块儿关着了，更像是故意让两人有接触机会。

长黎从进来起就开始骂人，李颐听则来回踱步。两人各烦各的，但从进了天牢后就心照不宣，没有说过一句话。

一切都很奇怪。

明眼人都能看出来长黎的指控都是假的，鹤夭却不放她走，似乎另有隐情。还有那只突然出现的白色纸鹤，鹤夭得到的指令到底是什么呢？

她脖子上的黑玉是魏登年贴身佩戴多年的东西，长黎怎么知道？魏登年一介凡人，会和魔族公主有什么关系呢？

还有最重要的……

“喂，你们查完了没有！快点放我下凡成亲！这怎么跟诓我上来时的说法不一样？”

一日过后还没有消息，李颐听把牢笼里的结界拍得霍霍作响，着急上火，然而一个回应的眼神都没得到。

她又颓丧地往榻上一躺，忽然间却对上长黎，她神色幽幽，似打量似揣度，似笑非笑。

她这又是什么意思？

李颐听翻了个身不去看她，脑子里却有了一个可怕的猜想。

这魔族公主不会是魏登年在凡间招惹的桃花吧？

戏本子上一般都是这么编排的，可是长黎当时的神情又不像跟魏登年是那种关系。

李颐听思绪乱成一团，心里酸酸胀胀的，嘴角撇得像挂了两壶油，赌气似的也不吵着闹着着急下凡了。

期间司白来了一趟，说会催促鹤夭那边的人尽快取证；月老也来了一趟安抚她耐心等待；还有之前靠着戏本子交好的小仙们，一日也来个两三波，给她带新出炉的戏本子看，冰冷幽静的天牢都跟着沾带了仙气。

今日已经送走了第四批，与她相熟的都差不多来过了，李颐听估摸着不会再有人来，便捧着戏本子强迫自己静心。刚刚进入状态，就听到前面传来一阵骚动。

未见其人，先闻其声。

“哎哎哎干什么，本殿下就出去了一趟，都不认识了是不是？听说咱们这儿抓来个魔族的公主，我来看看好不好看。”

男子大刀阔斧地闯了进来，乌发披散，随意地绾在脑后，走路时宽袖挥得生风，三分不羁三分慵懒四分漫不经心，整个人散发着一种“我是纨绔”的浓烈气息。

乍一看，眉眼还跟司白有些相似。

狱卒们拦不住他，司黑大摇大摆地进来，在李颐听面前转了一圈，待看到长黎后，脸上的狐疑散去，惊喜道：“是你啊，小美人儿！”

长黎眯着眼看他。

司黑道：“你不记得我了？咱们在四明山见过的！那时你被一头四角火虎兽咬伤，还是我救的你，你还问我为何会出现在偏远的野岭。”

长黎沉思片刻：“你是糟蹋了一点家里院子，被亲爹赶去山上的那个？”

李颐听放下戏本子。

原来是那个摘光了天界所有的生姜送给小天婢，害得天后没东西泡脚，被罚到四明山思过的人殿下。

“对啊对啊，你还帮我骂我爹没良心来着。我就知道凭我这张脸，记性再差的人都忘不了。”

司黑神色如常，李颐听却忍不住为他汗颜。

把望不尽版图的天界所有生姜都拔了，竟然还称为“糟蹋了一点家里院子”。

长黎冷眼道：“你竟然是天界的人？”

司黑比她还愕然，道：“我的气质看上去不像吗？”

长黎：“……”

司黑司白，她竟然没有联想到一块儿去。虽然就一字之差，黑白也很搭，可听着差别也太大了，天帝是个“取名废”吧！

长黎暗恨自己没有早点猜出来，早下黑手。

一路不放心跟着的狱卒试图劝他离重犯远些，被司黑催着赶走了，走时，还让人解了结界，自己钻了进去。

他莫名很高兴：“当时你还说来要我家拜访，同我饮酒用饭，你果然守信。”

长黎额头的青筋跳得有些欢快，眼珠子在困着自己的牢房转了个遍，咬牙道：“你撤了这压制我的术法，试试我是不是来做客的！”

司黑讪笑两声：“这都是小节，不要拘泥，不管怎么说，咱们现在也可以吃饭的。”

长黎：“滚啊！”

司黑成了天牢的常客。

所谓常客便是，晨起就来，待到午时，然后邀约长黎共进午膳，被她拒绝后再叫人把精美佳肴搬到长黎旁边，搭席自己开吃——到了司黑的品阶自然是不必食五谷杂粮的，主要是他自己馋。

午膳过后，他便捧着本书躺在榻上看，至晚上方才离开。长黎一日不答应陪他用膳，他便一日赖着不走，还在牢房里搭了个书案，外带一张席和一个卧榻，熏香缭绕，长黎休憩的床榻被可怜巴巴地挤到角落，眼看这司黑有长期待下去的打算了。

俘虏做到这个分上实在是全无尊严，欺魔太甚！

三日后，长黎再也忍不了了，扑过去抓着司黑一顿暴捶，结果司黑随手捏了个诀，方才还如暴雨落在他身上的疾打立刻变得无关痛痒，手里的书倒是一不小心被牵连掀翻，书皮金光闪闪写着《慈道十二论》，内里却是三界美人图。

长黎牙龈摩擦得咯吱作响，偏偏司黑还看不懂半分眼色，嬉皮笑脸，甚至还想喝杯茶。

士可忍魔不可忍，长黎豁出命去决一死战的心都有了，她不管不顾地过去揪住他的衣襟将人扑倒。

司黑终于慌张：“等等等等，你收拾我之前，让我先揍一顿月老行不行？”

长黎没松手，只道：“为何？”

“他骗了我。”司黑掀了掀眼皮对上她的视线，轻轻啧了一声，“他把三界美人图吹得天上有地上无，可我看了两日，图册之首却不及面前人好看。”

长黎哑然了片刻，悬在空中的拳头落不下去了，磕巴道：“你、你说的可是真的，三界美人图上，没有一个比我好看？”

司黑严肃道：“那是自然，她们容貌皆不及公主你半分，不过性情便不知道了。我只看她们姿态端方纤弱，想来应该都是些温和的人。”

长黎半信半疑，但总归扭扭捏捏地缩回了身子，踩在榻上的脚放了下去，揉皱的衣服也抻直了。

司黑露出孺子可教的微笑，点点头：“若是公主再陪我用用饭，便更加显得和善可亲了。”

长黎张了张嘴，忽然听到旁边传来一声嗤笑。

转过头去，李颐听立刻手忙脚乱地把戏本子往脸上遮。长黎这才后知后觉被耍了，恼怒地把书案一掀：“你们这些天界的神仙，都是奸诈卑鄙之徒！”

司黑“哎呀哎呀”地可惜道：“我的好茶，我的点心！”

长黎一个玉枕砸得司黑闭了嘴，她胸口起伏了几下，眼珠子在李颐听和司黑间来回转悠，突然道：“你要我陪你吃饭也无不可。”

司黑陡然来了精神：“噢？”

长黎抬了抬下巴示意。

司黑一扬手，一团云霭便糊住了镜面。

长黎道：“你要我陪你吃饭可以，但你要把她放了。”

她一指李颐听：“我们魔界的儿女一人做事一人当，不喜欢牵扯无辜的人，她因为我在这里被困了许多日，若你把她放了，我就从你。”

李颐听眼睛一亮，看向司黑。他沉吟了半晌。

天界最近的动向奇奇怪怪，父帝连着三日召了即墨商议事情，似乎在秘密打造什么兵器，司白特地找他来天牢里照看李颐听，无非也是觉得里面有什么猫腻，与其放在眼皮子底下操心，不如把人支得远远地藏起来。

半晌，他笑了笑：“妥，不过……”

“什么？”

“不过就陪我吃一顿饭太少了，”司黑伸出食指，“一年，陪我一年。”

长黎道：“好，不许反悔！”

3

李颐听被关得莫名其妙，出来得也莫名其妙。司黑给她塑了个肉眼看不出的傀儡假人在牢房里杵着，一个隐身诀把她带到命盘前送回了凡间。

李颐听在固化坚硬的黄泥巴地上跳了好几下，震得脚后跟有点麻，终于相信，也终于觉得那个长黎应当不是什么情敌。

只是这个司黑实在是太不靠谱，她都着重说了好几遍巹国都城，好歹是高阶的神仙，竟然如此没有准头，把她打落到了相邻的穗城。

李颐听仍然穿着十日前出嫁的婚服，华丽的翟衣也留在了四明山，可她一身红艳艳的，仍然惹眼，头顶的凤冠金钗也是贵重异常。

她全部摘了下来去当铺换银子。那凡间的俗物在九重天上走了一遭，此刻下凡落地，忽然间锈迹斑斑，就连喜服边缘都磨得有些发白发灰，顿时变成了有年头的老物件。

李颐听忙问当铺的伙计借来面镜子照，还好还好，铜镜里的女子仍然是年华正好的模样，大抵是因为这副身子里还借居着位神仙。

只是小伙计死活都只肯给几两银子，李颐听与他讨价还价，最后十五两忍痛成交。

她并不是爱这些黄白之物，只是这身行头对她意义非常，若不是急迫地想见到那个人，是要珍藏一生的。

如此只好以后再来赎回了。存着这个念头，李颐听心里才好受些。

她前脚离开，后脚当铺的掌柜便出来了，哈欠连天地教育伙计道：“我在里屋小憩，就听见你在这外面和客人争论不休的，到底在干什么？”

伙计忙把得来的行头拱手呈上：“是位客人来当一身年岁久远的行头，那客人一开口就要上千两的天价，您看看，这衣服上的线都发了，还是小的舌灿莲花，费尽口舌，最后只花了十五两就成交了。”

他沾沾自喜地站在一旁等着掌柜的夸奖，后者见到红凤喜服，瞌睡突然间散得一干二净，抓起来反复观摩细看，脸一寸寸白了，急急追出去，可街头巷尾哪里还有李颐听的身影？遂转身抓着伙计胳膊大声问道：“那女子多大年纪？”

“十七八岁的模样，十分年轻。”

老掌柜面上一顿，浮现一丝狐疑，咬咬牙：“顾不上这些了，快，快去报给朝辗司的大人……”

李颐听一边肉痛，一边拿着少许银钱买了一匹快马和一套寻常的衣物换下，直奔都城。

冬日的夜黑得格外快，不过申时末尾，最后一丝薄阳已经被灰蓝的天幕吞噬，呼吸间白雾呵出，细细凉凉的东西轻盈地落在脖间。

李颐听摸了一把，抬头看去。

万千白屑自广阔的苍穹飘下——竟然下雪了。

李颐听暗叹没有再多要价几两银子换身暖和的衣物，裹紧了薄薄的春衫催马快行。

山路难走，她又冷又饿，看见一间茶棚如看救星似的驾马过去。

喝到滚烫茶水的那一刻，李颐听忍不住发出一声惬意的喟叹。

茶棚简陋，原本四面透风，然则现在快到年节，茶娘在周围装了几面厚厚的绵帘，冷冽的寒风呼呼吹进来，虽然还是让人起鸡皮疙瘩，不过已经比她方才在外行走要舒适多了。

客人不算多，都是些想在年关之前赶路回家的商旅小民，围着仅有的一个大火盆喝茶闲聊，炭被烧得通红，偶尔爆出细小的“噼啪”声响。

在座的商人们常年四处行走，见多识广，李颐听在旁边听着也觉得极有意趣。

可是不管什么话题，最后都会鬼使神差地跑偏，议论到魏国的时局动态之上——无他，实在是因为魏国的天子太过……太过荒唐。

传闻这位皇帝长了一副极漂亮的皮囊，也极为爱惜，甚至爱惜得过了头，其中还有两件最出名的事。

其一便是不纳妃子，却年年选秀，还亲自去挑，命她们卸妆洁面，再在其中挑选肤如凝脂、吹弹可破的，封为内庭女官，让她们每日为自己疏通经络、调养生息、护理皮肤。

其二便是有个小国趁着新帝登基、朝政不稳，想来讨点甜头，本来天子随便派了个将军前去打发，结果听说带兵闹事的那个皇子是个长得天羡人妒的美男子，但凡有见过他的女子无不爱慕。这一传闻极大地引起了新帝的好胜心，力排众议亲征，一路杀到敌方帐前，也不让他们签劳什子丧权辱国的条款，而是摘了这皇子的面具，按头给人洗了个脸，嗤笑一声说了句“就这？”，便准备放人。

他语气中的鄙夷和看轻实在是太过自然流露，那皇子被当场激怒，也不知道一下子哪来的胆子突然发难。

这行刺自然是没有成功的，只不过新帝的脸上不小心被皇子挣扎时的指甲划出了一道血痕。

被叨扰边境意图趁乱占便宜都没生气的新帝却发了雷霆之怒，当场正法了皇子，还不解气，连夺对方十六州郡，导致那个本来就小的国家，直接破国了。

魏国皇帝的名声就这么打响了。

在外他骁勇善战，抚定内外；在内革新税法，减轻厚重不堪的民生赋税，抽丝剥茧地揪出一连串的贪官污吏，不论贪吞大小多少，亦不顾血洗庙堂后会留下多少无法马上填补的官员空缺，他以快打快以暴制暴，言官还来不及上书，人就已经全部斩首正法。

唯独奸佞毕家，上下八十余口只是流放，且下旨言明，毕家的人一个都不能死于流放。

蛀虫和果肉一块儿被挖空，朝廷像摇摇欲坠的累卵，可这累卵偏偏在他手里晃了晃，就牢牢稳住了。

如此目无章法、不计后果，却又功绩卓著。

有榆木脑袋的言官犯了倔非要死谏，他叫来百官一起欣赏，还让人不要都撞柱子，说宦官排队擦血委实太过辛苦。狭长的眉毛压眼，一一扫过殿中，再无人生异。

久而久之，众人明白了，顺他者生逆他者滚蛋，这位年轻的帝王，从来不是个仁善爱民的主，史书工笔、后世评写全然无谓，一切凭着本心好恶来办，武将敬他文臣惧他，魏国的言官一时间人人自危，虽未失业却已尝失业之苦。

百姓赋税渐轻，吃瓜的兴致越高。

魏国的这位皇帝怪异之处还有许多。

譬如魏国皇宫里更换得最频繁的职位——御厨。

其中原因乃是他极其爱吃五香鸡腿，每日必要御厨去做，可是用膳之时，他却要让别人咬上一口再自己吃。

宫人们哪里敢啊，自然是跪倒一片，个个抖如筛糠，惶恐泣泣。

他却极有耐心，蹲着身子一张嘴一张嘴地递过去，一边递一边问：“怎么不吃，是不好吃吗？那我杀了厨子？”

或者问：“怎么还吃哭了呢？是不好吃吗，那我杀了厨子？”

用最温和的声音问最骇人的话。

这些小道秘闻一经传入街巷，立刻变成了百姓们吓唬吃饭就爱乱跑的自家孩子的口头禅。

“不好好吃饭就让陛下来喂你！”

颇有建树。

两年内，魏国的小孩个个以肉眼可见的速度长得膀大腰圆、魁梧健壮。

纵观几千年历史长河，从来没有哪一位帝王如此英明又如此病态。

李颐听开始还当作是他国八卦随便听听，后来渐渐地琢磨出些不对味了。

她不安地拍了把身边商人的肩膀：“兄台，这位魏国的皇帝，不会叫魏登年吧？不是的吧？”

一茶棚的人煞白了脸，商人连“啊”了三声，急道：“你这女子怎么如此胆大妄为！可是来自外邦？怎能直呼陛下的名字！”

一个惊雷在李颐听脑中炸开。

怎么会这样！

按照命簿上的时间算来，魏登年还有一年才登基，也就是被蟠桃核砸死的时候啊！

她比商人还着急，立刻问道：“他登基几年了？大沓呢，破国了吗？皇帝呢太子呢？太子宋戌可死了？”

炮珠般的连串提问让一干人都噤了声，皆是一副看奸细的模样看她。李颐听连忙解释：“我、我数年前背井离乡，此刻才归，离去时乃是沓朝百清二十八年，请问……”

她的声音不自觉带了一丝颤：“请问如今是何年？”

众人心中疑虑消散，有人回答她：“新皇陛下登基作年号‘成疾’，成疾四年。”

“那沓朝灭时……”

“百清三十四年，秋。”

百清三十四年秋，也是乐平二十三年，沓国与桦阴结束了五年之战，在那个秋天，魏登年和徐养攻进了皇城，至此结束桦阴一百一十六年的统治，桦阴灭。

在她走后的第六个年头，原本应该再蛰伏四年的魏登年心灰意懒，选择在那场战事后举兵造反。

他没有屠城，而是将桦阴的十万士兵收归麾下，合并成四十万大军对着母国发难，起兵名目乃是为自己的父亲魏迹平冤。

他入朝为官这数年里收服的军心和被打散在沓朝各个军帐中的旧人们，

不知道何时潜藏遍布了沓朝所有的军防，隔着望不到边际的三千里版图，一呼百应。

宋帝收到魏登年造反的快讯当夜，忧心惊惧，病发而亡；太子宋戌趁乱逃走，沓朝不攻自溃。

天上岁月惊逝去，地上凡人已十年。

是了，她竟然忘记了。

从她出嫁失踪至今，已近十年。

棚外雪水滴答，棚内炭火噼啪。

听他们草草说完十年内的变化，李颐听尚沉浸在巨大的震惊中，忽然茶棚外面掠过一阵战马奔腾之声。有胆子大的将帘子撩开一条小缝瞧了瞧，只看到一片火光重重，身着朝辗司服饰的官兵疾驰而过，追着最前方甩开他们一大截的人，晃眼就从视野里消失了。

那人嘀咕道："这莫不是哪里开战了吧？"

李颐听旁边的商人笑道："怎么可能，你们忘记了，咱们陛下的怪癖多得很，我方才还有个重磅消息没说呢，不过这也应该不是什么秘闻了。在座的诸位至少有一大半都知道，这些大人夜行，肯定和陛下的怪癖有关。朝辗司你们都听说过吧？"

商人喝了口滚水，清清嗓咂咂舌，正待给聚精会神的听众们开讲，李颐听忽然起身。

"抱歉，在下还有要事，先走了。"

她付了茶钱，从人堆里匆匆退出去牵马，那商人追着喊了一嗓子："大冷天的又入夜了，你有什么急事也休整一晚，明日启程啊！"

李颐听已经飞身上了马，夹了夹马肚，用力一甩缰绳，答话的声音被奔离的距离拉得长长破破："离家十载，如今我的夫君就在都城，咫尺之距，归心似箭。"

茶棚里轰然笑开。

有人道："真是位豪放爽朗的女子。"

也有人犯嘀咕："不过她模样看上去也就二八年华，怎有离家十载一说？"

……

「 第十七话 」

小听，我找了你十年

1

山路难行，更难的是往身上扑的冷冽妖风。

李颐听一路疾行，风速更是十倍百倍地呼啸着将她吹得发颤，手脚已经被冻得没有知觉了，手背上每接住的一片雪花都像是被针扎了一下。

心脏却是滚烫的。

在去见想见的人的时候，风里都是喜欢的糖蒸酥酪的味道。

拂晓之前，她终于赶至了都城。

城门向来开得早，冬日更是明显。卯时一刻，天色还是黑咕隆咚中透着股子幽暗的深蓝，守城的小兵便举着火把挨个儿搜查登记，再放人进去。

李颐听随手填写上襄安，跟着前面的百姓入城。

不知是巧合还是什么，排队入城的百姓都是男子，莫说女人，周围连个女娃娃都没有。大家看她的眼神总带着些打量，跟看猴戏似的，门外的官兵也带着惊奇和惋惜的神色，弄得李颐听心中惴惴不安，以为被认出来自己是前朝的郡主，却又被放行了。

都城的城墙又修高了数十丈，巍峨高耸，就像魏国的新帝给人的感觉一般，有着比巹国更难以攻破的力量。

入城以后，李颐听反而慢了下来。

大抵是有些近乡情怯的意思，她慢慢催着马前行，心绪有些紊乱，还未想好见到魏登年后要怎么解释这数十年的失踪，鬼使神差地就走了去皇宫的、最远的那条路。

都城跟数十年前相差不大，沿街的墙上张贴了不少榜单，都是同一位女子画像，只是晨色昏暗看不清明，李颐听只当是什么通缉的疑犯，匆匆扫了一眼便略过了。

她还记得这条路，宋帝赐给魏登年的第一座宅子就在这里，曾经沿途都是小吃的香味。如今天还未亮，街市里穿梭的货郎都没出来，马蹄声踩在空旷的街道变得格外清晰，不过屋舍商铺肉眼可见地添加了不少，虽未开张，但林林总总排列着，可窥见如今魏国一角的繁荣。

她神游天外，马儿的两只前蹄猝不及防地扬了起来，李颐听急急扯住了缰绳，它却不肯走了。

她下了马走近，这才看到被夜色遮盖住的一圈篱笆，里面圈着一大捧被压得变形的树枝。

叶子还是软软的、脆亮的，并非砍伐下来的枯枝，只是枝头被重力压弯，像一簇开过头的花瓣垂到了地面，挡住了去路。

李颐听沿着枝干向左往上看去，是从旁边的院子里长出来的樟树。她再一凝神，竟然是魏府。

她立即想到从前陪魏登年回府时爬过的那棵樟树，十年间不加修剪，就这么毫无节制地让它长出了院墙，长到不能承受的重量弯到了地面，拦住街道来往人流的去路。

这是当今皇帝的旧宅，自然没人敢动，一棵无关紧要的樟树还被保护般圈养起来……李颐听微微蹙眉，牵着马从仅留下两人宽距的道过了身，心道如今朝里的官员也惯会曲意逢迎了，如此，这条街都不能有马车货运，实在劳烦百姓。

她重新上马，徐徐前行，深幽的暗蓝夜色逐渐过渡成灰蒙蒙一片，还是昏暗，但好歹有了丝人声。她在街角唯一开张的那间店停了下来，要了碗馄饨。

店家是个新妇，就是手脚不大麻利，看清李颐听长相的那一刻，惊吓得手里的馄饨都摔了，地面溅湿了好大一块，碗也磕缺了一角。

李颐听狐疑地擦了把自己的脸，又看了看指尖，什么也没有啊。

妇人回过神来，立刻赔笑着道歉，又去替她重做了一碗。

铺面里暖意融融，李颐听小弧度地抻了抻冻僵的手脚，有些昏昏欲睡。后厨的妇人一边瞄着她的举止，一边在刚出炉的馄饨里撒下一小包白色粉末，端到了李颐听面前。

李颐听道了谢，迫不及待地喝了几口冒着白气的热汤，身上的寒意顿时散了小半，随即埋头大吃起来。

店家探头看了几眼，从后门悄悄跑了。

李颐听毫无察觉，吃得正欢，突然感到身子一阵疲软，困意泛滥袭来，勺子从掌心溜走，跟脑袋一块儿砸在了桌上。

未几，店家领着穿一身朝辗司服饰的大人回了馄饨店。

男子细细端详李颐听的脸，惊叹道："像，太像了。"又甩手给了店家一锭银子，在妇人的千恩万谢中扛走了李颐听。

李颐听是被温热的帕子擦脸擦醒来的，她被面前突然出现的脸骇了一骇，馄饨里的软拂散让她四肢虚软无力，撑了几次才从床榻上起来。

进都城之前她假想了无数个混进宫的法子，却没有找出哪个最为稳妥温和，最能让魏登年接受。

不料一觉醒来，已经到了皇宫。

神扶殿内杉木蟠龙的柱子依然恢弘精美，乃出自大晋雕刻大家的手笔，她不可能认错，但是她看到殿内的一切，又重新恍惚了起来。

摆放帝王龙椅的地台被撤，席间一切摆设觅无可觅，原本供作皇家盛宴的宫殿摆满了一张张妆奁，妆奁上立着一枚枚铜镜，映照出各位美人的脸。

她们言行奇怪，皆在凭空作态，或是假装用膳，或是假装走路、假装说笑，每位美人身边都守着位执鞭的宦官，他们会突然皱眉，那鞭子也就毫不留情地落在美人娇弱的身子上。

美人们被打得泪眼婆娑，而后更加卖力，就像，就像是在模仿谁的神情动作。

李颐听愣愣看着，越看便越毛骨悚然。

殿内美人多达二三十位，每一张脸都和她有两三分相似！

她"啊"的一声叫出来，猛地伸手推开在她脸上涂涂抹抹的女官，费力滚下床，扶着床沿摇摇晃晃地站了起来。

“这是要干什么？你们是谁？你们要把我怎么样？”

殿内的氛围被她一声惊叫打断，然而多数美人连个眼神都没有递过来，只有几个蹙眉瞥她一眼，仿佛大家都是这么经历过来的人，早已司空见惯。

被她推开的女官穿着内庭最高阶服饰，无甚表情，板正的一张脸只是盯着方才被李颐听推开而化花的地方露出些不悦。

“啧，没有培养过的新人就是如此毛躁，不知好歹。”

说着一挥手，李颐听便被人一脚踢中膝盖后窝，“扑通”一声跪了下来，左右两边的宦官立刻上前钳住她双手，让她动弹不得，女官这才慢条斯理走上前，继续化剩下的妆容。

李颐听强行镇定，眼珠子骨碌碌转着扫视周围，殿里多是宦官和手无寸铁的女子，若是她奋力一搏，或许是能逃出去的。

“她们刚来这里的时候都想逃跑，可是这数年来没有一人跑出去，最远的那个也只是到了宫门口，还断了一双腿。”

洞悉一切的女官嗓音冷漠，凉得她打了个激灵。

“多么聪慧年轻的一张脸。有这张脸是你的福气，为什么要逃跑呢？只要你被陛下所喜欢，这一生荣华都将享用不尽。”

“陛下对谁都残忍，可唯独对你们仁慈至极啊。”

女官动作轻柔地摆弄她的妆发，可声线神色却没有任何生气，就像一桩人形的木头，不会窥探主子也没有好奇，这样的人几乎就是为皇宫而生的。

李颐听一边起鸡皮疙瘩，一边努力从她这些乱七八糟的话里琢磨出一点儿有用的信息：“你是说，你们要送我去见魏……陛下？”

女官道：“你的运气很好，她们有的已经在这里待了一年都还没有见过陛下，若不是你长得太像她，而陛下今日又要动一场大怒，我们也不会随便把你一个新人送到陛下面前。”

李颐听虽然脑子还乱得很，可知道这一点，反倒镇定了下来。

“那你……将我化得好看些。”

女官终于抬了抬嘴角，露出个奢侈的笑来：“孺子可教。”

2

妆发快收尾的时候，一个小太监急匆匆赶来，道：“陛下回来了，发了好大的脾气，奉天殿所有的宫人都被打了出去，师傅让我赶紧请这姑娘过去！”

女官手里的动作加快，麻利地将李颐听最后一小撮细发绾进重寰髻，插上累丝鎏金双排步摇：“好了。”小太监盯着李颐听看了半晌，由衷发出一声赞叹：“若不是年岁不对，咱家都要以为您就是那位了。

“姑娘您运气也太好了，虽说还没有来得及培训，可就凭您这张脸，让陛下破戒，就此飞上枝头也不无可能啊，今儿您定然要好好把握！”

要是这女子真的飞上枝头，那么他也要跟着鸡犬升天了。小太监把自己都说激动了，搓着手一脸兴奋雀跃地催着李颐听快快离去。

他一边带路一边跟她快速说了些皇帝的喜恶，又絮絮叨叨说今日皇帝会要大怒，让她千万承受住了。

李颐听不解，问道：“怎么先前的女官说陛下会要大怒，你也如此说，可你们说的都是必然、肯定的揣测，而非已经大怒，那这份笃定是由何而来呢？”

小太监却噤了声。

他们这位国主本就性情暴虐，阴晴不定，做下人的每天都是提着脑袋伺候，更何况他昨夜得了消息竟然命人夜开宫门，独自追去了穗城。

这样的假消息每年都要出个三五次，哪一次他不是满心希冀离宫，又有哪一次不是携着滔天怒火归来？

昨儿穗城一出失踪喜服的事情，他师傅周昆便上下警醒他们今日要打起十二分的精神来伺候。说起来，皇宫上下所有人都不相信他们陛下惦念的那个人还会回来，除了陛下。

可这些事，他怎么能说？

小太监微斥一声：“不该问的事别问，往后你是富贵一生还是被丢出宫外，且都看你今日的造化了。”

奉天殿周围的护卫宫人果然都被远远驱开，偌大一座宫殿孤寂寂地杵在那里。

小太监将李颐听带入奉天偏殿，嘱咐她安生等着，独自入内跟师傅禀告。

李颐听应下，在门口探头探脑了半晌也不见人回来，实在抓心挠肝，忍不住从右侧门轻手轻脚地走了进去。

辰时七刻，昏暗的云层终于像是被一双手轻轻拨开，露出第一缕薄阳，穿进四方殿门，照入沉闷的大殿。

正殿并未点灯，空旷清冷，尘埃颗颗分明，在仅有的悠长光线里上下沉浮。

王座上撑坐着位年轻颓唐的帝王，垂着首，冠冕前长长的垂珠微微晃动，掩下他阴鸷绝艳的眉眼和眼底晦暗不明的情绪。

右手底下压着的陈旧喜服一寸寸被攥皱成团，他终于开口，幽冷又恶劣地笑了一下，说："孤想杀人。"

那一瞬似有无尽漫长。

领侍太监总管周昆的脸当即煞白。

他"嗵"一下扑跪到地上，不停磕着脑袋："陛下三思，陛下三思！就见见朝辗司新送来的姑娘吧！"

魏登年动了动眼珠，忽而瞥到柱后曳地的一方淡绿色裙摆，冷声道："谁在那里？"

李颐听心里咯噔一下，慢吞吞地走了出来。

他道："抬起头来。"

殿中有片刻寂静。

在看清女子面貌的那一刻，周昆的鸡皮疙瘩冒了一脸，随后清醒过来，起身怒斥道："谁让你入殿的，出去！"

李颐听堂皇地退了两步，王座之上的人如离弦的箭矢般冲了过来，用力攥住了她的手腕，痴狠失态地盯着她："小听，是你吗？是你吗！"

李颐听手腕被捏得生疼，却抽不回来，痛道："魏登年！"

周昆腿脚一软，又"扑通"跪了下去，呵斥都忘记了，恐惧得直接把脸埋进臂弯里。

在他的心里，殿中站着的那位姑娘此刻已经是个死人了。

然而却听到魏登年一声怒斥："滚出去。"

周昆小心翼翼地抬头，对上帝王侧过头的一双凌厉眸子。

"是，是，马上滚！"周昆小腿肚颤着晃着，几下撑着起身都打滑得没起来，冷汗暴流，最后还是快速爬着出去了。

李颐听被他的满身戾气惊得缩了缩脖子，下意识往后退了两小步。

魏登年转过头来，看着她露出怯意的脸，凝声道："你在害怕我，你竟然，在害怕我？"

他又点点头，凶恶地笑了："你是该害怕，出走十年，音信全无，你是该害怕的。”

李颐听担忧地蹙着眉，努力平复心绪道：“现在我们不适合谈话，你先冷静冷静，我过两日再来找你。”

她伸出另一只手掰开他，转身离去，却被魏登年凶狠地拽了回来。他气急败坏地钳住她的肩膀，赤红着眼：“你还想跑吗？你还想再失踪十年吗？”

他的手掌覆上她细嫩的脖子，漂亮苍白的脸因为怒意近乎狰狞。

“不是！我没有这么想。”

那只宽大的手掌只需要稍稍用力就能拧断她的脖子，李颐听终于有片刻心生怯意：“魏登年……”

未几，手掌却穿到了她的颈后，猛地搂紧她的后脑勺，另一只手钳住她的下巴，迫使她抬头，重重吻了下来。

他的气息粗暴，游走在她的唇齿间，一寸寸碾压吞噬，忽地在她下唇咬了一口，李颐听惊呼一声，温软的舌趁机撬进了齿关，紧紧纠缠着她吸吮。

李颐听被迫仰着头，浑身痒痒麻麻如白虫噬心，几近窒息，手中推拒着，终于奋力挣扎开来，却变本加厉地激起了他的怒意。

魏登年把李颐听拖拽到王座的书案前，一掌拂开了案上所有的物件，噼啪砸了一地声响，而后不管不顾地往李颐听倾身压了下去，吻如同暴雨般细密急骤地砸在她的眼角唇边。

“刺啦”一声，女官给她换上的轻薄春衫从侧被撕裂开来，骤然袒露出一片白软的弧度，肌肤在接触到冷沁的空气后激起了一层鸡皮疙瘩，很快被他软热的唇覆盖。

“魏登年！魏登年……”

李颐听从前总把轻薄挂在嘴边，此刻她却感到前所未有的害怕和抗拒。她的胸口上下起伏着，用发颤的声音大骂着、哀求着，却没有得到任何回应。他不容抗拒地压着她，呼吸卷裹着呼吸，李颐听如同为人刀俎的鱼肉，已经悬在了案板之上。

拱在她脖间的脑袋却忽然停了下来。

滴答，滴答。

温热的液体落在锁骨滑进颈窝，聚成湿漉的一片。

魏登年破碎的哽咽从颈间传来：“小听，我找了你十年。”

压抑又脆弱地汇成小兽般的呜咽。

“小听，你还喜欢我吗？你继续喜欢我，好吗？”

李颐听鼻尖一酸，泪珠从眼眶里滚出来，没入鬓角。她伸出手，缓慢而用力地回抱住魏登年。

“我一直都喜欢你。”

魏登年扶起李颐听，把外衣披到她身上裹紧，系了个活结：“对不起。”

李颐听摆摆手，滑下书案，腿脚一软，被魏登年扶住腰：“他们竟然给你下软拂散？”

李颐听抬眼斜他：“难道不是你吩咐的？”

魏登年嘟囔：“我哪有，我只不过，只不过是在魏国大肆搜捕和你相像的女子罢了。这软拂散没解药，你睡一觉，恢复恢复体力吧。”

李颐听“嗯”了一声：“这件事我以后再跟你清算。”

她被魏登年抱进寝殿，在舒适暖和的大床上躺了下来。

从穗城到都城奔走了一夜，这具身子已经十分疲累，又情绪紧绷了一遭，此刻全身心地松弛下来，再被屋内暖融融的炭火一烘，困意立刻就上来了。

她撑着眼皮嘟囔：“你也休息会儿。”魏登年也是奔波了一夜的。

他却摇摇头，一只手紧紧地牵着她：“我不困。你睡吧，我陪着你。”

李颐听“嗯”了一声，呼吸渐轻……

魏登年轻手轻脚地在她身边躺下，狭长的眸子很精神地睁着，看她梦中呓语，看她安睡的眉眼，常日浮躁的心绪，忽然变得一片清宁。

李颐听一觉睡到自然醒，外面已经天光大盛。她惬意地伸了个懒腰，却摸到身边空落落的。

她穿戴好走出去，魏登年正在书案前看折子，坐姿懒懒的，身上披着件团融银狐大氅，衬得那人眉眼生辉，自带一股雍容贵气。

书案前跪着的下属给他回禀军政要事，李颐听脸上的笑容在听到宋戌被抓回的那一刻凝固了。

她紧张地扣住屏风一角。

魏登年“嗯”了一声，风轻云淡：“杀了。”

“还有，孤不想让小听知道一丝风声。”

殿前的将军“喏”了一声，用性命担保一个前朝余孽都不会放跑，余生李颐听都不会知道宋戌曾经回来过。

…………

“不要！”

李颐听惊坐起身，整个人已经冷汗津津。

守在她身边的魏登年立即起身，手抚她后背顺气：“做噩梦了？”

她身子本能地一颤。

梦中，魏登年坐在王位之上那一幕浮现在脑海，是梦吗……

她猛地抓住他的手，顿了顿又松开一些，小心翼翼地看向他：“别杀宋戌。”

魏登年的眼神在一瞬间清明过来，未几，勉强笑了笑：“我并未抓他。”

“我是说，若是有朝一日你抓到了他，不要杀他。”汗湿的几缕碎发狼狈地贴着她的脖子，李颐听神色恳切堂皇，甚至带着一丝恐惧，“求你。”

魏登年纤长的睫翼狠狠颤了一颤，仿佛被谁生捶了一记，脸色一寸寸白了。又过了许久，久到李颐听都以为他会发怒的时候，他忽然垂下头，在嘴角扯出个凄冷的笑来。

他敏感多疑，亦为她此举恼火难过，可他仍然张了张嘴：“好。”

李颐听只觉得心脏被数根长针排着队地碾扎了一遍，扑上去一把抱住了他：“魏登年，我永远不会离开你。魏登年，我和他什么都没有。”

她的手臂不长，抱不完全，像一只挂在他身上撒娇的小动物。魏登年眼神终于重新柔软了起来，长臂一伸，将李颐听整个揉进怀里，回抱了个满满当当。

“好。”

3

周昆已经在奉天殿外战战兢兢跪候了两个时辰，连抬人的担架和人手都准备好了，里面却没有半点动静。

心里的狐疑越来越大，按捺不住之时，殿门却忽然被推开来。

一干人等立刻把头埋得低低的，胆子小的，整个脑袋都贴到了胸口。

周昆偷摸着微抬头。

等等……怎么走出来的是两双脚……

再将脑袋抬得高些，出来的人的的确确是陛下，还有那个犯上的女子，两人的手还牵在一块儿。

周昆用力揉揉眼睛，魏登年回过头来，又把他吓得一趴。

“孤带小听随便转转，不需要任何人跟着。”

周昆迟疑地抬头，只捕捉到他们皇帝嘴角一簇欢欣的笑意，还有“小听”两个字。

他整个身子跌坐到地上，旁边机灵的小太监立刻来扶总管。

周昆哭丧着脸：“完了，完了，咱们陛下终于疯魔了！”

魏登年牵着李颐听走得有些急切，时值冬日，可是再冷的时节皇宫里都是枝繁叶茂的，外面养育出的新鲜花种没间断地送进来。

走到周遭光秃秃的郃叶池，魏登年才停了下来。

四面无绿植，日光从李颐听身后落下来，脚下的影子在前方赫然跃现。

“竟然是真的。”魏登年的指尖摩挲着她的掌心，笑着说，“有温度也有影子，不是梦境也不是魂魄，竟然是真的人。”

李颐听心下一沉：“魏登年……”

“一别十年，小听的容颜竟还跟从前一样。”魏登年空出的那只手轻抚过她的脸颊。

李颐听有一瞬间堂皇，讪笑道：“是吧，我也觉得挺神奇的。”

郃叶池对面的草丛忽生异动，李颐听敏锐地朝对面看去，冰凉的箭矢已经朝着魏登年笔直地射了过来。

这中间的间距实在太短，躲无可躲，李颐听脑中的弦在一瞬间绷得笔直，连护驾都来不及喊，电光石火之间，小小的身躯便“呼”地挡到了魏登年面前。

魏登年微顿，下一刻伸手揽着她的腰后跃而起，另一只手护在她的脑后，箭头险险擦过他的手背。

魏登年和她十指相扣的手因她的紧张和害怕被捏得生疼，松开以后手背上都是发白的指印。

可即使这样害怕，她还是第一时间拦在了他面前。

郃叶池对面的草丛又动了动，李颐听警惕地沉下眉头，一只手拦在魏登年面前，却看见一个护卫装扮的男子跑了出来，背着箭筒朝魏登年行了拜礼：“臣僭越，求陛下恕罪！”

魏登年摆摆手让人退下，回过头看向发愣的李颐听，道：“让你受惊对你不起，你的模样太过年轻，一点儿也看不出岁月痕迹……我多疑，总怀疑你是别国派来、长相相似的细作。”

若是刺客箭法稍偏，那箭头或许就会殃及旁边的李颐听，她如果真的是细作，自然逃命要紧。

顿了顿，他才道："倒不是我怕死，只是怕又是一场黄粱梦醒。至此我才终于确定，你就是小听。"

他润如羊脂的白玉面庞噙着笑，抬手轻柔地抚平李颐听眉间的褶皱，顺着她的柳眉抚到鬓间，摩挲过她的碎发挽去耳后："我活在阴暗里，可我发现我还是喜欢明亮的东西。你头上晃动的珠翠，冰丝手绢透过来的碎阳，你眼睛里波光粼粼的池面，活在人间的你。"

李颐听直愣愣地看着他。什么时候起，她的魏登年已经长得这样高了呢？自己仰着头，却跟他的下巴足足差了一大截，他的肩膀也在她看不见的岁月里变得宽厚温暖，再也不是当年那个病态的少年。

那双晦暗阴郁的眼睛里，欢喜太过浓烈，像一壶烧沸的滚水，一直烫到了李颐听的心里。

她怎么能以为，魏登年离开她也会活得很好？

她好后悔。

若是她早一点下凡，再早一点下凡，他会不会稍微好受一点？

良久，她踌躇着开口："你就一点儿也不想问我为什么消失了这么多年吗？"

"你不必告诉我，这十年你跟谁在一块儿，经历过什么事情，我都不想知道，那都是你跟别人的回忆，不管是什么事，我都会嫉妒。"魏登年道，"如今你完整地站在我面前，我很知足。"

魏登年拉着她的手慢慢往回走，到了成疾殿前停下。

这是魏登年登基后让人给李颐听大肆修建了三年的寝宫，比整座皇宫最恢宏气派的奉天殿还要恢宏气派。

在没有找到她之前，每一个晚上，魏登年都是宿在此处。

他伸手指给她看："这个和奉天殿是挨在一块儿的，虽然寝殿和议政的地方挨在一处总有些奇怪，可我从前也并没有跟你长久相处的机会，你生活就寝的地方想要什么样，我其实摸不大准。但是我想好了，你若是爱热闹，奉天殿便是整个皇宫最热闹的地方，这里朝臣入朝议事，人来人往，我不能和你朝夕相处的时候，也想要离你最近；你若是喜静呢，我就把那些老顽固都赶去阿罗殿议事，我就坐在御门听谏。”

李颐听眼睛微微睁大：“可是那要穿过半个内庭，他们如何肯答应，岂不是要吵个天翻地覆？而且隔得这么远，怎么上奏？”

魏登年道：“无妨，以后就让他们从西门入宫，内庭三省隔五米安排一个传话的宦官，从阿罗殿一直到御门，我可以等，早朝时间拉长些也没事，谅他们不敢多言。也不知道下令修建皇城的人怎么想的，建得这么大，像一只广袤的怪物壳子，我若想马上见你，还要穿过无数条路，太慢了。”

李颐听“扑哧”笑了一下，十分受用，可是魏登年这样大费周章的心思又让她颇为汗颜。她可不想成为什么千古妖妃，立即道：“我喜欢热闹，如今这样便很好。”

他笑：“那就暂时不变。”

李颐听又道：“这样一来，后宫岂不是都空置了？”

魏登年道：“我不需要什么后宫，那里以后给咱们的孩子住不就行了？”

李颐听道：“那么多宫殿？”

魏登年凑近她，压低声音道：“我会努力的。”

李颐听的脸顿时憋成了熟虾。

他又拉着她四处瞎转了一会儿，把这几年他不满意而翻修的一些宫殿指给她看，走过去碰到的宫女太监皆是一愣，跪倒一路。

等到魏登年和李颐听回到成疾殿叫周昆准备晚膳的时候，皇宫上下全部都知道了不近女色的陛下身边有了位新人。

周昆早就眼观六路地准备妥当，等李颐听用完膳，立刻有一列宫女鱼贯而入，左右架着她就要走。

魏登年呵道：“这是做什么？”

周昆一愣，道：“小的带姑娘下去，让嬷嬷交代规矩沐浴焚香，然后抬过来侍寝。”

李颐听立刻挣脱了她们，跑去拽住魏登年，红着脸道：“我不要！”

“你你你，你怎么能不用敬语！一点规矩都不知道吗！女官没有教你吗！”周昆痛心疾首，语重心长，“姑娘，这就是你不识好歹了，能被陛下看上，是无上的尊荣！这些年朝辗司送来的所有姑娘里唯有你一个得陛下青眼，能伴驾半日……”

魏登年憋着笑，佯装冷脸：“是你这个御前总管不识好歹，做到头了吧！

好好睁开你的狗眼看看，这是小昕。”

周昆躬身，连连应道：“是是是，奴才知道这位姑娘跟陛下的未婚妻娘娘十分相像，不，就是未婚妻娘娘。”

魏登年懒得和他啰唆：“滚蛋。”

周昆“哎”了一声挥挥手，宫女们又徐徐退下，他跟着一块儿撤走，忽然被魏登年叫住。

“吩咐下去，以后，都尊她为皇后。”

周昆和李颐昕皆是一愣。

她道：“魏登年，太快了。”

魏登年笑笑：“无碍，总归你是要嫁给我的。立后之事繁琐冗长，我要好好替你操办，就先让他们叫着，当是提前适应了。”

李颐昕还未说话，周昆已经反应过来，突然一个箭步冲过来扑倒在李颐昕脚边，大声道：“娘娘！都怪小的有眼不识泰山，难怪适才见到皇后娘娘就觉得您和蔼亲切端方贵气典雅脱俗，可是娘娘又似仙子一般夺目耀眼，奴才不敢随意亲近，是以方才竟然失了礼数！奴才能得知娘娘的喜讯，真是祖上积德，福泽深厚……”

李颐昕求助般看了魏登年一眼。

魏登年：“好了，滚。”

周昆：“是！”

嘴巴一闭，利落退下。

李颐昕松了口气，终于重新在魏登年身边坐下。

“没想到，你竟也喜欢油嘴滑舌的做你贴身宦官。”

魏登年饮了口清酒，道：“会拍马屁而不拍到马蹄上也算个好本事，这些年留着他在身边伺候着，有时也能让我高兴些。你若是不喜欢，我就——”瞥到她微变的神色，魏登年立刻改口，“我就放他出宫。”

李颐昕道：“就算放他出宫他怕是也谋不到好出路了，既然能让你高兴便留着吧，说起来我还该谢谢他让你开怀。

“不过，”她顿了顿，忽然开始算旧账，“神扶殿里那些女子都是怎么回事？朝辗司又是什么官职机构，怎么我从前从未听说过？”

魏登年呛了一下，立即以手指天发誓道：“那是我为了找你建立的机构。我在各城各地建立了朝辗司的分司，命他们四处搜寻你的下落，只是一直没找到你，却找了许多跟你相像的人，有的眉眼和你像，有的唇鼻和你像，有的笑起来和你像。自愿留下来的人我也不忍赶她们走，我太想你了……我让她们陪我吃饭陪我说话，幻想陪我吃饭说话的人是你，我只是想你……但是我跟你保证，我从未碰过她们！”

李颐听心尖一疼，眼眶红热道：“对不起，魏登年。”

“不，我不是要你的道歉，我的本意不是想让你难过的。”魏登年手忙脚乱地给她拭泪，温声道，“如今你既然回来了，那些女子我自然要遣散出宫的。我会赏给她们丰厚的财物，还有朝辗司自然也没必要存在了。”

他的朝思暮想、辗转反侧已在跟前，这世间任何女子再入不了眼。

「 第十八话 」

那个皇帝并非凡人，而是魔君的小儿子伏扬

皇宫里最近热闹得很。

原本以为朝辗司会因为陛下头一遭接受的这位美人鸡犬升天，一跃成为国朝第一官衙，勾搭攀附的人提着礼物络绎不绝，连门槛都踩塌几寸的时候，当今天子忽然嘴巴一张，大手一挥，解散了魏国所有的朝辗司。

所谓祸兮福所倚，福兮祸所伏，便是如此了。

继朝辗司飞来横祸以后，神扶殿的所有女子也全部被放出宫，随即大批伺候妆发的女官面临失业，更不要说朝中那些眼巴巴盼望着魏登年开始纳妃后就立刻把自家女儿塞进来的臣子们。

凭栏向下俯瞰，背着包袱的女子们犹如一盆手抖倒出去的豆子，四散着朝宫门外慢吞吞地滚去。

这里面十之八九都是自愿留下来的，有靠妆发手艺混饭吃的女官，也有抱有入后宫的美好幻想的女子。

她们每月都能领不少的例银，且被人舒舒服服地伺候，魏登年虽性情不好，待她们却是难得的和善，是以离宫时一个个都垂头丧气，极其不愿。

其中不乏容貌倾城者，正是情窦初开的年纪，见过魏登年短短几面后深陷其中，趁着人多混乱时偷跑离队，去到御书房梨花带雨地求魏登年开恩。

魏登年被堂下叽叽喳喳的女人们吵得头疼，想要发火，看到那些和李颐听有一两分相像的脸后又偃旗息鼓。

他深吸了一口气，强耐着性子道："尔等可知孤为何要取年号为成疾，又为何要劳民伤财地建一座整个皇宫最光耀的宫殿给皇后做寝宫，亦用同名？"

女子们面面相觑，不知其意。

"因为孤思念她，每一个日夜都无时无刻不在思念她。"魏登年道，"如今，孤每一个日夜都思念的那个人已经回来了，枕畔酣睡的也唯有她一人。若是尔等觉得自己也有同皇后一样大的魅力，能让孤也如此为你们大费周章的就站出来，不若便识趣地自行散去吧。"

堂下一时寂静无声。未几，有过半的女子犹犹豫豫地行礼告退。

她们只是爱慕帝王好看的皮囊和无上的权力，想在后宫众多女子中得一份清闲富贵，可在魏登年说出这话后又清明了过来，这样得天独厚的恩宠，她们今生今世也得不到。

魏登年的食指漫不经心地敲打着桌面，渐渐地，那些滞留徘徊的也都一个个起身离开。

李颐听才跟身边的太监吩咐，留下她进宫那日给她梳妆的女官，从前面看完热闹回来，便见御书房鱼贯而出许多人来。

小太监回来禀她，那名女官想当面跪谢皇后恩德，李颐听觉得那画面定然十分有趣，但更好奇御书房那边的情形，便推辞了走过去，迎着无数打量的视线。

这两日来，她已经被宫里数不清的人明里暗里地窥伺打量过，脸皮快要练得和城墙一般厚实，目不斜视就到了殿前。

正巧听见迟迟不肯离去的那名女子对魏登年道："陛下，妾不服气！陛下您说过这许多女子中，妾最像皇后娘娘，也对妾另眼相看。如今一道旨意，陛下便随便打发了妾，这样的落差妾如何甘心！妾确实和皇后有几分神似，可妾自认为比皇后更加貌美，求陛下疼惜，将妾留下来吧！"

魏登年揉了揉太阳穴，被堂下那女子一番妾啊妾的吵得眼冒金星。分明他就召了她不过三回，跟她说过最长的一句话就是"宫中诸女你最像她"，怎么就是另眼相看了？

眼珠子忽然瞥到殿外一角鹅黄罗裙，李颐听似笑非笑地倚在门边抱臂瞧他。

魏登年陡然一个激灵坐正了，暗道坏事：“放、放肆，竟然敢长得比皇后好看，给孤……快快拖出宫去！”说完恨不得咬断自己舌头，又十分没出息地补了一句，“永不复见！”

李颐听轻笑一声。

算他识相。

皇宫里的少许旧人都晓得，当今陛下有一未过门的妻子，成婚当日离奇失踪，惦念多年，而今这位女子不过和她相像，当日召见就晋为了皇后，还未行封便尊礼，第二日皇帝就肃清了整个后宫，除了宫女，几乎放走了九成半的女子。

朝野震荡，一时间谏书如雪花一般朝魏登年的书案飞去。

魏登年一本未看，全给御膳房当柴火烧了，气病了半朝臣子。

李颐听为此忧心，同榻而眠时翻来覆去睡不着，劝他：“不如先缓一缓吧，我向来不在意这些虚名。”

“可是我在意。”方才还对着她言笑晏晏的男子忽然便正色了，“只有让你当上皇后，成为我名正言顺的妻子，我才觉得将你牢牢地拴在了我身边。”

李颐听道：“可是那些大臣……”

“随他们去吧，要是他们知道你还是前朝郡主宋炽，还有的闹。”魏登年狭长的眸子眯了眯，“况且我已经连夜将他们的家母妻妾都请来了宫里。”

李颐听拔高声音：“魏登年！”

“你紧张什么，就是办个家宴，给你认认脸。”他捏捏她的脸，“你不喜欢的事情我都不会做，你放心。”

李颐听松了口气。

魏登年却不爽地蹙起眉：“你怎的总是如此生分地叫我的名字，你就不能像我一样亲热些吗？旁人听着，总觉得我待你如娘子，你待我如陌路人。”

李颐听觉得这些年魏登年变了不少：“你从前从来不会这样向我撒娇的。”

魏登年顿了顿，轻声道：“那你会觉得烦吗？”

他望着她，模样有些小心。

李颐听心中一涩，钻进他的怀里：“我不会。”

半晌，李颐听迷迷糊糊都要睡着的时候，头顶有声音忽然传来：“那你想好叫我什么了吗？”

李颐听：“……小年？”

“我比你大。”

“阿登。”

“听着难听。”

“那就小魏吧！”李颐听斩钉截铁，“就如此了，不准有异。”

说完抬了抬下巴，堵上他的唇。

魏登年嘴角乱颤着很受用地闭上眼，加深了这个吻。

小魏就小魏吧！

家宴办得仓促，排场却极大。

隆冬之中，炭火充足，竟催得殿内的花种提前绽放，靡靡香甜，钟鸣鼎食。

众臣子的妻眷早早入了席，过了一刻皇帝也到了，翘首盼了许久的皇后却迟迟不见人影。皇后不到魏登年便不让开席，也不说缘由，大中午的，所有人都饿着肚子陪等。

饿着肚子就算了，偌大的皇宫连个舞姬都没有，宴会的气氛一度尴尬，臣子家眷焦灼不知所措，然而坐在皇位之上的魏登年却似毫无察觉，不仅没有一丝皇后迟来的恼怒，甚至看起了折子。

好不容易皇后姗姗来迟，却是淡妆素裹，一身淡蓝的云锦短袄俏丽，脖子周圈毛茸茸的团领衬得她活泼明亮，乌发只是用一根白玉簪子松松绾住，作未出嫁的少女妆发打扮便来了。

后宫妇人们一心想着攀比，为了多被皇帝看一眼，无不费尽心思地往身上头上捯饬。李颐听这样的容貌举止，作为殿选的秀女倒也入眼，可若是一国皇后，未免太失端庄仪态，况且她手里还抱着个小木盒子，实在没有规矩。

众人甚觉荒唐，又碍于当今陛下的雷霆手段不敢出声，只有一位夫家是最爱弹劾上奏的言官之妇胆子大，出席跪下，直言皇后不妥。

众人心中舒畅，李颐听也因此踌躇原地，魏登年却似没有听见一般招手让她到了近前，周昆立即有眼力地将后位挪到了旁边。

李颐听刚要坐下，却被魏登年拽过去，按在了自己身边。

命妇们：“？”

有失体统，有失体统！

“离我近些，看着高兴。”他嘴角微扬。

头一次见到陛下有冷脸以外的神色，众人又是一阵窒息。

他温声道：“昨夜睡得还好吗？”

不提这个还好，一提李颐听颇不乐意道：“你怎么也不叫我？弄得我都没有时间打扮。”

竟然敢责怪陛下？

堂下一片抽气声。

谁也没有见过这么急着送死的人。

“又不是什么重要的事情，叫她们等着就是了，我想让你睡到自然醒。”

从她进殿起，魏登年的目光便一刻也没有从她身上移开过，此刻更是当着一众苦等开席的命妇们的面，旁若无人地和她聊了起来。

“我前日送你的那根簪子怎么没戴？”

李颐听蹙眉：“那东西丑死了，金灿灿的又雕了那么多花，你爱戴你戴。”

荒唐！理当重罚！

魏登年道：“不爱戴便不戴，我下次再做个给你。”

“那你做好看点。”李颐听点点头，把手里的木盒端上桌，又从里面捧出来一个青藤忍冬白玉冠子，“你头上这个也丑，前面这一大片珠子摇摇晃晃的甚是累赘，今日你戴这个，我们的发饰便正好配成一对。”

冬天真热啊，头上的汗擦也擦不完。

周昆只在旁边站了这么一会儿，一颗心脏已经在胸腔里激烈乱跳得像是要蹦出嗓子眼，生怕等会儿李颐听的血溅到他，还悄无声息地往旁边挪了挪。

还没等到他心梗吓死，“咚”的一声，他心脏直接骤停了。

他看见，李颐听伸出手，摘掉了魏登年的冕旒，把手里的玉冠戴在魏登年头上。

周昆呆若木鸡地跪了下去。

接着满殿命妇太监宫婢扑通扑通扑通跪了一地，个个额头贴地，大气不敢出。

李颐听被他们吓了一跳。

魏登年伸手摸了摸冠子，眼中的笑意更甚：“我亦觉得，十分相配。”

有失体……算了！都失完了！

命妇们闭了闭眼，这几个字都说倦了！

殿中的众人窒息数次之后，战战兢兢被免了礼，只剩原先声讨皇后的妇人还跪在原地，心虚地不敢抬头。

魏登年终于注意到还有这么个人，道：“夫人方才说什么？”

“妾身，妾身……”那妇人急赤白脸地支吾几声，竟然身子一翻，昏死过去。

李颐听用力捏捏魏登年的手，压低声音说了几句。

魏登年面色不变，让人抬走了昏倒的命妇去休息，不再乱吓唬人，终于开席。

在这一刻，所有人都抱着庆幸想着，幸好，幸好当今皇后并不真的是陛下失踪多年的未婚妻子，否则天子还会给出多少更令人震撼的恩宠纵容啊。

纵然魏登年对外称她就是，可她看上去如此年轻，帝后对外又从无郑重解释，李颐听更把前朝郡主的身份瞒得死死的。

她们替夫君父辈们担忧的同时，亦只能抱着一丝侥幸，天子性情阴晴不定，立后如此草率速度，废后或许也是如此吧。

只有隔得最近的周昆面如土色、腿脚发颤，他刚刚听到了什么？

皇后叫皇帝……

小魏？

他想要一颗速效救心丸！

2

宴席结束，天色已晚，李颐听回到成疾殿就寝。

她这天睡得格外安稳。回到皇宫的第一日魏登年便与她同榻而眠，李颐听虽然没有说什么，却忍不住紧张忐忑，可是魏登年却规规矩矩，连被子都铺了两床。

从前是三媒六证娶她过门，如今是祭天册封尊为皇后，然而在真正成婚之前，患得患失如魏登年却始终没有半点越矩的意思。

他珍视她。

因为珍视，所以从未轻动，他只是想睡觉也离她很近。如果可以，余生所有时光，每一刻都想离她很近。

殿中熏着沉檀柑柚香，浅浅淡淡的花果味宁神舒心。

李颐听很快便如前几日一般睡去，半夜半掀开眼皮，迷迷瞪瞪地翻身，却猛地被头顶一双聚精会神看着她的清亮眸子吓了一跳。

她下意识地轻呼一声，往后缩了缩，那人立刻出声："是我，别怕。"

"魏登年？"李颐听揉揉眼睛，睡意蒙眬道，"你怎么还不睡？"

"我……我想多看看你。"魏登年半撑的身子缩回被子躺下，语气讪讪，神色在昏暗的寝殿中看不清晰。

李颐听打了个哈欠，嘲笑他："怎么，你难道怕我凭空消失吗？睡吧，好困。"

魏登年手指微微蜷缩，抓着枕边一角，没有答话。

"你还真的怕我凭空消失啊……"她笑着嘟囔，"真会消失，你盯着也没用啊，你还能每一晚都不睡觉守着我吗？"

房中有片刻沉静。

李颐听缓缓睁眼，侧头看向旁边背过去的人，眸中已是一片清醒："魏登年，你……这几日都没有片刻睡着过，是吗？你每一夜都在盯着我，是吗？"

他拿后脑勺对着她，屹然不动，像是已经熟睡，身子却绷紧得僵硬笔直。

李颐听坐起身，伸手用力把他扳过来，庙堂之上指点江山的帝王却在她面前露出被抓包后的紧张拘束。

他神色哀恸，像奋力去攀救命稻草一样攥住她的袖口，幽冷的眸子似惶恐似恳求："我以后不会这样了，你别再离开我，你别害怕我，好吗？"

李颐听的喉咙好似被噎住了，反复深呼吸说不出话来。

她眼角滚出一颗泪落入他的鬓发间："魏登年，你是皇帝，万人之上，你不要爱得这么小心翼翼。"

魏登年垂下眼眸。

李颐听倾身吻了下去，唇舌交缠，气息交融，含混不清道："我是你的，我永远是你的。”

魏登年猛然抬眸，睫翼重颤。

她忽然道：“魏登年，我们睡吧。”

魏登年还懵然不能回神：“不……”

李颐听却已起身跨坐上到他身上，牵制住他双手，握起一只按到了自己腰侧。魏登年屏息一震，想缩回来，却被她压住不放。

“我再问最后一遍。”

李颐听腰际那只手陡然一紧，另一只手反钳她的手腕，一个滚身反客为主。

他呼吸粗重地贴了下来，咬牙切齿：“这是你说的，我永远不会放你走了。”

“求之不得。”

李颐听攀上他的脖颈，视线里房梁轻晃……

这十年来，魏登年从期待到烦躁到失望，又到生气惊怒甚至害怕企盼，最后是强行压下心绪，劝说自己等待。

可这些复杂的情绪早就刻进骨子里，即使失而复得，魏登年的睡姿仍然像只虾般极没有安全感地蜷缩成一团，半夜常常惊醒。这些事，熟睡如李颐听，是完全不知道的，只是每一日早晨醒来，她的手都是被他牢牢牵着，或是被他严实地圈在怀里。

自她回宫，众人才惊觉，他们的陛下竟然还有这么宠人的时候。

别人挑拨，魏登年不信；皇后把玩凤印，把章给磕缺了个口子，魏登年只问她砸到手没有。宫里人每一次觉得这个目无皇权的女人快死了，可又每一次都被天子的恩宠刷新下限。

李颐听俨然不知道自己在旁人眼中已经成了勾魂摄魄的误国祸水，可就是这么位误国祸水，在他们聒噪啰唆、吵得皇帝心生杀意，周昆又小心翼翼在旁提出从前一了百了的解决法子时，让魏登年立马否决：“不行，皇后不喜欢。”

周昆看着面前的帝王，他好像比以前更加昏庸，又比从前更加仁慈。

世上之事或许多是如此，相互弥补亦相互制衡。

自古帝后成婚，都要依六礼程序执行，纳彩，问名，纳吉，纳征，请期，亲迎。

但李颐听不愿意多生事端，没有用前朝郡主宋炽的身份，而是以民女颐听之名嫁入皇家。

魏登年登基以后，虽然清理了前朝皇室宋氏旁支，但濮阳王夫妇没有被牵连在内，而是被他削爵贬为庶民，隐秘送去了宋炽外祖母所在的郸城颐养天年，宋炽那一系旁支，俸禄待遇仍是照旧。

这次大婚，既然李颐听已经不再是前朝郡主，她的母家自然也没有被召入都城。李颐听给他们修书一封聊以宽心，连红豆也没有召回，只是让她留在郸城继续伺候长辈。

天子没有亲迎之礼，但魏登年不顾旧制亲迎，众臣对于皇帝这种荒唐行为早已经见怪不怪，一个个都假装没有看见。

魏家早已倾覆，不存在什么太后、太上皇的拜见。

于是完婚后，帝后便接受百官、亲王、内命妇、外命妇的庆贺，最后行盥馈礼，至此婚礼结束，昭告天下，普天同庆。

大典几乎耗费了整整一口，李颐听回到成疾殿，立刻捧着脑袋上十几斤重的凤冠往床上一躺，不肯动了："我终于知道世上的女子为何多不二嫁，因为出嫁实在是太累了！"

"你惯会歪理。"魏登年笑得宠溺，屏退左右，趴到床上亲自帮她拆卸首饰，动作轻柔，一根头发丝都没绷断。很快，床幔堆了一片步摇珠翠，还有一顶隆盛的凤冠。

她的乌发就这样铺散开来，有浅浅馨香。

魏登年骨节分明的手指插进她的乌发里，贴上头皮有规律地由下至上缓缓揉按："娘子，为夫手法可还行？可有奖励？"

李颐听享受地眯起眼，嘴硬："一般般吧，没有奖励只有惩罚，就罚你为我按一辈子。"

魏登年笑得心猿意马。

此时周昆却忽然进殿，禀道："陛下，娘娘，尚仪局苏司仪求见娘娘。"

李颐听奇怪道："求见我？我不认得什么司仪啊。"

周昆道："禀娘娘，是前朝太后的堂弟，外姓郡王宣徽之女苏觅。"

李颐听惊坐起身。

魏登年蹙眉道："她怎么又来了，轰走。"

苏觅深受前朝太后喜爱，自幼养在宫中，魏登年没有动她，完全是因为她与宋炽有自小玩到大的情谊。

经过主君易位这么一遭，宋氏皇族旁支都唯恐殃及自己，这个女人却固执地要留在宫里，魏登年便随便把她丢在尚仪局不管了。

她倒是有些手腕,不过几个春秋便爬到了司仪的位置,在李颐听进宫后,又三番四次求见。

魏登年虽然不在意李颐听前朝郡主的身份被捅出去，但严重怀疑这女人不安好心，便都给拦了回去，这一次，她竟然在帝后大婚之日找来了。

周昆一脸为难："小人也跟苏司仪说了，陛下大婚，宫里众人都可轮番放假,百官都已散去,苏司仪却死活不肯走,还扬言,扬言今日见不到娘娘,便长跪殿外不走了。"

魏登年冷眉道："她想跪便成全她。"

李颐听连忙道："何至于此。"沉吟片刻，又转头对周昆道，"我换身常服去见见她。"

魏登年道："我也去。"

周昆讪讪道："苏司仪说，只想见娘娘一人。"

魏登年咬牙："她想死。"

李颐听"扑哧"一声笑出来，拍了拍魏登年的手，道："让她去宣安殿偏阁等我。"

又哄了魏登年几句，被索了两个吻，她才终于更衣出门。

李颐听从宣安殿偏阁入内，远远地支开了下人。

她拍了拍身上的雪屑，偏阁烛灯忽然无风而动，火苗微晃，微凉的触感落在她眉心，司白的身形显现出来。

青袍箭袖，银铠胜雪，望向她的眸子如湖中新荷清润透亮，又在李颐听迅速退出到"安全距离"后沉寂下来。

他上前一步，把手里的短戟塞到了她手里："上面已经发现了傀儡，鹤夭大怒，要下凡来捉你和伏扬，我拦了下来。这是'岁去'，即墨神君新做的神器，能够验证魔族，这是我能为你做的最后一件事情。"

李颐听道："什么意思？长黎也提过这个人，伏扬是谁？"

"原来你还不知道，你心心念念要嫁的那个皇帝并非凡人，而是魔君荒归和天界开战之前封印了、藏到人间的小儿子伏扬。"

手里的神器猛地砸在地上，发出"咚"的一声闷响。

李颐听道：“怎会……”

司白道：“怎么不会？荒归担心战败祸及独子，便将他周遭魔气全部封印，让他下凡投生，还给他找了当年晋朝最尊贵的一户人家，免他受苦，可谓费尽心思。”

魔族不是人族，她和魏登年若是想要在一起，中间隔着两界战火和涂炭的生灵，太难。

司白的目光紧紧盯着李颐听的脸，掩在袖中的手紧握成拳。

他得知这件事情的时候同她一样震撼，随即心中却升起一股隐秘的雀跃。

这一刻，司白终于确定他从来没有完全放下过她，一点火星足以死灰复燃。

他承认他卑劣，甚至迫不及待想把这件事情告知于她。

3

李颐听捡起岁去攥紧，短戟有半臂长短，鎏金柄身，戟侧尖刃如两道弯月一般拱起，连接枪尖做勾啄之用，而枪尖由千年玄铁所制，让人生寒。

与其说这是法器，它更像一把杀器。

李颐听缓缓抬首，惊愕的神色竟然缓缓浮现出一丝欣喜若狂来：“那我可以永远和他在一起了？他不必经历生老病死了？！”

“襄安……你竟喜欢他到如此地步了？”

李颐听沉浸在喜悦里没有听见，回过神来急吼吼道：“你方才说只能帮我这一次了，又给我这件法器，是否找到了化解的办法？”

司白轻轻吸了口气，道：“不错，这东西是即墨为他特制的法器，化在玄铁里的混天弦能感应藏在凡人之身的魔气，若他苏醒，岁去便会变色，若是他仍被封印便相安无事，天界不会为难凡人，你自然也免除了勾结魔族的嫌疑。”

李颐听道：“到底要如何使用？”

司白道：“刺向他心口即可。”

李颐听道：“不行，这东西太过尖锐，他会受伤的。”

司白道：“这是仙家法器，又是检验所用，不起杀心又怎会伤人，你是不信我？”

李颐听道：“不是……只是，不能刺别的地方吗？我下不去手。”

司白道："你不用自然可以，只是你证明不了清白，下次来找你的，就不是我了。"

李颐听道："是不是只要我证明魏登年并未苏醒，两界的战事便不会殃及到我们？"

得到肯定的回答后,李颐听几番换气,忽然握着岁去朝自己的胸口刺去。

司白眼疾手快，掀飞了法器，怒道："你这是做什么？"

"我不是不信你，我只是不放心把这东西对准魏登年。我既然是神仙，那岁去定然不会伤害我，我想替他试试。"

"你真是丧心病狂。"司白晃了晃身形，再也无法维持温和端方的天家仪态，消失之前丢下一句无力的话，"随你便吧。"

"刚刚那阵白烟是什么东西？你说你是神仙，又是什么意思？"

苏觅发颤的声音在李颐听身后响起。

李颐听捡起岁去转过头，就见到苏觅没有一丝血色的脸。

她的容颜不曾有过多的改变，气质更胜从前，司仪的服饰很衬她，从头到脚都端肃大方。

李颐听叹息一声："还是被你知道了。"

苏觅扶着殿柱，盯着她等待下文。

"我的确不是宋炽，乃是九重天上一名小仙，受命下凡。"李颐听给自己倒了杯茶，垂着眸子看盏中茶叶飞旋，"我不知如何跟你解释，我有她的身体、容貌和记忆，我却不是她。"

苏觅却全然不在意听到什么的模样,追问道:"小炽呢？你既然不是她，那我的小炽现在在哪里？"

李颐听手上一顿，许久，才将杯盏放到了桌上，愧疚道："原本我要占用的身体并非宋炽，可是下凡那日却出了差错，宋炽的命数也因我受了影响，她……溺亡于十一年前郸城的那个冬天。"

苏觅轻轻道："她死了？"

她全身的气力仿佛在一瞬间被抽空，身子倚着殿柱摔坐在地，失控地笑起来："我固执地留在宫里，就是认定你爱魏登年，有朝一日你一定会重新回到他的身边。我想我只要像块狗皮膏药一般黏在宫里，就能等到你，等你亲口告诉我小炽的下落……原来，原来她已经死了。"

李颐听方才还觉得十年过去她没有半点色衰的迹象，可是光阴在这一刻像是猛烈地推进了二十载，短短一盏茶的时间，白云苍狗，苏觅疲态尽显。

她的胸口激烈地起伏，破碎的咳嗽声从喉咙间溢出，高耸的发髻低下去，显现出藏在满头乌发里的几根银丝。

可是，她才二十六岁啊。

原来从没有一瞬间的苍老，世上的凡人们惯会掩藏悲喜，假装过得很好，然后终于在某一刻心从悲起，如山洪溃堤。

李颐听看着那个瘦弱的女子，那样弱不禁风的身子，却倔强得惊人。

她前世也是这样。明明是魏登年杀了宋炽，她心如死灰却能笑对仇人，说喜欢他要嫁给他。她装作什么都不知道，一步一步爬到他的身边隐忍多年，直到手刃仇人。

李颐听走到她身边轻轻抱住了她："苏觅，如果活不下去，你就恨我吧。"

苏觅却一把抓住了她的袖子："你说你知她的记忆，你能不能告诉我……她可有一点点喜欢过我？"

李颐听沉吟许久，缓缓道："宋炽觉得，她幼时的玩伴虽多，可能跟她聊到一块儿的人不会有谁时刻惦记着她会口渴，小小会时常备着一壶常温的茶水。她说话，你倾听，等她讲得畅快了你便笑着递过一杯温饮，是这世间最舒心不过的相处了。"

苏觅愣怔了半晌，忽然咧开了嘴，如婴儿般痛哭出声。

大雪下了一夜，屋檐上覆了厚厚软软一层白霜，宫中四下都是清扫雪痕的声响。

李颐听站在钟凰楼俯瞰，皇城万户皆在这场大雪中安宁静谧，脚下，一名身影单薄的女子正深一脚浅一脚地朝着宫门走去。

素袍裸髻，笔直又决绝的背影，直到没入市集也没有回头。

李颐听挽留过，但是她拒绝了。苏觅的心情她能明白，倒是魏登年，出奇地安静。

她奇道："你不问我为什么她跟我谈话之后，这样果决地离开了吗？"

魏登年微微一笑，轻轻捏住她的手，收进掌心："你不是宋炽，她自然没有了继续等待的必要。"

在得到了想要的答案以后，所有执拗都失去了意义。

李颐听猛地看向他："你怎么知道……"

"你许久不回寝殿，我去找你，听见了你与苏觅的谈话。"

"听……了多少?"

"全部。"

她愣然了半晌，魏登年却风轻云淡。李颐听忍不住道："那你昨夜怎么什么都不问我？你就不觉得荒谬，不害怕什么鬼神之论吗?"

"我的娘子有什么好怕的？不论你是妖怪还是神仙，你总归是你，我只是在心里想，我果真有先见之明，你真的不是什么普通女子。"魏登年把掌心收得更紧，肌肤相贴，温度互递，漂亮苍凉的唇线微微扬起，声音很轻，"只是你莫要再跑了。小听，我只害怕你离开我。"

李颐听几番张嘴，却不知道该说什么，睫毛微颤，紧紧反握住他的手。

钟凰楼上这一幅画面实在太缱绻美好，除了实在冷得没办法，抽了几下鼻翼的李颐听。

魏登年忽然道："天上有好看的神仙吗?"

李颐听："哈?"

魏登年道："比我好看吗?"

李颐听嘴角微颤："若是有，你当如何?"

魏登年道："便不再让你上去。"

她终于忍不住笑出声来，却被他佯装发怒瞪了一眼，手腕用力，把她拽进了怀里耳鬓厮磨。

李颐听白瓷一般的脸颊浮现浅浅粉色，伸手推他:"魏登年，这是外边。"

他按住她的手："我是皇帝，他们不敢管我，也不敢乱看，我只是抱抱你。"

话音还未落，城角忽然传来一声佩刀落地的响动。

李颐听脸色红红，从魏登年怀中挣脱出来。

魏登年一副被打断了好事的模样，愠怒道："滚过来。"

那侍卫连滚带爬，脑袋埋得低低的，大声道："陛下恕罪。"

"孤不是让你们都在下面等着吗？谁让你上来的?"

侍卫立刻跪伏下去，不住磕头："陛下和娘娘在上面待得久了，臣不放心……陛下恕罪，陛下恕罪!"

李颐听看清他的脸后有一瞬心神大震，随即快速强自镇定："算了，他也是职责所在，我们回去吧。"

魏登年捏捏眉心:"罢了，下去。"

“谢陛下，谢娘娘！”

李颐听回到殿中，立刻以沐浴为由支开了魏登年。

她坐在偏殿的椅子上等着，惶恐不安，心惊肉跳。

不多时，果然一个侍卫装扮的人跳窗而入。

“郡主，跟小人走吧，殿下，殿下一直都在等你。”

「第十九话」

原来不管良善与否，你们都是容不下他的

1

李颐听“噌”地起身。

“吉青，是他派你来的？他可安好？”

“殿下一切安好，您消失的这十年，殿下在岭东一线悉心计划暗招兵马，虽然目前还没有复国的实力，可是足够为了郡主跟魏狗贼作一番抗衡。”

李颐听道：“什么……”

魏登年逼宫前夕，宋戍逃出都城保存实力，带走东宫十二卫率在前，追捕平息后与其他逃出去的皇室旧部会合在后，蛰伏多年，隐忍不知所终，如今得知李颐听回来的消息，前尘旧恨再也按捺不住。

吉青单膝跪下：“殿下知道您成亲当日失踪之事，知道您是不愿意嫁给魏狗贼的，便一直在等待机会将您抢回去，只要郡主一声令下，殿下的兵马便会挥师京都。郡主，殿下命属下至此见您，等一句话。”

李颐听微微张着嘴，久久不能言语。

魏登年的手指一点点攥紧收拢。

吉青混进皇宫他并非刚刚得知，其一举一动都在他的掌控之下，故意不动声色是想钓一钓宋戍这条大鱼，否则随便什么东西都能混进宫来，他这个皇帝早就做到头了。

岭东一带是魏国边界的军防重地，他暗自搜寻这么多年都没有发现前朝皇室的踪迹，却万万没料想宋戌竟然把灯下黑玩得这样好。

已经放了他一马，还想拐骗他的皇后。

魏登年的眉眼一点点沉了下去，杀意从眸中直接迸发出来。他站在殿外的阴影里，眸子凉得像十年前疯找李颐听一夜无果那般。

李颐听道："既然宋戌等一句话，那你便告诉他，我的心意从未变过，我从前喜欢魏登年，现在喜欢魏登年，而且以后也只会比十年前更加喜欢魏登年。"

踏入殿中的脚步一顿。

吉青似不解似愤懑："郡主，您怎会如此黑白不分？魏登年他、他建朝辗司广搜天下和您相像的女子入宫，搞得民怨沸腾，几乎没有女子敢随便踏出家门；他折腾纳谏臣子，作为君王非仁善，作为夫君非良人，他就是个变态！郡主你怎可如此糊涂！"

"够了！吉青，我见你不是想听你斥责魏登年。"李颐听重新坐了回去，已经没有了先前的欢喜神色，"在你看来，他是昏君是恶人，可我看到的魏登年却与你看到的截然不同，话不投机也没有争论的必要。你告诉宋戌，我不会把他的下落告诉魏登年，但是如果他想对魏登年不利，我会拼尽全力和他作对。"

吉青："郡主！他可是致你亡国的仇人啊！"

李颐听道："吉青，你太年轻了。历史长河众浪齐奔，多少王朝覆灭其中，就算没有魏登年，也会有别的人结束吾朝，往来更迭皆是命数。你说只要我一声令下，宋戌的兵马便会挥师京都，可是你们又有多少人呢？十万？二十万？你们能攻到魏国第几道防线，攻下几座城池呢？沿途的百姓就活该死于战火吗？你们若是输了，难道又要再等一个十年，重新积累一波不要命的士兵，卷土重来吗？"

吉青连连摇头，仿佛大受打击："这算什么，郡主这是在教育殿下吗，以食受吾朝俸禄的郡主的身份？为了大义，为了复国，理应有赴死的觉悟！"

"你错了吉青，大义从来不会站在任何一方。你们有你们的大义，魏国士兵也有他们坚守的大义。你若是觉得我没有活成你们想象中郡主的样子，心里不好受，那你姑且也把我当作和魏登年一样的恶人吧。"李颐听温声道，"我向来厚此薄彼得很，想要偏颇的人，他做了再大的恶事，我也要偏颇。正义容不得他，我陪；天道要灭他，我阻。言尽于此，你怪我，或是一字一句回禀宋戌也无妨。”

话音落下，吉青不答，殿内静谧下来。

气氛焦灼之际，魏登年一撩衣摆走了进来：“抢人抢到孤这里来了，也算胆识过人。”

在听到他声音的那一刻，吉青如临大敌，迅速拔出了腰间的佩刀作警备状，又有片刻迟疑，还是拦在了李颐听面前。

宋戌心里最想要保护的人，作为下属，亦理应如此。

李颐听有一瞬慌张，抓住吉青的手腕往后带了带：“魏登年，他只是奉命来见我，你会让他走的，对吗？”

“我自然会让他走。”

魏登年方才的满身阴霾尽散，嘴角噙笑，身形松弛且慵懒地往椅子上一躺，愉悦的味道都能从眼角眉梢攀出来。

他看向吉青：“孤会让你走，且让你安全地活着回去告诉宋戌，孤决定不杀他了。不仅不杀他，还封他为藩王，把岭东划给他作封地。若是不信孤，他还可以自掌部分兵权。”

李颐听和吉青皆是一愣，摸不着头脑。

吉青道：“你又想要什么花招？”

“是个花招，但宋戌办得到。”魏登年凝声正色道，“作为代价，孤要他，永世不得踏入都城一步。”

城池可给，黄金可赠，唯有妻子不能妄想。

魏登年伸手做了个请君滚蛋的手势：“孤等着。”

自古以来，皇帝们都有“敬天法祖”的观念，也就是祭天，向上天祈求风调雨顺、丰衣足食。

在远古先民眼中，天地孕育万物，是至高无上的神明，祭天仪式是帝王代替百姓与天神交流的一种方式，更是展现君权神授的手段。

魏登年是个不信鬼神的皇帝，江山是他自己打下来的，什么君权神授都是放屁。是以自他上位就取消了这种活动，还曾轰动魏国上下，急坏了一众朝堂官员，但也没人能让他改了主意。

今年他却是想带着皇后游玩一番，接纳了大臣们的上谏。

同往年一般认命走个过场上谏的大臣都傻了，捧着朱批的折子拿回家看了一晚上，才终于相信这是陛下准奏了。

于是开始大费周章地准备祭天仪式。

周昆给魏登年逐一汇报祭典的流程，有迎帝神、奠玉帛、进俎、行初献礼、行亚献礼、行终献礼、撤馔、送帝神、望燎等步骤，最后起驾回宫，大典结束。

周昆说完，见魏登年不为所动，又把繁杂种种一条条阐明清楚。他还是没吱声。

魏登年正在和坚硬的橘皮作斗争，干净短洁的指甲费劲地在橘皮上划拉半天才划拉出个口子，由上往下顺着一块块皮撕下来，露出圆滚滚、黄澄澄的完整果肉，一点果皮也没破开，他又把橘肉上的白色脉络一点点清理干净，最后把第一块送进李颐听嘴里。

周昆咽咽口水：“陛下？”

“嗯？”魏登年鼻腔哼了一声，余光都没给他，翘首盯着李颐听，“甜吗？”

李颐听也拿了一瓣送入他口中。

魏登年嚼了两下，眉毛得意地飞扬了起来：“连橘子都选得这么甜，不愧是我。”

周昆谨小慎微地站在一旁看了半天，一张老脸都不自在了，又叫了魏登年几声。

沉浸的帝王不爽地蹙眉，终于舍得把目光吝啬地分他一眼：“就这么办吧。你刚说的那些流程，一天只讲行一项。”

周昆咂舌：“陛下，这如何使得，祭天之时百官都会到场，岂不是要停滞多日？”

“那就让他们都带上家眷一起住下。行宫不是有温泉吗，多辟几间房出来都去泡泡，省得他们表面正直上谏，私下说孤不够意思。”

“陛下……”

“就这么办了！”

郊外行宫是个福地，依着温泉，连旁边燕回山的草木都如春花般开得漫山遍野。

魏登年打定主意要多待几天再回宫，仪仗队浩浩荡荡在行宫落下脚，又把祭天推后了三日，第二日先带着李颐听去燕回山小猎。

行宫在燕回山山脚，山中悠悠的梅花香气丝丝缕缕浸透冷冬的暗夜，李颐听抱着暖和的魏登年在梅花香中睡着了。

她睡眠向来很好，极少做梦，只是这次一入梦，便身在一方狭窄且暗无天色的空间。

十几步的尽头处站了个颀长的白色身影，黑与白的色差太过明显，李颐听几乎一眼就看到了。

她小跑过去，不确定地喊了一声："司白？"

司白转过身来，神色清冷淡漠，透着股肃杀的味道："李颐听，我今夜以分身入你梦来，是为了提醒你，尽快证魏登年是否成魔。"

"我还没有尝试……"李颐听踌躇道，"我跟魏登年相处多日，很确定他只是个普通凡人，什么天界魔界的他都不知道。"

司白凝眉，语气不耐道："你确定了又有什么用，只有天界确定，才能保你二人清白，你再拖下去，上面我可挡不住了。"

李颐听觉得司白今日有些奇怪，他平常讲话并不是这个语气，也没有连名带姓叫过她……罢了，或许是想通了，及时划清界限吧。

李颐听道："我知道了，多谢你。"

"好自为之。"司白丢下这句话便消失不见。他暂塑的梦境散去，李颐听随即惊醒。

李颐听下意识伸手去摸枕头底下的岁去，左右划拉几下，空空如也，只摸到个寂寞。

"你是在找这个吗？"魏登年的声音陡然从旁响起。

李颐听吓得身子震了一下，借着昏黄烛光辨出他手里的短戟，干巴巴笑了两声："啊，是……是啊，我把你吵醒了？"

他半边眉眼隐匿在阴影里，下颚线像被剪裁过一般精致，手指在鎏金的柱身纹路上摩挲了几下，递过去："这是兵器，怎么在床上放这么危险的东西，当心伤了自己。"

"不……不会的，这个啊……其实是配饰！"李颐听放到腰间比画，"你不觉得我在这儿挂上这玩意很是飒爽吗？"

魏登年笑了一下："都依你，睡吧。"

李颐听悄悄松了口气，把岁去塞回枕下，刚缩进被子里就被魏登年长臂一卷，收进怀中。

他胸膛贴着她后背，温热的气息吹在耳郭：“明早膳食想吃什么？”

“鲜花饼吧，要多放点糖。”

2

司白为了禀奏军情，已经在书房外等了几盏茶的光阴。父帝还没回来，来往的天婢们目光灼灼，他只好推门入内等待。

书房静谧，浮阁书柜在祥瑞的紫气中自转，想找哪本册子一目了然。

司白缓步走到书案前，最上面搁着的那本是即墨的笔迹，关于岁去的使用方式及说明。

他伸手越过高高堆砌的折子，把军情奏报放到桌面，收回来的时候晃动的宽袖却将即墨那本折子掀翻在地，露出下边同样笔迹的折子。

“即墨什么时候还做了这种杀器？”司白迟疑了一下，伸手拿起来，轻声读道，“烛槐锏，屠魔利器，凡是魔族血脉者，一沾即毙，灰飞烟灭，永无轮回。”

手册内页的杀器图样，跟父帝让他送去给李颐听的岁去，一模一样。

白封紫边的御折失手落地。

李颐听翻了个身，身后早就被她扯到头了的被子升起来，露出她的大半背脊，冷意像幽魂一般缠绕上来。李颐听瑟缩了一下，往身后一摸，魏登年不知去向。

她穿戴好衣物，想起昨夜的插曲，又把岁去别在了腰间。红衣似火，一柄鎏金色利器相衬，的确英姿飒爽。

李颐听不喜欢让人跟着伺候，问了周昆，便独自去燕回山寻魏登年了。

山头被雾色掩盖了一半，天光初现，从枝杈间透下来，像一张被熨烫的浅黄色薄饼。

空气里有草木的湿润淡香，深些的草丛中还有前日的残雪。

李颐听细细打量，离她最近的山间小路那不太硬的泥土里有浅浅靴印。这是皇家行宫，照理不会有其他人，她便沿着这条蜿蜒小路一路上行。

快到半山腰时，忽然听见高声唾骂。

“魏登年你背义寡恩，不得好死！”这声音太过熟悉，可因为怒意几乎狰狞变调。

李颐听浑身一震，扒开左边挡住视线的灌木，看见了毕生难忘的一幕。

尸体七倒八歪，一地的猩红将花田染得刺眼。

魏登年一袭黑衣背身于她，手里提着的长剑半截已染成了红色，鲜血还在朝着剑尖汇聚，汩汩向下滴着，没入花田。

宋戌和下属被捆住手脚，在他面前跪成几排，毫无招架之力。

魏登年走到谁面前，手里的长剑便搅进谁的心脏，手缩剑收，一剑一个，干脆利落。

宋戌脖子上的青筋暴起，声嘶力竭道："你杀我啊！你先来杀我啊！"

魏登年嗤笑一声："急什么，这不马上就要来了？"

吉青骂道："我就知道当日你在郡主面前招降是假，下套才是真！"

魏登年脚步一顿，恶毒道："现在才知道？太蠢了。"

"可怜郡主深受蒙蔽，一心向你！你这个有娘生没娘养的鼠辈！郡主若是知道——"话音未落，剑光一闪，人已经身首分离，脑袋骨碌碌滚出半米，眼睛大大地睁着。

他掏掏耳朵："她永远都不会知道，我不会让她知道的。"

"吉青！"宋戌痛喊，"到底为什么？我已经投降！炽儿对我从来没有过感情，我们再也不可能了，到底为什么你还不放过我，放过他们！"

魏登年声音冷漠："你喜欢她，你活在这个世界上，就足够我杀你一百次。我恨不得把她跟整个人间的关系都斩断干净，这世上只有我能护她爱她，她只能依赖我一个。你这一辈子最不应该做的事情，就是回来！"

"魏登年你丧心病狂！穷凶极恶！猪狗不如！"

宋戌声音已经沙哑，唯有谩骂才得以微微宣泄满腔愤怒。他的身体前倾，满脸憋红，可他越骂，魏登年的笑容便越是疯狂。他穿行在跪成排的人群里如同游逛市集，扬剑的姿势流畅利落，就像只是抛出去一锭银子买一件喜欢的物什。

浓重刺鼻的血腥味散开，就连花田都被热气腾腾的血蒸热了几分。

宋戌鼻涕眼泪糊了一脸，绝望地喊："魏登年，你先杀我吧，求求你了，先杀了我！"

李颐听全身的血液好像都凝固了。

好冷啊，不是说燕回山下依着温泉，能催开满山的春花吗，可是怎么还这么冷？

她扶着旁边的树干起身，腿脚却软得打滑，几次三番摔倒在地，粗糙的灌木划破她的脸也浑然不觉，嘴里只是无意识地道：“宋戌，我来救你了宋戌……”

身后忽然仙气缭绕。

群仙现身，七曜神君走上前一步道：“颐听仙子。”

李颐听缓缓回头，仍是一副受到极大冲击的恍惚模样。偻极神君在她额前一抚，李颐听的灵台才恢复些许清明。

她看着一大片神仙以及天兵天将，下意识地挡在灌木丛前，遮掩住魏登年那边的动静：“七曜神君，上生星君，苍龙、白虎星君……你们怎么都来了？”

七曜神君道：“我们是来收魔的。颐听仙子，你也看到了，魏登年违背了九重天让他重生的意愿，且他如此嗜杀，恐已记起前尘往事，成魔了。”

“不，不是的，他只是……”宋戌的厮骂声不绝于耳，方才血淋淋的一幕还在眼前，李颐听痛苦地张了张嘴，却没有办法替他辩解。

众神互相交换了一个眼神，纷纷亮出手里的法器。

“颐听仙子，还请让开。”

“不要杀他，神君，求求你们不要杀他！他没有成魔，他什么都不记得的！”李颐听猛然想起了什么，哆哆嗦嗦抽出别在腰间的岁去，“我可以证明他没有成魔，只要他没有成魔，你们就不能杀他对不对？我、我可以证明的。”

众神不答，似乎默许。李颐听颤巍巍拿着岁去，朝着魏登年一步一步走了过去。

—

“你要去哪里？”天帝呵斥司白。

“自然是去做我不会再后悔的事情。”司白答道。

“竖子！”

“父帝！”司白坦荡荡地回望他的目光，眸光清润而坚定，“这一次，是您错了。”

两相僵持，殿中噼里啪啦都是不退让的味道。

忽然间两道身影奔了进来。

司黑拉着长黎往天帝面前一跪：“父帝，孩儿前来请安！”

天帝气得胡子发颤："你万把年没有请过安，今天来请个锤子！怎么还把这个魔女带过来了！"

司白和司黑交换了个眼神，前者微一颔首，趁机奔出了大殿。

"司白回来！"天帝前脚刚动，后脚就被司黑一把抱住。

"父帝！"

李颐听在此之前想过许多理由跟魏登年解释岁去的用处，如何让他安心接受，如何委婉徐徐图之，却没有想到是以这样决绝的方式。

念过咒语后，手中的岁去忽然涨大了数倍，鎏金的纹路漫延遍布柱身，变成一根威风凛凛的杀器，尖利的三棱锥形枪头似乎足够捣烂铠甲、劈裂山石。

李颐听咬咬牙，将脑海中升起的退意逼了回去，刺向魏登年。

胸口的蟠螭黑玉忽然滚烫如火，即使隔着层裘衣，仍烫得几乎在脖子上挂不住。

"叮！"

刺耳一声。

黑玉竟然烧断了绳子，从衣襟飞出，似通晓人性般挡在魏登年胸口，承下了烛槐锏的致命一击。

魏登年胸腔猛地一震，如遭雷劈般缓缓抬头，于重创之下喷出了一口暗红的血。

"襄安！"司白腾云姗姗来迟，立在云端却只看到一片仙瘴弥漫，一掌掀飞了阻止他的苍龙星君，口中念诀，"心生万象，万象皆空，幻境——破！"

周遭一切如烟遁散，转瞬不见。

李颐听环顾四周，哪里有什么尸体，哪里有什么宋戍，魏登年就站在她面前，捧着一簇从稀疏的花田里精心挑选出来的、染着点点猩红的鲜花。

"明早膳食想吃什么？"

"鲜花饼吧，要多放点糖。"

他嘴角鲜艳，目光缓缓从烛槐锏移到李颐听脸上，不可置信地开口："你要杀我？"

李颐听心神俱震：“魏登年……”

“为什么……我哪里做得不好，你告诉我，我可以改的。”他瞳孔有一瞬间收缩，睫翼颤了颤，忽地挤出个笑来，“你选择了宋戍，所以要替他除掉我？”

那东西魏登年并非第一日瞧见，只是昨夜李颐听翻身滚下了床才替她捡起来。

原来是蓄谋已久，原来是迫不及待。

烛槐锏脱手，胸前的玉玦迟来地四分五裂。

他眼角下的浅色泪痣忽然间刺出异样的红光，将他的脸照得妖冶，仿佛有什么东西在沉寂了漫长岁月后破茧而出，炽盛强劲的光芒如一道屏障般轰然绽放，震飞了面前的李颐听，轰隆的声响吞没了她所有解释。

“襄安！”

司白伸手，长袖里挥出根白绫接住李颐听，将她卷回云端。

数丈外的众神亦被这戾风冲击得退后几步，纷纷伸手遮眼。

3

那不是岁去。

李颐听终于后知后觉。

可是已经晚了。

封印已破，伏扬已现。

魔君的小儿子在身心同时受到不可逆转的伤害下，陡然苏醒。

李颐听从来没有见过这样的魏登年，长的眉，厉的眼，挺的鼻，浅的唇，五官分明和从前一般俊冷无匹，可就是有哪里不一样了。

气流冲散他的发冠，他的乌发凌乱散开，嘴角的鲜血未干，在日光下有种惊心动魄的美。

众神醒过身来，一个个如临大敌。

“他醒来了，伏扬醒来了，可以动手了！”

“他要杀人了，快动手！”

“襄安！不能去！”

李颐听奋力挣扎，却被司白抓住了手腕动弹不得，她只能眼睁睁地看着数千支仙羽箭朝他飞射过去。

她用尽全身力气哭喊出来："魏登年，快跑！"

魏登年周遭黑雾缭绕，满身嗜杀的魔气。

他最后抬头，看了一眼云端上惊惶的李颐听。

他的妻子，当真不是凡间那些普通庸俗的女子。

她站得远远的，高高在上地俯视着他，也让他心动。

魏登年凄凉一笑，安详地阖上了双眼。

遇见神时，我尚且能死战一场。

遇见你后，便只能洗颈就戮。

在得到最强大的力量之后，终于被迫成了魔君伏扬以后，魏登年忽然放弃了挣扎，决绝赴死。

李颐听喉咙里发出悲泣冗长的呜咽。

怎么会这样？怎么会有幻境？这么多神仙在这里，他们都没有发现幻境吗……

李颐听呼吸一窒，缓缓看向七曜星君，看向他身后冷漠的众神。

她忽然想起来那个乱丢垃圾的小天婢。

那个把魏登年砸死的蟠桃核，丢得可真是精准啊。

上穷碧落下黄泉，世间万万众生，偏偏砸中了他。

所有古怪的碎片在这一瞬间被缓慢地联系了起来。

在李颐听下凡之初，天界就发现了这个魔界的孩子，可是他毫无魔气，像个凡人。天条是不能杀凡人的，于是天界给他谱写了悲惨的命簿，逼着他踩着骷髅上位，然后又慈悲地赐他重活一遭，只要他胡乱杀人就可以光明正大地处罚他，哪个神仙都不会承认他就是魔君伏扬。

眼看这局就要完成了，怪就怪，他们还要假仁慈地派个神仙助他，到时候更可以对外说，你瞧，魔头就是魔头，神仙都救不回来。

魏登年按着他们的设计越长越歪，可偏偏就被李颐听掰回来了，他们怎么肯？

既然杀不了这个凡人，便只好让他入魔了。

她被骗了。

这不过是天界的一个局而已。

一个可以名正言顺取凡人性命的局。

箭雨止住以后，司白终于带着她缓缓降到了地面。

跪在那里的男子已经看不清原本的模样。

他被箭雨扎成了筛子。

李颐听每往他跟前走一步，胸腔便像被什么擂过一遍。

前行了短短几寸，就再也走不动了。

她无力地垂着手臂，眼里坠着泪，忽然笑了起来。

“原来我们拼尽全力，他也还是要死的；原来不管良善与否，你们都是容不下他的。”她的肩膀抖着，摇摇欲坠得好似一张单薄的纸片，谁伸手轻轻推一把，她就会倒下，再也起不来。

“他所做的一切隐忍努力，竟然都是无用的挣扎。只是因为你们的假慈悲，让他凄苦又屈辱地重活了一遍。”

司白惊忧地看着他：“襄安，你冷静些。”

“跟尔等鼠辈一起共事，这样的神仙，不当也罢！”

她貌若疯癫地指着众神，却忽然间疼痛难忍地跪了下来。

司白惊疑不定：“襄安？”

李颐听觉得好像有一双手从天幕压下来，无声地将她撕裂拆骨。

她的头颅被压得低低的，有点点荧光从指间、脸颊轻薄的肌肤透出，逐渐蔓延，包裹全身。

竟然是冲破了凡人躯壳，提前飞升仙位了。

“襄安！”

司白心里揪成一团，想要上前，却被七曜一把拽住：“殿下莫去，天生异象，她要入魔了。”

万里晴空已不知所终，滚滚乌云汇聚于燕回山山顶，浓黑不散，恍若夜色降临，有倾轧覆灭之势。

一片死寂中，忽然传来孩童稚嫩的歌声。

他们在唱：“东风人面，今是昨非。何处快活？唯有成魔。”

有人惊呼：“是、是魔族的引乐童！”

那种东西，非人非鬼，嗓音幼嫩，有蛊惑人心之力，专为魔族招揽羽翼。只有罪大恶极的凡人或者神仙心灰意冷的时候才会出现，趁机摄人心魄，使其成为魔族的傀儡。

众仙皆捂住耳朵，环顾四周，警惕以待。

司白高喊："襄安，你清醒一点！你看看我，看看这世间，还是有许多美好的……"

到了后面，他的声音逐渐哽咽："襄安，求求你，不要被蛊惑！"

引乐童桀桀地笑了起来，继续欢唱："人生八苦，天有戒律。三界之内何处快活？不如成魔。"

如银铃荡过湖面春水，咿咿呀呀，重重叠叠。

七曜一手挡在司白面前，一手隔空收回了烛槐锏。

司白觉察："你想干什么？你要杀襄安？"

七曜星君颔首道："殿下抱歉，她亲眼看到我们杀了伏扬，若是入魔，定然报复。"说完，大声道，"布阵！"

天宫。

司黑眼睛一闭一睁，直挺挺仰着脖子道："父帝，孩儿实话实说吧！我是来劝架的！"

天帝："就你？"

司黑扯了长黎一袖子，她忙道："还有我。"

天帝："呵呵。"

司黑道："事已至此，父帝应该已经很明了了吧，儿子爱上对家的女儿了，您和魔君荒归能不能别打了？"

天帝鼻子里发出哼的一声："这种戏本子我在月老那里看得多了，你们编排得太差了，情绪不饱满，理由不新鲜，情节不过硬。"

长黎："我怀孕了，你儿子的。"

天帝："什么？"

他晃了晃老腿，司黑连忙起身扶住。

天帝好不容易站稳了，却伸手在掌心幻化出一柄拂尘来，毫无预兆地朝着司黑劈头盖脸抽去。

"你这个不孝子！让你调戏天婢！让你挖生姜！让你跟女魔头厮混！你想抱儿子，老子正值壮年，还不想当爷爷嘞！"

司黑被打得在殿里抱头鼠窜。

"再打我还手了啊，再打我真的要还手了！"

长黎拦在天帝面前："要打就连我一起打，怀孕这种事情也不是一个人就能做的！”

“你！”天帝气得胡子都在颤，把手扬得高高的，却在瞥到她肚子后缓缓放下。

司黑躲在长黎身后察言观色，见天帝动摇，立刻嘟囔道：“就是！这怎么能只怪我一个人呢！”

天帝气得再次抬手，踮着脚越过长黎去抽他：“你过来！”

司黑左躲右避：“我就不！我就知道几万年前您初恋被魔君拐走当老婆的事还没过去，现在我不是把他女儿给拐过来了吗，还不行吗？”

“竖子闭嘴！”

两个人跟打地鼠似的，你来我往，最后天帝打累了，手收回来，撑着膝盖喘气。

司黑和长黎交换了个眼神，后者轻声念咒。

她头上的发簪传出荒归的声音，一出来就是破口大骂：“老犊子！你别以为我不知道你是怎么算计我儿子的！你要是再不收手，老子就在娘肚子里掐死你孙子！”

天帝：“老王八，那也是你孙子！”

荒归：“我不管！我是魔头！我六亲不认！十恶不赦！”

天帝：“滚！”

天兵天将严阵以待。

众神屏息。

李颐听被缭绕的魔气围着，额间逐渐生出怪诞的黑色蟠螭纹路。

司黑由远及近，人还未到先闻其声：“大家不要打了！父帝说天界与魔界就此休战重归于好，还请众神手下留情，放魔君的小儿子一马，父帝的旨意马上就到！”

众神哗然。

一神反应过来，迅速道：“陛下英明！此举以德报怨，免三界动荡，陛下大义啊！”

大家纷纷附和，祥和慈悲地笑起来：“陛下英明，陛下大义！”

李颐听堕入魔道堕入了一半，听到旨意，喷出一口腥浓的血来。

司白沉默地注视着她。

这一天，九重天上的神仙兵卒都沉浸在休战的巨大欢喜里。

除了李颐听。

她双手撑地，笑得悲楚凄凉。

直到魏登年死前，他都以为她是要杀他的。

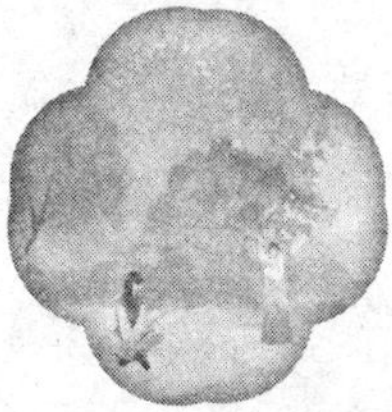

「终　话」

魏登年，快点，跟我成亲！

纣绝十六魔宫殿里，奶娃娃追问道：“娘亲娘亲，然后呢？”

李颐听困倦地翻了个身。

然后……

魏登年离世之后的第二年春天，她休养好之后做的第一件事，便是冲上九重天找到做一次性穿越命盘的即墨神君，先把他摇个半死，再送了他半身仙力，拿着把刀在旁边半是贿赂半是威胁，逼他又做了个一次性命盘的升级版。

这一次，李颐听作为一个神仙，精准无比地降落到魏国都城某个时间节点。

奉天殿里，孤冷的帝王深沉道：“孤想杀人。”

话音未落，正殿大门就被人一脚踹开，周昆只看到一团粉色飞身进来，扑进他们陛下的怀里，在他唇上狠狠地啄了一口，啄出“啵”的一声巨响。

“魏登年，快点，跟我成亲！我再也不等了！”

…………

奶娃娃睁着葡萄大的眼，干等了半响，没有等到李颐听的回答，不情愿地把塞在嘴里的手抽回来，抽出好长一条哈喇子，大吼：“娘亲你怎么睡着了！我要再听一遍！”

不等李颐听回答，奶娃娃的衣领就被一只手拎了起来。

睡意浓浓的男人道：“你都七百岁了，怎么还往爹爹娘亲床上爬？滚回自己房里睡觉去！要是不听话，以后就免去一切睡前故事！”

（全文完）

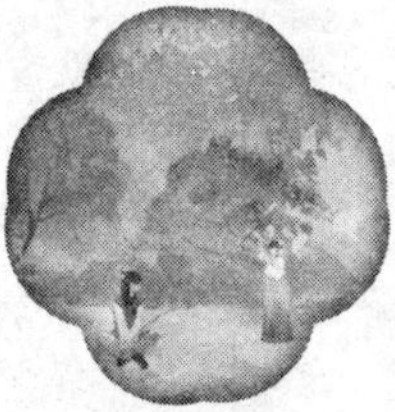

「作者后话」

于你我，这是结局；于他们，这是开端

写这本书的时候，新书其实已经开坑了。

这本字数几乎达到二十万字，是我写过最长的一本，所以原本不准备写前言、后记或者番外什么的，但是——

呦呦鹿鸣居然为了我的男二写了篇同人番外！（主要是她诓我写男二番外没成功，只好自己动手，番外女主竟然还用她的谐音名，我笑死了。）所以我一定要写一篇后记夸夸她！

真是个神（hua）仙（chi）宝贝儿！

同人番外虽然不被允许在正文后面放出来，但是我依然超级感动！

里面糅杂了许多正文的故事线，女主像正文女主分裂出来的一个人格一般，忧他知他爱他，圆他两世孤寂的命数，也算是我们两个老母亲填补小宋的一个心理慰藉。（小鸣，我爱你！）

这个故事虽然到此为止，可在在我心里，他们仍然在那个世界恣意地活着。

很多人我没有写结局，那些字概括不了他们的一生，他们应该有自己的自由。

在我心里，郑易在被李颐听痛斥后，远离了毕家，远离了旁门左道的近路，真正踏进了庙堂之中。就像李颐听想的那样，虽然他初时吃了些苦，可是光芒难掩，仍然成了晋朝的栋梁。

后来魏登年篡位，也没有杀掉这位有真才实学的臣子，而他也成了新帝的重臣，偶尔还会见到李颐听，说上几句无关风月的闲话，让魏登年醋掉牙。

关于宋戌。他到底也没有答应魏登年的招降，亦没有再出现，他就像是从魏国蒸发了，不留下一点痕迹，或许已经出了魏国边界，或许穿上布衣，匿入了魏国芸芸众生中。

他没有成为一个贤明的君王，却也安稳地活在世上的某一个角落。

关于红豆。她虽然没能跟着她最爱的小姐一直到老，可是她也不会像阿凝一样惨死剑下，不会经历李颐听之后要面对的一切波折，这是李颐听一个温柔的心愿。

关于苏觅。写她的时候我尤为难受。她喜欢的人，从来都没有喜欢过她，就算只是朋友之间的喜欢也没有过。

她余生得到的唯一慰藉，竟然只是李颐听这一个外人撒的一个善意谎言。

最后，就是我的男女主。

岁月流逝，几经生死，他们依然在彼此身边。

这两个人，非爱即死，注定要在一起的。

于你我，这是结局；于他们，这是开端。

从前我写前言后记，都是在分享最近的趣事，写朋友和自己。

可是我太舍不得他们了。

上面的每一个人，还有那些没有提及的人，我都好爱他们。我从没有这么舍不得这些纸片人，但是写他们的时候，我觉得那些都是活生生的人和故事，曾在世间某个角落，在数万年前真实地发生过。

甚至写完以后很久，我会突然翻出来这个文档，随便滑到一个地方，重新胡乱走进他们的生命。

那么你们呢？你们喜欢他们吗？

记得留言，我都会看。

图书在版编目（CIP）数据

弄巧成“婚” / 十万月光著. -- 南京 : 江苏凤凰文艺出版社, 2021.4

ISBN 978-7-5594-5286-3

Ⅰ. ①弄… Ⅱ. ①十… Ⅲ. ①长篇小说－中国－当代 Ⅳ. ①I247.5

中国版本图书馆CIP数据核字(2020)第198297号

弄巧成“婚”

十万月光 著

责任编辑 孙金荣
特约编辑 雪 人 廖唯佳
责任校对 周 萍
出版发行 江苏凤凰文艺出版社
南京市中央路165号，邮编：210009
网 址 http://www.jswenyi.com
印 刷 长沙鸿发印务实业有限公司
开 本 880mm×1230mm 1/32
印 张 9.625
字 数 315千字
版 次 2021年4月第1版
印 次 2021年4月第1次印刷
书 号 ISBN 978-7-5594-5286-3
定 价 39.80元